光文社文庫

新訳シャーロック・ホームズ全集

シャーロック・ホームズの生還
The Return of Sherlock Holmes

アーサー・コナン・ドイル
日暮雅通 訳

JN265837

光 文 社

シャーロック・ホームズの生還　目次

シャーロック・ホームズの生還

The Return of Sherlock Holmes

空き家の冒険

The Adventure of the Empty House

貴族の子息であるロナルド・アデア卿が異常かつ不可解きわまりない殺され方をして、ロンドンじゅうの興味をかきたて社交界を震撼させたのは、一八九四年春のことだった。すでに警察の調査した事件の詳細は、周知の事実となっている。ただし、検察側の証拠が強力だったため、すべてを公表するまでもなく、世間には知られぬままに終わったこともかなりある。

あれから十年近くたっていまやっと、あの事件で世に出なかった重大な部分について書くお許しがおりた。殺人事件そのものも興味深かったが、それもわたしにとっては、続いて起きた思いがけないできごとに比べれば、なんでもないくらいだった。冒険に恵まれたわが生涯でもまさしく最大の衝撃と驚愕を味わったできごとであり、長い年月を経たいまでもなお、思い出すたびに戦慄が走り、あのとき怒濤のように襲ってきた喜びと驚きと疑いが、なましくよみがえってくる。

わたしが随時発表してきた、ひとりの並みはずれた人物の思想と行動を伝えるささやかな記録に多少とも興味をもってくれた読者には、事件の知られざる詳細をこれまで伏せていたことを非難しないようお願いしたい。固く口どめされてさえいなければただちに公表するにしくはなかったのだが、じつのところ、禁が解かれたのは先月三日のことだったのだ。

ご想像のとおり、わたしが犯罪事件に深く関心を寄せるようになったのは、シャーロック・ホームズとの親交のおかげだった。その友人の失踪後も、新聞などに報じられるさまざまな事件の記事には必ず丹念に目を通してきたし、結果ははかばかしくなかったけれども自己満足のために、ホームズの方法をまねて事件を推理してみたことも、一度ならずあった。それにしても、ロナルド・アデア卿殺害事件はとりわけわたしの興味をひいた。検死裁判の結果は、ひとりあるいは数人による故殺で、犯人は不明。証言記録を読んだわたしには、社会にとってホームズの死がいかに大きな損失だったか、いまさらながら痛感された。いかにもホームズの興味をかきたてそうな点がいくつもみられる、奇怪な事件ではないか。あのヨーロッパ随一の名探偵の百戦錬磨の観察力と明敏な頭脳があれば、警察力を補うにどれほど役立ったことか。いや、おそらく警察の上をいく成果があげられたことだろう。

馬車で往診にまわりながらも一日じゅう、この事件のことをあれこれ考えていたが、満足のゆく説明は見つけだせなかった。周知の事実を繰り返すことにはなるが、一般に知られた検死裁判の結果を、かいつまんで紹介しよう。

ロナルド・アデア卿は、当時オーストラリア植民地の総督のひとりだったメイヌース伯爵の次男にあたる。オーストラリアから白内障の手術のために帰国していた母親、および妹のヒルダとともに、パーク・レーン四二七番地に住んでいた。

上流社会でも最も上流の社交界に出入りしていたこの青年には、周囲の知るかぎりでは敵もなく、とりたてて品行が悪いということもなかった。カーステアーズに住むイーディス・ウッドリーという娘と婚約して、数カ月前に双方の合意のもとにその婚約を解消していたが、それで感情のしこりを残していたふしもない。そのほかの点では、穏やかで淡々とした性格なので、狭い行動範囲でごくありふれた生活をしていたようだ。

ところが、そういうのんきな青年貴族に、思いもかけぬ、きわめて不可解な死が訪れることになる。一八九四年三月三十日、夜十時から十一時二十分のあいだのできごとだ。

ロナルド・アデアはカード好きで、暇さえあればゲームに興じていたが、決して身の破滅につながるような賭け方はしなかった。ボールドウィン、キャベンディッシュ、バガテルという、三つのカード・クラブの会員だった。殺された日も、夕食後にバガテル・クラブでホイストの三番勝負《ラバー》をしていたことが判明した。[*1] 彼はその日の午後も、同じクラブでプレイをしている。

一緒に勝負をしたミスター・マリィ、サー・ジョン・ハーディ、モラン大佐の三人の証言によれば、ホイストの勝負はとんとんだったという。アデア卿の負けはせいぜい五ポンドというところで、相当な財産のある身には、痛くもかゆくもない。ほとんど毎日のようにどこかのクラブでカードをやっているアデア卿は、手堅い勝負でたいてい勝っていた。数週間前にもモラン大佐と組んで、ゴドフリー・ミルナーとバルモラル卿を相手にひと勝負で四百二十ポンドも勝ったことが証言にあった。検死裁判の結果からわかった被害者の素性と人柄、生活ぶりは、そんなところだ。

事件の夜、アデア卿は十時ちょうどにクラブから帰ってきた。母親と妹は親戚の家に出かけて不在だった。ふだん居間として使っている三階正面の部屋に入っていく音が聞こえたと、メイドが証言している。メイドがその部屋の暖炉に火を入れたとき、煙があまりひどいので窓を開けておいたという。メイヌース夫人と令嬢が十一時二十分に帰宅するまで、その部屋では物音ひとつしなかった。

夫人が息子におやすみを言おうとしたところ、アデア卿の部屋のドアには内側から鍵がかかり、娘と二人で声をかけてもノックしても返事がない。加勢を頼んでドアを押し破ると、気の毒に、青年はテーブルのそばに倒れていた。銃弾がはじけて無残にも頭が砕けていたが、部屋の中に凶器らしきものは見当たらなかった。テーブルの上に、十ポンド紙幣が二枚と、金貨と銀貨で十七ポンド七シリングが、それぞれ金額の違ういくつかの山に分けて積んであり、クラブの友人たちの名前と、その横になにやら数字が書き込まれた紙が一枚あった。どうやら、殺される前にはカード・ゲームの勝ち負けの計算をしていたらしい。

くわしく調べていけばいくほど、事件の謎は深まるばかりだった。まず、アデア卿がわざわざ部屋に鍵をかけた理由がわからない。犯人が鍵をかけて、窓から逃げたのだろうか。しかし、窓の高さは少なくとも二十フィート（約六メートル）はあり、真下にあるクロッカスが満開の花壇は、花にも地面にも乱された様子がまったくない。建物と道路を隔てる狭い芝生にも、何の痕跡も残されていない。したがって、鍵をかけたのは青年自身としか考えられなかった。

　では、アデア卿はどうやって殺されたのか？　窓をよじのぼりながら何も跡を残さないことなど、不可能だ。どこかから窓越しに撃ったのだとすると、一発必殺の実におそるべき腕前ということになる。しかも、パーク・レーンは人通りが多く、家から百ヤード足らずのところに辻馬車のたまり場もあるというのに、銃声を聞いた者はいないのだ。にもかかわらず、たしかに人が殺され、銃弾も発見されている。弾頭の柔らかい弾丸がキノコ状にはじけて、即死だと思われる致命傷なのだ。

　だいたい以上のような状況で、すでに述べたようにアデア卿に敵はなく、室内で金品が奪われた形跡もないため、動機が皆目わからず、事件はどんどん不可解な様相を呈していくのだった。

　わたしはこうした事実に日がな一日思いをめぐらし、すべてのつじつまが合うような説明を見つけようとした。すべての調査の出発点だと亡き友人がつねづね言っていた、〝最少抵抗線〟（最も面倒の少ないやり方）なるものを見いだそうと努力した。しかし、はっきり言ってちっとも進展がなかった。

　夕方になると散歩に出かけ、ハイド・パークを抜け、六時ごろにはパーク・レーンのオックスフォード街側のはずれにさしかかった。歩道に用もない人が群がり、みんながひとつの窓を見上げているので、問題の家はそれだとすぐにわかった。色つき眼鏡をかけたやせて背の高い男がひとりいて、どうやら私服刑事らしいその男の言うことを、ぐるりと取り巻いた人々が熱心に聞いている。わたしも近づいてみたが、しゃべっている内容がずいぶんなでたらめに思えて、ばかばかしくなった。

戻ろうとした拍子に、後ろにいた男にぶつかってしまった。相手は身体の不自由そうな老人で、抱えていた何冊かの本を落とした。あわてて拾い上げながら、『樹木崇拝の起源』という書名が目について、きっと商売だか道楽だかで得体の知れない書物を蒐集している貧しい愛書家なのだろうと思った。失礼を詫びようとしたのだが、不本意にもわたしのせいで落とした書物が、持ち主にとってはこのうえなく貴重なものだったらしい。老人は何やら口汚くののしってくるりと背を向け、その曲がった背中と白いあごひげは人混みに消えていった。

パーク・レーン四二七番地の現場を見たからといって、手がかりになるようなものが見つかるわけではなかった。家を道路から仕切る低い塀は、その上にめぐらした鉄柵を合わせても高さが五フィートもない。庭に入り込むのはいともかんたんなわけだ。だが、窓にはまるっきり近づきようがなかった。身軽な人間ならよじのぼれるような、水道管や雨どいのたぐいもない。ますますわけのわからない気分で、わたしはケンジントンへ引き返した。

書斎に入って五分とたたないうちに、メイドが来客を知らせてきた。なんとその客というのは、ほかでもない、先ほどの風変わりな愛書家の老人ではないか。白髪の下にのぞく、と

がった、しなびた顔。腕には十冊以上あるかと思われる本を、だいじそうにしっかり抱えている。

「びっくりしなすったようですな」老人が妙なしゃがれ声を出した。

わたしはたしかにびっくりしていた。

「じつは、その、気がとがめましてな。ひょこひょことあとを歩いておりますと、ここに入られるのが見えたので、まあ、その、ちょっと立ち寄らせてもらってご親切なかたにお目にかかり、さっきは少々ぶしつけだったかもしれんが別に悪気があったわけじゃないのであって、本を拾ってくだすったお礼を、まあ、ひとこと申しあげようかと」

「いや、それはかえっておそれいります。それにしても、よくわたしを見つけられましたね」

「失礼ながら、つい近所におりましてね。チャーチ街の角で、ささやかな本屋をやっているのです。どうぞお見知りおきを。ところで、あなたも本を集めておられるようで。ほう、『英国の鳥類』、『カトゥルス詩集』、『神聖戦争』――どれも掘り出しものだな。あの本棚の二段めの隙間、あと五冊もあればきれいに埋まるのに。あのままじゃ、ちょっと見ばえがよくないんじゃないですかね？」

わたしは本棚を振り返った。それから顔をまっすぐに戻してみると、なんと、シャーロック・ホームズが、机のむこうからわたしに笑いかけているではないか。思わず立ち上がったわたしは、しばらく呆然とその姿を見つめていた。それから――わが生涯、あとにも先にも初めてのことだが――どうやら気を失って倒れてしまったらしい。目の前で渦がぐるぐる巻き、それが消えていった。気がついてみると、シャツのカラーがゆるめられ、ブランデーの刺激が唇に残っていた。ホームズが酒瓶を手に、椅子の上からのぞき込んでいる。

「やあ、ワトスン」なつかしい声がした。「すまない、ほんとうに。まさか、こんなに驚かすことになろうとは思わなくて」

わたしはホームズの腕をつかんだ。

「ホームズ！　ほんとうにきみなのか？　まさか生きてるとは！　あの恐ろしい滝壺からいったいどうやって這い上がったんだ？」

「まあ、待ってくれよ。いま、そんなこみいった話をしても平気なのかい？　あんな芝居がかった現われ方をしたもんで、度肝《どぎも》を抜かれたんだろう」

「もう大丈夫だ。だけど、正直なところ、まだこの目が信じられんよ。ホームズ、まさか――まさかきみが、ぼくの書斎に立ってるなんて」もう一度袖をつかんでみると、たしかにそこには細い筋肉質の腕があるのが感じられた。「うむ、とにかく幽霊じゃないようだな。ああ、こんなうれしいことはないよ。さあ、かけてくれ。そして、どうやってあの恐ろしい谷底から生きて帰ってきたのか、話してくれないか」

わたしと向かい合って腰をおろしたホームズは、いかにも彼らしい無頓着な様子で煙草に火をつけた。古本屋の老人のフロックコートはまだ着ているが、はぎとられた白い髪の毛も古本も、ほかの小道具類はまとめて机の上に積まれている。ホームズはだいぶやせて以前よりいっそう鋭い感じになっていた。ワシのような血色のよくない顔からすると、最近の生活はまともではなかったのだろう。

「やっと身体を伸ばせてほっとしたよ、ワトスン。背が高いくせにずっと何時間も一フィートほど縮まっているなんて、それこそ拷問だった。ところできみ、今夜これから、ちょっと厄介で危ない仕事があるんだが、手を貸してくれないか。そうすれば、ぼくがこんな変装をした理由もわかるだろう。話はその仕事がすんでからのことにしようじゃないか」

「ぼくのほうは話が聞きたくてうずうずしているんだがね。ぜひとも今すぐ聞かせてもらえないか」

「今夜一緒に来てくれるかい？」

「いつでも、どこへでも」

「まったく昔のままだなあ。出かける前に軽く食事するくらいの時間はありそうだな。じゃあ、あの滝壺の話をすることにしよう。あそこから脱出するのは、たいして難しくなかったんだ。なぜって、そもそも落ちてなんかいなかったんだからね」

「落ちていなかった？」

「そうだよ、ワトスン。落ちてはいなかったんだ。だけど、きみへの手紙は嘘じゃない。モリアーティ教授のあの不気味な姿が断崖絶壁の狭い小道に立ちはだかってるのを見たときには、いよいよぼくもおしまいだと観念した。あいつの灰色の目には、冷酷な決意が見えた。だから、あいつに断りを入れて、きみがあとで見たあの短い手紙だけ急いで書かせてもらったんだ。

シガレットケースと登山杖と一緒にその手紙を残して、ぼくは小道を行き止まりのほうへ歩いていった。モリアーティもついてきた。ぼくは追い詰められたかたちになった。あいつは武器など出したりせず、長い両腕で猛然とつかみかかってきた。悪運も尽きたと悟って、あとはぼくに復讐することしか頭になかったんだろう。ぼくらは滝の崖っぷちで取っ組み合ったまま、よろめいた。だがね、ぼくには日本の格闘技、バリツの心得があったから――これまでにも何度か役に立ったことがあるんだが――相手の腕をさっとすり抜けた。[*2] すると、あいつは恐ろしい悲鳴をあげながら、しばらく死にもの狂いで足を蹴り上げたり両手で空《くう》をかきむしったりしていたが、ついにバランスを失ってまっさかさまに落ちていった。崖っぷちからのぞくと、はるか下のほうに落ちていき、岩にぶつかってもんどりうったかと思うと、しぶきをあげて水にのまれていった」

煙草をふかしながら語る、ホームズ。わたしは驚きに目をみはりながら聞き入っていたが、不意に声をあげた。

「でも、足跡が！　足跡が二人分、小道の行き止まりに向かっていて、どちらも引き返した形跡はなかったぞ。ぼくはこの目でしっかり見たんだ」

「そのわけはこうさ。教授が崖から落ちた瞬間、これはまさに運命が恵んでくれた千載一遇《せんざいいちぐう》のチャンスだとぼくは気づいた。ぼくの命を狙っているのはモリアーティひとりってわけじゃない。ボスが死んだとなればなおさら、募る復讐心をぼくに向けてくるやつが、少なくとも三人はいる。しかも、そろいもそろって危険な人物だ。いずれ、きっと誰かにやられることになるだろう。しかし、ぼくも一緒に死んだと世間の人たちが思い込めば、やつらは好き放題し始めるだろう。おおっぴらに動きだしたところを、いずれ一網打尽《いちもうだじん》にしてやればいいわけだ。ぼくがまだ生きていると教えてやるのは、それからでもいい。われながら、たいした頭のはたらきだったよ。モリアーティ教授がライヘンバッハの滝の底で水しぶきをあげるまでに、ぼくは早くもそれだけのことを考えていたのさ。

ぼくは立ち上がって、うしろの岩壁を調べた。きみがあのときのことを生き生きと伝えた文章を何カ月かしてから読ませてもらったが、『断崖絶壁』と書いていたね。厳密に言うと、あれはまちがいだ。小さな足場がいくつかあったし、岩棚のようになったところもあったんだよ。崖は高くてよじ登れそうにないが、かといって足跡を残さずに濡れた小道を戻ることは不可能だ。こういう場合に何度かやったことのある手で、靴を前後反対にして履くというのも考えられるが、同じ方向に向かう足跡が三組になっては、すぐにごまかしだとばれてしまうだろう。

結局、いささか危険だが、高い崖をよじ登るのがいちばんましなようだった。ワトスン、あんまり気分のいいことじゃなかったよ。下から滝のうなりがごうごう聞こえるし、幻覚にとらわれるようなぼくでもないのに、滝の底から助けを求めるモリアーティの叫びが聞こえるような気までしてきた。紙一重で、奈落の底だ。草をつかむ手や濡れた岩にかけた足がふとすべって、もうだめだと思ったことも何度かあった。しかし、決死の覚悟で登り続け、ついに岩棚にたどりついた。奥行きが五、六フィートほどあって、柔らかい緑の苔におおわれ、人目につかずゆっくり横になれる場所だ。ワトスン、きみたちが熱心に、でも能率のよくないやり方でぼくが死んだ状況を調べているころ、ぼくはそこにゆっくり横たわっていたというわけなんだ。

やがてきみたちは、当然ながらまったくまちがった結論に達して、ホテルへ引き揚げていき、ぼくはひとりになった。やれやれと思ったそのときだ。まったく思いがけないことが起こって、冒険は終わっていないことを、まだまだ驚くことが残っていることを思い知らされた。

頭上からうなりをあげて、巨大な岩が落ちてきたんだ。岩はぼくをかすめて小道にぶつかり、もんどりうって滝壺へ飛び込んだ。一瞬事故かと思ったが、はっと見上げたところ、暮れなずむ空を背景に人の頭が見えた。すると、もう一度巨大な岩が落ちてきて、岩棚にいるぼくの頭から一フィートと離れていないところにぶつかった。意味はもちろんはっきりしている。モリアーティはひとりで来たわけじゃなかったんだ。仲間が——ひと目で危険なやつだとわかる仲間が——ずっと見張っていたんだ。そして、遠くから気づかれないようにして、自分の仲間は死んだがぼくは助かったのを、見届けていたわけだ。しばらく様子をうかがってから、回り道をして崖の上に出て、失敗した仲間に代わって自分が手を下そうとしたんだろう。

これだけのことを考えるのに、さして時間はかからなかったよ。崖の上から凶暴な顔がまたのぞき込んだ。次の岩が落ちてくる前ぶれにちがいない。ぼくは小道へ這い下りたよ。とても落ち着いて下りたなんてもんじゃない。登りより百倍もたいへんだったが、危ないなんて考えてる余裕はなかったね。なにしろ、岩棚に手をかけてぶらさがるやいなや、三つめの岩がうなりをあげて落ちてきたんだから。途中まではすべり落ち、手足をすりむいて血だらけになりながら、なんとか小道に降り立つことができた。運がよかったよ。それからは一目散に駆け、暗い山中を十マイルも走り通して山を越え、一週間後にフィレンツェにたどりついた。もちろん、ぼくのその後は世界中のだれひとり知る者がいない。

だが、たったひとりにだけ真実を打ち明けた。兄のマイクロフトにだ。ワトスン、きみにはほんとうにすまなかった。だけどあのときは、世間にぼくが死んだと思わせなくちゃならなかったんだ。死んだと信じていなければ、きみだってあれほど真にせまるぼくの最期を書くことなどできなかっただろう。この三年というもの、きみに手紙を書こうと何度思ったかしれないが、そのたびに思いとどまった。きみが真実を知れば、ぼくへの親愛の情から、秘密を守りきれないようなことになるんじゃないかと思えてね。

きょう、きみがぶつかって本を落としたとき、あわててその場を離れたのも、同じ理由からなんだ。あのときぼくは、危険な立場にあった。きみがちょっとでも驚いたり感激したりすれば、ぼくの正体がばれて、取り返しのつかないことになっていただろう。ただ、マイクロフトには打ち明けないわけにいかなかった。金の必要があったからだ。

ロンドンでは、ぼくの思いどおりにならず、モリアーティ一味の裁判で、最も執念深い敵となりそうな最も手ごわい二人が釈放されてしまった。そこでぼくは、二年のあいだチベットを旅し、ラサでラマの長と何日か過ごしたりして楽しんだ。シーゲルソンというノルウェー人のおもしろい探険記を読んだことがあるかい？　まさか、あれが自分の友人の著書だとは思わなかっただろう。それからぼくはペルシャ（現在のイラン）を通って、メッカに寄り、ハルトゥームでは短いあいだだがカリフと会って、興味深い体験をした。外務省には全部報告してあるんだがね。それからフランスに戻って、南フランスはモンペリエの、とある研究所で数カ月、コールタールの誘導体の研究をした。

満足のゆく研究結果が出たし、いまロンドンにいる敵はひとりだけだとわかったので、帰国しようと思っていたところへ、このパーク・レーン事件のニュースだ。急遽活動を開始したよ。事件そのものにも興味をそそられたが、それだけでなく、ぼく個人の問題を解決するチャンスもつかめそうな気がしたからね。すぐロンドンに戻ってベイカー街の下宿に顔を出したら、ハドスン夫人を気絶するほどびっくりさせてしまったよ。マイクロフトに頼んであった部屋も書類も、まったく昔のままだった。

そういうわけで、きょうの午後二時には、懐かしい部屋の懐かしい肘掛け椅子におさまった。ただひとつだけ、懐かしい親友ワトスンがいつもの椅子に腰かけていてくれないことは惜しかったがね」

以上が四月のあの夕方に聞いたことだが、じつにおどろくべき物語ではないか。ホームズにふたたび会えるなどとは夢にも思っていなかったから、あのやせた長身と鋭く精悍な顔が目の前になかったら、とうてい信じられなかったところだ。どこで聞いたものか、ホームズはわたしの身に起こった悲しい離別を知っていて、言葉よりも態度で温かい同情を示してくれた。

「悲しみには仕事がなによりの良薬になるよ、ワトスン。今夜、ぼくら二人には仕事がある。うまくやりおおせることができれば、ぼくらがこの世に生きた証《あかし》にもなろうというものだ」わたしはもっとくわしい説明を求めたが、無駄だった。「朝までには何もかもわかる。この三年間の積もる話もあることだ。それで九時半まで時間をつぶして、それから、空き家の冒険に乗り出そうじゃないか」

時間になって、ポケットにリヴォルヴァーを忍ばせ、冒険への期待に胸躍らせながら二輪馬車にホームズと並んで乗り込むと、まるで昔に帰ったようだった。落ち着きはらって厳しい表情で押し黙っている、ホームズ。街灯の光に照らされるたびに、深く眉を下げて薄い唇を固く結び、思索にふけるようなその顔が浮かび上がる。いったい、犯罪都市ロンドンの暗黒のジャングルで、どんな野獣を狩り出そうとしているのだろう。この名狩人の様子からすると、きわめて危険な狩りであることだけは、たしかだ。それとともに、修道僧のような暗い顔に時おり浮かぶ冷笑が、獲物にとってひどく不吉な前兆であることも、まちがいなかった。

ベイカー街に向かうのかと思っていると、ホームズはキャベンディッシュ・スクウェアの角で馬車を止めた。鋭い目つきで左右をうかがいながら馬車を降り、それからも曲がり角にさしかかるたび、あとをつけられていないかどうか異様に神経を使って確かめていた。たどる道筋がまた、ずいぶんへんだった。ホームズはロンドンの裏道を知り抜いている。わたしがまったく知らないような馬屋のあいだの網の目のような路地を、自信たっぷりの足どりでさっさと通り抜けていった。

やがて、古い陰気な家が並ぶ小さな通りへ出ると、さらにマンチェスター街、ブランドフォード街へと進んでいった。ここでホームズは、とある狭い路地へすばやく飛び込んだ。木戸をくぐり抜けて人けのない裏庭に入り込み、鍵を取り出してある家の裏口を開けた。二人でその家に入ると、ホームズがドアをまた閉めた。

中は真っ暗闇だが、すぐに空き家だとわかった。歩くたびにきしむ、むきだしの床、伸ばした手に触れる破れて垂れ下がった壁紙。ホームズのやせた冷たい手に手首をつかまれ、わたしは長い廊下の奥にひっぱられていった。やがて、ドアの上の薄暗い明かりとり窓がぼんやり見えた。ホームズはそこでいきなり右に曲がり、広い方形の部屋に入った。四隅は真っ暗で、部屋の中央だけ表通りの明かりでぼうっと明るんでいる。近くに街灯はなく、窓には厚く埃が積もり、お互いの顔がやっと見分けられるくらいだった。ホームズが、わたしの肩に手を置いて、耳もとでささやいた。

「どこにいるかわかるかい？」

わたしは埃だらけの窓から外を見た。「ベイカー街らしいね」

「そのとおり。ぼくらの古巣の真向かいにあるカムデン・ハウスだよ」

「でも、どうしてこんなところへ？」

「あの美しい建物が、思う存分に眺められるからだ。ワトスン、姿を見られないように十分気をつけて、もうちょっと窓に近づいてごらん。数々の冒険に出かけていった、あの懐かしい部屋を見上げてみるといい。三年間留守をしたあいだにきみを驚かせる力はなくなってしまったかな」

わたしはそっと前に出て懐かしい窓に目をやった。視線が窓に届いた瞬間、はっと息をのんだ。明かりが煌々とついた部屋のブラインドがおりた窓に、椅子にかけた男の影がくっきりと黒く映っている。頭の傾け方、肩のいからせ具合、とがった顔だち。顔がやや横向きになっているところが、祖父の時代にはやった黒い影絵を思わせる。しかし、いずれにしてもまちがいない。あれはホームズの姿だ。驚きのあまり、わたしは思わず手を伸ばして、自分の隣にホームズがほんとうにいるかどうか確かめずにはいられなかった。ホームズは笑いをこらえて身を震わせていた。

「どうだい？」

「なんてことだ！」わたしは声をあげていた。「いや、驚いたな」

「わが変幻自在の才は、歳月にも枯れず、習慣にも朽ちず、というところかな」ホームズの声には、芸術家が自分の作品に対してもつような喜びと誇りが感じられた。「ぼくにそっくりだろう？」

「ほんとうにきみだと思ったくらいだ」

「あれを数日がかりで完成させた製作者、グルノーブルのオスカル・ムニエ氏を讃えなくちゃいかんな。つまり、あれは蠟人形なのさ。今日の午後、ぼくがしかるべく配置しておいたんだ」

「いったいなんのために？」

「どうしても、ある人物にぼくがあそこにいると思い込んでもらいたいんでね」

「じゃあ、あの部屋がだれかに見張られていると？」

「まちがいなく見張られている」

「だれに？」

「わが旧敵にさ。ライヘンバッハの滝壺にボスが眠る、あの一味の親愛なる残党だ。さっきも言ったように、やつらは、いや、やつらだけが、ぼくがまだ生きていると知っている。ぼくがいつの日にかあの部屋に帰ってくると、やつらは信じていた。そしてずっと見張り続け、ついにけさ、ぼくが戻ってきたことを確かめたんだ」

「どうしてわかったんだ？」

「窓の外を見たら見張りがいたからさ。たいしたやつじゃないが、ユダヤ・ハープの名手で首締め強盗のパーカーという男だ。[*3] そいつひとりだったら問題にもならないんだが、うしろに恐ろしいやつが控えている。あの、崖から岩を落としてきたやつ、モリアーティの腹心だったロンドンでいちばん危険な大悪党さ。ワトスン、そいつが今夜ぼくを狙っているんだが、まさか、逆にぼくらに狙われているなんて思いも寄らないでいるだろうよ」

ホームズの計画がだんだんわかってきた。この絶好の隠れ家から、見張る者が見張られ、追う者が追われているわけだ。むかいの窓の影絵を囮《おとり》にして、わたしたちが狩人となったのだった。わたしたち二人は暗闇の中に立ち、目の前を足早に行きかう人々を、黙ってじっと見張った。声もなく身動きひとつしないホームズだが、身体じゅうの神経を集中させて通行人の流れに目を凝らしているのが、よくわかる。

寒々しい荒れ模様の晩で、通りを吹き抜ける風がヒューヒューうなっていた。かなりの人通りだが、だれもみな上着や襟巻きに顔を埋めている。一、二度、同じ人物を見かけたような気がしたし、少し離れた戸口に風を避けるように立つ二人の男が目についた。ホームズに注意を促そうとしてみたが、じれったそうにちょっと声をあげただけで、通りからじっと目を離さずにいる。幾度となく足をもじもじ動かしたり、指で壁をせわしなくたたいたり。どうやら、思いどおりにことが運ばないのに、いらいらし始めたらしい。

やがて真夜中が近づき、人通りも絶えてくると、とうとう動揺を抑えきれなくなったのか、部屋の中を歩き回りだした。何か言葉をかけようと思ってふと窓に目をやったわたしは、最初に負けず劣らずびっくりした。ホームズの腕をつかみ、指さして声をあげてしまった。

「影が動いたぞ！」

窓に映る影が、もはや横顔ではなく、こちらに背中を向けているのだ。だが、ホームズの辛辣さは、つまり自分よりも鈍い人間に対して容赦しない気の短さは、三年たってもちっとも変わっていなかった。

「動くにきまってるじゃないか、ワトスン。人形だってすぐにわかるようなものを置いてヨーロッパ一悪賢いやつの目をあざむこうとするほど、ぼくがおめでたい間抜けだって思うのかい？　ぼくらがここに来て二時間になるが、そのあいだに八回も、つまり十五分ごとにだな、ハドスン夫人が人形の向きを変えてくれてるんだよ。正面の側から、自分の影は絶対に映らないようにしてね。あっ！」

ホームズは興奮した声を鋭く発して息をのんだ。薄明かりの中で、緊張して全身をこわばらせ、頭を前に突き出している。さっきの二人づれはまだ戸口にうずくまっているのかもしれないが、姿はもう見えない。静寂と闇があたりをすっかり覆い、ただむかいの窓だけが煌々と黄色く、中央に黒い影をくっきりと映していた。沈み込むような静けさの中でふたたび、極度の興奮を押し殺したホームズの鋭いつぶやきがかすかに聞こえた。と思うと、わたしは部屋の隅のいちばん暗いところへひっぱりこまれ、片手で口をふさがれていた。ホームズの指が震えている。こんなに興奮しているホームズは初めてだった。しかし、暗い通りには相変わらず人けがなく、動くものもない。

そこでやっと、ホームズの鋭い感覚がいちはやくとらえていたものに気づいた。くぐもったかすかな音が、ベイカー街のほうからではなく、わたしたちの潜んでいる家の裏手から聞こえてきたのだ。ドアが開いて、閉まった。廊下を忍び歩く足音がする。どんなにこっそり歩こうと、空き家じゅうに響いてしまうのだ。

ホームズが背中を壁に沿わせてうずくまったので、わたしもそれにならい、銃をしっかり握り締めた。目を凝らすと、開いたままの暗い戸口に闇よりも黒い人影がぼんやり見える。影の動きがふと止まったかと思うと、やがて、かがんだ姿勢でずかずかと部屋に入ってきた。不気味な影が三ヤード近くまで迫り、わたしは敵の攻撃に備えて身構えたが、相手にはわたしたちがいることをまだ気づかれていないようだった。

われわれのすぐ前を通ると、影は忍び寄った窓をそっと半フィートほど押し上げた。開いた窓のところまで身をかがめた男の顔を、表通りの明かりがもはや埃だらけのガラス越しでなく、まともに照らしだした。われを忘れるくらい興奮しているようだった。二つの目を星のように光らせ、顔じゅうをピクピクひきつらせている。かなりの年配だ。肉の薄い突き出した鼻、高く禿げ上がった額、白髪まじりのたっぷりした口ひげ。オペラハットをあみだにかぶり、はだけた外套から夜会服のシャツの胸が白くのぞいている。やせこけた浅黒い顔に、残忍そうなしわが深く刻まれている。

手にしたステッキのようなものを床に置くと、カチャッという金属性の音がした。それから、外套のポケットからかさばるものを取り出して、しきりに何かしていた。ばねかボルトがはまったような、カチッという鋭い音。今度は、床にひざまずいて前にかがみ、てこのようなものに全身の重みと力をかける。しばらくギーギー回るような音が聞こえたのに続いて、ふたたびカチッという大きな音がした。男が立ち上がった。手に持っているのは、不格好な台尻が付いた奇妙な形の銃だった。銃尾を開いて何かを詰め、カチンと尾栓を閉めた。そしてまたしゃがむと、開いた窓の桟に銃身の先を据えた。長い口ひげが銃床にかぶさり、狙いを定める片目が、きらりと光る。台尻を肩にあて、銃口の先の、黄色い窓にくっきりと黒い影となっているあの驚くべき標的を見ると、男の口から満足げなため息がかすかに漏れた。

一瞬、男は身体を固くして動かなくなった。そして、指が引き金をひいた。ヒュッという奇妙な高い音がして、チャリーンとガラスの割れる音が響いた。そのときだ、狙撃者の背中にホームズがトラのように飛びかかり、うつ伏せに組み敷いた。すぐに起き直った男が、ホームズの喉もとに必死でつかみかかる。そこへわたしが、銃の台尻で頭を一撃。男はふたたび床に倒れた。わたしがかかっていって男を押さえつけると、ホームズは呼び子を高々と鳴らした。歩道を駆けてくる靴音がしたかと思うと、制服巡査二人と私服刑事がひとり、正面玄関から部屋に飛び込んできた。

「やあ、レストレード君か」と、ホームズが声をかける。

「そうです、ホームズさん。わたしがこの事件を担当しているんですよ。お帰りなさい」

「たまには民間人の協力も必要じゃないかと思ってね。迷宮入りの殺人事件が、年に三件もあっちゃ、困るだろう。しかし、モウルジー事件、あれだけはいつもと違って……いや、その、なかなかみごとなお手並みを拝見したよ」

すでに全員が立ち上がり、腕っぷしのいい警官に両腕をつかまれた犯人は息をはずませていた。通りには、早くも野次馬が集まり始めている。ホームズが歩み寄って窓を閉め、ブラインドを下ろした。レストレードがロウソクを二本取り出し、警官がランタンの遮光板を開けたので、犯人の顔がようやくはっきりと見えた。

われわれに向けられた顔は、とても勇ましいがきわめて凶悪なものだった。哲学者かと思うような額に好色家じみた顎のこの男は、きっと善悪いずれの面でもたいした能力を発揮できたことだろう。しかし、残忍そうな青い目や、だらりと垂れて冷笑しているようなまぶた、獰猛《どうもう》な攻撃を思わせる鼻、深いしわの刻まれた威嚇的《いかくてき》な額には、造化《ぞうか》の神が危険信号を発しているのを感じずにはいられない。男はほかの連中に目もくれず、憎悪と驚嘆が半々の表情でホームズの顔をじっと見据え、ずっとつぶやき続けている。

「悪魔め！　こざかしい悪魔め！」

ホームズは、乱れたカラーを直しながらそれに応えた。「やあ、大佐、『旅路の果ては、恋する者のめぐりあい』とかいう昔の芝居のせりふじゃないが、お久しぶり。*4 ライヘンバッハの滝でごめんどうをおかけして以来ですな」

大佐はまだ放心したようにホームズを見つめ、「悪賢い悪魔め！」とつぶやきを繰り返すばかりだった。

「みなさんにはご紹介がまだでしたな」とホームズ。「こちらは、かつて大英帝国インド陸軍にいらした、モラン大佐。わが東方帝国インドが生んだ、猛獣狩りの名人です。大佐、たしか、あなたのトラ狩りの記録はまだ破られていませんでしたよね」

凶暴な老大佐は答えもせず、ホームズの顔をにらみつけるばかりだ。残忍な目に、荒々しく逆立つ口ひげからして、大佐自身がまさにトラだった。

「あなたほど老練な狩猟家《シカーリー》が、こんなに単純な計略にひっかかるとは、意外でしたね。ありふれた手じゃありませんか。ほら、木の下に子ヤギをつないでおいて、鉄砲を抱えて木の上に隠れ、囮につられてのこのこやってくるトラを待ち伏せるという、あれですよ。あなたもずいぶんおやりになったはずだ。さしずめ、この空き家が木で、あなたがトラってわけですよ。それに、トラが何頭も現われたり万一狙いをはずしたりした場合に備えて、控えの射手を手配しておくこともありますね」ホームズはぐるりとわれわれを指さした。「ここにいるのがぼくの控えの射手です。何から何までぴったり符合するじゃありませんか」

かっとしたモラン大佐がうなりながら飛びかかろうとして、警官たちにひきずり戻された。見るも恐ろしいばかりの、怒りの形相だ。

「じつは、こっちにもちょっとびっくりさせられたことがあったんですよ」とホームズ。「まさかあなたまで、この空き家のこの絶好の位置にある窓を使うとはね。通りから狙うものとばかり思って、レストレード君と部下の諸君にはそっちで待機してもらっていたんですが。まあ、それ以外は何もかも予想したとおりでした」

モラン大佐が刑事のほうを向いた。

「この逮捕に正当な理由があるのかどうか知らんが、少なくとも、黙ってこいつに愚弄されるがままでいる理由はない。法に従った逮捕なら、法に従ってさっさと連れていってもらおうじゃないか」

「なるほど、ごもっとも」とレストレード。「ホームズさん、連行する前に何かおっしゃっ

ておくことがありますか？」

ホームズは、床から強力な空気銃を拾い上げて構造を調べていた。*5

「きわめて独創的なすばらしい武器だ。音はしないし、おそろしく強力だし。故モリアーティ教授が、フォン・ヘルダーという盲目のドイツ人技術者につくらせたものだな。前から存在を知ってはいたが、実物を手にとって見るのは初めてだ。レストレード君、だいじに保管してくれたまえ。それから、この特製の弾丸も」

レストレードはみんなと一緒に戸口に向かった。「責任をもってお預かりしますよ、ホームズさん。ほかには何か？」

「どんな容疑で告発するつもりか、それだけ聞かせておいてもらいたい」

「容疑？　シャーロック・ホームズ氏の殺人未遂に決まってるじゃありませんか」

「いや、レストレード君。ぼくはこの事件に、いっさい名前を出したくないんだ。犯人逮捕のお手柄はきみだけのものだよ。おめでとう、レストレード君！　当局が全力をあげてなおつかまえられなかった犯人を、いつもながらの巧妙かつ大胆なやり方でみごとに逮捕したね」

「いったいどういうことですか？　ホームズさん」

「きみが逮捕したのは、先月三十日、パーク・レーン四二七番地三階正面の開いた窓越しにロナルド・アデア卿を空気銃のダムダム弾で射殺した犯人だ。それがこのセバスチャン・モラン大佐の容疑だよ、レストレード君。じゃあ、ワトスン、壊された窓の隙間風をがまんできるならだが、ぼくの書斎で葉巻でもやりながら、ためになるおもしろい話を聞かせてあげよう」

かつてのわれわれの部屋は、マイクロフト・ホームズが目を配りハドスン夫人が手をかけてくれていたおかげで、昔とちっとも変わらないままだった。あまり整然と片づきすぎていて、すぐにはなじめない感じがしたが、主なものはみんな昔どおりの場所に収まっていた。片隅には、酸で汚れた安板張りのテーブルと、化学の実験設備。棚の上には、相当数のロンドン市民が焼き捨ててしまいたいと思うだろう驚異のスクラップブックと、参考書のたぐい。そして、図表類、ヴァイオリン・ケース、パイプ立て。さらに、煙草入れになっているペルシャ・スリッパに至るまで、見回すとすべてがあった。

先客が二人いて、そのひとりハドスン夫人は、にこやかな笑顔でわれわれを迎えてくれた。もうひとりは、今夜の冒険できわめて重要な役割を果たした、ホームズにうりふたつの蠟人形だ。ホームズの古いガウンを着せて、小さな台に据えてあるその人形のできばえは完璧で、通りからだと絶対に本人と見間違えるだろう。

「指示のとおりにやっていただけたでしょうね、ハドスンさん」とホームズが言った。

「おっしゃったとおり、膝をついて這っていきましたよ」

「けっこうです。じつにうまくやってくださいました。弾がどこに当たったか、ごらんになりましたか?」

「見ましたとも。りっぱなお人形をだいなしにしてしまいましたよ。なにしろ、頭を突き抜けて壁に当たったんですから。絨毯の上に落ちたのを拾っておきました。これですわ」

ホームズが手にとって、わたしに見せた。「ほら、ワトスン、やっぱりリヴォルヴァー用のダムダム弾だよ。まさに天才的だ——空気銃からこんなものが飛び出すとは、だれだって思わない。ハドスンさん、ほんとうにありがとうございました。さあ、ワトスン、昔のように、その椅子にかけてくれないか。いくつか話し合いたいことがあるんだ」

くたびれたフロックコートをすでに脱ぎ捨て、人形に着せてあったねずみ色のドレッシング・ガウンを着たホームズは、すっかり昔の彼に戻っていた。

「ほう、あの老練な狩猟家、度胸も目の鋭さも昔のまま衰えていないな」自分の人形の砕けた額を見て笑いながら言う。「後頭部のど真ん中に命中して脳をぶち抜いているよ。インドでいちばんの射撃の名手ではあったが、ロンドンでも右に出る者はそういないだろうね。あいつの名前を聞いたことがあったかい?」

「いや、ないな」

「いやはや、名声なんてそんなものだ! しかし、たしかきみは、今世紀最高の頭脳の持ち主であるひとり、ジェイムズ・モリアーティ教授の名前だって知らなかったんじゃなかったかな。そこの棚から、ぼくのつくった人名録をとってくれないか」

ホームズは、椅子に深くもたれて葉巻の煙をさかんに吹き上げながら、めんどうくさそうにページを繰った。

「いやはや、Mの項は壮観だなあ。モリアーティだけでも迫力たっぷりだっていうのに、そのうえどうだ、毒殺魔のモーガン、思い出すだけで胸が悪くなるメリデューときた。チャリング・クロス駅の待合室でぼくの左の犬歯をへしおってくれた、マシューズも。そして最後に、今夜のモランだ。じつにそうそうたる顔ぶれじゃないか」

ホームズが人名録を渡してよこしたので、わたしは読みあげた。「セバスチャン・モラン大佐。無職。もとベンガル第一工兵隊所属。一八四〇年、ロンドン生まれ。父は、もとペルシャ公使、バース勲爵士の、サー・オーガスタス・モラン。イートン校およびオックスフォード大学に学ぶ。ジョワキ戦役、アフガン戦役に従軍、チャラシアブでは殊勲者報告書に名を連ね、シェプール、カブールと転戦。著書、『西部ヒマラヤの猛獣狩り』(一八八一年)、『ジャングルの三カ月』(一八八四年)。住所、コンデュイット街。所属クラブ、英印クラブ、タンカヴィル・クラブ、バガテル・クラブ」

余白には、「ロンドン第二の危険人物」という、ホームズのきちょうめんな字による書き込みがあった。

「おどろいたね。軍人として立派な経歴の持ち主じゃないか」わたしは人名録をホームズに返した。

「そのとおり。ある時期までは、まっとうだったんだ。もともと鉄のような神経をしていて、手負いの人食いトラを、排水溝を這ってまで追いかけていったエピソードなんかは、インドでいまも語りぐさになっている。ワトスン、ある高さまではまっすぐに伸びたのに、突然ひん曲がって醜い姿になる木があるだろう？　人間にもそういうやつがよくいるんだよ。ぼくの説ではね、ひとりの人間は成長するあいだに、祖先から受け継いだものをすべて現わす。善悪どちらに向かうにしろ、そんなふうに急に変化するというのは、その血筋に入ってきた強力な要因のせいだ。個人は、いわば一族の歴史の縮図なのさ」

「なんだか信じがたいね」

「まあ、ぼくもこだわるつもりはないよ。ともかく、モラン大佐は悪の方向に曲がり始めた。おもてだって悪い噂がたったわけじゃないが、インドにいづらくなった。退役してロンドンへ戻ったものの、またも悪い評判がたち始めた。このときモリアーティ教授に目をつけられて、一時は幹部にまでのしあがったんだ。モリアーティはあいつに惜しまず金をやって、並みの悪党の手には負えないような最高レベルの仕事だけをやらせた。一八八七年にローダーでスチュアート夫人が死んだ事件を覚えているだろう。覚えていないかい？　たしかにモランのしわざなんだが、どうしても証拠がつかめなかった。手際が鮮やかで証拠を残さないものだから、モリアーティ一味が壊滅したときも、あいつだけは罪を免れたんだ。いつだったかきみの部屋を訪ねたとき、ぼくが空気銃を恐れて鎧戸を閉めたことがあっただろう。きみはくだらない妄想だと思ったかもしれないが、当然の警戒をしただけなんだ。あの恐るべき銃のことも、世界でも指折りの射撃の名手がそれを使うことも、知っていたからね。ぼくらがスイスへ行ったときも、あいつはモリアーティと一緒に追いかけてきた。ライヘンバッハの岩棚でぼくに五分間も恐怖を味わわせてくれたのも、間違いなくあいつだ。

　なんとかあいつを監獄へぶち込むチャンスはないものかと、フランスにいるあいだも、ぼくは注意して新聞を読んでいた。あいつが大手を振ってロンドンを歩いているかぎり、生きた心地がしなかったんだ。夜となく昼となくあいつの影に脅かされて、いつかきっとやられてしまう。では、どうすればいいか。まさか、見つけしだい射殺するというわけにもいくまい。こっちが被告席に立つはめになるからね。治安判事に訴えても無駄だ。確かな証拠もないんだから、法の力を行使するわけにはいかない。結局どうしようもなかった。

　しかし、いつかはきっとしっぽをつかまえられると信じて、犯罪ニュースに気をつけていた。そこへ、ロナルド・アデア殺しだ。ついにチャンス到来さ。知ることのできた情報から考えて、モラン大佐のしわざにちがいなかった。あの青年とカードをやった大佐が、クラブから家まであとをつけていって、開いた窓越しに撃った。疑問の余地なしだ。弾丸の証拠だけでも、絞首台送りにできる。

　ぼくはただちにロンドンへ戻ってきたが、見張りをすり抜けることはできなかった。大佐にはすぐに知られるだろう。ぼくが急遽帰国したことを自分の犯罪と結びつけて考え、ふたたびあの恐るべき銃を使うはずだ。ぼくは窓辺にすばらしい標的を用意しておいて、万一に備えて警察に応援を求めた。ワトスン、きみも警官たちが戸口にいるのにちゃんと気づいたようだったね。それにしても、ぼくが見張りにうってつけだと選んだあの場所を、まさかあいつも狙撃地点に選ぶとはな。

さあ、どうだいワトスン、まだ説明すべきことがあるかい？」

「あるさ。モラン大佐がロナルド・アデア卿を殺した動機については？」

「ああ、それか。どのみち推測の域を出ないから、どんなに論理的な頭脳でも間違う可能性はある。いまのところの証拠をもとに各自がそれなりの仮説を立てられるわけであり、その仮説が正解する確率は、きみもぼくも似たり寄ったりだよ」

「じゃあ、きみの考えは？」

「事実を説明するのは、それほど難しくない。モラン大佐がアデア卿と組んでカードでかなりの勝ちをあげたことが、証言でわかっている。ところで、モランがいかさまをやっていたのは、まちがいない。ぼくはいかさまのことを前から知っていたんだ。事件の日、たぶんアデアがモランのいかさまに気づいたんだろう。そしておそらく、二人だけのところでアデアはモランに、自発的にクラブを脱会して、そのうえでもうカードに手を出さないと約束しなければ、不正を暴露すると迫ったんだろう。アデアのような若者が、ずっと年上の高名な人物のスキャンダルを、いきなり言いふらすようなまねをするはずはない。きっとそんなことだったと思うよ。

　一方モランは、クラブを追放されてしまっては身の破滅だ。いかさまの収入に頼っていたんだからね。それで、アデアを殺した。殺された青年は、組んだ相手のいかさまで儲かった金を懐に入れるわけにはいかないと、返すべき金額を計算していたんだよ。部屋に鍵をかけたのは、不意に母親や妹が入ってきて紙に書いた名前や金額に目をとめ、うるさくわけをきかれてはかなわないと思ったからだろう。さあ、こんなところでどうだ?」

「うん、まさにそれが真相だと思う」

「真偽のほどは、そのうち裁判ではっきりするだろう。いずれにせよ、ぼくらはもう二度とモラン大佐に悩まされないですむだろうし、あの名高いフォン・ヘルダーの空気銃は、スコットランド・ヤードの博物館を飾ることになるだろうね。かくしてシャーロック・ホームズ氏は、ふたたび自由に、ロンドンの複雑な生活からふんだんに生み出されるちょっとした興味深い事件を捜査するために、その人生を捧げることができるようになったというわけだ」

ノーウッドの建築業者

The Adventure of the Norwood Builder

「犯罪専門家の立場から言わせてもらうと、モリアーティ教授亡きいま、ロンドンは不思議と退屈な都市になったなあ」

シャーロック・ホームズの口から出た言葉に、わたしは応えた。「善良な市民の大半は、その意見に賛成しないと思うがね」

「まあ、そうだろうな。ぼくの勝手を言っちゃいかんか」ホームズは朝食のテーブルから椅子を引きながら、にやにやして話を続けた。「たしかに、教授の死は世の中のためになった。損をしたのは、仕事がなくなった哀れな専門家だけなんだから。それにしても、教授の活躍中は、毎朝の新聞に無限の可能性があったものだ。ほんのわずかな痕跡、かすかなヒントにすぎないことも多かったが、それでも、あの偉大な頭脳の持ち主が黒幕だってことを察知するには十分だった。そう、クモの巣の縁のかすかな震えから、真ん中に凶悪なクモが潜んでいることに気づくようにね。こそ泥や行きずりの暴力沙汰、目的のわからない乱暴などでも、糸口をつかんでいる者の目で見ればことごとく関連をたどって全体像を解明することができる。

あのころのロンドンは、高度な犯罪社会を科学的に研究するには、ヨーロッパのどこの首都よりもうってつけの都市だったが、それがいまじゃどうだい――」ホームズは肩をすくめ、自分自身があれほど力を尽くした結果である現状に、冗談まじりとはいえさかんに不平を唱えた。

それは、ホームズがロンドンに戻って数カ月たったころのことだった。わたしはホームズに求められるまま、開業医の仕事を人に譲り、ベイカー街の古巣でふたたび一緒に暮らしていた。ケンジントンのわたしのささやかな医院の権利は、ヴァーナーという若い医者が、思い切ってつけたこちらの言い値にほとんど文句もつけずに買ってくれた。数年後になって初めて、ヴァーナーがじつはホームズの遠い親戚で、あのとき実際に金を出したのはなんとホームズだったとわかったのだった。

ふたたび二人で暮らし始めて以来の何カ月間かに、ホームズが嘆くほど事件が起こらなかったわけではない。覚え書きを見れば、中米サン・ペドロ共和国の前大統領ムリリョの書類事件も、われわれ二人が危うく命を落としかけた、オランダ汽船フリースランド号のおそろしい事件も、書きとめてある。ただ、冷ややかで誇り高いホームズが、いずれの事件でも派手に騒がれるのを嫌って、自分のことも自分の秘策や手柄についても書くべからずと厳命しただけのことだ。以前にも書いたことがあるが、禁止が解けたのがごく最近になってからなのである。

気まぐれな不満を並べておいてホームズは椅子の背にもたれ、のんびりと朝刊をめくり始めた。そのとき、呼び鈴がものすごい勢いで鳴り響いて、二人ともぎょっとしてしまった。続いて、だれかが玄関のドアを拳でたたく、ドンドンとうつろな音。ドアが開くと、あたふたと玄関へ駆け込む音のあとから、急いで階段を駆け上がる気配がしたかと思うと、ひとりの青年が目を血走らせ、血相を変えて部屋に飛び込んできた。顔は青ざめ、髪を振り乱し、ハアハアと息を切らしている。わたしたちの顔を代わる代わる見比べて、けげんそうな目つきに気づいたらしい。

「ホームズさん、失礼しました。どうかお許しください。今にも気がへんになりそうなんです。ぼくは、あの、不運なジョン・ヘクター・マクファーレンです」

まるで、名前さえ出せば来訪の目的も取り乱した態度もすべて納得してもらえるとでも言わんばかりの口ぶりだ。ホームズの顔に反応はなく、わたしと同様、ただあっけにとられているようだった。

「マクファーレンさん、まあ、一本いかがですか」ホームズはシガレットケースを押しやった。「こちらのワトスン先生が、きっとあなたの症状に効く鎮静剤を処方してくれますよ。なにしろ、この二、三日はやけに暖かかったですからね。さあ、少し落ち着かれたら、その椅子にかけて、あなたがどういうかたで、ご用件は何なのか、静かにゆっくりお話しください。先ほどは、あなたのお名前を当然ぼくが知っているはずという口ぶりでしたね。でも、ぼくにわかっているのは、あなたが独身で、事務弁護士で、フリーメイソンの会員で、喘息をおもちだという、だれにでもすぐわかるようなことだけなんですから」

ホームズのやり方に慣れているわたしには、青年の服装の乱れ、法律書類の束、時計の鎖にある装飾、荒い息づかいなどから、推理の糸をたどるのはさほど難しいことではなかった。しかし、すっかり度肝を抜かれたマクファーレン青年は、ただただ目を丸くしている。

「そうですとも、ホームズさん、おっしゃるとおりです。もうひとつだけ付け加えると、ぼくはいま、ロンドンじゅうでいちばん不運な人間なんです。お願いです、どうか見捨てないでください！　話がすまないうちに警察がぼくを逮捕しにやってきたら、せめてあなたに真相を話し終えるまで待ってもらえるようお口添えください。あなたがぼくのためにお骨折りくださると思えば、安心して刑務所にも入れようというものです」

「逮捕？　それはまことにけっこうな——いや、じつに興味深い。いったい、どうして逮捕されるんですか？」

「ロウアー・ノーウッドの、ジョナス・オウルデイカー氏を殺した容疑です」

ホームズの顔にはつかのま同情の色が浮かんだが、そこにはかすかな喜びが混じっているようでもあった。

「それはそれは！　ついさっき朝食の席でも、近ごろはあっと驚くような事件にとんとお目にかからないと、このワトスン先生と話していたところなんですよ」

マクファーレンは震える手を、さっきからホームズの膝に載っている『デイリー・テレグラフ』紙に伸ばした。

「これをお読みになっていたら、ぼくの用件はすぐにおわかりいただけたことでしょう。世間の人にぼくの名前も今度の不運もみんな知られていて、だれもがぼくの噂をしているような気がしてしかたがありません」彼は新聞をめくって、真ん中のページを開いた。

「これです。よろしければ読み上げますから、お聞きいただけませんか。『ロウアー・ノーウッドの怪事件』、そして『著名な建築業者、行方不明に。殺人・放火の疑い。犯人の目星つく』という見出し。ホームズさん、警察は犯人の目星をつけて捜査に乗り出しているんですが、追われているのは間違いなくこのぼくなんです。現にいまも、ロンドン・ブリッジ駅からずっとつけられていました。きっと、逮捕状が出るのを待っているんだ。母が知ったら、どんなに嘆き悲しむことか！」

青年は苦しげに両手を握り合わせ、もみ絞るようにしながら、椅子の上でしきりに身体を前後に揺すった。

わたしは、暴力的な事件の犯人として追われているという青年を興味深くながめた。淡黄色の髪、おどおどした青い目、きれいに髭を剃った顔、気弱で感じやすそうな口もと。いかにも疲れた感じで、消極的なタイプながら見目麗しい青年だ。年は二十七くらいだろうか。服装も態度も紳士的で、薄手の夏のコートのポケットからはみ出した裏書済みの書類の束が職業をはっきり物語っている。

「時間を有効に使わなくては。ワトスン、すまないが、その新聞を返してもらって、問題の記事を読み上げてみてくれないか」

ホームズにそう言われてわたしは、さっきマクファーレンが読んだ派手な見出しに続く思わせぶりな記事を読み上げた。

昨夜遅く、いや明けてけさ早く、ロウアー・ノーウッドで重大犯罪をにおわせる事件が発生した。この郊外地区で長年建築業を営んでいる名士、ジョナス・オウルデイカー氏は、五十二歳、独身、シドナム街道のシドナム側はずれにあたるディープ・ディーン・ハウス在住。奇行が目立ち、寡黙《かもく》で人づきあいの嫌いな人物と目されていた。かなりの資産を築いたらしい事業から、数年前に事実上引退している。

とはいえ、同氏宅裏にはいまも材木置場がある。昨夜十二時ごろ、その場所で材木の山のひとつから出火。急報によって消防ポンプ数台がただちに出動したが、乾燥した材木は激しく火の手をあげ、ようやく鎮火したときにはひと山がまるまる焼けていた。

それだけでは単純な火災と変わらないのだが、その後、重大犯罪を暗示するような事実が新たに発見された。不審なことに所有者が火災現場に姿を見せなかったことから、ただちに捜索がおこなわれた結果、オウルデイカー氏は行方不明、部屋のベッドには就寝した形跡がないうえ、室内の金庫は開けっぱなしで部屋じゅうに多数の重要書類が散乱していた。また、殺人につながる格闘の跡か、室内にいくつか小さな血痕が認められ、その場にあったカシ材のステッキの握り部分にも血がついていた。

　同日の夜遅く、オウルデイカー氏が寝室に客をひとり迎えていたことがわかっている。ステッキもその客の所持品と確認された――ジョン・ヘクター・マクファーレン氏。ロンドン東《イースト》・中央《セントラル》地区グレシャム・ビル四二六号[*1]、グレアム・アンド・マクファーレン事務所の若い次席事務弁護士である。捜査当局には、犯罪のきわめて有力な動機につながる証拠をつかんだとの確信があり、今回の事件が注目すべき展開を見せることは間違いあるまい。

　続報――締め切り直前になって入った未確認情報によると、ジョン・ヘクター・マクファーレン氏がジョナス・オウルデイカー氏殺害容疑で逮捕されたとのこと。少なくとも逮捕状が出されたことは確実。ノーウッドでの捜査でその後、さらに発見された恐るべき事実もある。被害者の部屋に格闘した形跡が残っていたことはすでに報じたが、一階にあるその寝室のフランス窓が開いていた、かさばった大きなものを材木置場まで引きずっていった跡がある、炭化した材木の焼け跡で黒焦げの死体が見つかったなどのことが明らかにされている。警察では、犯人は被害者を寝室で撲殺、書類をあさったあと、証拠隠滅のために死体を材木の山まで運んで放火したものと見ている。スコットランド・ヤードのベテラン、レストレード警部が捜査の指揮にあたり、いつもながらの機敏で精力的な活動ぶりを見せた。目下のところ、手がかりを厳しく追及中。

目を閉じ、余裕たっぷりに両手の指先を軽く突き合わせて耳を傾けていたホームズは、わたしが読み終わったところで、いつものもの憂げな口調で言った。

「たしかに、興味深い点がいくつかある事件だ。マクファーレンさん、まずうかがいますが、逮捕されるだけの証拠がそろっているようなのに、いまだにあなたがそうやって自由でいるのはどうしてなんです？」

「それが、ホームズさん、ぼくはブラックヒースのトリントン・ロッジに両親と一緒に住んでいますが[*2]、ゆうべはかなり遅い時間にジョナス・オウルデイカーさんと仕事で会わなくてはならなかったもので、ノーウッドのホテルに泊まったんです。けさホテルを出て、汽車に乗り、今のと同じ新聞記事を読んで初めて、事件のことを知ったようなわけです。恐ろしい危険にさらされていると気づいて、あなたに助けていただこうととるものもとりあえずこちらへうかがいました。もしロンドンの事務所か自宅にいたら、きっと、とっくに逮捕されていたでしょう。現に、ロンドン・ブリッジ駅から尾行がひとり――おや、あれは？」

呼び鈴の音、すぐに続いて階段をどかどか駆け上がる足音がしたと思うまもなく、おなじみのレストレード警部が姿を現わした。その肩越しにちらりと、制服姿の警官が二人、廊下に立っているのが見えた。

「ジョン・ヘクター・マクファーレン君だね？」と警部。青年が真っ青になって腰を浮かしたところで言い渡す。「ロウアー・ノーウッドのジョナス・オウルデイカー氏謀殺の容疑で、逮捕する」

マクファーレンはわたしたちに絶望の身ぶりを見せてから、うちひしがれた様子でまた椅子に腰を落としてしまった。

「レストレード君、ちょっと待ってくれないか。三十分やそこら、きみにはどうってこともないだろう。この人から今、今度の興味深い事件の話をきくところなんだ。ひょっとしたら解決に役立つかもしれないよ」と、ホームズが言った。

レストレードは嫌な顔をした。「事件の解決は、べつに難しくもなんともありゃしませんよ」

「そうかもしれないが、きみさえよければ、ぜひとも彼の話を聞いてみたいんだがね」

「ホームズさん、あなたに頼まれたとあっちゃ、どうも断りにくいですなあ。なにしろ、一、二度はご協力いただいたこともあるし、スコットランド・ヤードとしてもあなたには借りがあるわけですから。ただし、わたしは容疑者のそばを離れるわけにはいきません。それから、警告しておかなければなりませんが、この人がこれから話すことはすべて、あとで本人に不利な証拠として採用されることもありえますぞ」

「それこそ望むところです。とにかく、お願いですからぼくの話を聞いて真相を見きわめてくださいとマクファーレンが言う。

レストレードが時計を見た。「では、三十分だけ待つことにしよう」そこで、マクファーレンが話を始めた。

「まず申しあげておきたいのですが、ジョナス・オウルデイカーさんはぼくのぜんぜん知らない人なんです。名前だけはよく聞いていました。両親の古い知り合いだったからですが、ずっと疎遠になっていました。ですから、きのうの午後三時ごろ、ロンドンのぼくの事務所にあの人が訪ねていらしたのは思いも寄らないことでした。ところが、話を聞いてもっとびっくり。手帳の紙二、三枚に走り書きしたものを——これですが——テーブルの上に出しておっしゃるんです。

『わたしの遺言状です。マクファーレンさん、法律的に正式な書類にしてくださいませんか。できあがるまで、ここに座って待たせてもらいます』

そこで、その書類を写しにかかったところ、またまたびっくり。いくつか条件はついていますが、死んだら財産を全部このぼくに遺すという内容なんです。オウルデイカーさんというのは、眉毛が白くて小柄で、白イタチみたいな感じのするいっぷう変わったかたでした。ぼくが目を丸くして見上げると、灰色の鋭い目でじっと、うれしそうにこちらを見つめているんです。遺言を読みながら、ぼくは自分の頭がへんになったんじゃないかと思いましたよ。しかしあの人が言うには、自分はひとり者でこれといって身寄りもない、若いころ両親と知り合いだったし、きみのことはかねがねりっぱな青年だと聞いていた、くだらない人間に財産は渡したくないから、と。ぼくとしては、わけのわからぬままお礼を言うのがやっとでした。

やがて遺言状がきちんとできあがって、署名を済ませ、事務所の書記が立会人として連署もしました。この青い紙のほうが正式な書類、こっちの紙きれが、さっきお話しした下書きです。その用が終わってオウルデイカーさんがおっしゃるには、建物の借用契約書やら不動産の権利証、抵当証書、仮証券などなど、目を通して承知しておいてもらわなければならない書類がたくさんある、と。全部きちんと片づくまでは落ち着かないから、ぼくに遺言状を持って今夜ノーウッドの家まで来てほしい、そこでいろいろと取り決めたいというんです。『ところで、きみ、全部手続きが済むまではご両親に内緒にしておいて、あとでびっくりさせよう』と、ばかにしつこく念を押されて、ぼくは必ずそうすると約束させられました。

ホームズさん、わかっていただけるでしょうか。あのときは、何を言われてもとうてい断れないような、そんな雰囲気だったのです。あの人はいわば恩人というわけですから、どんなことでも言われるとおりにしなければという気分にさせられたんですよ。そこで、家には、今夜はだいじな用があって何時に帰れるかわからないと電報を打ちました。オウルデイカーさんは、自分が帰れるのは九時ごろになるから、そのころに来て食事を一緒にしてほしいとおっしゃいました。ところが、家を探すのに手間どって、着いてみると九時を三十分ばかり過ぎていました。あの人は——」

そこで、ホームズが割り込んだ。「ちょっと待って！　玄関のドアをあけたのはだれでしたか？」

「中年の女性でした。家政婦だろうと思います」

「それで、むこうからきみの名前を出したんでしょうね？」

「ええ、そうでした」

「先をどうぞ」

マクファーレンは額の汗を拭って、話を続けた。

「その女性に案内されて居間に入ると、質素な夜食が用意されていました。食事のあと、オウルデイカーさんに寝室へ連れていかれました。大きな金庫があって、中から書類をひと山取り出しました。それを二人でくわしく調べていきました。調べ終わったのが十一時から十二時までのあいだです。家政婦を起こすのは気の毒だと、オウルデイカーさんはずっと開けたままだったフランス窓からぼくを送り出したんです」

「窓のブラインドは下りていましたか？」とホームズが訊いた。

「さあ、よく覚えていませんが、半分ほど下りていたような気がしますね。ああ、そうだ、思い出した。あの人が窓を開けるときにブラインドを上げたんですから、下りていたことになります。それから、ステッキが見あたらなくてぼくが困っていると、『いいじゃないか。

これからしょっちゅう会うことになるんだから、今度まで預かっておくよ』と言われて、そのまま帰りました。出ていくとき、金庫は開けたままだし、書類はいくつかの束にしてテーブルの上に出しっぱなしでした。すっかり遅くなってブラックヒースのうちまでは帰れないので、エナリー・アームズという宿に泊まりました。朝になって新聞を見るまで、この恐ろしいできごとのことなど何も知らなかったんです」

「ホームズさん、まだ何か訊くことがおありですか？」とレストレード。青年の不思議な話のあいだにも、いかにもじれったそうに一、二度眉を吊り上げていた。

「まずブラックヒースを調べてみてからのことだね」

「ノーウッドを、でしょう？」

「ああ、そうだった。もちろん」ホームズは、お得意の謎めいた微笑を浮かべていた。レストレードは腑に落ちないようだ。ホームズの剃刀のようによく切れる頭が、自分にはどうしてもわからないようなことをたちまち解明してしまう。そんな経験が、自分自身で認めている以上に何度もあったのをよく承知しているからだった。

「ホームズさん、ちょっとお話ししたいことがあります。さ、マクファーレン君、ドアの外に警官が二人、表には四輪馬車も待っている」と促した。かわいそうな青年は立ち上がり、最後にもう一度すがるような視線をこちらに向けて出ていった。そのまま彼は警官たちに馬車へ連れていかれ、レストレード警部だけがあとに残った。

ホームズは遺言状の下書きを手にして、いかにも興味深げに眺めていた。

「レストレード君、この書類にはなかなかおもしろい特徴があるよ」と、紙切れを警部に押しやった。警部は当惑顔で渡された紙きれに目をやる。

「最初の二、三行と、二枚めの真ん中あたり、それに最後の一、二行だけはちゃんと読めますね。それだけは印刷したみたいにきちんとした字だが、そのほかの字はじつにひどい。ぜんぜん読めないところが三カ所もありますな」

「どうしてだと思う？」とホームズ。

「さあ、あなたはどう思っておられるんです？」

「きっと、汽車の中で書いたんだよ。きちんとしているのは駅に止まっているあいだに書いた字、乱れているのは汽車が走っているとき、ひどくくずれているのはポイントを通り過ぎるときに書いたんだろう。科学的な専門家なら、都市近郊路線の車中で書いたものとすぐにでも断定するだろうね。大都市の近くでなければ、こんなにポイントのある路線はないから。仮に、乗ってから降りるまでずっと書き続けていたとすると、乗っていた列車は、ノーウッドからロンドン・ブリッジまで一回しか停車しない急行だったということになる」

レストレードが笑いだした。

「ホームズさん、あなたの推理が始まると、どうもついていけなくなる。事件とどういう関係があるんです？」

「この遺言状の下書きが、オウルデイカーがきのう汽車の中で書いたものだというところまでは、あの青年の話が事実だということを裏付けているということだ。だが、こんな重要なものを、こともあろうに列車の中で書くなんて、ちょっとおかしいとは思わないか。ひょっとすると、オウルデイカー氏はもともと、それほど重要な書類をつくるつもりなどなかったのでは、とも考えられる。最初から効力をもたせるつもりのない遺言だったら、車中ででも書くかもしれないからね」

「オウルデイカー氏は、自分で自分の死を招く書類を書いたということになりますね」

「ほう、そんなふうに考えるのかい?」

「ホームズさんは、そう思わないんですか?」

「たしかに、そういう可能性もあるかもしれないが、ぼくにはどうも、この事件の内容がまだはっきりしない」

「はっきりしない? これではっきりしないっていうんだったら、はっきりするものなんてありゃしませんよ。ひとりの若い男がいる。ある老人が死ねばたいそうな財産が自分のものになると突然知る。そこで、その若者はどうするか。だれにも秘密にして、その夜、口実を設けて老人に会いにいく。そして、その家のただひとりの第三者が寝るのを待って、二人きりの部屋で老人を殺す。死体を材木置場に運んで焼き、近くの宿に泊まる。室内の血痕もステッキについた血の跡もごく薄かったので、現場を汚さずに殺すことができたと思った。死体さえ焼いてしまえば、殺人の形跡もすっかり消してしまえると考えたんでしょう——残せば必ず、なんらかの理由で自分に疑いがかかりますから。どうです？　これでもまだ、はっきりしませんか？」

「いや、レストレード君、それではちょっとばかりはっきりしすぎているように思えるんだがね。きみにはなかなかりっぱな才能があるが、想像力だけが足りないのが惜しいね。いいかい、あの青年の立場で考えてみたまえ。よりによって、遺言状をつくったその日の晩に人殺しなんかするものだろうか。それに、家政婦に家に入れてもらったりして自分が来たことが知られている日を、わざわざ殺す日に選んだりするだろうか。おまけに、死体を隠すのにたいへんな手間をかける一方で、犯人はこのわたしですと言わんばかりにステッキを置いてきたりするものだろうか。レストレード君、きみだって、正直言ってそんなことはとうていありえないと思うだろう？」

「いや、ホームズさん、あなたもよくごぞんじのように、犯人というものは慌てていることが多くて、冷静な人間にはとても考えられないようなばかなまねをよくするもんです。おそらく、殺したあとでもう一度ステッキをとりに戻るのが怖かったんでしょう。もしも、すべての事実にもっとふさわしい説明がつけられるような推理がほかにあるというのなら、ぜひうかがいたいですね」

「わけなく、いくつでも思い浮かぶよ。たとえば、こんなのはどうだね？　可能性も高いし、案外あたっているかもしれない。無料でご提供しよう。老人がいかにも値打ちのありそうな書類を広げている。ブラインドが半分しか下りていないので、通りかかった放浪者が窓越しにそれを見る。やがて弁護士は退場、入れ代わりに放浪者が登場する。そこにあるステッキをつかんで、オウルデイカーを殴り殺す。死体を焼いて逃げる」

「放浪者だったら、どうして死体を焼いたりしなくちゃならないんです？」

「だったら、マクファーレンはどうして死体を焼いたりしたんだ？」

「何かの証拠を隠すためですよ」

「それなら、放浪者だって人を殺した跡を隠したいんじゃないかな？」

「じゃあ、どうして、何も盗らずに逃げたんです？」

「自分では金に換えられないような書類ばっかりだったからさ」

レストレードは納得ゆかなそうに首を横に振っていたが、それまでの確信は揺らいだようだ。

「では、ホームズさん、その放浪者とやらをお探しになったらいい。われわれはあくまでもあの青年を追及します。どっちが正しいかはいずれわかることです。ホームズさん、これだけは申しあげておきますが、われわれの知るかぎり書類は一枚もなくなっていないし、あのマクファーレンはこの世でただひとり書類を持ち去る必要のない人間なんですよ。なにしろ、法定相続人であって、どのみちやがては財産をもらえる立場なんですから」

ホームズはその意見に感銘を受けたようだ。

「そうだねえ。きみの言うこともっともな証拠がいくつもあるのは、ぼくだって否定しない。ただ、ほかにも可能性はあると言いたいだけなんだ。ま、きみの言うとおり、いずれはっきりするさ。では、これで失礼！　たぶん、きょうじゅうにノーウッドへ立ち寄って、きみの捜査の進み具合を見せてもらうことになるだろう」

レストレード警部が帰っていくと、ホームズは立ち上がり、いかにも気に入りの仕事が見つかったといわんばかりにてきぱきと身支度にかかった。さっさとフロックコートをはおる。

「ワトスン、やっぱり手始めはブラックヒース方面でなくちゃ」

「どうしてノーウッドじゃないんだい？」

「それは、この事件では、ひとつ奇妙なことがあったすぐあとに続いてまた別の奇妙なできごとが起こっているからだ。たまたま第二のできごとが現実に犯罪になっているから、警察はそっちのほうにばかり気をとられているが、それは間違いだよ。ぼくに言わせれば、何よりもまず第一のできごとを究明するのが正しい方法だ。つまり、あんなに突然、まったく意外な人物を相続人にしてあの奇妙な遺言状がなぜつくられたのかという謎。それさえ解ければ、第二のできごとはずっとはっきりする。いや、きみの手を借りるまでもないと思う。なあに、特に危険はなさそうだからね。危険なら、ぼくひとりで出かけたりするもんか。夕方戻るころには、ぼくに助けを求めてきたあの気の毒な青年のために少しは役立つようなことを見つけて、きみにも収穫があったと報告ができると思うよ」

その晩、ホームズが帰ってきたのは、かなり遅くなってからだった。すっかり疲れ果て、いらいらしている顔をひと目見て、あんなに張り切って出かけたのに期待はずれだったのだとわかった。いらだちを鎮めようというのか、黙ってヴァイオリンをかき鳴らすこと一時間ばかり。やがて、楽器を放り出して、不首尾に終わったきょう一日の経過をくわしく話してくれたのだった。

「ワトスン、何もかもうまくいかなかった。これ以上まずくなりようもないほどね。レストレードの前で偉そうな口をきいたが、どうも今度ばかりは、あっちのほうが正しくて、こちらの見込み違いかもしれん。ぼくの勘がいちいち事実と食い違うんだ。それに、この国の陪審員たちときたら、どう考えたって、レストレードの並べる証拠よりもぼくの推理を重く見るほど目が高くはないもんなあ」

「ブラックヒースへ行ったのかい？」

「うん、行った。行ってすぐにわかったのは、死んだオウルデイカー氏というのが、なかなかの悪党だったってことだ。あの青年の父親は息子を捜しに出かけていたが、母親が家にいた。小柄でうぶ毛の多い、青い目をした女性で、不安と怒りに震えていたよ。もちろん息子が罪をおかしたとは夢にも思っていないが、オウルデイカーが死んだことを驚きもしなければ気の毒にとも言わない。それどころか、この母親はオウルデイカーのことをさんざんにこきおろすんで、あれじゃ、本人も気づかずして息子に不利なことをしゃべったことになる。母親からいつもあんなふうに聞かされていれば、いつかは息子もオウルデイカーを憎むようになる、暴力に訴えるようになるのも当然だ、とね。

『あの人は、人間というよりは、たちの悪い、ずる賢いサルでしたよ。若いときからずっと』と、こうだからね。

『前から、あの人をご存じだったんですか？』と訊いてみた。

『ええ、よく知ってました。じつは、昔わたしは結婚を申し込まれたこともあるんです。でも、おかげさまでわたしには分別がありましたから、お金はなくても、あんな男よりもっといい人と結婚しました。ほんとうは、ホームズさん、あの人とは婚約までしたんですが、鳥小屋にネコを放したなんて、ぞっとするような話を聞きましてね。あんまりひどいと思ったので、もうかかわりあいになるまいと決心したんです』それから、書きもの机の中をかき回し、女が写った写真を一枚取り出して見せてくれた。それがなんと、ナイフでめちゃくちゃに傷つけられているんだよ。『わたしの写真です。わたしが結婚する朝、呪いの言葉まで添えて送ってよこしたんです』

『しかし、全財産をあなたの息子さんに遺すくらいですから、今ではあなたを許していたのでは？』

『息子もわたしも、ジョナス・オウルデイカーが死のうがどうしようが、あんな人からは何ひとつもらおうなどと思っちゃいません！』無理もないが、相当頭にきた様子で声をあげた。『ホームズさん、天にまします神さまが、あの悪党に罰を下されたんですよ。その同じ神さまがきっと、わたしの息子の手はあの男の血で汚れてなどいないってことを、いずれ証明してくださることでしょう』

なお話を聞き出そうとしてはみたものの、ぼくの仮説を裏付けるような事実が何ひとつ出てこないばかりか、かえって不利なことがいくつも重なる始末だ。とうとうあきらめて、今度はノーウッドへ行ってみることにした。

ノーウッドのディープ・ディーン・ハウスというのは、けばけばしいレンガ造りのモダンで大きな郊外住宅だった。敷地の奥のほうに建物があって、前庭の芝生に月桂樹の植え込みがある。火事になった材木置場というのは、右手の道路からちょっと奥まったところだ。手帳を破った紙に、だいたいの見取図を描いてきた。左側のこの窓を開けると、オウルデイカーの部屋だ。これなら、道路から中がのぞけるだろう？　これだけが、きょう一日のせめてもの収穫だよ。

レストレードはいなかったが、部下の巡査部長が立ち会ってくれた。ちょうど、連中がきわめて重要な発見をしたところでね。午前中ずっと、焼けた材木の灰をかき回した結果、黒焦げ死体のほかに変色した丸い金属をいくつか見つけたんだ。よく調べてみると、ズボンのボタンに間違いない。ひとつには『ハイアムズ』というネームが入っている。オウルデイカー行きつけの洋服屋だ。それから、芝生に何か跡が残っていないかと念を入れて調べたが、最近の日照り続きだ、何もかも鉄みたいにかちかちになっていた。人間の身体くらいの大きなものをひきずった跡が、イボタの低い生垣のあいだを抜けて材木置場まで一直線についているのがわかっただけだ。もちろん、どれもこれも警察の見方を裏付けるようなものばっかりだよ。八月の太陽を背中にまともに浴びながら芝生を一時間も這い回ったが、結局何ひとつ収穫もないまま腰を上げた。

芝生じゃ完敗だったんで、今度は寝室も調べてみた。血痕はちょっとしたしみぐらいの色の薄いものだったが、最近ついたものであるのは確かだった。ステッキはもうなかったが、そこに残っていた血の色も薄かったらしい。あのステッキが青年のものだってことは間違いない。本人が認めているんだから。カーペットの上にあった足跡は青年と老人のもので、それ以外の者の足跡はひとつも見つからなかった。これもまた、レストレードに有利な材料だ。むこうが着々と得点を稼いでいるというのに、こちらはすっかりお手あげだ。

ひとつだけ、かすかながら希望の光が射し込んだが――やっぱり空振りに終わった。金庫の中身も調べてみたところ、大部分取り出されてテーブルの上に置いてあった。書類はいくつかの封筒に入れて蠟で封がしてあったが、二、三、警察が開封したものもある。ぼくが調べてみたところでは、たいした値打ちのあるものはなかったし、銀行の通帳からはオウルデイカー氏がそれほど金持ちだとも思えなかった。しかし、書類がそこにあるだけで全部とはぼくには思えない。ほかにもっと値うちのある証書類があるんじゃないかという気がしたんだが、見つからなかった。もしそれを証明できれば、自分がいずれ相続することになるものを盗んだりするやつはいないというレストレードの説をくずすこともできるんだがね。そのほかにも、ありとあらゆる点を探ってみて何も手がかりなしだったんで、最後の望みをかけて、家政婦にあたってみることにした。ミセス・レキシントンという、小柄で色が浅黒くて無口な、疑り深そうに横目を使う女だ。その気にさえなれば話すべきことが何かありそうなそぶりなのに、貝のように口がかたい。

『はい、たしかに、九時半にマクファーレンさんをお通ししました。あんな人とわかってさえいれば、その前にわたしの手が動かなくなってしまっていればよかったのに。わたしは十時半にはベッドに入りました。わたしの部屋は反対側の端にあるので、それからのことは何も存じません。はい、マクファーレンさんは、帽子と、たしかステッキも、玄関に置いてお入りになりました。夜中に、火事だという声で目が覚めました。お気の毒なご主人さま。きっと殺されておしまいになったんです。敵でございますか？　だれにだって敵はあるでしょうけれど、オウルデイカーさんは人づきあいがひどくお嫌いで、仕事関係のほか、めったに人とお会いになりませんでした。ええ、そのボタンは先ほども拝見しましたが、たしかにご主人さまがゆうべ着てらした服のボタンです。なにぶん、ひと月も雨が降っていませんから、あの材木の山はからからに乾燥しきっていたんでしょう、それはものすごい勢いで燃えあがり、わたしが駆けつけたときにはもういちめんの火の海でした。消防のみなさんもお気づきでしたが、炎の中から肉の焼けるようなにおいが漂ってきました。いいえ、書類のことや、ご主人さまのプライベートなことは、いっさい存じません』

どうだい、ワトスン、以上がぼくの失敗の報告だよ」

そう言いながらもホームズは、痩せた両手を発作的に握り締めて、強烈な自信をのぞかせるのだった。「しかし、こんなはずはない。みんな間違っている。ぼくの直感だ。表面には出ていない事実が何かまだある。あの家政婦はそれを知っているはずだ。あの、どこかむっつりして、挑戦的なところのある目。秘密をもつ者の目だよ。もっとも、いまさらこんなことを言っても始まらないが。それにしても、ワトスン、この事件だがね、よほどの幸運に巡り会いでもしないかぎり、我慢強い読者がいずれ読まされるぼくらの回想録のひとつにはなりそうもないな」

「でも、マクファーレンの人柄を見れば、どんな陪審員だってまさかと思うんじゃないか」

「いや、いや、ワトスン、そういう考え方は危ない。バート・スティーヴンスという凶悪な殺人犯を覚えているだろ？——一八八七年に無実を訴えてきた。じつにおとなしそうな、いかにも日曜学校の優等生という感じの青年だったじゃないか」

「なるほどね」

「確実な証拠を用意しないかぎり、マクファーレンを助ける道はない。彼が犯人だという警察の主張に、いまのところ欠陥らしきものは見つからないし、調べれば調べるほどあの青年に不利になるばかりだ。

ところで、さっき話した書類なんだが、ひとつだけおかしいところがある。ひょっとすると、手がかりになるかもしれない。銀行の通帳に目を通していたら、残高が少ないのは、この一年ばかりのあいだにコーニーリアスという人物に宛てて高額小切手が何枚か振り出されているからだとわかったんだ。引退した建築業者があれほど多額の取引をしたコーニーリアス氏とは、いったい何者だろう？　ぜひとも知りたいね。今度の事件と何か関係があるかもしれない。株の仲買人かとも考えたが、それにしては、これだけの支払いに見合うだけの証券類が見当たらない。ほかにとっかかりが何もないんだから、次には、銀行へ行って、だれがその小切手を現金化したのかを調べるしかないね。

いや、それにしても、どうやらこの事件、レストレードがあの青年を絞首台送りにしてスコットランド・ヤードの大勝利、われわれにとってははなはだ不面目な結果で落着することになるんじゃないかって気がしてきたよ」

その夜、ホームズはどのくらい眠ったのだろう。翌朝、食事におりていくと、ホームズの顔は青ざめて、まわりに隈のできた目ばかりがぎらぎら光っていた。座っている椅子のまわりのカーペットに、煙草の吸い殻や朝刊の早版が散らばっている。そして、テーブルの上に、電報が一通広げてあった。

「ワトスン、こいつをどう思う？」ホームズがそれを投げてよこした。

電報は、ノーウッドから発信されたものだった。

「重大な新事実あり。マクファーレンの有罪は確定的。本件から手を引かれたし。レストレード」

「たいへんじゃないか」とわたしは言った。

ホームズは苦笑いしている。「レストレードがちょっとばかり得意になって、勝ちどきをあげてみただけさ。しかし、ここで手を引くのはまだ早いだろう。なにしろ、重大な新事実なんていうものは両刃の剣で、レストレードが考えているのとは、まるで違う方向へ切り口が開けることだってありうるんだから。さあ、ワトスン、朝食をすませてしまえよ。二人で出かけていって、打つ手を考えよう。どうもきょうは、きみも一緒に来てくれるといいなっていう気分なんだよ」

ホームズ自身は朝食に手をつけなかった。彼の妙な癖のひとつで、ひどく緊張したときにはまったく食べようとしなくなる。体力をつい過信して、栄養不足だけが原因で倒れてしまったことさえあったくらいだ。だが、医者としてわたしが忠告すると、決まってこういう答えが返ってくる。「ぼくはいま、消化のためなんかに精力や神経を使うどころじゃないんだ」

そんなわけで、この日ホームズが朝食抜きでノーウッドへ出かけても、わたしには意外ではなかった。前述のように郊外住宅であるディープ・ディーン・ハウスだが、そのまわりにはいまだに野次馬が群がっていた。門を入ると、レストレード警部が得意満面、紅潮した顔とあからさまに勝ち誇った態度で出迎えた。

「やあ、ホームズさん、われわれが間違っているという証拠はまだあがりませんか？　例の放浪者とやらは見つかりましたか？」と呼びかける。

「ぼくはまだ、どんな結論も出していないよ」ホームズは応えた。

「ところが、われわれはきのうすでに結論を出し、きょうはそれが正しいと証明されたのです。今度ばかりは、われわれのほうが多少リードしたと認めていただかなくてはならんでしょうな」

「めったにないことが起こったとでも？」

レストレードは高笑いする。「われわれと同じですな、あなたも、負けるのはあんまりお好きでないらしい。そうそういつでも思いどおりにいくものじゃありませんよ。ねえ、そうでしょう、ワトスン先生？　さ、よろしければこちらへどうぞ。今度こそ、ジョン・マクファーレンが犯人だと納得していただけるでしょう」

警部は先にたって廊下を進み、暗い玄関ホールへわたしたちを案内した。

「マクファーレンは、犯行のあとここに帽子をとりに戻ったんです。さあ、ご覧ください」

警部は、芝居がかったしぐさでマッチをパッとすった。白い壁に血の跡が照らし出された。警部がマッチの火を近づけると、ただの血痕ではないとわかる。そこには、くっきりと親指の指紋がついているではないか。

「ホームズさん、拡大鏡でよくよくご覧になってください」

「ああ、そうしているところだよ」

「同じ指紋の人間が二人といないということはご存じですね」

「らしいね」

「では、けさ、マクファーレンの右手の親指の指紋を蠟に写したものと比べてご覧ください」

蠟についた指紋を血痕のそばに近づけてみると、拡大鏡を使うまでもなく、二つはまったく同じだった。マクファーレンの運命もこれで決まりだ。

「決定的です」とレストレード。

わたしも思わずおうむ返しに口にしていた。「決定的ですね」

「そうだ、決定的だ」とホームズも言った。ただ、その口調になんとなくひっかかるところがあって、わたしは振り返った。ホームズの顔に驚くべき変化が現われている。目がきらきらと輝き、こみあげてくる笑いをなんとか抑えているようなのだ。ようやくまた口を開く。

「これはこれは、驚きだ！　なんとまあ、思いも寄らない。いやはや、まったく、人は見かけにならないもんだ。あんな、見るからに立派な青年がねえ！　自分ひとりの判断はあてにならないという教訓だね、これは。そうじゃないか、レストレード君？」

「そうですよ、ホームズさん。われわれのまわりにも、ちょっと自信過剰の人間がいますしね」レストレードの言い方を腹に据えかねるほど無礼だとは思ったが、怒るわけにもいかなかった。

「帽子掛けから帽子をとろうとして、右の親指を壁に押しつけてくれたとは、なんて都合のいい！　しかし、まあ、ごく自然な動作と考えられなくもないか」表面こそ冷静を装ってこう話しながらも、ホームズは内心の興奮を抑えかねるかのようにしきりとそわそわしている。

「ところで、レストレード君、指紋を見つけたのはだれだい？」

「家政婦のミセス・レキシントンですよ。夜の見張りをしていた警官に知らせてくれました」

「その警官はどこにいた？」

「寝室で、犯行現場にだれにも手を触れさせないよう、見張り番をしていましたが」

「でも、なぜ警察はきのうのうちにこの指紋に気づかなかったんだね？」

「それは、玄関を特に念を入れて調べる理由がなかったからです。それに、なにしろ、こんな目立たない場所ですからね」

「なるほどね。ところで、この指紋がきのうからここにあったことは間違いないんだろうね？」

　レストレード警部は、頭がおかしくなったかと言わんばかりにじっとホームズの顔を見つめた。わたしもじつは、妙にうきうきした様子のホームズが突飛なことを言いだしたので、あっけにとられたところだった。

「ホームズさん、マクファーレンが真夜中に抜け出して、自分に不利な証拠を残しにわざわざやってきたとでもおっしゃるんですか？　これがあの青年の指紋でないと言いたいのなら、どんな専門家に見せたっていい」

「いや、これはまさしくあの青年の指紋ですよ」

「だったら、問題ないでしょう。ホームズさん、わたしは実際的な人間なんだ、証拠があれば、それによって結論を下す。まだ何かおっしゃりたいことがありましたら、居間で報告書を書いていますから、そちらへどうぞ」

　ホームズはやっと落ち着きを取り戻したが、まだなんとなくうきうきしたところが表情に残っている。

「やれやれ、ワトスン、なんとも情けないことになった。しかし、まだ納得のいかないところがある。マクファーレンの望みがすっかりついえたわけでもない」

「それはうれしいね。もうまるっきり絶望的かと思っていたよ」

「いや、ワトスン、そこまで言うのはまだ早い。じつは、レストレードがあんなに重視している証拠には重大な欠陥があるんだよ」

「ほんとかい、ホームズ！　いったい何なんだ？」

「きのうぼくが玄関を調べたときには、あの指紋はついていなかったのさ。その事実をぼくがはっきり知っているというだけのことだがね。ところでワトスン、外でしばらく日なたをぶらついてこようじゃないか」

　頭の中はわけがわからなくなっていたが、わたしは次第によみがえる希望のともしびに心温まる思いで、ホームズと一緒に庭を散歩した。ホームズは建物をあらゆる角度から注意深く観察していた。続いて建物の中に入ると、地下室から屋根裏まで、建物全体を見て回った。大部分は家具も置いてない部屋だったが、それでもホームズはひとつひとつ丹念に調べていった。最後に、最上階の使っていない寝室が三つ並んだ廊下まで来て、ホームズは不意に、またしてもうれしさがこみあげるような顔を見せた。

「ワトスン、この事件にはじつにユニークな特徴がある。もうそろそろ、レストレード君にもこの秘密を教えてやっていいころだ。さっきはあちらがぼくらを笑いものにしたんだ、こっちの見方のほうが正しいとなったら、今度はお返しをしてやれるかもしれない。うん、そうだ、いい方法があるぞ」

　ホームズは居間に入っていくと、机に向かっているレストレードに近づいて、こう切り出した。

「報告書を書いているんだね」

「ええ」

「いま書いてしまっては、まだ早すぎるんじゃないか？　きみの証拠はどうもまだ完全ではないように思われるがね」

ホームズのことを日ごろからよく知っているレストレードは、さすがにこの言葉を無視できなかった。ペンを置くと、けげんそうにホームズを見上げる。

「ホームズさん、どういう意味ですか？」

「まだきみの会ってない、重要な証人がひとりいるというだけさ」

「連れてこられますか？」

「たぶん」

「では、お願いします」

「全力を尽くしてみよう。ここに警官は何人いる？」

「呼べば、三人は来るでしょう」

「けっこう！　三人とも、身体が大きくてたくましくて、声も大きいだろうね？」

「もちろんですが、どうして声が関係あるんです？」

「いずれわかるよ。ほかにもいろいろとね。では、呼んでくれたまえ。やってみよう」

五分後、玄関にそろった三人の警官に、ホームズが指示した。

「納屋に麦藁がたっぷりあるから、二束ほど持ってきてもらいたい。連れてこなくちゃならない証人を呼び出すには、何よりもこれが役立つはずだ。ああ、ご苦労さま。ワトスン、ポケットにマッチを入れてるね。では、警部、みなさん、ぼくと一緒に、上の階に来ていただこう」

さっきの説明のとおり、最上階には広い廊下があって、使われていない寝室が三つ並んでいた。ホームズは、廊下の一方の端に一同を集めた。警官たちはにやにやしているし、レストレードは期待していいのかせせら笑っていいのかわからないような啞然とした表情でホームズを見る。ホームズは、これから手品を見せようという奇術師のようなポーズでみんなの前に立った。

「レストレード警部、申しわけないが、だれかにバケツ二つに水を汲んで持ってきてもらいたい。麦藁は、廊下の真ん中に壁から離して積み上げて。さあ、準備完了」

レストレードが、顔を真っ赤にして怒り始めた。

「ホームズさん、われわれをからかうのもいいかげんにしてください。何かご存じなんだったら、こんなばかなまねをしていないで、さっさと教えてくださったらいいでしょう！」

「いやいや、レストレード君、ぼくのやることにはすべて、まっとうな理由があるんだよ。ほら、さっきまで調子がよかったもので、きみだってぼくをちょっとからかったじゃないか。今度はこっちがちょっとばかり演出するからって、怒ることはないだろう。ワトスン、その窓をあけて、藁の端にマッチで火をつけてくれないか」

わたしが言われたとおり火をつけると、乾燥した麦藁はパチパチ音をたてて燃え上がった。灰色の煙が風に乗って、渦を巻いて廊下を漂いだした。

「さあ、みんな、声をそろえて、『火事だ！』と叫んでみてくれ。いいかい、一、二の、三！」

「火事だっ！」と一同が声をそろえた。

「ありがとう。もう一度お願いするよ」

「火事だあっ！」

「その調子。もう一度だけご一緒に」

「火事だあっ！」ノーウッドじゅうに轟《とどろ》かんばかりの大声になった。

すると、その残響が消えるか消えないかのうちに、驚くべきことが起こった。廊下のつきあたりの壁だとばかり思っていたところが、ぱくりと口を開けたかと思うと、まるで穴から飛び出すウサギのように、小柄でしわだらけの男がひとり現われ出たのだ。

「うまくいった！」ホームズが低い声で言う。「ワトスン、藁に水をかけてくれよ。うん、いいだろう。では、レストレード君、行方不明だった重要証人、ジョナス・オウルデイカー氏をご紹介しよう」

警部は、あまりのことにただあっけにとられて飛び出してきた男を見ている。男のほうは、廊下の明るさに目をぱちぱちさせながら、わたしたちと、まだくすぶっている麦藁とを交互に見比べている。いかにもずるそうな、悪意と憎しみの表われた顔。薄い灰色の目はいかにもうさんくさく、眉毛は白く、何ともいえずいやらしい顔つきなのだった。

レストレードがやっと口をきけるようになった。「いったいこれはどうしたことだ！　おまえ、いままで何をしていたんだ？」

真っ赤な顔でいきまく警部の剣幕に恐れをなしたオウルデイカーは、ばつが悪そうににやにやした。

「別に悪いことはしていない」

「悪いことはしていないだと？　ありとあらゆる手くだで無実の人間を絞首台送りにしようとしたくせに。この人がいなかったら、おまえの計画がまんまと成功したところだ」

男の言いわけが惨めったらしい泣き声まじりになった。

「ちょ、ちょっとした冗談のつもりだったんですよ」

「なに？　冗談でこんなことを？　べそをかくのはおまえのほうだぞ。おい、こいつを下へ連れてって、おれが行くまで居間に閉じ込めておけ」みんなが下りていってしまうと、レストレードはホームズに向かった。

「部下の前では言えませんが、ワトスン先生の前ならいいでしょう。ホームズさん、これはきっと、あなたにこれまで見せていただいたなかでもいちばんみごとなお手並みだと言って

S. PAGET

もいいです。それにしても、どうやって犯人を割り出したものかはさっぱりわかりませんが。無実の青年を救ったばかりか、警察でわたしの面目がまるつぶれになるところをも助けてくださったわけだ」

ホームズはにこにことレストレードの肩をたたいた。

「いやいや、面目まるつぶれどころか、これで警部の評判がまた一段とあがること請け合いだよ。書きかけた報告書をほんの二、三カ所訂正するだけでいいじゃないか。それだけで、レストレード警部の目をあざむくのがどれほど困難か、だれしもが思い知るさ」

「では、お名前を出したくはないと？」

「もちろんさ。ぼくにとっては、仕事することそのものが報酬なんだから。それに、この熱心な歴史家にぼくの名前を残してもらえる日も、いずれそのうちちくるだろう。そうだろう、ワトスン？　ところで、あのネズミが隠れていた場所を、ちょっと調べてみるか」

廊下のつきあたりから六フィートばかりのところを、木ずりと漆喰で仕切って、秘密のドアが塗り込めてあった。内部には庇《ひさし》の下の隙間から光が射し込む。家具が二つ三つに水と食料、本と書類もあった。

「さすがは建築業者だ。ひとりでこっそり、こんな隠れ部屋をつくるとはね。もちろん、あの家政婦も協力したにちがいないが。そうだ、レストレード君、早いとこあの女も捕まえておいたほうがいい」穴ぐらから出ながらホームズが言った。

「そうしましょう。それにしても、どうしてここがおわかりになったんです？」

「あの男はきっと家の中に隠れているにちがいないとにらんだんだ。この廊下を歩幅で測ってみると、下の階の廊下よりも六フィート短い。それだけでもう、隠れているところの見当はついた。火事だと聞いてじっとしていられるような男でもないだろう。もちろん、踏み込んでいってもよかったんだが、あっちから飛び出してこさせるのもおもしろいんじゃないかと思ってね。それに、レストレード君、けさからぼくをからかってくれた仕返しに、きみをちょっと煙に巻いてやるのも一興かなとも思ったんでね」

「まいりましたな、あいこにされてしまったんですか。それにしても、そもそもどうして、あの男が家の中にいるとわかったんです？」

「あの指紋だよ。きみはあれを決定的な証拠だと言った。たしかに決定的だが、きみが考えていたのとはまったく違う意味でね。きのうはあそこに指紋はなかった。ぼくはそれをちゃんと知っていたんだ。ご存じのとおり、ぼくはいつも細かい点に注意を払う。あの玄関も細かく調べて、壁に何もついていないこともしっかり確認しておいた。だから、あの指紋は夜のうちにつけられたものということになる」

「しかし、いったいどうやって？」

「いたってかんたんなことさ。書類に封をするときに、マクファーレンの親指をまだ固まっていない蠟に押しつけるよう、オウルデイカーが仕向けたんだ。うまくやったんだろう、マクファーレン自身も覚えてはいないかもしれない。まったくの偶然で、オウルデイカーがそのつもりで用意したわけじゃなかったとも考えられる。だとしたら、あの穴ぐらの中であれこれ考えているうちに、指紋を利用してマクファーレンをさらに追い詰めることができると思いついたのさ。封印から蠟で指紋を写しとって、ピンでつついてでも自分の血を塗りつけたんだろう。それから夜のうちに、自分で、あるいは家政婦を使うかして、壁に指紋をつけるのはかんたんだろう。あの男が隠れ部屋に持ち込んだ書類を調べれば、指紋のついた封印がきっと見つかるだろうよ」

「おみごと！　まったくすばらしい推理だ。何もかもはっきりしました。でも、ホームズさん、オウルデイカーのやつ、なんでまたこんな手のこんだことを企《たくら》んだんでしょう？」

さっきまで大威張りだった警部ががらりと、先生に教えを乞う生徒さながらに素直になったのは、はた目にもじつにおかしかった。

「なあに、それを説明するのもたいして難しくはないね。あのオウルデイカーという男は、おそろしく腹黒くて意地の悪い、執念深いやつでね。その昔マクファーレンの母親にふられたことは知っているね？　なに、知らない？　だから、ノーウッドよりもまずブラックヒースだと言ったじゃないか。とにかく、あの男はそれをひどい侮辱と思い、邪《よこしま》で策略好きな頭の中ではその恨みがずっとうずいていた。その後の人生で絶えず報復のチャンスをうかがっていたが、なかなかその機会がなかった。

そこへこの一、二年、運が悪くて、たぶん秘密の投資か何かがうまくいかなかったんだろう、めっきり懐具合が悪くなってしまった。そこで、債権者の目をくらますために、コーニーリアスという人物に宛てて多額の小切手を振り出した。その人物はおそらく、偽名のオウルデイカーだろう。小切手の行方はまだつきとめていないが、たぶんときどき二重生活を送っていたどこか田舎町の銀行にでも、コーニーリアス名義で預けてあるはずだ。別人になりすまして姿を消し、その金をもとにまったく新しい生活を始めるつもりだったんじゃないかな」

「なるほど、おおいにありうるな」

「自分が姿を消してしまえばあらゆる追及を逃れられると同時に、昔の恋人のひとり息子に殺されたように見せかければふられた恨みにもたっぷり仕返しができる、一石二鳥だと考えたんだろう。そして、みごとにやってのけた。悪事としては傑作で、名人芸と言える腕前だった。遺言状をつくって青年の動機をつくっておく、両親に内緒で自宅に訪ねてこさせ、ステッキを隠して渡さなかったり、血痕をつけたり。材木置場の動物の死体やボタンといい、何もかもおみごとと言うほかはないよ。ぼくだって、数時間前まではマクファーレンを助けるのは無理かとあきらめかけていたくらい、巧妙な罠だった。

ところが惜しいことに、どこで筆を措《お》くべきかをわきまえるという、芸術家としていちばん大切な才能が欠けていた。すでに完成した作品に、余計な手を加えようとした。不運な犠牲者の首に巻きついたロープを、さらにきつく締めるようなまねをした。そして結局、すべては水泡に帰した。では、下へ行ってみようか、レストレード君。あの男に訊いてみたいことがあるんだ」

オウルデイカーは、両脇を警官に固められて居間に座っていた。わたしたちを見ると、哀れっぽい声で泣きごとを並べた。

「冗談だったんですよ。ちょっとしたいたずらです。それだけのことだったんです。ほんとに。自分が姿を消したらどうなるか知りたくて、それで隠れてみただけなんです。マクファーレン君に災いが降りかかるよう企んだなんて、そんな殺生《せっしょう》な」

「それは陪審員が決めることだ。とにかく、殺人未遂にはならなくとも、陰謀罪の容疑で逮捕する」レストレードが言い渡した。

「それから、コーニーリアス名義の銀行預金は、債権者たちに差し押さえられることになるだろう」とホームズ。

オウルデイカーはぎくりとして、敵意に満ちた目を向けた。「あんたにはたっぷり礼を言わなくちゃならないな。ま、この借りはいずれお返ししよう」

ホームズはいっこうに気にするそぶりも見せず、にこにこしていた。

「この二、三年、きみもそんな暇などないだろう。ところで、古いズボンと一緒に材木の山に放り込んだものは何だったんだい？　死んだ犬かね、それともウサギか何かかね？　なに、言いたくない？　やれやれ、不親切なやつだなあ！　まあいい。ウサギ二羽とでもしておけば、血痕や黒焦げ死体は説明がつくだろう。ワトスン、いつかこの事件のことを書くときがきたら、きみもウサギで間に合わせておくことだな」

踊る人形

The Adventure of the Dancing Men

シャーロック・ホームズはひとことも口をきかず何時間も座りっぱなしだった。細長い背中を低く丸めて化学実験をしている容器の中では、何やらひどい悪臭のするものが調合されつつある。わたしのほうからは、頭が胸の上に沈んでいるようなその姿が、くすんだ灰色の羽に黒い冠毛の痩せた珍鳥のように見えるのだった。

「すると、ワトスン」と、いきなり口をきいた。「南アフリカの株に投資する気はないんだね？」

わたしはぎょっとして飛び上がりそうになった。いくらホームズの不思議な能力に慣れているとはいえ、自分の内心にある思いをこうもはっきりと読まれてしまうなんて。

「いったいどうしてそれを？」

ホームズは椅子の上でこちらに向き直った。煙の出ている試験管を手に、くぼんだ目を愉快そうに輝かせている。

「さあ、ワトスン、不意をつかれてびっくりしたと正直に言いたまえ」

「びっくりしたよ」

「そう書いて、署名してもらおうかな」

「なんでまた?」

「五分もしたら、そんなばかばかしく簡単なことって言いだすに決まってるからさ」

「そんなこと、絶対に言わないよ」

「いいかい、ワトスン」試験管を試験管立てにさしこむと、ホームズは、学生を前にした教授然として説明し始めるのだった。「ひとつひとつは単純で、それぞれが前のものに基づいている一連の推理を組み立てていくことは、それほど難しくない。あとで中間部分をきれいに消して、相手にはただ出発点と結論だけを示せば、いささか安直ながら驚かせる効果は抜群だ。さて、きみの左手の人さし指と親指のあいだにあるへこみだがね。それを見て、きみはささやかな資本を金鉱に投資する気をなくしたと確信するのも、たいして難しくなかった」

「わからんな、どうつながるんだい?」

「まあ、そうだろう。密接なそのつながりを、ぼくはたちまち示してあげられるんだがね。ごく簡単な鎖になっている。そのあいだをつなぐ環は、ざっとこんなところだ。一、ゆうべ、クラブから帰ってきたきみの左手の人さし指と親指のあいだに、チョークの跡がついていた。二、そのチョークは、ビリヤードをするときキューがすべらないようにするためのものだ。三、きみがビリヤードをするのはサーストンとだけ。四、四週間前にきみは、あと一ヵ月で切れる、あるアフリカの資産の選択権《オプション》をサーストンがもっていて、きみと共有したがっていると話していた。五、きみの小切手帳はぼくの引き出しの中だが、きみは別に鍵をよこせとは言わない。六、きみはこういうことに金を使う気にならない。こんなところだ」

「ばかばかしいほど簡単だな！」わたしは声をあげた。

「そのとおりさ！」ホームズはむっとしたように言った。「どんな謎だって、説明してもらえばまるで子どもっぽいものになってしまう。ワトスン、じゃ、こいつを解いてみろよ」一枚の紙片をテーブルに投げてよこすと、また化学分析に戻っていった。

　紙の上にはおかしな象形文字のような絵があるだけで、わたしは当惑させられた。

「なんだい、こりゃ、子どもの落書きじゃないか、ホームズ！」

「ほら、きみが思いつくのはせいぜいそんなところだろうよ！」

「それ以外の何だっていうんだ？」

「ノーフォーク州リドリング・ソープ・マナーのヒルトン・キュービット氏も、まさにそれを知りたがっている。このちょっとしたなぞなぞが一回めの便で届いたんだが、ご本人も次の列車でじきに現われるはずだ。おや、呼び鈴が鳴ってるよ、ワトスン。もしキュービット氏だとしても驚くにはあたらないね」

　階段に響く重い足音に続いて、血色がよく、髭をきれいに剃った背の高い紳士が入ってきた。涼しげな目もといい、赤みのさした頰といい、いかにも霧のベイカー街などからはるかにはなれた土地で暮らしている人らしい。彼と一緒に、新鮮でさわやかな東海岸の空気もこの部屋に運ばれてきたような感じが強烈にした。われわれと握手をかわし、腰をおろそうとしたとき、キュービット氏は、テーブルの上に置いたままになっていた、へんな人形が書いてある紙切れに目を落とした。

「ホームズさん、こいつのことがおわかりになったんでしょうか？　あなたは奇怪な事件がお好きだとうかがっています。これ以上に奇怪なものはそうないのでは？　お訪ねするより先にお目にかけようと思って、まずこの紙切れのほうをお送りしておきましたが」

「たしかに奇怪千万。一見、子どものいたずらのようですね。へんな人形がたくさん紙の上で踊っているという趣向だ。どうしてこんなわけのわからないものが重要だと思われるんです？」

「わたしが思うのではないんです。妻なんですよ、そう思っているのは。死ぬほど怖がっています。何も申しませんが、目に恐怖の色がありあり浮かんでいるんです。わたしがこれをとことん調べてみたいというのも、そのためなんです」

ホームズはその紙を、太陽の光いっぱいにかざした。どうやら、手帳から破りとった一ページらしい。人形の絵は鉛筆で描かれている。

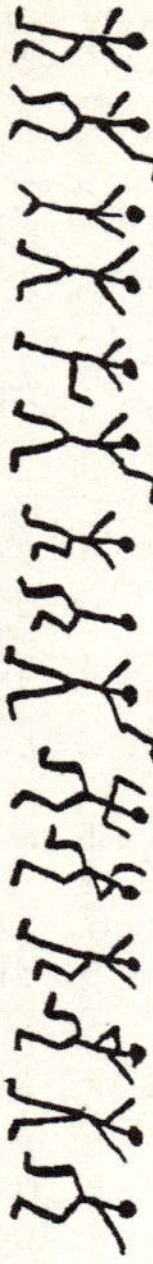

ホームズはしばらくそれをじっと見てから、丁寧にたたんで手帳にはさんだ。

「きわめて興味深い、異常な事件になりそうですね。ところで、ヒルトン・キュービットさん、今回の一件ですが、お手紙で多少はくわしく教えていただいているものの、友人のワトスン博士のためにもう一度初めからお話しいただけるとたいへんありがたいんですが」

「どうも、わたしは話がへたなんですが」客は、頑丈な手を神経質に握ったり開いたりしながら言った。「わかりにくいところがありましたら、何なりとお尋ねください。まずは、去年結婚したときのことからお話ししてみましょう。ああ、その前にひとつ。わたしは別に金持ちではありませんが、一族はリドリング・ソープにかれこれ五世紀も暮らしていて、ノーフォーク州ではいちばんの旧家なのです。

さて、去年、女王即位記念《ジュビリー》式のためにロンドンに来たとき[*1]、わたしは教区牧師のパーカーさんが滞在していたラッセル・スクウェアの宿に泊まり、そこで、アメリカ人の若いレディに会いました。名前はパトリック——エルシー・パトリックです。いつのまにやら親しくなり、滞在予定の一カ月が終わるころには、彼女を深く愛するようになっていました。わたしたちは登記所でひっそりと結婚し、夫婦となってノーフォークに帰りました。ホームズさん、旧家の男が素姓も家のこともろくに知らない相手と結婚するなど、おかしいと思われるでしょう。でも、彼女に会って人となりを知ってくだされば、ご理解いただけることでしょう。

そのことでエルシーはたいそう素直でした。わたしがいやならいつでも結婚をやめる、そんなふうな態度で。『とてもいやな過去があるの』と言っていました。『みんな忘れてしまいたい。つらくて、過去のことには触れたくない。ヒルトン、もしわたしを受け入れてくださるのなら、決してやましいところがあるわけではないのだけれど、ともかくわたしの言葉をそのまま信じて、あなたの妻になるまでのことは何ひとつ言わせないでほしいんです。それが無理なら、わたしをもとのままひとりにしておいて、どうかノーフォークにお帰りになって』

それが、結婚の前日にやっと言ったことです。わたしはその条件に甘んじると答え、実際、妻との約束をいままでも守っています。

とても幸せな結婚生活が一年続きました。ところがひと月ほど前、六月末のこと、初めてもめごとの兆しが現われました。ある日、妻あてにアメリカから手紙が舞い込みました。貼ってある切手がアメリカのものでした。妻は顔面蒼白になって、読むとすぐに燃やしてしまいました。そのことについて、妻は何も言いませんし、わたしも触れませんでした。約束ですから。しかし、そのときからです、妻には気の休まるときがなくなりました。絶えず恐怖の表情なのです——いまにも何かが起こると予期するような顔つきをしている。打ち明けてくれれば楽になるでしょうに。わたしがいちばんの味方だってわかってもらえるはずなのに。でも、妻から話してくれないかぎり、わたしからは言い出せません。

ホームズさん、妻は嘘をつくような人間じゃありません。過去にどんなことがあったにせよ、彼女が悪いわけではないはずです。わたしはノーフォークの一地主《スクワイア》にすぎませんが、家名を重んじることでは英国中のだれにも負けない。妻もそのことはよくわかっていますし、結婚前にも知っていた。それを傷つけるようなことはしないでしょう――それだけは確信しています。

さて、これからが奇妙な話なのです。一週間前――先週の火曜日です――窓の下枠に、その紙にある絵とそっくりのへんてこな踊る人形の絵がたくさん描かれているのを見つけました。チョークで走り書きされていました。馬屋番の少年のしわざかと思いましたが、何も知らないと言い張ります。いずれにせよ、絵が現われたのは夜のあいだです。絵を消させたあとになって妻に話しました。驚きましたね、いたずらだと一蹴するでもなし、今度見つかったら見せてほしいと言うではありませんか。

一週間は何ごともなく、きのうの朝になって、この紙切れが庭の日時計の上で見つかったんです。エルシーに見せましたら、たちまち気を失って倒れてしまいました。それからというもの妻は現実感を失ってぼうっとしたまま、目には恐怖の色を浮かべています。その時点でわたしはあなたにお手紙をさしあげ、この紙切れを同封しました。ホームズさん、警察にもちこんでも、ただ笑われておしまいでしょう。わたしはどうしたらいいのか教えてください。決して金持ちではありませんが、妻に危険が迫っているとしたら、妻を守るためなら、あり金全部をはたいてもかまいません」

立派だった。由緒ある英国の土が育んだ人物。純朴で誠実で優しい人柄、熱意のこもる大きな青い目に人好きのする広い顔。おおっぴらな妻への愛情と信頼に輝く顔つきだ。熱心に話を聞き、黙ってもの思いにふけっていたホームズが、やっと口を開いた。

「キュービットさん、いちばんいいのは、秘密を打ち明けてくれるよう奥さんに直接おっしゃってみることではないでしょうか？」

ヒルトン・キュービットは、がっちりした頭を左右に振った。

「約束は約束です、ホームズさん。妻だって、もしわたしに話したければ話してくれるでしょう。話したくないのだとしたら、無理に打ち明けさせることはわたしにはできません。でも、わたしなりのやり方でやってみるぶんにはかまわないし――現にそうしてみようとは思っています」

「そういうことでしたら、お力になりましょう。まず、近所でよそ者を見かけたというような噂はありませんか？」

「ありません」

「さぞかし閑静なところなんでしょうね。見かけない顔はすぐに話題になるんでしょう？」

「隣近所ではそうだと思います。ですが、あまり遠くないところに小さな海水浴場がいくつかありまして。農家が客を泊めています」

「この絵文字には間違いなく意味がある。まったくのでたらめなら解読できないでしょうね。

逆に何か規則があるなら、必ず解読できる。しかしながら、この見本はちょっと短すぎてどうにもならないし、お話しいただいたことだけでは漠然としすぎて捜査の手がかりになりませんね。

どうでしょう、ノーフォークにお帰りになって、踊る人形がまた現われたら、正確に写しをとるということになさっては。窓の下枠にチョークで描かれたものの写しがないのが、返すがえすも残念です。それから、ご近所に見慣れない人間がいないか、よくお調べください。新たに事実を集めてから、もう一度いらしてください。ヒルトン・キュービットさん、いまできるご忠告としてはこれぐらいです。いざ急展開となったら、いつでもノーフォークのお宅に参上しますよ」

客に会ったあと、ホームズは深くもの思いにふけり、続く二、三日というもの何度となくあの紙切れを手帳からとりだしては、そこに描かれた奇妙な絵を長いあいだ熱心に眺めていた。しかし、この件のことをやっと口にしたのは、二週間かそこらたってからのことだった。外出しようとしたわたしは、ホームズに呼び止められた。

「家にいたほうがいいよ、ワトスン」

「どうして？」

「けさ、ヒルトン・キュービットから電報が届いた――踊る人形のヒルトン・キュービットだよ。一時二十分にリヴァプール街駅に着く、と。いつここに姿を見せてもおかしくない。

電報からすると、何か重大なことが新たに起きたようだよ」

たいして待つまでもなかった。ノーフォークの地主は辻馬車をせきたてて、駅から直行してきた。疲れた目つき、額に深く刻まれたしわが、心労を物語る。

「神経にこたえますよ」疲れ果てた様子で、沈むようにして肘掛け椅子にかけた。「自分のまわりで姿の見えない未知の人間が悪だくみをしているって感じだけでも気味が悪い。そのうえ、自分の目の前で妻が次第にまいっていく。とても耐えられません。妻は憔悴《しょうすい》しています——わたしが見守るなか、どんどん弱っていくんです」

「まだ話してはくださいませんか？」

「何も言ってはくれません、ホームズさん。かわいそうに、何か言いたそうな感じのすることは何度かあったのですが、思い切って打ち明けてくれるまでには至りません。わたしがなんとか力になろうとしても、気持ちがうまく伝わらなくて、かえっておじけづいたのか話しそこねたようです。わたしの古くからの家系や郷土での家名のこと、立派な家名が誇りであるという話をして、あと一歩でいよいよという感じにはさせられるのですが、どうしても核心に触れる前に話がそれてしまう」

「しかし、何か見つけられたのでしょう？」

「いっぱい見つけましたよ、ホームズさん。踊る人形の絵をいくつか持参しましたので、お調べください。それに、見ましたよ、姿を」

「というと、絵を描いたやつの姿を？」

「ええ。しかも、絵を描いている現場を。順を追って、くわしくお話ししましょう。こちらをお訪ねして家に帰った翌朝、さっそく目にとまったのが新たな踊る人形です。芝生の横手にあって正面の窓からよく見通せる、道具小屋の黒い木の扉に、チョークで描かれていました。これが正確な写しです」彼は、たたんであった紙切れを開いてテーブルに置いた。

「すばらしい！」とホームズ。「じつにすばらしい！　どうぞ続けてください」

「写しをとって、扉の絵は消しました。ところが、次の朝もまた、別の絵が描かれていたのです。これです」

ホームズは、両手をこすり合わせてうれしそうに含み笑いをした。

「材料がどんどんふえてきたぞ」

「三日め、今度は日時計の上に、小石を載せた紙がありました。ご覧のように、今お見せし

たわたしは、ピストルを持ち出して、庭を見下ろす書斎で起きて待ち伏せしようという気になったわたしは、ピストルを持ち出して、庭を見下ろす書斎で起きて待ちました。窓辺に腰をおろして、月だけは出ているものの外はいちめんの闇という午前二時ごろ、背後に足音がしたと思ったら、現われたのはガウン姿の妻でした。わたしにやすんでほしいと言います。愚にもつかない悪ふざけをしているのはいったいどんなやつなのか、見届けるつもりだと応えました。すると、だれか心ない者のいたずらなのだから、気にかけないほうがいいというんです。

『このいたずらがほんとうにおいやだったら、わたしたち二人で旅にでも出ましょうか。そうしたら、こんなめんどうにかかわらなくてすむわ』

『悪ふざけ野郎にこっちが家から追い出されるのか』と言い返しました。『この州じゅうで笑いものになってしまう！』

『とにかく、おやすみになって。あしたの朝にでも話し合いましょう』

そう言う妻の青白い顔が、月の光のもとで不意にいっそう青ざめ、わたしの肩に置いた手に力がこもりました。道具小屋のものかげで動くものがある。こそこそと這うように角を曲がって現われた黒い人影が、扉の正面に回ってしゃがみ込んだのです。ピストルを握って飛び出そうとすると、妻がわたしの首に抱きついて力のかぎり引き止めようとするではありませんか。振りほどこうとしましたが、がむしゃらにしがみついてきます。やっとの思いでひきはがし、扉を開けて小屋まで行ってみたときにはもう、人影はありませんでした。

しかし、たしかにそこにだれかがいた証拠は残っていました。扉の上の踊る人形の絵。それまでに二度現われて写しをとっておいたのと、まったく同じ図柄です。そこらじゅう駆け回ってみましたが、ほかには何も痕跡なしでした。ところが、あきれたことに、やつはそのあいだもずっとその場にいたんですよ。翌朝もう一度調べてみると、扉の絵の下に、短くもう一行描き加えてあったんですよ」

「その新たな図柄はありますか？」

「はい。ごく短いものですが、写しをとりましたよ。ほら、これです」

彼はまた紙切れを出した。こんどの踊りはこんな形だった。

ホームズの目が興奮に輝く。「ほう、これは。たんなる付け足しなんでしょうか、それとも、まったく別のもののようでしたか？」
「扉の、別の羽目板に描かれていましたが」
「すばらしい！　こちらの目的に適うということでは、それは何より重要な点です。おかげで希望が湧いてきましたよ。さて、ヒルトン・キュービットさん、どこまでも興味の尽きないお話の先を続けてください」

「ホームズさん、お話しすべきことはそれだけです。ただ、あの夜、やつをとり押さえられたかもしれないところへ邪魔に入った妻に、ひどく腹が立ちました。わたしを心配したからだと言うんです。ちらっと、ほんとうはやつのほうを気づかったのではないかという考えがよぎりました。あの男がだれなのか、あんな奇妙な合図で何を伝えているのか、妻にはよくわかっているようにも思われました。ただ、ホームズさん、その声の調子といい顔つきといい妻を疑うのは許されないような雰囲気があったものですから、本心からわたしの身を気にかけてくれたということにしておきました。

お話ししておくことはこのくらいです。お教えください、いったいどうしたらいいのでしょう。農場の若い者五、六人を茂みに隠れさせておいて、やつが現われたら、二度とひとの平穏を乱さないようたっぷり鞭でもくれてやりたいところですが」

「どうやら問題の根は深い。そういうやり方ではだめなように思えますね」とホームズ。「ロンドンにはどのくらい逗留できますか？」

「きょうじゅうに帰らなくては。どうしても妻を夜ひとりにさせてはおけません。それはびくびくしていまして、わたしにもお願いだから帰ってきてほしいと申しますので」

「たぶんそのほうがよろしいでしょうね。ロンドンに残られるのであれば、一両日のうちにご一緒できるかと思ったのですが。とにかく、この三枚の絵はお預かりします。じきにお宅にうかがって、事件に何らかの見通しをつけられそうです」

客が出ていくまでホームズは職業的冷静さを保っていたが、彼をよく知るわたしにはひどく興奮しているのが手にとるようにわかった。ヒルトン・キュービットの広い背中が入り口扉のむこうに見えなくなったとたんテーブルのところにすっとんでいって、踊る人形を描いた三枚の紙切れを前に、脇目もふらず解読のこみいった作業に取り組むのだった。

紙切れからまた別の紙切れへと数字や文字を書きつけていくホームズを、わたしは二時間ばかり見守った。すっかり没頭している彼はわたしの存在さえ忘れているようだ。作業のかたわら、作業が進捗《しんちょく》したものか口笛や鼻歌が漏れるかと思えば、額にしわを刻んでうつろな目で長いことただ座っている。ついに、歓声をあげて椅子から飛び上がったホームズは、手をこすり合わせながら部屋じゅうを歩き回った。そして、海底電報《ケーブル》の用紙に電文をながながと書きつけるのだった。

「ぼくの出した答えが当たりだとすると、ワトスン、きみのコレクションにすてきな事件がひとつ加わることになるぞ。あしたにでもノーフォークに出向いて、頭痛の種の正体についてわれらが友人に決定的なことを教えてやれる」

正直なところわたしは知りたくてたまらなかったが、ホームズという男は、自分の知っていることを秘しておいて、気がむいたときに好きなやり方で公開したがる。彼のほうからわたしに打ち明ける気になるまで待つことにした。

しかし、電報の返事はいっこうに届かない。呼び鈴の音がするたびにホームズが耳をそばだてるという、やきもきさせられる日が二日も続いた。二日めの夜になって、ヒルトン・キユービットから手紙がきた。何ごともないけれども、その日の朝、日時計の台座の上に人形の絵が長めに一行現われたという。写しが同封されていた。

奇妙な装飾帯《フリース》の上にしばらく身をかがめていたホームズが突然、ぎょっとしたような狼狽の声をあげた。やつれた顔に不安が浮かぶ。

「ちょっと長く事件を放っておきすぎたな。今晩、ノース・ウォルシャム行きの汽車はあるかい?」

わたしは時刻表を調べてみた。最終列車が出たばかりだった。

「では、朝食を早めにして、朝いちばんの列車に乗ろう。どうしてもぼくたちがいなくては。おや、待ちかねた海底電報の返事のようだぞ。あっ、ハドスンさん、ちょっと待ってください。返事を出すかもしれない。……いや、けっこうです。予測したとおりのようだ。ヒルトン・キューピットにどういうことなのか知らせてやらなくては。この電文からすると、一刻も早く知らせることがますます重要になってきた。ノーフォークのわれらがお人よし郷士どのは、なんとも奇怪で危険きわまる網にからめとられている」

事実、そのとおりに危険だったのだ。始まりはただの子どもっぽい変わった物語としか思えなかったものが、こうしていま暗い終局へ向かって展開するに至り、そこで味わった困惑と恐怖が再びよみがえる。もっと明るい結末を読んでいただけるならどんなにいいだろうと思う。しかし、これはあくまでも事実を記した年代記である。リドリング・ソープ・マナーの名がイングランドじゅうに知れ渡るもととなった奇怪な事件の連鎖を、いやでもその暗澹たる幕切れまで追わないわけにはいかない。

ノース・ウォルシャム駅に降りたって目的地を告げたとたん、駅長がすっとんできた。

「ロンドンからみえた刑事さんでしょう」

ホームズの眉のあたりを当惑の色がよぎる。

「なぜそう思われるのです？」

「いましがたノリッジのマーティン警部が向かわれたばかりなので。では、お医者さまがたですね。奥さんはまだ息がある――さっきの話では、まだ、ということです。間に合うかもしれません。助かるかもしれない――どのみち絞首刑でしょうが」

ホームズの顔つきが不安に曇った。

「たしかに、リドリング・ソープ・マナーに行くところではあるのですが、何があったのか聞いてはいないのです」

「おそろしい事件ですよ」と駅長が言う。「ヒルトン・キュービットさんと奥さん、お二人が撃たれて。奥さんがご主人を撃って、次に自分も撃った——使用人たちはそう言っています。ご主人は亡くなり、奥さんも危ない。なんてことだろう！　ノーフォーク州一の由緒正しい旧家だというのに」

ホームズは黙ってさっさと馬車に乗り込むと、七マイルの長い道のりのあいだ口を開こうとしなかった。こんなに落胆した姿をわたしはついぞ見たことがない。ロンドンを発ってからというものずっと不安そうに朝刊をなめるように読んではいたが、みずからの最悪の予想が的中したいま、すっかり憂鬱にとらわれて魂が抜けたようになってしまった。座席にもたれ、暗くもの思いに沈んでいる。うらはらに、まわりには目を楽しませる景色が次々に繰り広げられた。

なんといっても英国一珍しい田園地方の眺めとあって、ぽつりぽつり見える家々が現在の人口をうかがわせる一方、緑なす広がりのあちこちに林立する四角い塔の巨大な教会がかつての東アングリア王国の威光と栄華をしのばせる。やがてノーフォーク海岸のむこうにドイツ海（北海の別名）の青紫色の海面が見えてくると、御者が鞭を振り上げて、木立の中に二つ突き出したレンガと木材の古い破風《はふ》を指した。「リドリング・ソープ・マナーですぜ」

馬が前廊《ポルティコ》のある正面玄関に向かうあいだ、正面側テニスコートのかたわらに黒い道具小屋と台座の上の日時計が見えた。口髭をさっぱりと蠟で固めた、てきぱきした小柄な男が、丈の高いドッグ・カートから降りたところだった。ノーフォーク警察のマーティン警部と名

乗るその男は、わが友人の名を聞いてひどく驚いた。

「これはこれは、ホームズさん、事件はけさ三時に起きたばかりだというのに！　ロンドンにいながらにして事件のことをご存じで、しかもわたしと同時に現場に駆けつけられたとは」

「予期していたのです。なんとか防ごうと思って駆けつけたんですが」

「では、われわれの知らない何か重大なことをご存じなのですね。なにしろ仲むつまじい夫婦だったそうですから、こちらはどうもわけがわからなくて」

「ぼくが握っている証拠にしても、踊る人形しかないのです」とホームズ。「まあ、それはあとでご説明しますが。ところで、こうして出遅れて悲劇を未然に防ぐことができなかった以上、ぼくのもてる知識を正義遂行のために使いたい気持ちでいっぱいです。捜査に加えていただけますか？　それとも、こちらは別に動いたほうがよろしいでしょうか？」

「ホームズさん、ご一緒に仕事ができると考えただけでも誇りに思いますよ」警部の声には熱がこもっていた。

　マーティン警部はなかなか見識のある人物で、ホームズの好きなようにやらせておいて、自分はその結果を丹念に記録する役に得々として回った。折りしもヒルトン・キュービット夫人の部屋から下りてきた白髪頭の地元の老医師が、重態だが助かる望みはあると言った。弾丸が前頭部を撃ち抜いているので、意識が戻るにはかなりの時間がかかるという。だれかに撃たれたのか自分で撃ったのかは、はっきりどちらとも言いかねるらしい。至近距離から発射されたのは確かだ。部屋の中でリヴォルヴァーが一挺だけ見つかり、薬室は二発分が空になっていた。ヒルトン・キュービット氏のほうは弾が心臓を貫通。相手を撃ってから自殺しようとしたのは彼のほうとも、逆に妻のほうとも考えられる。床の上のリヴォルヴァーは、二人から等距離のところにころがっていたのだ。

「ご主人を動かしましたか？」ホームズが尋ねた。

「動かしたのは奥さんだけです。なにしろ大けがだし、放置しておくわけにもいきませんでしたから」

「先生はいつからここに？」

「来たのは四時でした」

「どなたかほかには？」

「そちらの駐在さんが」

「何にも手を触れてはいらっしゃいませんね？」

「はい」

「賢明なご処置をありがとうございます。先生を呼びにやらせたのは？」

「メイドのソーンダースさんです」

「急を知らせたのも？」

「ええ、料理係のキング夫人と一緒に」

「お二人はいまどちらでしょう?」

「台所では?」

「では、すぐにもお話をうかがいましょう」

カシの羽目板張りで窓の高い古めかしいホールが、急遽取り調べ室になった。旧式の大きな椅子にかけたホームズは、やつれた顔に容赦のない目だけを輝かせている。全力を尽くして遠慮なく追及し、救うことのできなかった顧客の仇をとるという決然たる意志の表われだと見えた。同席したのは、こざっぱりしたマーティン警部、白い髭をたくわえた老医師、わたし、それにちょっとおっとりした村の駐在といった、妙な取り合わせの面々だった。

はっきりした話しぶりの女性二人だった。銃声で目が覚めたと思ったら、その直後にもう一発の銃声がしたという。寝室が隣り合っていたので、キング夫人がソーンダースさんの部屋に駆け込んだ。そして二人そろって階下へ行ってみた。書斎の扉は開いていて、テーブルの上にロウソクがともっていた。主人が部屋の中央でうつぶせに倒れている。すでに息がなかった。窓の近くで壁に頭をもたせかけるようにして、女主人がうずくまっていた。顔の側面が血だらけの重傷。もの言うこともできず重い息をしていた。部屋の中ばかりか廊下まで、ものすごい硝煙と火薬のにおいがたちこめていた。二人とも確かだと断言したのは、窓はちゃんと閉まって内側からかけ金がかかっていたことだった。

二人は医者と駐在を呼びにやった。それから、馬番の男と少年の手を借りて、大けがの女主人を部屋に運んだ。主人夫婦はともに、いったんベッドには入ったのだろう。女主人はガウン姿だった。主人のほうも寝巻きの上からガウンをはおっていた。書斎には、何かものを動かした形跡はなかった。また、いつもほんとうに仲のいい夫婦だと感心させられこそすれ、二人の知るかぎり、夫婦の言い争いだとて一度もなかった。

そんなところが使用人の証言の要点だった。マーティン警部の質問に対して、どこの戸にも内側から掛け金がかかり、だれも逃げ出したりはできなかったはずだと、二人は断言した。次にホームズに訊かれて、最上階にある自分たちの部屋を飛び出したとたんに火薬のにおいがしたことを思い出した。

「このことをよく心にとめておかれるべきですね」とホームズが警部に言った。「さて、これで、書斎を徹底的に調べる準備ができた」

のぞいてみた書斎は、こぢんまりした部屋だった。三方は全面が書架、庭に面した平凡な窓に向かって書きもの机がある。みんなの目がまず、床に長々と大きな身体を横たえている不幸な郷士に吸い寄せられた。唐突に眠りから覚まされたものか、ガウンをいいかげんにひっかけている。弾丸は正面から発射されて心臓を貫通し、体内にとどまっていた。どうやら、苦痛を感じるまもなく即死だったようだ。ガウンにも両手のどちらにも火薬の跡はない。医師によると、夫人のほうは顔に汚れがついていたが、手にはなかったということだった。

「手に汚れがついていればいろんな意味がありますが、ついていないのではね」とホームズ。「薬莢《やっきょう》がしっかり合ってなくて火薬が後ろ向きに噴き飛びでもしないかぎり、しみも残さずに撃つことくらいいくらでもできる。キュービットさんの遺体は動かしてもさしつかえないでしょう。ところで先生、奥さんの身体からもう弾を摘出なさいましたか?」

「それには大手術をしなくてはならんでしょう。しかし、銃に四発弾が残っている。撃たれた傷が二発分だから、計算は合っているわけでしょう?」

「一見そうですが」とホームズ。「では、あの窓の縁に命中している弾丸は、どういう計算になるんですかね?」

ホームズがさっと向きを変え、下の窓枠の底から一インチほどのところにくっきりあいた穴を長い骨ばった指でさした。

「ほんとうだ!」警部が声をあげた。「どうしてわかったんですか?」

「探したからですよ」

「すばらしい!」田舎医師も感心している。「おっしゃるとおり。すると、三発めになるわけで、すなわち第三の人物がいたことになります。いったい何者で、だいいちどうやって逃げたんでしょう?」

「われわれが解くべきなのがまさにその問題なのです。マーティン警部、部屋から出たとたんに火薬のにおいがしたというメイドの証言に、たしか、これはたいへん重要な点だと申しあげましたね」

「ええ。しかし、白状しますと、その、おっしゃる意味がわからなくて」

「つまり、銃を撃ったとき、部屋の扉ばかりか窓も開いていたということです。でなければ、硝煙がそんなに早く家じゅうに広がるとは考えられない。部屋に風が通っていたはずなんです。もっとも、扉と窓の両方が開いていたのは、ほんのちょっとのあいだだった」

「なぜですか？」

「ロウソクのしずくが垂れていない」

「すごい！」と警部。「なんて鮮やかな！」

「悲劇が起きたとき窓が開いていたのは確実だと思いますが、そうなると、第三の人間が事件にかかわっていて、開いた窓の外から撃ったにちがいない。その人物を狙った弾丸が窓枠にでも当たったかもしれない。ぼくは探しました。すると案の定、弾痕があったというわけです」

「しかし、窓は閉まっていた。掛け金もかかっていましたよ」

「奥さんがとっさに窓を閉めて、掛け金をおろしたのでしょうね。おっと！　これは何だ？」

　書斎のテーブルの上に、女性のハンドバッグがあった——ワニ革で銀の飾りを施した小ぶりのしゃれたバッグだ。ホームズが中身をあらためた。輪ゴムで束ねたイングランド銀行の五十ポンド札が二十枚。それだけだった。

「これはとっておくべきでしょう。法廷でものを言いますよ」ホームズは警部にバッグごと渡した。「さて、木の割れ方から見て、室内から発射されたとしか思えないこの第三の弾丸だ。解明してみなければ。料理係のキング夫人に話を聞きたいんですが。……ああ、キングさん、大きな銃声で目が覚めたとおっしゃいましたね。それはつまり、二発めのより最初の音のほうが大きいようだったという意味でしょうか？」

「そうですねえ、それで目が覚めたわけですから、なんとも申しかねます。でもとにかく、とんでもなく大きな音のようでしたけれど」

「二発の銃声が同時に聞こえたというふうには思われませんか？」

「何とも申しあげられませんわ」

「ぼくには二発同時だったと思われるんですよ。警部さん、この部屋でわかることはこんなところでしょう。そのあたりまでおつきあい願えるなら、今度は庭で新たな証拠を探せるかもしれません」

書斎の窓際まで広がる花壇に近づいてみて、わたしたちはいっせいに声をあげた。花が踏みにじられ、柔らかい地面のいたるところに足跡が残っていたのだ。足指がぐんと長くとがった、大きな男の足跡だった。ホームズは、獲物をくわえて戻る猟犬が矢傷を負った小鳥を捜すように、草木のあいだを探索した。やがて、うれしそうに快哉《かいさい》を叫び、しゃがんで真鍮の小さな筒を拾い上げた。

「思ったとおりだ。第三の薬莢ですよ。リヴォルヴァーに薬莢排出装置《イジェクター》がついていたんだ。[*2]警部、われわれの事件ももうじき一件落着ですね」

　ホームズが捜査をすみやかに鮮やかに進めていくのを目の当たりにして、地方警察の警部は舌を巻いている。当初は自分の立場を主張したい気持ちがちらついていたが、いまでは驚嘆し圧倒されるがまま、どこへなりともホームズの導きにただ従おうという気になったらしい。

「何者だとお考えですか？」

「それについては、いずれ。この事件にはいまなお説明のつかない点がいくつかありますから。ここまできたのですから、もう少しぼくのやり方で進めてみて、いよいよというところですべてを明らかにしましょう」

「ホームズさんのお好きなように。われわれは犯人さえつかまえられればいいんですから」

「いたずらに謎めかすつもりは毛頭ないんですが、行動すべきときに長々とこみいった説明をしてはいられませんからね。この事件につながる糸はすべてぼくの掌中にある。万一夫人の意識が回復しなくても、ゆうべの事件は再構成できますし、正義の鉄槌を振り下ろすこともできますとも。まず知りたいのは、このあたりに『エルリッジ』という宿があるかどうかということです」

使用人たちは、聞き覚えがないということだった。馬屋番の少年がかろうじて、たしかイースト・ラストンの方角へ何マイルかのところにそんな名前の農場があると思い出してくれたことで、展望が開けた。

「その農場、辺鄙《へんぴ》なところにあるのかい？」

「ええ、すごく寂しいところです」

「ゆうべここで起きたことなんか、まだ知らずにいるだろうな？」

「そう思いますね」

ホームズはしばらく考え、やがて、口もとに不思議な微笑を浮かべた。

「きみ、馬に鞍をつけてくれ。エルリッジ農場に手紙を届けてほしいんだよ」

ホームズは、ポケットから踊る人形を描いた数枚の紙切れをポケットから取り出した。書斎のテーブルにつくと、その紙切れと首っぴきでしばらく何か書いていた。できあがった手紙を少年に手渡し、宛て名の人物にじかに渡すこと、どんなことを訊かれても絶対に答えないようにと言い含めた。手紙の表には、いつものホームズの達筆とは似ても似つかぬぎくしゃくした不ぞろいの文字が並んでいる。宛て名は、ノーフォーク州イースト・ラストン、エルリッジ農場、エイブ・スレイニー。

「さて、警部さん」とホームズ。「電報を打って、護送係を呼んだほうがいい。ぼくの推理が正しければ、危険きわまりない犯人を州の監獄に送ることになるはずですから。この子が電報も打ってくれるでしょう。ワトスン、もしロンドン行きの午後の列車があったら、それに乗ろうよ。おもしろい化学分析がやりかけのままだし、こっちの捜査は早くも終わりが見えてきたからね」

　少年が手紙を携えて出発すると、ホームズは使用人たちに指示を与えた。キュービット夫人の容態についてはだれが訪ねてきてもひとことも漏らさないこと。すぐに応接間に通すこと。それについてしつこく繰り返し念を押した。そうして、これで事件はこちらの手を離れた、あとはせいぜいうまく時間をつぶして成り行きを見届けるだけだと、先頭に立って応接間に入っていった。医師は患者が待っているのでと引き揚げていき、警部とわたしたちだけが残った。

「おもしろくてためになることで、一時間ばかりは暇をつぶしてさしあげましょう」ホームズは椅子をテーブルに引き寄せ、自分の前に踊る人形の描かれた紙切れを並べてみせた。「ワトスンには、ずいぶん長いこと好奇心を抑えさせてしまった償いを、どうしてもしなければならない。そして警部にとっては、この事件がすばらしく魅力のある職業上の研究となるのではないでしょうか。まず、キュービット氏がベイカー街にもちこんできた相談ごとについて、興味深い経緯を一部始終お話ししておかなくてはね」と言って、ホームズはざっとこれまでのいきさつをおさらいしてみせた。

「いま目の前にあるのが、そのおかしな絵文字です。こんな悲劇の前ぶれとなったのでなければ、思わず笑ってしまうようなしろものでしょう。ぼくはあらゆる形式の暗号記法にかなり精通していまして、百六十種もの暗号を分析したちょっとした論文を書いてもいるくらいです。しかし、そのぼくでさえ、これはまったく知らない暗号だと言わざるをえません。絵文字がある内容を伝えるものでありながら、一見でたらめな子どもの落書きじみたものという印象しか与えないというのが、この暗号を考案した人間の狙いなのはまちがいない。

だが、人形の記号がじつは文字に対応していると見抜いて、あらゆる形式の暗号を解く規則をさまざまにあてはめてみると、あっさり解読できた。ぼくに託された最初の通信文はなにぶん短くて、の絵がEにあたるはずだという手ごたえがあったくらいで、あとはお手あげだった。ご存じのとおり、英語のアルファベットのなかでいちばんよく使われるのがEで、ひときわ目立つ存在だから、どんな短い文にだろうと何度も出てくるものなんだ。[*3] 最初の通信に使われた十五の記号のうち四つが同じ形だから、これがEだと断定するのは理にかなっているだろう。旗を持っている人形もいれば持っていないのもいる。持っている人形の位置からすると、旗は単語ごとの区切りの印にちがいない。これをひとつの仮説として受け入れることにして、Eはで表わされる、と書きとめた。

しかし、この研究が本当に難しいのはそれからだったよ。E以外の文字が使われる頻度は決してはっきりしないし、たとえ印刷された一ページの使用頻度を平均したって、短い文章ひとつのなかじゃまるっきり逆になることもありうる。おおまかには、多く使われる順にT、

A、O、I、N、S、H、R、D、Lだが、上位四つT、A、O、Iの使用頻度は似たり寄ったり。意味が通るまでひとつひとつ組み合わせてみるのは気が遠くなる作業だ。ぼくは新たな資料を待った。ヒルトン・キュービット氏が二度めに持ってきてくれたのが、この二つの文章と、そして、旗が見当たらないので一語だけだと思われる通信ひとつ。これがその記号だ。これは、五文字からなる一語だが、二番めと四番めにEがあるね。SEVER（切る）、LEVER（てこ）、NEVER（だめ）のどれかだろう。一語だけで何か呼びかけに応えているとしたら、三番目の『だめ』がふさわしいし、状況からするとどうやら夫人が描いたものらしい。だとすると、がそれぞれ、N、V、Rだ。

　まだかなり難しかったが、いい思いつきが浮かんだ。これが答えになるのが、若いころの夫人と親しかった者からの呼びかけだとするなら、ふたつのEのあいだに三文字がはさまる組み合わせは、おそらく夫人の名前、ELSIE（エルシー）のはずだってね。それを念頭に調べると、三回の通信の末尾がこの組み合わせになってるじゃないか。まちがいない、『エルシー』に何か呼びかけているんだよ。こうして、L、S、Iがわかった。では、どういう呼びかけが考えられるか？　『エルシー』の前は、四文字しかない単語、しかもEで終わる。COME（来い）にちがいない。Eで終わるほかの四文字を試してみたが、この場合にしっくりくるものは見つからなかった。これで、C、O、Mがわかった。いよいよ、最初の通信文からもう一度挑戦だ。単語に区切り、文字がわかっていない絵を仮に点の印にしておくんだ。こうだよ。

.M.ERE..E SL.NE.

さて、最初の文字はA以外にありそうもないが、この発見はたいへんありがたかった。なにしろ、この短い文章のなかに三度も使われている。二番めの単語のなかのHもまずまちがいない。すると、次のようになる。

AM HERE A.E SLANE.

最後の名前のところはすぐにわかる。AM HERE ABE SLANEY（来たぞ、エイブ・スレイニー）だな。たくさん文字がわかって、自信たっぷりに第二の通信にとりかかった。こちらは、こんなふうだ。

A.ELRI.ES

TとGを入れると、エルリッジというのが書き手のいる家か宿の名前と考えた場合にだけ意味が通るね」

マーティン警部もわたしも、難問をこうもみごとに解いてみせた経緯をくわしく明快に説明されて、すっかり話にひき込まれていた。

「それからどうなさいました？」警部が先を促す。

「このエイブ・スレイニーという男だが、アメリカ人だと考える根拠は十分だ。エイブというのはアメリカ人の名前の略称だし、だいいち、アメリカから届いた手紙がそもそもの発端だったんだ。また、犯罪の秘密が潜んでいると考えられる節もある。夫人が暗い過去のあることをほのめかしながら、夫に打ち明けようとはしなかったことからね。そこでぼくは、ニューヨーク警察にいる友人、ウィルスン・ハーグリーヴに海底電報を打った。ロンドンの犯罪に関する知識提供で、彼には一度ならず貸しがあるんでね。彼にエイブ・スレイニーについて問い合わせたんだ。返事はこうだ。『シカゴで最も危険なギャング』。返事を受け取ったその夜に、ヒルトン・キュービットがまた踊る人形の通信文を送ってきた。すでにわかっている文字をあてはめてみると、こうなった。

ELSIE . RE . ARE TO MEET THY GO.

PとDを入れると、通信の内容がいよいよ脅しになっていってるじゃないか（ELSIE, PREPARE TO MEET THY GOD. エルシー、神さまに会う覚悟をしろ）。しかも、シカゴのギャングについてぼくの知るところからすると、きっとすぐにも行動に訴えるだろう。友人で相棒のワトスン博士とともに、とるものもとりあえずノーフォークに駆けつけたが、すでに不幸にして最悪の事態になっていた。こういうわけです」

「ご一緒に仕事をさせていただくのは、まことにもって光栄の至りなのですが」マーティン警部が気づかいつつ言った。「ざっくばらんな言い方をお許し願えますか。あなたが負っておられるのはご自身への責任だけでしょうが、わたしは上司に報告をしなければならない立場でして。もしもエルリッジにいるエイブ・スレイニーが実際に人を殺していて、しかもわたしがここに座っているあいだに逃げてしまっていたとしたら、たいへん困ったことになるんですが」

「心配はご無用。逃げようとはしませんよ」

「どうしてわかるんです？」

「逃げれば、罪を白状するも同然ですからね」

「では、逮捕しにいきましょう」

「やつのほうからいまにもやってくるのを、待っているところです」

「やつが来る？　どうして？」

「ぼくが来いという手紙を届けさせたからですよ」

「まさか。そんなばかな、ホームズさん！　あなたが呼べばやってくるなんて。そんな手紙、おかしいと感づいて逃げてしまうことになりませんか？」

「手紙のでっちあげ方くらいは心得ているつもりです。ほら、聞きまちがいでなければ、あの馬車道をこちらにやってくるのは、そのご本人のようですよ」

戸口への道を、男が大股でやってくる。背が高く、色の浅黒い、灰色のフラノのスーツにパナマ帽というしゃれた身なりの男だ。剛毛の黒い髭に、威圧的な大ぶりのかぎ鼻。意気揚々とステッキを振って歩いている。まるで自分の家に帰ってきたかのように堂々と道を歩いてくると、自信満々、けたたましく呼び鈴を鳴らした。

「みなさん」ホームズが声を殺して言う。「ドアの後ろに隠れたほうがいいでしょう。こういう人間を相手にするときは、用心するに越したことはない。警部、手錠が必要になりますよ。話はぼくに任せてください」

一同、押し黙って待つこと一分——忘れがたい一分間と言っていいだろう。やがてドアが開いて、男が足を踏み入れた。その瞬間、ホームズのピストルがつきつけられ、マーティン警部の手錠が男の手首にかかった。いっさいがあまりにすばやく巧妙に運ばれたため、男が不覚を悟ったときにはもう手遅れだった。黒い目をらんらんと光らせ、みなの顔をにらみ回す。そして、大声で苦笑いした。

「これはこれは、こんどは先手をとられちまった。やばいことになったみたいだな。だけどね、こちとら、ヒルトン・キュービット夫人の手紙で呼ばれたんですよ。奥さんはいらっしゃらないなんていうんじゃないでしょうね？　まさか、このネズミとりに奥さんも一枚かんでるなんていうんじゃないでしょうね？」

「奥さんは重傷を負った。危篤状態だ」

男は、家じゅうに響くような絶望のしわがれ声をあげた。

「でたらめ言うな！　けがをしたのは男のほうだ、エルシーじゃねえ。だれがいとしいエルシーにけがなんかさせるものか。そりゃあ、脅したのは嘘じゃねえ。だが、かわいいエルシーの髪の毛一本だって傷つけるもんか。なあ——嘘だろう！　けがなんかしてないって教えてくれ！」

「亡くなったご主人のそばで、奥さんは息も絶え絶えだった」

悲痛なうめき声とともに椅子に座り込んだ男は、手錠のかかった両手に顔を埋めた。五分ばかりも黙っていた。かと思うと、やがてふたたび顔を上げ、落ち着いたあきらめの口調でしゃべり始めたのだった。

「隠しだてすることもありませんや。あっちがまず撃ってきたからおれも撃ったまでで、殺したっていうのとは違う。だが、エルシーを傷つけたと思われるとは。おれたち二人のことを何にもご存じないからだ。おれほどエルシーに惚れてるやつなんか、ぜったいにいないんだ。おれには権利があったんだ。何年も前に、エルシーはおれと結婚の約束までしたんだから。そのおれたちのあいだに割り込もうなんて、ふざけたイギリス野郎だよ。いいかい、最初に権利があったのはこのおれで、おれはそれを要求しただけのことなのに」

「あの人は、きみがどういう人間かわかって逃げたんだぞ」ホームズが厳しい口調で言う。「きみから離れたい一心でアメリカから逃れ、立派な英国紳士と結婚したんじゃないか。きみがつきまとったのは、彼女につらい思いをさせただけだ。彼女が敬愛している夫を捨てて一緒に逃げてくれるように仕向けたんだろうがね。きみのことを恐れ、憎んでいるのにだよ。最終的には、夫を殺し、あのひとまで自殺に追い込むことになってしまったな。エイブ・スレイニー、以上がきみのこのたびの罪だ。法のもとでその責任をとってもらわなくてはなら

SIDNEY PAGET

ない」

「エルシーが死んじまうのなら、おれなんかどうなったってかまうもんか」アメリカ人はそう言って片手を開き、てのひらでくしゃくしゃになった一通の手紙に疑わしげな目を落としながら大声をあげた。「だけど、おれを脅してるだけなんじゃないでしょうね。おっしゃるようにエルシーが重傷ってのがほんとなら、この手紙はいったいだれが書いたんだ？」

「きみに来てほしくて、ぼくが書いたのさ」

「だんなが？　踊る人形の秘密は組の者しか知らないはずだ。どうやって？」

「人間が考案したものなら、必ず人間が解けるものだ。スレイニー君、ノリッジ行きのお迎えが来たようだよ。しかし、犯した罪に多少の償いをしておいてもらうくらいの暇はあるだろう。奥さんに夫を殺害した嫌疑がかけられていたんだ。ぼくがたまたまここにいて、たまたまあれこれわかったから、かろうじて告発を免れたんだよ、ご存じかね？　夫が亡くなったことには、直接にしろ間接にしろあのひとが手を貸してなどいないと、世間に向けて疑いをはっきり晴らしておく責任が、きみにはあると思わないか」

「願ってもないことだ。洗いざらいありのままにお話しするのが、おれにとってもいちばんいいことでしょう」

「本官の義務だから言い添えておくが、その発言がきみに不利な証拠として使われることもあるぞ」英国刑法がすばらしく公明正大なところを示そうとばかりに、警部が大きな声をあげた。

　スレイニーは肩をすくめてみせた。

「運は天に任せましょう。まずみなさんに頭に入れておいていただきたいのは、ほんの子どもだった時分からエルシーのことはよくよく知っているんだってことです。シカゴのギャング一家で、エルシーの父親がおれたち七人の組の頭《かしら》だったのさ。踊る人形の暗号を考え出したのもその頭でね。たまたま解き方を知っている者でもないかぎり、まず子どもの落書きにしか見えないやね。

　さて、エルシーはいくらかなじんでたとしても、結局、泥棒稼業にはがまんできなかったんだな。自分で多少は持ちあわせてたきれいな金で、ロンドンへ逃げた。おれたちは婚約までしてたんだし、おれが商売替えさえすりゃ、おれたち二人は結婚してただろうに。ともかく、やばいことにはいっさいかかわりたくなかったんだな。いどころがやっとわかったときには、エルシーはイギリス人と一緒になったあとだった。手紙を書きましたよ。返事はない。それでおれ自身が乗り込んできたんだ。手紙がだめならってんで、エルシーの目につくところにおれの言いたいことを書いたわけだ。

　そう、ここへ来てかれこれひと月になる。あの農場に住んで、部屋は一階だから夜ごと出入りしても人目につかなかった。エルシーをひっぱり出せそうな手を尽くした。おれのメッセージを読んでいるのは確かだ。一度は答えが描いてありましたからね。そのうちだんだん頭にきて、脅しにかかった。するとエルシーから手紙で、どっかへ行ってくれっていうんです。亭主によくない噂がたつのだけは勘弁してほしい、と。亭主が寝ている朝の三時ごろ窓越しに話をするから、そのかわりにこれっきり潔く身をひいてほうっておいてくれってね。エルシーは現われたが、金でおれを追い払おうとしたんだ。それで、かっとなったおれは、腕をつかんで窓からひっぱり出そうとした。そのとき、亭主がピストルを構えて飛び込んできた。エルシーが床にころがって、男二人で向き合うはめになった。こっちだってピストル持参だ。脅して逃げるつもりで構えた。あっちが撃ってきたがはずしたね。ほとんど同時におれも撃っていて、あの男のほうは倒れた。庭を横ぎって逃げながら、うしろで窓が閉まる音がしたね。このとおり、ひとことだって嘘偽りなく話しましたよ。小僧の届けてきた手紙にのこのこやってきてまんまとつかまるまで、ほんとに何も知らなかったんだ」

話しているあいだに馬車が到着した。制服警官をふたり乗せている。マーティン警部が立ち上がって、捕らわれた男の肩に手をやった。

「そろそろ行こうか」

「エルシーにひと目だけでも」

「だめだな、意識がないんだから。ホームズさん、大事件でも起こったときには、ぜひともまたおそばで仕事をする光栄にあずかれますように」

わたしたちは窓際で馬車を見送った。テーブルを振り返ると、犯人が投げ出した手紙に目がとまった。ホームズが犯人をおびきだした偽の手紙だ。
「どうだい、解読できそうかね、ワトスン？」ホームズがにっこりと言った。
手紙には、踊る人形の絵が一行描かれているだけだった。

「ぼくの説明したとおり解読すれば、COME HERE AT ONCE（すぐに来て）となる。夫人のほかにこんな誘いをする人間が思いつかない以上、あいつがこの罠にひっかかることには自信があった。というわけで、ワトスン、踊る人形たちがどんなにたびたび悪の手先になったことがあろうと、最後には正義のために役立ててやることができたわけだ。きみのコレクションに珍しい事件を加えるという約束も、これで果たせたしね。三時四十分発の汽車に乗ろうよ。ベイカー街に戻って夕食にしよう」

後日談として、ちょっと付け加えておこう。
アメリカ人エイブ・スレイニーは、ノリッジの冬の巡回裁判で死刑を宣告されたが、先に銃を撃ったのはヒルトン・キューピットだったことと併せて情状酌量の余地があるとされ、懲役刑に減刑された。

ヒルトン・キュービット夫人は、大けがから完全に回復し、いまもひとりで亡き夫の地所を守りながら貧しい人々を救済する人生を送っている。

美しき自転車乗り

The Adventure of the Solitary Cyclist

シャーロック・ホームズにとって、一八九四年から一九〇一年まではひどく多忙な八年間だった。このあいだに世間に公表されたうちで少しでも厄介な事件には残らずホームズが協力していたと言えるほどだし、しかも、表沙汰にはならなかった何百という私的な事件のうちにもきわめて複雑怪奇なものがあり、そこにもホームズの活躍があった。

そうした数々の輝かしい成功と、二、三のやむをえない失敗——休むまもなく仕事を続けた長い年月の成果がそれだ。そのひとつひとつをわたしはくわしく記録してきたし、自分自身がじかに関係した事件も多々あるのだから、発表すべきものとしてどれかを選び出すのが容易でないのはわかっていただけることだろう。だが、以前からの原則にのっとって、犯罪のすごさという面よりはむしろ、解決のし方が巧みでドラマチックだったために興味深い事件を選ぶことにしたい。

これから紹介するのは、チャーリントンの美しき自転車乗り、ヴァイオレット・スミス嬢が巻き込まれた事件——われわれの捜査が奇妙な進展を見せて思いがけない悲劇的結末に至った事件である。ホームズの名声を高めた才能が一躍発揮されたというような事件でこそなかったが、わたしがこうした物語を書く際の資料にしている膨大な犯罪記録のなかでも特に際立った特徴を備えている。

一八九五年の記録ノートを改めると、われわれがヴァイオレット・スミス嬢を知ることになったのは四月二十三日の土曜日と記されている。たしか、ホームズにとってひどく迷惑な来客だったはずだ。というのも、そのころのホームズは、有名な煙草王、ジョン・ヴィンセント・ハーデンが奇妙な迫害をうけたことにからむ難事件で頭がいっぱいだったのだから。正確な思考と集中をなによりも重んじるホームズは、取り組んでいる問題からわずかでも注意をそらされるようなことには必ず腹を立てる。とはいえ、生まれつき冷酷にはなれない性格だから、背がすらりと高く凜とした気品ある若い美女が夜ふけにベイカー街を訪ねてきて、ホームズの助力と忠告を求めるとあれば、むげに断るわけにはいかなかった。聞いてもらおうと固い決意でいる相手に、ほかの事件で手いっぱいだといっても無駄で、力ずくででもなければとうてい話がすむまで出ていきそうにない。あきらめ顔で、いささかうんざりしたような微笑を浮かべたホームズは、招かれざる美しい客に椅子を勧め、悩みごとを聞きましょうと言ったのだった。

「少なくとも健康面の問題ではなさそうですね」と鋭い目を向けた。「あなたのように自転車がお好きなかたは、元気いっぱいのはずだ」

客ははっとして、自分の足もとに目をやった。靴底の側面がペダルの端でこすれて少しざらついているのが、わたしにもわかった。

「ええ、自転車にはよく乗ります。それが、今日おうかがいしたこととちょっと関係あるんです」

ホームズは、手袋をしていないその女性の手をとると、標本を調べる科学者のように、感情をほとんどまじえることなく注意深くながめ回した。

「いや、失礼。これも仕事のうちなのです」と言ってその手を離す。「もう少しでタイピストとまちがえるところでした。あなたは、もちろん音楽家でいらっしゃる。ワトスン、指先がへらのようになっているだろう。これは二つの職業に共通する特徴なんだ。しかし、この人の顔には、どこか精神的な輝きがある。タイピストにはないものだ。だから、音楽家だね」そう言いながら、ホームズは女性の顔をそっと明かりのほうへ向けた。

「ええ、ホームズさん、わたし、音楽を教えております」

「そのお顔の色からすると、たぶん田舎にお住まいなんでしょうね」

「そのとおりです。サリー州のはずれのファーナムの近くです」

「きれいなところですね。それに、非常に愉快な思い出がいっぱいある。贋金づくりのアーチー・スタンフォードを捕まえたのがたしかあの近くだったね、ワトスン。ところでスミスさん、そのサリー州のはずれのファーナムの近くでどんなことが起こったというのです？」

とても落ち着いた、はっきりした口調で、スミス嬢の不思議な話が始まった。

「亡くなったわたしの父、ジェイムズ・スミスは、元の帝国劇場オーケストラの指揮者でした。[*1] 残されたのは母とわたしの二人きりで、身寄りといってもただひとり、ラルフ・スミスという伯父がいるだけです。その伯父も、二十五年前にアフリカへ渡ったきり、音信不通になっています。父の死後、貧乏暮らしをしていたある日、『タイムズ』にわたしたちの行方を捜す広告が出ていると教えられました。きっとだれかが遺産を遺《のこ》してくれたのにちがいないと思いました。ご想像どおり、それは興奮いたしました。さっそく新聞に名前が出ていた弁護士を訪ねました。

そこでわたしたちは、南アフリカから一時帰国なさったカラザーズさんとウッドリーさんという男性お二人にお目にかかりました。お二人は伯父のお友だちとのことで、数カ月前にアフリカのヨハネスブルグで貧しいまま亡くなった伯父が息をひきとる間際、身寄りの者を探して、困っていたら面倒をみてやってほしいと頼まれたのだそうです。生前、わたしたちのことなど気にもかけてくれなかったラルフ伯父が、自分の死んだあとをそんなに気づかうとは、なんだかへんな話だと思いました。でも、伯父は父が亡くなったことを知ったばかりで、わたしたち母娘の身の上にとても責任を感じていたからだと、カラザーズさんはおっしゃいました」

「ちょっとうかがいますが、それはいつのことですか」

「去年の十二月――いまから四カ月前のことです」

「ほう。どうぞ続けてください」

「ウッドリーさんというかたは、いやな感じでした。丸々太った顔に赤い口髭を生やし、髪を額の両側にぺったりなでつけていて、品がなくて、わたしをいやらしい目で見てばかり。こんな人と知り合ったら、シリルがきっといやがるだろうと思ったくらい」

「ああ、シリルとおっしゃるんですね、あなたの恋人は」とホームズがにっこりし、スミス嬢も頰を赤く染めて笑顔になった。

「ええ、そうなんです。シリル・モートンという電気技師で、わたしたち、この夏の終わりには結婚したいと思っています。あら、わたしったら、どうして彼のことなんか話しだしたんでしょう。わたしが申しあげたかったのは、ウッドリーさんはいやらしいと思ったけれど、お年もずっと上のカラザーズさんのほうはなかなか感じのいいかただってことでした。髪は黒く、髭はきれいにそっていらして、青白い顔色の、口数の少ないかたですけれど、礼儀正しくて笑顔がすてきで。父が亡くなってからのわたしたちの暮らしぶりを尋ねてくださいました。

かなり苦しいと申しますと、カラザーズさんのお宅で、ひとり娘である十歳のお嬢さんに音楽を教えることにしてはどうかとおっしゃいます。母をひとりにしたくないと申しましたら、週末ごとに会いに帰ることにすればいいし、年に百ポンドくださるって。条件がとてもいいので、結局お引き受けし、ファーナムから六マイルほど入ったチルターン農場に住み込みでお勤めさせていただくことになりました。

カラザーズさんは、奥さまを亡くされて、家事いっさいを家政婦のディクスン夫人に任せておられます。かなり年配の、たいへん立派な女性です。お嬢さんもかわいらしいし、カラザーズさんはご親切なうえにたいへんな音楽好きです。夜など、ご一緒に過ごすのもとても楽しくて。そして、いつも週末にはロンドンの母のところに帰りました。

何もかもうまくいっていた生活に最初にひびが入ったのは、赤髭のウッドリーさんが訪ねていらしたときです。一週間の滞在予定でしたけれど、わたしには三カ月ほどにも思われました。だれにでも威張り散らして、ほんとにいやな人。特にわたしには、それ以上に鼻持ちならない存在でした。自分の財産を自慢しておいて、結婚してくれればロンドン一すばらしいダイヤモンドを買ってやるなんて、いやらしく言い寄ってくるんですもの。相手にしないでいると、ある日の夕食後、抱きついてきてキスしてくれるまで放さないって言うんです。それがもう、恐ろしいほどの力なんですよ。

そこへ入ってきたカラザーズさんが引き離してくださいましたけれど、今度はカラザーズさんに襲いかかって殴り倒し、顔にけがをさせたんです。当然ですけれど、ウッドリーさんはそれきり帰ってしまいました。翌日、カラザーズさんがわたしに謝って、二度とあんな目にはあわせないと約束してくださいました。それ以来、ウッドリーさんと会うことはありませんでした。

さて、ホームズさん、いよいよご相談の本題に入ります。わたしは毎週土曜日に、十二時二十二分のロンドン行きの汽車に乗るため、自転車でファーナム駅まで行くことにしています。[*2] チルターン農場から駅までの道、とりわけ片側がチャーリントン・ヒースで反対側がチャーリントン屋敷を囲む森という一マイルばかりは、寂しいところです。あんなに寂しい道はちょっとないでしょう。クルックスベリー・ヒル近くの街道に出るまでは、荷馬車一台、人ひとりにさえ出会うことがめったにないくらいです。

二週間前のこと、そこをわたしが通りかかったとき、なんの気なしにふと振り返りますと、わたしと同じように自転車に乗った男が二百ヤードばかりうしろからついてきているんです。短い黒い髭を生やした中年男性のようでした。ファーナム近くでもう一度振り返ったときにはもう姿がありませんでしたので、それ以上は気にもとめませんでした。

ところが、ホームズさん、驚いたことに月曜日ロンドンから戻るとき、また同じ場所に同じ男がいるではありませんか。次の土曜日にも月曜日にもまったく同じことで、ますます驚きです。自転車の男はいつも一定の距離をおいていて、べつだんいたずらをするでもありませんが、それでもやっぱり気味が悪くて。カラザーズさんにお話ししましたら、親身にご心配くださって、寂しい道をひとりきりで通らなくてもすむように二輪馬車を注文しておいたとおっしゃいます。

今週には間に合うはずだった馬車が何かの都合で届かず、けさはまた駅まで自転車を走らせました。もちろん、チャーリントン・ヒースにさしかかると、うしろを振り向かずにはいられません。すると案の定、二週間前とまったく同じように例の自転車の男がつけてくるではありませんか。いつもかなり離れていますからはっきり顔が見えませんが、知らない男だってことだけは確かです。黒っぽい服装に布製の帽子をかぶり、黒いあごひげがあるところまでしかわかりません。

でも、きょうは好奇心のほうが勝って、何者が何のためにこんなことをするのか探ってやりたくなりました。こちらがスピードを落とすと、むこうもスピードを落とす。急カーブでぴたりと止まってみますと、むこうも止まります。今度は計略を思いつきました。急カーブをすごいスピードで曲がったところで、止まって待ち伏せしてみたんです。きっと、勢いよく曲がってきて、止まるまもなくわたしの目の前を通り過ぎるものと思って。ところが、いっこうに現われません。しかたなくカーブを引き返してみると、一マイル先までずっと見通せる道のどこにも、男の姿はないのです。しかも不思議なことに、そのあたりには自転車が入り込めるような脇道なんかひとつもないんですよ」

ホームズはおもしろそうにわらって、両手をこすりあわせた。「なるほど、変わったところのある事件ですね。カーブを曲がってから、道路にだれもいなくなっていると気づくまで、時間はどのくらいでしたか?」

「二、三分といったところです」

「それでは、道を引き返す暇はありませんね。で、脇道もない?」

「ええ」

「きっと、道のどちら側かの小道にでも入ったんでしょう」

「でも、チャーリントン・ヒース側なら姿が見えるはずです」

「すると、消去法でチャーリントン屋敷のほうへ姿を消したことになりますね。道路沿いの広い敷地だということでしたね。ほかにお話しいただくことは？」

「これだけです。ただ、わたし、どうしたらいいんでしょう。困ってしまって、ホームズさんにご相談するまでは安心できなかったものですから……」

ホームズは、しばらくだまっていたが、やがて口を開いた。「婚約者はどちらにいらっしゃいますか？」

「コヴェントリーの中部電力会社に勤めていますが」

「そのかたが、不意に訪ねてくるというようなことは？」

「まさか！　そんなことをする人ではありません」

「ほかにあなたに思いを寄せている人はいませんか？」

「シリルと知り合う前には、何人かいましたけれど」

「その後は？」

「あのいやなウッドリーって男くらいでしょうか。あんな人まで数に入れるとしたらですが」

「ほかには？」

スミス嬢がちょっと困ったような顔を見せた。

「だれなんです？」ホームズがさらに訊く。

「あの、わたしの思い過ごしかもしれないのですが、雇い主であるカラザーズさんから必要以上の関心を寄せられているような気がしたことが何回かありました。一緒にいることが、とても多いんです。夜にはいつもわたしがあのかたの伴奏をいたしますし。立派な紳士ですから、口に出してはおっしゃいませんが、女の勘でぴんとくるというか……」

「ほほう、何で暮らしをたててらっしゃるかたですか？」ホームズが難しい顔で尋ねる。

「お金持ちなんですわ」

「なのに、馬車も馬もないんですか」

「ええ。でも、とってもゆとりのある暮らしです。ただ、週に二、三度はロンドンにお出かけです。南アフリカの金鉱株の動きにたいそう注目していらして」

「では、スミスさん、何か変わったことがあったらまたお知らせください。いまとても忙しいところなんですが、なんとか時間を見つけて調べてさしあげましょう。それまでは、無断で何かすることのないようにお願いしますよ。では、これで。おかしなことが降りかからないよう祈っています」

スミス嬢が帰っていくと、ホームズはパイプをふかしながら考えこんだ。

「ああいうきれいな娘にはつきまとう男たちがいたって何の不思議もないが、なにもわざわざ寂しい田舎道を自転車で追いかけなくてもよさそうなもんだ。堂々と気持ちを伝えられない、気弱なやつなんだろう。ところで、この事件、意味ありげで奇妙な点がいくつかあるね」

「男が一定の場所にだけ現われるってことだろう？」

「そのとおり。まず、チャーリントン屋敷にはだれが住んでいるのかつきとめなくてはね。次に、カラザーズとウッドリー。性格がまるでちがうような、この二人の関係が問題だな。どういうわけで、二人そろってラルフ・スミスの身内探しにご執心になったんだろう。それに、もうひとつ。家庭教師《ガヴァネス》には世間の相場の倍も給料を出しているというのに、[*3]駅から六マイルものところに住んでいながら馬一頭もっていないなんて、カラザーズの家《メナジュ》はいったいどうなっているんだ。おかしい。たしかにおかしいよ、ワトスン」

「現地へ行ってみるかい？」

「いや、きみが行ってみてくれないか。他愛のないいやがらせかもしれないし、ぼくはほかのだいじな捜査から手を離せないし。月曜日の朝早くファーナムへ出かけ、チャーリントン・ヒースのあたりに隠れて事実を確かめてほしい。あとはきみの判断に任せるから、チャーリントン屋敷の住人も調べて、報告してくれるかい。じゃ、ワトスン、解決の糸口になりそうな確実な足がかりをつかむまで、この事件のことはひとまずおいておこう」

スミス嬢は、月曜日朝、ウォータールー駅を九時五十分発で帰るとのことだったので、わたしは早めの九時十三分発の列車に乗った。ファーナム駅でおりると、チャーリントン・ヒースへの道はすぐに教えてもらえた。いちめんにヒースの生い茂る野原と、大木のそそり立つ庭園を囲む古いイチイの生垣とのあいだを走る道で、スミスさんが妙な体験をした場所もすぐわかった。生垣の中ほどに苔むした大きな石の門があり、両側の門柱に刻まれた紋章がすりへっている。この出入り口のほかに生垣の途切れたところがいくつかあって、細い道が屋敷に通じていた。往来から建物は見えないが、屋敷は全体に暗く荒れ果てた雰囲気だった。ヒースの原には黄金色の花をつけたハリエニシダの茂みが点々と、明るい春の日ざしに鮮やかに輝いている。わたしは、屋敷の門も道の両方の先も遠くまで見通せる地点を選んで茂みに隠れた。しばらくすると、人影もなかった路上に、わたしが来たのと逆方向から自転車を走らせてくる、黒っぽい服の黒いあごひげの人物が現われた。チャーリントン屋敷の端まで来ると、ひらりと自転車を降り、生垣の切れ目に姿を隠した。

十五分ばかりして、今度は駅のほうから別の自転車が現われた。あの若い女性だ。チャーリントン屋敷の生垣にさしかかると、しきりにあたりを見回す。すると一瞬おいて、隠れていた男が姿を現わすや自転車に飛び乗り、女性のあとから走りだすのだった。広々とした田園風景に動くものといえば、二つの人影だけだ。美しい女性は背筋をぴんと伸ばしてペダルを踏む。追う男は、ハンドルの上に伏せるようにこせこせと身をかがめている。振り返って男の姿を認めた女性が、スピードを落とす。すると男もスピードをゆるめる。前の自転車が止まると、ただちにうしろの自転車も二百ヤードばかり離れて止まる。と、意外にも、女性がいきなり自転車の向きを変え、勇敢にも男のほうに突進していくではないか！　すると男は、負けず劣らずのすばやさで必死に逃げ出すのだった。いったん二人の姿が見えなくなったが、ほどなくして女性が、それ以上相手にしないとばかりにさっそうと顔を上げて道を引き返してきた。男も戻ってきて、やはり距離をおいたままあとをつける。やがて、二人とも角のむこうに姿を消した。

わたしはそのまま隠れていて幸いした。というのは、まもなく男が、ゆっくりとペダルを踏みながらふたたび姿を現わしたからだ。チャーリントン屋敷の門を入って自転車を降り、しばらく木立のあいだに立っている。両手を上げて、どうやらネクタイを直しているようだ。また自転車に乗ると、奥のほうへ消えていった。わたしは急いで原っぱを横切り、木立のあいだからのぞいてみた。ずっと奥にチューダー式の煙突が何本もある灰色の古い建物がちらりと見えたが、道は深い植え込みのあいだを縫っていて、男の姿はもうどこにも見えなかった。

午前中はまずまずの収穫だったと思い、わたしはごきげんでファーナムへ引き揚げた。そこで土地の不動産屋へ出向き、チャーリントン屋敷のことをきいてみた。しかし、ロンドンのペルメル街にある有名な会社に問い合わせてみるようにというだけで、何もわからずじまいだった。帰りに、教えられた会社に寄ってみたところ、代表者がていねいに対応してくれた。ひと足ちがいでしたね、チャーリントン屋敷はこの夏、もう契約済みなんですよ。一カ月ほど前に借り手がつきました。ウィリアムスンというご立派な初老の紳士で。守秘義務がございますので、お客さまのことについてこれ以上はお話しいたしかねます、と。

その晩、わたしの長い報告に熱心に耳をかたむけたホームズは、ごくそっけない褒め言葉すら口にしてはくれなかった。密かな期待もあったのだが、それどころか、いつもよりいちだんと厳しい顔で、わたしがしたことやしなかったことについて批評するのだった。

「ワトスン、隠れた場所がいかにもまずい。生垣の陰に隠れりゃよかったのに。そうすれば、謎の人物をもっと近くから見ることができたはずだよ。何百ヤードも離れたところから見たんじゃ、スミスさんの話よりももっと中身のない報告じゃないか。知らない男だということだったが、ぼくは、その男がスミスさんの知っている人間だとにらんでいる。でなければ、近くから顔を見られるのをあれほど必死に避けるわけがない。ハンドルに伏せるようにしていたってことだけど、それも顔を隠すためじゃないのか。まったく、たいへんなへまだなあ。男が屋敷に戻ったんで、ロンドンの不動産会社で正体をつきとめようとしたって？」

「じゃあ、どうしろっていうんだい？」しゃくにさわって、つい大きな声が出てしまった。

「最寄りのパブへ行くのさ。田舎じゃ、パブはゴシップの中心だからね。屋敷の主人から使用人に至るまで、どんな人の噂だって聞き出せるはずだ。ウィリアムスンだって！　そんな名前ひとつわかったたって、何にもならない。年配の男だっていうんじゃ、あの元気な娘を振り切って逃げた、すばしっこい自転車乗りとは別人だろう。だいたい、わざわざきみが出かけていって、何がわかった？　あの娘の話に嘘はなかったってことかい？　そんなこと、そもそも疑ってなどいないよ。自転車男とあの屋敷は何か関係がありそうだって？　最初からそうにらんでたさ。そして、屋敷を借りた男の名前がウィリアムスンだとわかって、どうなるっていうんだ？　だけどまあ、きみ、そうがっかりするなよ。今度の土曜日までたいして打つ手もないから、ぼくが自分で少し調べてみよう」

翌朝、スミス嬢から短い手紙が届いた。わたしの目で見たとおりのできごとを、簡潔かつ正確に伝えるものだったが、追伸にもっと重大なことが記されていた。

ホームズさま、秘密を守っていただけると信じてお知らせします。ご主人から結婚を申し込まれましたため、この家にはいづらくなってまいりました。あのかたがたいそう真剣で、決して浮ついたお気持ちからでないことはよくわかるのですが。すでに婚約者があるのでとお断りいたしましたところ、とてもがっかりなさった様子ながらやさしくお聞き入れくださいました。とはいえ、わたしがいささか気まずい立場に置かれてしまったことはお察しいただけるでしょう。

「かなり苦しい立場に追い込まれたようだね」手紙を読み終えたホームズは、考え込んだ。「この事件、最初に思った以上にずっと奥が深いし、まだまだ新しい展開がありそうだな。田舎でのんびりと静かに過ごしてくるのも悪くない。ひとつ、午後からファーナムに出かけて、ぼくの推理があたっているか、ひとつ二つ試してみるとするか」

田舎で静かに過ごすはずの半日が、思いもよらない結果になった。夜遅くベイカー街に帰ってきたホームズは、唇が切れ、額には紫色のこぶをこしらえ、まるでスコットランド・ヤードのお尋ね者でございといったやさぐれた風体《ふうてい》だった。さも愉快でたまらなかったといわんばかりに、声をたてて笑いながらその日の冒険を語る。

「ふだん運動不足だから、たまには気持ちいいね。知ってのとおり、ぼくには英国古来のよきスポーツ、ボクシングの心得がいささかあってね、こいつがときどき役に立つ。きょうなんかも、もしボクシングを知らなかったら、さんざんな目にあうところだった」

わたしはいったい何があったのか知りたくて、先を促した。

「きみに進言したとおり、土地のパブを見つけて慎重に調査にとりかかった。一般席で、おしゃべりなおやじが、こっちの知りたいことは何でも教えてくれたよ。ウィリアムスンというのは、白いあごひげの男で、チャーリントン屋敷にわずかな使用人を置いてひとり暮らしをしている。牧師だかもと牧師だかって噂だが、あの屋敷を借りてまだ間もないというのに、話を聞くと聖職者にしてはおかしな点がある。聖職者協会で調べてみたら、たしかにそういう名前の牧師がいたことはいたが、どうも経歴がはっきりしないということでね。それから、屋敷には週末になるとたいてい来客があるそうだ。おやじは、『騒々しい連中だ』と言ってたね。なかでもうるさいのが、赤い口ひげのウッドリーって男で、しょっちゅう来ているらしい。

その話の最中に、つかつかと近づいてきたのが、だれだったと思う？　噂の主さ。特別室でビールを飲んでて、残らず話を聞いてしまったってわけだ。きさま、何者だ？　何しに来た？　なんだって根掘り葉掘り人のことを嗅ぎ回る？　とまあ、勇ましいことだ。あげくの果てに、強烈な逆手打ちに出た。ぼくはそれをかわしそこなってね。それからが見ものだったよ。襲いかかる相手に、ぼくの左ストレートがみごとに決まったんだ。結局、ぼくはご覧のようなていたらく、ウッドリー氏は馬車に乗せられてご帰還という始末さ。サリー州の田舎へのちょっとした旅、楽しいことは楽しかったけれど、正直なところ、きみのときと比べてそれほど成果があがったとは言えないね」

木曜日、スミス嬢からまた手紙が届いた。

ホームズさま、驚かれることもないと思いますけれど、わたしはいよいよカラザーズさんのお宅を辞去することにいたしました。いくらお給料がよくても、つらくてもう我慢できないのです。土曜日にロンドンへ帰り、それっきりもうこちらへは戻らないつも

りです。馬車ができてまいりましたから、あの寂しい道にもし危険があるとしても、もう心配ありません。

カラザーズさんとのあいだの気まずさだけで辞めるのではありません。辞める第一の理由は、あのいやらしいウッドリーさんがまた訪ねてくるようになったからです。前からぞっとするような顔でしたけれど、事故にでもあったのでしょうか、ゆがんでいっそうひどい顔つきになっていました。もっとも、窓越しに見ただけですが。まともに顔をあわせずにすんだのは幸いでした。カラザーズさんと長いこと話し込んだあとは、とても興奮した様子でした。この家に泊まったわけでもないのに、けさまたウッドリーさんが植え込みの中をこそこそ歩いているのを見かけました。きっと近くに住んでいるのでしょう。庭をあんな男にうろつかれるくらいなら、いっそのこと恐ろしい獣でも放しておいたほうがよほどましだと思います。大嫌い、怖い、口ではとても言い尽くせないくらいです。カラザーズさんはどうして、あんな男をかたときなりとも我慢していられるのでしょう。でも、こんなふうにわたしが悩むのも、すべて今度の土曜日までのことです。

「そうだといいが、ほんとうにそうだといいのだが」ホームズは深刻な口調で言った。「あの娘をめぐって、何か手のこんだ画策がされているぞ。最後の旅にまちがいが起きないよう、守ってやらなければ。ワトスン、土曜日の朝、なんとか時間をつくって二人で出かけよう。この奇怪で不可解な事件が困った幕切れを迎えないように見届けなくちゃならんよ」

じつのところホームズにこう言われるまで、これは危険というよりはばかげた風変わりな事件ぐらいにしか思えず、わたしはそれほど深刻に考えていなかった。男が美しい女性を待ち伏せてあとをつけるのは別に珍しい話でもないし、声をかけることはおろか、女性が近づくと逃げてしまうような気弱な男がそれほど危険とも思えない。ウッドリーはそれどころではない悪党とはいえ、スミスさんにへんなまねをしたのは一度だけで、今度カラザーズ家を訪ねたときは彼女の前に顔も出さなかったというではないか。

自転車男はきっと、パブでおやじの話に出たチャーリントン屋敷の週末の客のひとりだろうが、それが何者で何のためにそんなことをするのかは相変わらずはっきりしない。ホームズの緊張ぶりと、出がけにポケットにピストルを忍ばせたのを見て初めて、わたしは背後にとんでもないことが潜んでいるのかもしれないという気がしてきたのだった。

朝になると、ゆうべの雨がまるで嘘のように晴れあがっていた。ロンドンの陰気で単調な灰色の風景を見慣れた目に、燃えるようにハリエニシダが咲き乱れるいちめんのヒースの原の田園風景がいっそう美しく映る。ホームズとわたしは、すがすがしい朝の空気、小鳥のさえずりや若々しい春の息吹きのなか、砂まじりの広い田舎道を歩いた。

道が登りになり、クルックスベリー・ヒルの肩のあたりに来ると、カシの老木のあいだから、不気味にそびえるチャーリントン屋敷が見えた。カシの木も相当年老いてはいたが、その木が囲む建物のほうはもっと古びている。そのときホームズが、眼下の褐色のヒースの原と新緑の森のあいだを曲がりくねる、赤みがかった黄色の帯のような長い道路を指さした。はるかかなたに黒い点のように見える一台の馬車がこちらに向かっている。ホームズは、いらだたしげに声をあげた。

「三十分ゆとりを見てきたのに、あれがあの娘の乗った馬車だとすると、いつもより早い汽車に乗るつもりだな。ワトスン、馬車がチャーリントン屋敷にさしかかるのに間に合わないかもしれないぞ」

坂を登りきると、馬車はもう見えなくなった。あんまり急いだものだから、職業柄座っていることの多いわたしはじきにこたえて、どうしても遅れがちになった。それにひきかえつねに鍛えているホームズは精力が尽きる様子もなく、少しもかわらない軽快な足どりでさっさと進むのだった。ところが、わたしたちのあいだが百ヤード近く開いたところで、ホームズが突然立ち止まった。悲嘆と絶望に襲われたように、手を振り上げる。それと同時に、からっぽのドッグ・カートが手綱をひきずった馬に引かれて、道の角からこちらへすごいスピードで突進してきた。

「遅かった、ワトスン、遅かったよ！」わたしが息を切らして追いつくと、ホームズが叫んだ。「早い汽車に乗るかもしれないと考えてもみなかったなんて、ばかだった！　さらわれたんだ、ワトスン、誘拐された！　殺されるかもしれない！　たいへんだ！　道をふさいで馬を止めろ！　ようし。さあ、この馬車に乗ろう。失敗を取り戻せるかどうか、やるだけやってみよう」

二人して飛び乗ると、ホームズは馬の向きを変えて鋭くひと鞭くれた。馬車は、来た道を矢のように走る。角を曲がると、チャーリントン屋敷とヒースの原のあいだを走る道が遠くまで一直線に見通せた。わたしはホームズの腕をつかんだ。

「ほら、あの男だ！」息をはずませて叫ぶ。

自転車が一台こちらに向かっている。頭を低く下げ、背中を丸めて、ペダルを踏む足に全身の力をこめて、ロードレースの選手さながらのスピードだ。ふとあごひげの顔を上げて、近づくわれわれが目に入ると、自転車から男が飛び降りた。青白い顔に髭ばかり黒々とやけに目立ち、熱にうかされたように目が光っている。われわれふたりの姿と馬車を見比べたとたんに、ぎょっとした様子になった。

「おい！　止まれ！」そう叫ぶと、自転車で道をふさぐ。「その馬車をどこで見つけた？　止めるんだ！」ポケットからピストルを出した。「止めないと、馬を撃つぞ！」

ホームズは手綱をわたしの膝に投げ、ひらりと馬車から降りた。

「会いたかったぞ。スミスさんはどこだ？」いつもの歯切れのいい早口で訊く。

「こっちが訊きたい。あんたたちがあのひとの馬車に乗ってるんじゃないか。知らないはずがないだろう」

「馬車は途中で拾った。だれも乗っていなかったぞ。スミスさんを助けようと思って、これに乗ってきたんだ」

「たいへんだ！　どうしよう！」男が絶望の声をあげる。「あいつらのしわざだ！　悪党のウッドリーといかさま牧師があのひとを誘拐したんだ！　あんたたちがほんとうに彼女の味方だというなら、一緒に来て手を貸してくれ。たとえチャーリントンの森に死すとも、助け出さずにおくものか」

男はピストルを手にしたまま、生垣の切れ目に向かって狂ったように走りだした。ホームズが続く。わたしも、馬には道ばたの草を食《は》ませておいて、あとを追った。

ホームズが泥だらけの小道に残る足跡を指さした。「ここから入ったようだぞ。おや、その茂みにだれかいる」

御者の服装で革紐とゲートルをつけた、十七歳ぐらいの若者だった。頭にひどい傷を負って、膝を曲げたまま仰向けに倒れている。気を失ってはいるが息はあった。わたしは傷をひと目見て、骨までは達していないと判断した。

「御者のピーターだ」男が叫ぶ。「スミスさんを送らせた。あの野郎どもにひきずり出されて、棍棒で殴られたんだな。いまはどうしてやることもできないから、このまま置いていこう。だが、降りかかる最悪の運命からスミスさんを救い出すことは、まだできるかもしれない」

　木立のあいだを曲がりくねる小道を、わたしたちは必死に走った。建物を取り巻く植え込みまで来て、ホームズが立ち止まった。

「建物に入ってはいない。左側に足跡がある――こっちの月桂樹の茂みの脇だ！　あ、やっぱり！」

　そのとき、前方、濃い緑の茂みから、恐怖に取り乱したかん高い女性の悲鳴があがった。喉も張り裂けそうな響きが、不意に息が詰まったようなうめきに変わり、ぴたりとやんだ。

「こっちだ！　球戯場だ！」男がわめきながら茂みの中を駆けだす。「あんちくしょうどもめ！　ふたりとも、急いで。ああ、遅かったか！　遅かったんだ！　なんたることだ！」

　老木に囲まれた美しい芝生が、いきなり目の前に開けた。むこうのカシの大木の陰に、奇妙な三人づれが立っている。ひとりいる女性は言うまでもなくスミス嬢で、ハンカチでさるぐつわをかまされ、気を失ってぐったりしている。それに向かい合うのが、赤い口ひげを生やした、獣のように鈍重な顔つきの若い男。ゲートルを巻いた両足を左右に開いて、片手を腰に、もう一方の手で乗馬用の鞭を振り回し、勝ち誇ったように身体全体で意気揚々としている。二人のあいだにいるのはあごひげに白髪のまじる初老の男で、ツイードの軽装に短い法衣をはおっていた。たったいま結婚式をすませ、祈禱書をポケットにしまって、人相の悪い花婿の肩をたたきながら景気よく祝いの言葉をかけているところへ、わたしたちが現われたということらしい。

「結婚してしまったのか！」わたしは思わず息をのんだ。

「さあ、早く、早く」と、自転車男が芝生をつっきって駆けていく。ホームズとわたしもすぐあとに続いた。わたしたちが近づくと、スミス嬢がよろけて木の幹にもたれた。元牧師のウィリアムスンが、人をばかにしたようなていねいさで、こちらに向かって頭を下げる。ウッドリーが、獣じみた歓声をあげて近づいてきた。

「ボブ、ひげなんかもうとっちまえよ。とっくにおまえだってわかってたさ。ちょうどいいところへ来てくれた。さ、ウッドリー夫人を紹介しようじゃないか」

その言葉に、自転車男が驚くべき応え方をした。変装のひげをむしりとって地面にたたきつけた。きれいにひげを剃った、青白く長い顔が現われる。銃を構え、乗馬鞭を振り回しながら迫るウッドリーにぴたりと狙いを定めた。

「いかにも、ボブ・カラザーズだよ、おれは。たとえ縛り首になろうとも、このひとに指一本触れさせはしない。おかしなまねでもしたらどういうことになるか、ちゃんと言っておいたはずだぞ。おれの言葉に嘘はないんだ」

「遅かったね。この女はもうおれの妻なんだ！」

「いや、未亡人だね」言うが早いか、ピストルが音をたて、ウッドリーの胸から血がほとばしった。悲鳴をあげてのたうち回り、仰向けに倒れるウッドリー。凶悪な赤ら顔からみるみる血の気がひいていき、おそろしい斑点が浮かぶ。つっ立っていた法衣の老人が口汚くののしりながら自分のピストルをとりだしたが、構える暇もなく、鼻先に突きつけられたホームズのピストルに動きを止められた。

「もうよせ」と、ホームズの冷静な声。「銃を捨てろ！　ワトスン、そのピストルを拾って、この男の頭に突きつけるんだ！　よし。カラザーズ、きみも銃をこちらへ渡したまえ。暴力沙汰はもうおしまいだ。さあ、早く！」

「おまえはいったいだれだ？」

「シャーロック・ホームズだ」

「ええっ！」

「名前ぐらいは知っていたとみえる。警官が来るまでは、このぼくが代理だ」ホームズは、芝生の端におびえた姿を現わしていた御者に声をかけた。「おーい、こっちへ来てくれ。大急ぎでファーナムまで馬をとばすんだ」手帳を一枚破って、二、三行走り書きした。「警察署へ行って、署長にこれを渡すんだ。署長の到着まで、きみたちの身柄はぼくが預かる」

　ホームズの有無を言わさない強さに、この悲劇的場面でみんなは彼の手に操られる人形のように命令どおり動いた。ウィリアムスンとカラザーズは重傷のウッドリーを家に担ぎ込み、わたしは怯えているスミス嬢に腕を貸した。自分のベッドに横たえられたウッドリーを、ホームズに頼まれてわたしが診察した。報告をしようとすると、ホームズは壁に古いつづれ織りが掛かった食堂で捕らえた二人を前にしていた。

「命は助かるだろう」というわたしの言葉に、カラザーズが椅子から飛び上がった。

「なに？　いま息の根を止めてやる！　天使のようなあのひとが、雷のジャック・ウッドリーなんかにこの先一生縛りつけられるなんて、とんでもない」

「そんな心配はいらない」とホームズ。「二つの理由から、あのひとはウッドリーの妻ではない。第一、ウィリアムスンに結婚式を挙げる資格があるのか」

「わしには聖職者の資格がある」ウィリアムスンが大声で言う。

「しかし、剝奪《はくだつ》された」

「一度牧師になったら、死ぬまで牧師だ」

「そうは思わないね。それに、結婚許可証はどうした？」

「ちゃんととってある。このポケットの中だ」

「ごまかしてとったんだろう。いずれにせよ強制されたものを結婚とは認められない。それどころか、重大犯罪だ。いずれはっきりするだろうが、ぼくの思い違いでなければ、十年ぐらいは牢獄のなかでゆっくりとこの問題を考えてもらえるはずだね。カラザーズ、きみもピストルなんか持ち出さなければよかったのに」

「ホームズさん、わたしもそう思い始めましたよ。でも、どんなに苦労してあのひとを守ってきたかを考えるとね。なにしろホームズさん、わたしはあのひとに愛とはどんなものなのか生まれて初めて教えてもらったようなわけですから。あのひとが、キンバリーからヨハネスブルグにかけてその名前を聞いただけでも人が震え上がるっていう、南アフリカきっての大悪党ウッドリーの妻にされてしまうのかと思ったら、すっかり頭がへんになってしまったんですよ。

ねえホームズさん、とても信じていただけないでしょうが、あのひとがわたしの家に来てからというもの、悪党が潜んでいるこの屋敷の前を通るときにはいつも、あとから自転車で見守っていたんです。賢明でしっかりしたひとです。田舎道であとをつけられていると知れば、すぐにでもうちの仕事を辞めてしまうでしょう。付け髭で変装して、かなり離れたところをついていきました」

「なぜ、危険だと本人に伝えなかったんです？」

「伝えれば、やっぱりあのひとはいなくなってしまうでしょう。それが耐えられなかった。たとえ愛してはもらえなくても、あのかわいらしい姿を近くで見て、やさしい声を聞くだけで、わたしは十分に満足だったのです」

わたしはそこで口を挟んだ。「でもね、カラザーズさん、それは愛ではなくエゴイズムじゃないだろうか？」

「その二つは切り離せないんじゃないでしょうか。とにかく、あのひとを手放せなかった。そのうえ、こんな悪いやつらが近くにいるんだ。守ってやる人間がいなくては。そこへ海底電報《ケーブル》が届いて、いよいよ連中が動きだすなと思いました」

「電報？」

カラザーズがポケットから一通の電報を取り出して、「これです」と、ホームズに手渡した。電文はかんたんなものだった——「老人死す」

「ふむ。だいたい事情はわかった」とホームズ。「なるほど、この電報で、やつらもいよいよ何か策を講じなければならなくなったんだな。どうせ警官が来るまで時間があるんだ、きみの口から話してみてもらおうか」

すると、ウィリアムスンがいきなりののしりはじめた。

「おい、ボブ・カラザーズ、ばらしてもしてみろ、ジャック・ウッドリーとおんなじ目をみせてやる！　あの娘っこのことで泣き言を並べるのは勝手だ、好きなだけほざけ。だがな、この私服のデカに仲間を売るようなまねをしやがったら、どんなひどいことになるか、覚えてろ！」

「まあ、まあ、そういきりたつことはない、牧師さん」ホームズはウィリアムスンをなだめ、煙草に火をつけた。「きみたちはどう考えたって不利な立場にいるんだから。ぼくはただ、好奇心から二、三、細かいことを聞いておきたいだけなんだ。きみたちから話しにくいんだったら、ぼくが話してさしあげよう。そうすれば、どこまで隠しおおせるものか納得できるだろう。まず第一に、きみたち三人、ウィリアムスン、カラザーズ、ウッドリーが、企みをもって南アフリカから帰ってきた」

　ウィリアムスンが言い返す。「さっそく嘘だ。おれは二カ月前までこいつらに会ったこともなかった。アフリカなんざ、一度も行ったことはない。そんな嘘っぱち、パイプにでも詰めて煙にするがいいよ、おせっかいのホームズ先生」

「こいつの言うとおりなんです」と、カラザーズも言う。

「そうか。では、きみたち二人が帰ってきた。牧師さんはずっと国内にいたというわけだ。それで、きみとウッドリーは南アフリカでラルフ・スミスと知り合いだった。スミスの先がそう長くないことを何かの理由で知った。遺産は姪が相続することもわかった。ここまではどうだ？」

　カラザーズはうなずき、ウィリアムスンはどなった。「くそくらえ！」

「いちばん近い縁者は姪で、老人が遺書を残すことはないともわかっていた」

「読み書きのできない男でした」とカラザーズ。

「というわけで、きみたち二人は帰国して、姪の居どころを探しにかかった。ひとりが彼女と結婚して、ひとりは分け前をとる計画だ。ウッドリーが結婚する役に回ったのは、なぜだ？」

「帰国する船の中で彼女を賭けてカードをやったら、やつが勝ったんです」

「そうか。それできみがスミスさんを家庭教師にし、ウッドリーがそこへ来て求婚することになった。ところが、ウッドリーは飲んだくれのろくでなしだと見抜いた彼女は、てんで相手にしない。そのうちにきみのほうがスミスさんを好きになって、計画がすっかり狂ってしまった。そうなるともう、ウッドリーみたいなやつにスミスさんをとられるのは、きみには我慢できない」

「そう、だれがあんなやつに！」

「仲間割れだな。怒ったウッドリーは、きみと手を切って、ひとりで別の計画を立てることにした」

「おどろいたね、ウィリアムスン。こっちから話すことはあんまりなさそうだよ」カラザーズは苦笑いした。「そうです、喧嘩して、わたしは殴り倒された。だから、あいつを撃っておあいこってわけだ。その後、姿を見せなくなったあいだに、やつはこの牧師まがいと知り合った。やがて、こいつらが駅への道の途中にあるこの屋敷を借りて住むようになったと知りました。何かよからぬことを企んでいるにちがいないと思って、あのひとから絶えず目を離さないようにしていたんです。どうするつもりなのか探り出すために、ときどきはこいつらと会うようにもしていました。

二日前のこと、ウッドリーが、ラルフ・スミスが死んだというこの電報を見せにきました。そして、前に約束したとおりにするかと訊くんです。わたしはもちろん、断りました。すると、わたしがあのひとと結婚してやつに分け前をよこせと言いだした。こっちがそうしたくとも、相手がうんとは言わないだろうと答えましたよ。するとやつは、『とにかく無理やりにでも結婚させてしまおう。一、二週間もすれば、少しは気持ちも変わるさ』と言う。暴力はいやだというわたしを、あいつは悪党の本性をむきだしにののしり、いまにあの女をきっとものにしてみせると捨てぜりふを吐いて帰っていきました。あのひとは今週限りで辞めることだし、駅へ送る馬車を用意しておいたものの、それでも心配で、また自転車であとをつけました。しかし、あのひとはもう出かけてしまっていて、わたしが追いつけないでいるうちに事件が起こってしまった。あの馬車にお二人が乗って戻ってくるのを見て、初めてそれとわかったわけですが」

ホームズは立ち上がり、煙草の吸殻を暖炉にぽんと投げ捨てた。「ワトスン、ぼくもずいぶん鈍かったよ。自転車の男が植え込みでネクタイを直していたっていうきみの報告だけでも、すべてを悟ってしかるべきだったんだ。それでも、こんなに奇妙な、しかも珍しい点がいくつかある事件に巡り会ったことは、喜んでいいんじゃないかな。ほら、州警察の連中が三人、門を入ってくるよ。あの若い御者も一緒に歩いているところを見ると、けがもたいしたことはなかったようでよかったじゃないか。これで、御者も愉快な花婿どのも命は助かったということだな。

それではワトスン、医者としてスミスさんの様子をみてくれないか。元気を取り戻したようだったら、ぼくたちでお母さんのところまで送ってさしあげようと伝えてくれ。もしショックからまだ立ち直っていないようだったら、中部電力の技師に電報を打つとでも言ってやればいい。それで元気になるんじゃないかな。それからカラザーズ、きみはたしかに悪事の片棒を担いだが、できるだけ償おうという努力はしたようだね。名刺をさしあげておこう。裁判でぼくの証言が役立つようなら、いつでも呼んでくださってけっこう」

さて、もうお気づきかもしれないが、絶えず目まぐるしい活動を続けているわれわれにとって、こうした物語を最後まで書き上げること、好奇心の強い読者のみなさんの期待に応えるべく結末のこまごまとしたところまで書き記すことは難しい場合が多い。ひとつの事件はいつも次に起こる事件の前奏であり、どんな事件でもひとたび山を越えれば、その登場人物たちもわれわれの多忙な生活から消え去っていくものだ。

しかし、この事件に関する記録の末尾にはかんたんな覚え書きが添えてある。それによると、ヴァイオレット・スミス嬢はたいそうな財産をほんとうに相続し、いまではロンドン市ウエストミンスター区の有名な電気工会社《エレクトリッシャン》、モートン・アンド・ケネディの社長、シリル・モートン氏の夫人である。ウィリアムスンとウッドリーはともに誘拐および暴行未遂の罪で起訴され、それぞれ七年、十年の刑を言い渡された。カラザーズについての記録はないが、ウッドリーの凶悪さへの風当たりがあまりに強くて、カラザーズの傷害事件のほうは法廷であまり重大視されなかった。たしか、二、三カ月の刑ですんだのではなかっただろうか。

プライアリ・スクール

The Adventure of the Priory School

ベイカー街のわたしたちの部屋という小さな舞台では、いろいろな人物の劇的な登場と退場があったが、文学修士、哲学博士その他の肩書きをもつ、ソーニークロフト・ハクスタブル博士の初登場ほど突然で驚かされたことは、ちょっとほかに思い出すことができない。

この人物のたいへんな学問上の名声を詰めこむにはどう見ても小さすぎる名刺が取り次がれて二、三秒もすると、当の本人が入ってきた——じつに大柄でもったいぶって偉そうで、まるで沈着冷静、意志堅固が服を着て歩いているかのようだ。ところが、うしろ手にドアを閉めるなりその博士がまずしでかしたことといえば、足もとがふらついてテーブルにぶちあたったあげく床に足をすべらせるという芸当だった。その巨体は、暖炉の前の熊皮の敷物の上に、すっかり気を失って長々と伸びてしまったのである。

仰天したわたしたちは、しばらくのあいだただ見詰めるばかりだった。言葉もなく、人生という大海のはるかかなたに突如巻き起こった嵐を物語る、重々しい難破船を見るように。それから、ホームズが急いで頭にクッションをあてがい、わたしは口にブランデーを含ませた。色白の威厳ある顔に気苦労のしわが刻まれ、閉じた目の下のたるみは鉛色にくすんでいる。ゆるんだ口もとの両端がもの悲しげにたれて、丸みのある顎には無精ひげのかげりがあった。カラーとシャツについた長旅の汚れ、形のいい頭に逆立つもじゃもじゃの髪。わたしたちの前に横たわるのは、どう見てもうちひしがれ果てた人の姿としか言いようがない。

「具合はどうだろう、ワトスン？」とホームズ。

「疲労困憊《こんぱい》している——たぶん、腹をすかせて疲れきっただけだろう」頼りなげに命の流れをつないでいる弱々しい脈をとりながら、わたしはそう言った。

「北イングランドの、マックルトンからの往復切符だ」男の時計入れポケットから切符をひっぱり出してホームズが言った。「まだ十二時前だよ。よっぽど早くむこうを発ったんだな」

しわのよったまぶたがぴくぴくし始め、やがて、うつろな灰色の目がわたしたちを見上げた。あたふたと立ち上がった男の顔は羞恥で真っ赤だった。

「このようなていたらくで、失礼をお許しください、ホームズさん。いささか過労ぎみでして。かたじけないが、牛乳とビスケットなりをいただけるなら、もちなおすでしょう。ホームズさん、ご同行を願えないものかと思って、お迎えに参上したような次第です。なにしろ、電報では事件の切迫のほどをお伝えする自信がありませんで」

「ご回復を待って——」

「もう平気です。どうしてまたこんなにだらしなくなってしまったのやら。ホームズさん、次の汽車でマックルトンまでおいでいただけませんか？」

ホームズは首を横に振った。

「目下のところ、たいへん忙しいのです。相棒のワトスン博士に聞いていただいてもおわかりいただけるでしょう。フェラーズ文書事件にかかりっきりのうえ、アバガヴェニー殺人事件もうじき公判を迎えます。よほどの重大事件でもないかぎり、いまロンドンを留守にはできません」

「まさに、その重大事件なのです！」客は両手を振り上げた。「ホールダネス公爵のひとり息子が誘拐されたことを、まだお聞き及びではないのですか？」

「何ですって！　あの前閣僚の？」

「そのとおりです。わたしども、新聞沙汰にならぬよう努めてまいりましたが、昨夜『グローブ』紙に記事が出てしまった。もうお耳に届いているものとばかり」

　ホームズは、やせた長い腕を伸ばして、百科事典のような参考書の「H」の巻をひっぱり出した。

「『ホールダネス、六代目公爵。K・G（ガーター勲爵士）、P・C（枢密顧問官）』[*1]――肩書きの略称が、アルファベットの半分ほどもあるぞ！『ビヴァレー男爵位、カールストン伯爵位……』――たいしたリストじゃないか！『一九〇〇年以降、ハラムシャー州統監（十六世紀に州の軍事力統率のために設けられた官職。のち名誉職。）。一八八八年、サー・チャールズ・アップルドアの令嬢イーディスと結婚。遺産相続者は一子ソルタイア卿。約二十五万エーカーの所領。ランカシャーおよびウェールズに鉱山所有。住所、カールトン・ハウス・テラス、ハラムシャー州ホールダネス館、ウェールズのバンガー市カールストン・カースル。一八七二年海軍大臣、国務大臣。担当は——』

なるほど、なるほど。この人物、王国でもっとも重要な家臣のおひとりにちがいない」

「もっとも重要にして、おそらくもっとも富める家臣でありましょう。ホームズさん、お仕事に非常に高い基準を設けておられること、仕事のための仕事にいそしんでいらっしゃることは、よく存じあげております。しかしながら、閣下はすでにこうおおせです。ご子息の所在を知らせてくれた者には五千ポンド、ご子息をかどわかした犯人の名前を知らせてくれたらさらに千ポンド、小切手を切ると」

「王侯貴族にふさわしい額ですな」とホームズ。「よし、ワトスン、ハクスタブル博士と北イングランドへごいっしょしよう。さて、ハクスタブル博士、その牛乳をお飲みになったら、いったい何が、いつ、どんなふうに起こったのか、お話しください。マックルトン近在のプライアリ・スクールのソーニークロフト・ハクスタブル博士がどうかかわっておられるのか。なぜ、あごのおひげの様子からして事件後三日もたってから、ぼくのささやかな力を借りにここへみえたのか。そのへんのことを話していただけますか」

客は牛乳とビスケットをたいらげた。熱のこもった、はっきりとした説明を始めると、目には光が、頬には血の気が戻ってきた。

「おふたかたに、まず申しあげておかねば。プライアリ・スクールは、私立予備小学校でありまして、わたしが創立して、校長を務めております。『ハクスタブルのホラチウス解明』

という著書があると言えば、わたしの名前を思い出していただけるかもしれません。わがプライアリ・スクールこそは英国でもっともすぐれた私立小学校だと、自負しております。レヴァーストーク卿、ブラックウォーター伯、サー・キャスカート・ソームズなどというお歴々がみな、お子さまがたを当校にお預けくださっております。

しかしなんといっても、三週間前にホールダネス公が秘書のジェイムズ・ワイルダー氏をおつかわしになり、当年とって十歳になられる、ひとり息子にしてお世継ぎのソルタイア卿をわたしの手に託されるおつもりだとお知らせくださったとき、当校の栄誉も頂点に達したと感きわまりました。よもやこれが、わたしの生涯で最大の決定的不幸の前奏になるとは、ゆめ思いませんでした。

ご令息が到着なさったのは五月一日、夏学期の始まる日です。感じのいい少年で、当校の雰囲気にもすぐなじんでいただけたようでした。ありのまま申しあげます――軽率な気持ちからではなく、半端な秘密の打ち明け方をするのはこういう場合愚かなことだと存じますのでね――ご家庭でのご令息は必ずしもお幸せではありませんでした。公爵ご夫妻の結婚生活が穏やかなものではなかったというのは、公然の秘密でございまして。

とうとう協議によって、公爵夫人は南フランスのほうに別に住まわれることになったとか。別居はごく最近のことですが、ご令息のお気持ちは母上のほうに強く傾いていたということです。母上がホールダネス館を出ていかれてからというもの、すっかり意気消沈なさって、公爵がご令息を当校に預けることを思いたたれたのも、そこからでした。ご令息は二週間もすると、われわれのもとですっかりくつろいで、たいへんに楽しそうなご様子でした。

お姿が最後に確認されたのは、五月十三日の夜――つまりこの月曜の夜のことでした。お部屋は三階で、二人の少年が寝る、もっと広めの別の部屋を通っていくようになっております。その少年たちが何も見ていないし、もの音も聞いておりませんから、ソルタイア卿がそちら側から出ていったのでないことは確かです。お部屋の窓が開いていました。そこから地面まで、ツタがしっかりと這っています。地面に足跡は見つかりませんでしたけれども、ここから出たとしか考えられません。

火曜の朝七時になって、ご令息がいらっしゃらないことがわかりました。ベッドに入られた様子はありました。黒のイートン・ジャケットにダークグレーのズボンという、いつもの制服をきちんとお召しになってから外に出られたようです。部屋に何者かが入ったような形跡はありませんでした。叫び声があがったりもみ合いのようなことがあったりしたとすれば、奥の部屋のコンターという年長の生徒がとても眠りの浅いたちなので必ず何か聞きつけたはずなのです。

ソルタイア卿が行方不明とわかるやいなや、わたしは全校に点呼をかけました。生徒にも教師にも、使用人にも、それこそ全員にです。そこで初めて、いなくなったのはソルタイア卿おひとりではないことを知りました。ドイツ人教師、ハイデッガーの姿もありませんでした。彼の部屋も三階です。建物のいちばん端で、ソルタイア卿のお部屋と同じ方角に面しています。彼もいったんベッドに入ったようでしたが、シャツと靴下が床に散らばっていたところからして、着のみ着のままで出ていったものらしい。窓からツタを伝って下りていったのはまちがいありません。芝生の上に彼の足跡が確認できましたから。芝生のそばの小屋に置いてあった彼の自転車が、見あたりません。

ハイデッガーは二年前に当校に来た教師です。申し分なく立派な履歴でした。ただ、口数の少ない陰気な人物で、仲間うちでも生徒のあいだでもあまり人気のあるほうではなかったようです。

いなくなった二人とも、どこでどうしているのかかいもくわからず、木曜の朝となったいまなお、火曜にわかった以上のことは何ひとつないありさまです。もちろん、ホールダネス館にもただちに問い合わせました。館は当校から数マイルという距離にあります。にわかにホームシックになって父上のもとへ帰られたのではあるまいか、と。ところが、ご令息の消息はありません。公爵は、たいへん動転なさいました。そしてこのわたしも、不安と責任に押しつぶされそうですっかりまいってしまっているのは、先ほどご覧のとおりです。ホームズさん、いまこそそのお力をあますところなく発揮してはくださいませんか。そのお力にこそふさわしいこのような事件は、またとないと思いますが」

不幸な校長の話に、シャーロック・ホームズはいたく熱心に耳を傾けていた。眉根がぐっと寄り、眉間に深い縦じわが刻まれている。興味津々であることは言うまでもない。複雑なら複雑なだけ、異常なら異常なだけひきつけられるという彼の好みをくすぐらずにはおかないこの事件に、全神経を集中させてくれるよういまさら頼む必要などありはしなかった。ホームズは、やおら手帳をひっぱり出してちょっとメモをとった。

「すぐにいらっしゃらなかったのは、取り返しのつかない手落ちですね」口調がきつい。

「おかげで、不利なスタートの捜査になってしまいました。たとえばツタや芝生にしても、見る目をもった専門家には、かならず何かしら教えてくれたはずでしょうに」

「わたしがご連絡を怠ったわけではないのですよ、ホームズさん。なにしろ閣下が、スキャンダルになるのをとても嫌うおかたでして。家庭のご不幸が世間の目にさらされるのをお恐れで。そのたぐいのことに対しては人一倍敏感でいらっしゃるのです」

「警察も捜査したんでしょう?」

「はい。しかし、結果は期待はずれでした。手がかりらしきものがすぐ出てきたのですが。隣の駅から早朝の汽車に少年と青年が乗るのを見かけた者がいたのです。やっとゆうべ、この二人組がリヴァプールで見つかったところ、事件とは何の関係もない二人だったという知らせをもらいました。そこに至って望みを絶たれたわたしは失意から眠れもしなくなり、朝の汽車でまっすぐこちらへ駆けつけたしだいです」

「そのまちがった手がかりを追っているあいだ、地元警察の捜査は中休みになってしまったのでは？」

「すっかり中断されていました」

「その結果、まるまる三日が無駄になった。悲しむべきことだ」

「同感です。認めざるをえません」

「しかしまあ、最終的に解決することはできるでしょう。喜んで捜査させていただきますよ。ところで、行方不明のご子息とこのドイツ人教師には、何か関係が？」

「まったく何もないのです」

「この教師の授業に出ておられたのでは」

「いいえ。わたしの知るかぎり、二人はことばをかわしたこともないはず」

「へんですね。ご子息のほうに自転車は？」

「おもちではありません」

「だれかほかの人の自転車がなくなっているとか？」

「そんなこともありませんでした」

「確かですか？」

「確かです」

「ふむ。するとまさか、このドイツ人が真夜中に、少年を腕に抱えて自転車で走り去ったのだとおっしゃるおつもりじゃないでしょうね？」

「とんでもありません」

「では、どうお考えですか？」

「自転車は目くらましなのかもしれません。どこかに自転車を隠して、二人で歩いていったのかもしれません」

「なるほど。しかし、目くらましにしてはばかげていませんかね。小屋にほかの自転車もあったのでしょう？」

「はい、何台か」

「もし自転車で逃げたように思い込ませようと考えたのなら、いっそのこと二台隠すんじゃありませんか？」

「そうでしょうね」

「当然、二台隠したはずですよ。ですから、目くらましという説は成り立ちません。ただ、捜査の足がかりとしてはとても便利です。つまり、自転車というのは、そうかんたんには隠したり壊したりできないものですからね。もうひとつ質問させていただきます。ご子息が消えた日に、だれかご子息に会いにきた人がいますか？」

「いいえ、だれも」

「手紙はどうです？」

「はい。一通とどきました」

「だれから？」

「お父上からでした」

「ご子息の手紙を開けてご覧に？」

「とんでもない」

「では、どうしてお父上からだとわかるんです？」

「封筒に入った紋章ですよ。それに、表書きが独特の堅い筆跡で公爵のものとお見受けしました。公爵ご自身、手紙を書いたことを覚えていらっしゃいました」

「手紙がその前とどいたのは、いつでした？」

「数日間、お手紙はなかったと思いますね」

「フランスから手紙が来たことは？」

「ありません。一度も」

「なぜこんなことをうかがっているのか、おわかりでしょうね。ご子息は、力ずくで連れ去られたか、でなければご自分から出ていった。もし後者だった場合、年端もゆかない少年がそんなことをするには、何か外からの誘いがなくてはおかしいのではないでしょうか。会いにきた人がいなかったとすると、その誘いは手紙にちがいない。そこで、どんな人から手紙が来ていたのかうかがうのです」

「あまりお役に立てそうもありません。わたしの知るかぎり、手紙はお父上からのものだけのようでした」

「事件の当日のも、そのお父上からの手紙だったのですね。父と子は仲むつまじかったのでしょうか？」

「閣下は、どなたともあまり親しくなさらない。もっぱら公の大きな問題に力を注がれ、ありきたりの喜怒哀楽には縁のないかたで。それでも、ご子息には閣下なりにおやさしくなさいますよ」

「しかし、ご子息はどちらかというと母上を慕っておられたのでしたね？」

「ええ」

「ご子息の口からお聞きになったのですか？」

「いいえ」

「では、公爵から？」

「めっそうもない！」

「では、どうしてわかるんです？」

「閣下の秘書のジェイムズ・ワイルダー氏と、うちとけたお話をしたことがあるのです。そこで、卿の胸の内を教えていただきました」

「なるほどね。ところで、公爵からの最後の手紙ですが――ご子息のお部屋に残されていましたか？」

「いいえ。お持ちになったようです。だが、ホームズさん、そろそろユーストン駅に向かうべきだと思いますが」

「ぼくのほうで四輪馬車《ランドー》を呼びましょう。十五分ほどお待ちいただけますか。ハクスタブルさん、もしお宅のほうに電報を打つのであれば、捜査はまだリヴァプールなど近所の人たちの目をそらせておけそうな適当な場所でおこなわれているふうに思わせておいていただけませんか。そうしておいて、ぼくらはあなたのところでそっとひと仕事させていただきます。ワトスンくんとぼくほどの老練な猟犬が何も嗅ぎつけられないほど、臭跡が消えてしまったはずはないだろうと思いますよ」

わたしたちはその夕方、ハクスタブル博士の有名な学校がある丘陵地方の、ひんやりとさわやかな空気を吸っていた。学校に着くころには、とっぷりと日が暮れていた。ホールのテーブルに一枚の名刺が置いてある。執事に何ごとか耳打ちされて、重い表情に動揺の色を加えた校長が、わたしたちのほうを向いた。

「公爵がおみえです。公爵とワイルダー氏が書斎でお待ちです。お二人ともどうぞ。おひきあわせいたします」

むろん、写真ではこの有名な政治家をよく知っていたのだが、ご本人は写真とかなり違っていた。背の高い押し出しのいい人物で、一分の隙もない身なり。やせた顔がげっそりとやつれ、鼻が妙に長くて湾曲している。死人のように青白い顔色が、縁に時計の鎖が輝く白いベストの上まで垂れた先細のあごひげのはっとするような赤と、ひときわ対照的だった。それが、ハクスタブル博士の暖炉の前で敷物の真ん中に立って、石像のようにわたしたちを見据える堂々たる人物の風貌だ。

かたわらに、まだ若い男が立っていた。私設秘書のワイルダーなのだろう。小柄で神経質そうで、敏捷に見える青年だ。頭のよさそうな淡いブルーの瞳に、表情の豊かな顔つき。よく通るはっきりした声で突然話を切り出したのは、この青年のほうだった。

「ハクスタブル先生、けさうかがうと時すでに遅く、先生のロンドン行きをお引き止めできませんでした。シャーロック・ホームズ氏に会って、このたびの事件に協力を依頼するためにお出かけだったそうですね。ハクスタブル先生、ひとことのご相談もなくこんなことをなさったと、閣下は驚いておられます」

「その、警察が匙を投げたようですので――」

「閣下は、決してそうは思っておられません」

「しかし、ワイルダーさん、たしかに――」

「ハクスタブル先生、何にせよ、スキャンダルになりそうなことを閣下がことさらに避けようとなさっておられるのを、十分ご承知のはず。事情を知ることのできる人間は少ないほど望ましいと、閣下はそうお思いなのです」

校長は震えあがった。「取り消すのはわけもございません。シャーロック・ホームズさんには朝の汽車でロンドンにおひきとりいただきます」

「それはないでしょう、先生。それはない」ホームズがせいぜい穏やかな口調で割り込んだ。「北国の空気はさわやかで気持ちがいい。このあたりのヒースの原で二、三日、暇をつぶしていこうと思います。こちらにごやっかいになるか村で宿をとるかは、もちろんそちら次第ですが」

気の毒な博士は、のっぴきならない立場に追いこまれてしまって、はた目にも明らかに逡巡している。そこに、赤髭公爵の、ディナーの時を知らせるドラのようによく響き渡る深みのある声が助け船を出した。

「ハクスタブル博士、ひとことご相談があってしかるべきだったという点では、わたしもワイルダーと同意見だ。しかし、ホームズさんにすでに話してしまったからには、お骨折りを断るというのもばかげているでしょうな。ホームズさん、宿などとられずとも、わたしどものホールダネス館においでくださるとよい」

「ありがとうございます、閣下。ですが、捜査のためには、事件の現場にとどまるほうがよいのではないかと考えます」

「それは、どうなりとお好きに。ワイルダーからでもわたしからでも、お聞きになりたいことがあれば何なりと」

「おそらく、いずれはお屋敷でお目にかからなければならないと存じます。閣下、いまはただ、ご令息の失踪について何かお考えのことがおありなら、うかがっておきたいのですが？」

「いや、思い当たる節が何もないのだ」

「こんなことをうかがうのは心苦しいのですが、ほかにしようがありませんので、どうかお許しねがいます。奥さまがこの件に何かかかわっていらっしゃるとお考えでしょうか？」

偉大なる前閣僚が躊躇を見せた。

「ない、と思う」

「別の、もっとわかりやすい説としては、身代金目当ての誘拐という考え方もございます。そういった要求なり何なりがございませんでしたか？」

「いや、何も」

「閣下、もうひとつうかがってよろしいでしょうか。事件が起きた日に、ご令息にお手紙を書かれたとか？」

「書いたのはその前日であった」

「なるほど。ご令息が受け取られたのが事件当日だったということですね？」

「いかにも」

「ご令息のお気持ちをかき乱すような、あるいは、こういう行動に仕向けてしまうようなことが何か、手紙にあったというお心当たりは？」

「ない。なかったはずだ」

「お手紙はご自身で投函なさったのでしょうか？」

いささか頭に血がのぼってきたらしい秘書が、貴族の答えを遮ってことばをはさんだ。

「閣下がみずからお手紙を投函なさることはありません。その手紙は、ほかのものといっしょに書斎のテーブルに置いてありましたので、わたしが郵便袋に入れました」

「たしかに、その手紙があったのですね？」

「たしかです。この目で見ました」

「閣下はその日、何通ぐらいお手紙を書かれたのでしょう？」

「二、三十通だ。手紙はたくさん書かなくてはならんのでな。だが、こんなことは事件と関係ないのではないか」

「そうともかぎりません」

「わたしのほうから警察には、注意を南フランスに向けるよう言っておいた」と、公爵が続ける。「先ほども申したとおり、妻がこんな途方もないことにかかわるとはとても思えないものの、息子はかたくなにいろいろと思い込んでいた。このドイツ人の幇助《ほうじょ》を幸いとばかりに、母親のもとへ逃げたということはありえよう。ハクスタブル博士、われわれはそろそろひきあげますぞ」

ホームズには、もっと聞きたいことがあったようだった。しかし、貴族のそっけない様子からして、会見はこれで終わりだった。根っからの貴族にとっては、家庭内の話題を見知らぬ人間とのあいだにもちだすことなど何よりもおぞましかったのだ。質問が出るたびに、公爵家の歴史に注意深く隠されたあれこれに鋭く光を当てられてしまうのではないかとでもいうように、気が気でなさそうな気配がありありと見えた。

貴族とその秘書が姿を消すと、ホームズはいかにも彼らしい熱心さでただちに捜査に没入していくのだった。

少年の部屋がていねいに調べあげられたが、出ていけそうなところは窓しかないということが確かめられたぐらいで、そのほかには何も出てこなかった。ドイツ人教師の部屋と身のまわりの品からも、手がかりはなし。ただ、教師の部屋のほうでは、窓際のツタの蔓《つる》が身体の重みで切れていること、降り立ったあたりの芝生の上に足跡がついていることを、ランタンの明かりで確認することができた。この説明しがたい夜の逃避行が残した跡といえば、緑の短い草の上にあるその一個のくぼみだけなのだった。

ひとりで出かけたホームズが、十一時も過ぎてからやっと帰ってきた。陸地測量部製のこの近辺の地図を手に入れていた。*2 それをわたしの部屋のベッドの上に広げ、真ん中にランプをつるして、やおら一服しつつ眺めては、興味をひかれる地勢に気づいては煙の出ているパイプで指してみせるのだった。

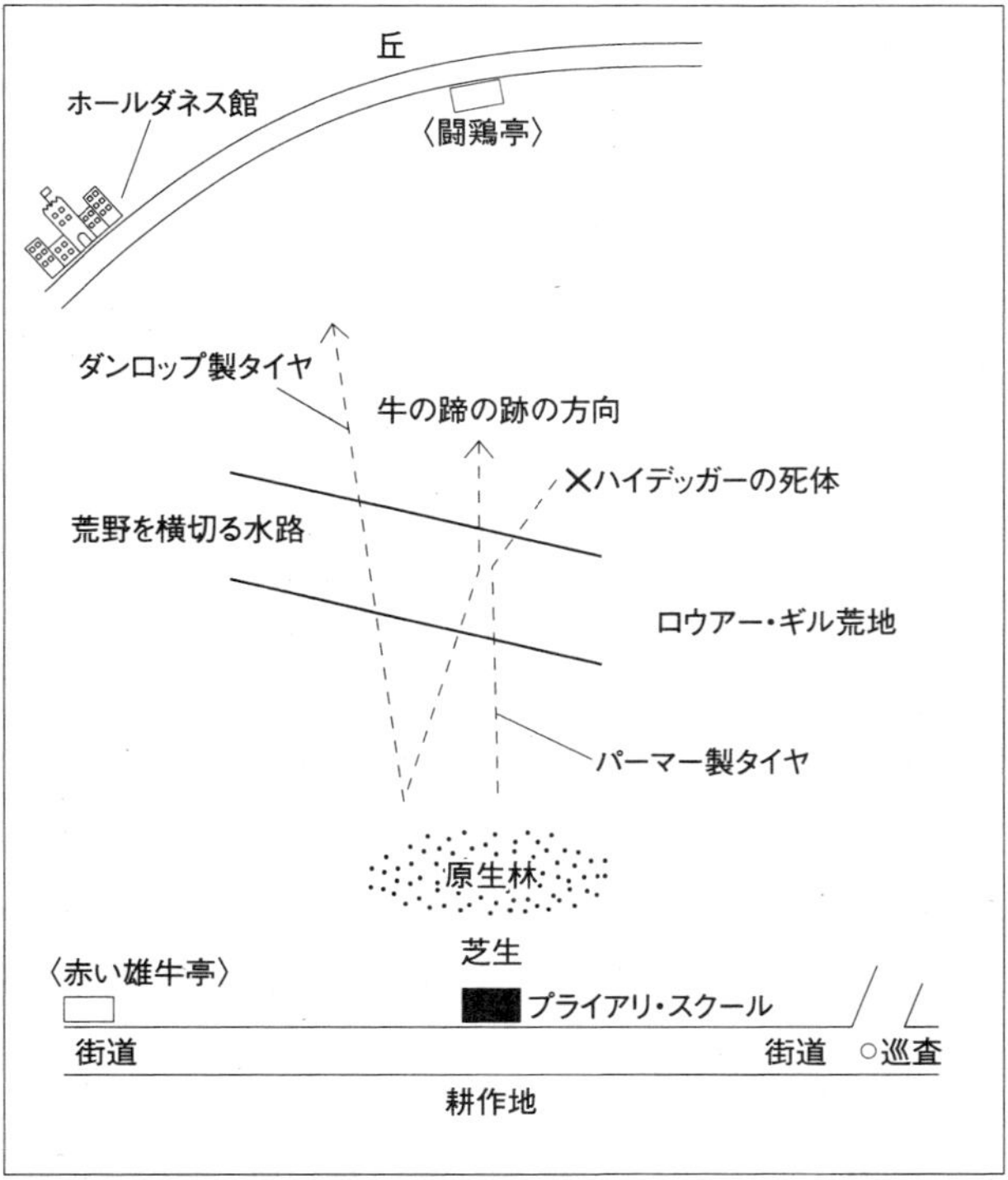
丘
ホールダネス館
〈闘鶏亭〉
ダンロップ製タイヤ
牛の蹄の跡の方向
×ハイデッガーの死体
荒野を横切る水路
ロウアー・ギル荒地
パーマー製タイヤ
原生林
芝生
〈赤い雄牛亭〉
プライアリ・スクール
街道
街道
○巡査
耕作地

「この事件、気に入ったよ、ワトスン。事件とかかわるおもしろい点が、たしかにいくつもある。この最初の段階で、ここの地理をしっかり頭に入れておいてくれよ。われわれの捜査に大いに関係してくることだろうから。

地図を見てごらん。この黒い四角が、ここ、プライアリ・スクールだ。ピンを立てておこう。さて、このラインが街道だ。この道が学校の前を東西に走っていて、さらには、東にも西にも一マイルほどのあいだには脇道がひとつもない。もしあの二人が道路を通ったとすると、この道をおいてほかにはないわけだ」

「たしかに」

「問題の夜にこの道沿いであったことを、じつに運のいいことに、ぼくらはかなりの程度まで追うことができるぞ。ほら、パイプを置いたこの地点に、十二時から六時まで巡査が詰めていたんだ。見てのとおり、東側では最初の脇道に折れる地点でもある。巡査は持ち場をいっときも離れなかったそうだし、おとなであれ子どもであれ、そこを通れば必ず自分の目に触れたはずだと断言している。その巡査と今夜おしゃべりしてきたんだが、ぼくの見たところ、根っからの正直者のようだ。そうなると、道のこちら側は問題外だね。

さて、もう一方を見よう。ここに〈赤い雄牛亭〉という宿屋がある。ここのおかみが病気だった。呼ぼうとしたマックルトンの医者がよそへ往診に出ていて、朝になってやっとやってきた。宿の連中は寝ないで医者を待っていたんだよ。だれかしらがずっと街道に目を光らせていたらしい。その連中のいうことには、通った者はだれもいなかったそうだ。この証言を信じると、西側も問題外としてよさそうだ。とすると、逃げた二人はこの道を通ってはいないと言い切ってもよさそうだ」

「でも、自転車のことはどうなる?」わたしは納得できなかった。

「そこだ。自転車のことも、すぐあとで考えよう。いまはこの推理を続けてみるよ。二人がこの道を通らなかったとすると、学校の北か南の野原を横切ったにちがいない。これはたしかだ。では、南北それぞれを検討してみよう。学校の南は、見てのとおり、石壁で細かく仕切られた耕作地になっている。自転車では通れないだろう。こちらは考えないことにしよう。

　では、北側の野原だ。ほら、『原生林』とあるだろう、ここに森がある。その端にロウアー・ギル荒地がうねりながら十マイルほど広がり、次第に登りになっていく。この荒野の一方の端の、ここがホールダネス館だ。街道を通ると十マイルだが、荒野を横切れば六マイルしか離れていないんだ。ここらはほんとうにうら寂しい平原だ。農家が二、三、小さな自作農地で羊と牛を飼っているだけ。それ以外には、チェスターフィールド街道までのあいだにはチドリとタイシャクシギくらいしかいない。街道へ出ると教会があって、いくらか家もあるし宿も一軒ある。そのむこうで、丘は断崖に続く。ぼくらが捜査すべきなのは、どうやらこの北側地域だよ」

「でも、自転車のことは?」わたしはしつこく繰り返した。

「わかった、わかったよ！」ホームズはいらついた。「自転車にうまく乗れる人間なら、走るのはべつに街道でなくたっていいんだ。この荒野にだって小道はいくつもあるし、だいいち、満月の夜だったんだから。おや、何だろう？」

せわしげにドアをノックする音。ハクスタブル博士が入ってきた。てっぺんにシェブロン（山形の紋）のある青いクリケット帽がその手に握られている。

「ついに手がかりをつかみました！」博士は大声を出した。「ありがたい、ご令息の足どりがつかめた！　これはご令息の帽子です」

「どこで見つかったのです？」

「荒野に野営していたロマたちの荷車の中です。火曜日に野営地を発っていました。警察が追いかけて、きょう荷車を調べたところ、これが出てきました」

「彼らの説明は？」

「言い逃れに決まっていますよ。火曜の朝、荒地で見つけただなどと。ご令息の居どころを知っているにちがいない、悪党どもめ！　ありがたいことに、逃げられないようにしてあります。法の力に怯えてにしろ、公爵のお金につられてにしろ、いずれ知っていることをすべて吐くことになるでしょう」

博士がやっとわたしたちの部屋から出ていくと、ホームズが口を開いた。「いままでのところ、問題ないようだな。少なくともこれで、何かが出てきそうなのはロウアー・ギル荒地の側だという説が有力になった。放浪者たちを捕まえたこと以外、警察じゃ、そのあたりで何もしていない。

　おや、これを見たまえ、ワトスン！　荒野を横切る水路がある。地図のここだよ。それがところどころで広がって、湿地になっている。特にホールダネス館と学校のあいだの地域で。この晴天続きに足跡を捜そうたって、ほかのところじゃ無駄だろうが、このあたりになら何かの跡が残っているかもしれないぞ。あしたの朝は早く起こすから、二人で謎を解いてみようよ」

　夜が明けて目覚めたときにはもう、わたしのベッドのかたわらにホームズの背の高いやせた姿があった。すっかり身支度を整えていて、どうやらすでに出かけて帰ってきたようだ。

「芝生と自転車置き場を眺めてきたよ。原生林の中をちょっとぶらついてもきた。さあ、ワトスン、隣の部屋でココアが待ってる。急いでくれよ。きょうはたいへんな一日になるからな」

　きらきら輝く目、仕事を前にした興奮で紅潮した頰。行動的で機敏なこのホームズは、ベイカー街にいるときの内省的で陰鬱な夢想家ホームズとは別人のようだ。気力みなぎるしなやかなその姿を見上げると、たしかに活動的な一日になりそうだとわたしにも思える。

　ところが、いざ始めてみると、そううまくはいかなかった。希望に胸をふくらませて、いくすじも細く羊の通り道がある泥炭質で赤褐色の荒地に分け入り、やがて、ホールダネスとのあいだのライトグリーンの広い帯状の湿地に出た。たしかに、少年が自分の家に向かったのならここを通ったにちがいないし、そうすると足跡を残さないはずがない。それなのに、少年の通った形跡もドイツ人の通った形跡もまったくなかった。わが友は沈んだ顔で湿地のへりを歩きながら、苔むした地面に泥の汚れでもないかと目を皿のようにして見ていった。羊の足跡が無数にあり、数マイル下った場所では牛の足跡も見つかった。それだけだった。ホームズは、荒地の広々としたうねりを憂鬱そうに見渡してぼやくのだった。「早くも手詰まりか。ああ、むこうにも湿地があるなあ。ここで狭くくびれているのか。おっ！　これは何だ？」

一本の、黒々とした小道に出ていた。ぬかった地面の真ん中に、くっきりと自転車の走った跡があるではないか。

「やったぞ！　ついに見つけた」わたしは叫んでいた。

しかし、ホームズは首を振った。喜んでいるというよりは戸惑っているような、どことなく傍観者のようなおももちでいる。

「自転車の跡だが、あの自転車じゃない。タイヤの跡もいろいろで、ぼくは四十二種類知っている。これはダンロップ製で、しかもタイヤにつぎがあたっている。[*3] ハイデッガーの自転車のタイヤはパーマー製で、縦縞の跡がつくはずなんだ。数学教師のアヴェリングがそう断言していた。したがって、これはハイデッガーの自転車の跡じゃない」

「じゃあ、坊やの自転車かな？」

「ご令息がほんとうに自転車を持っていたのなら、ひょっとしてそうかもしれない。でも、持っていたとはどうしても証明できなかったんだよ。見てのとおり、学校の方角から走ってきたタイヤ跡だ」

「学校の方角へ、かもしれないよ」

「ワトスン、そいつはちがう。体重のかかるうしろタイヤのつける跡のほうが、当然深くなるんだ。ご覧よ、あちこちで深いタイヤ跡が、前輪のつけた浅いほうのタイヤ跡と交差したり消してしまったりしてるだろう。学校から来たのは、まずまちがいない。われわれの捜査との関係はわからないが、先へ進む前に、まずこいつを逆にたどってみることにしようか」

たどってみたところ、二百ヤードほどでタイヤ跡は消えていた。ぬかるみがそこで終わったのだ。また小道を逆戻りして、湧き水が小道を横切って流れる別の場所を見つけだした。ここにも自転車のタイヤ跡があったが、牛の蹄に踏まれてほとんどかき消されていた。その後は何の跡もなく、小道は学校の裏手をおおう原生林へまっすぐに続いていた。自転車はこの森から出てきたのにちがいない。ホームズは石に腰をおろすと、頰づえをついた。動きだす前に、わたしは煙草を二本吸った。

「そうだ、そうだ」やっとホームズが口を開く。「ずる賢いやつなら、自転車のタイヤを取り替えて別のタイヤ跡を残す工夫ぐらいしないともかぎらない。そういう知恵が回るとしたら、敵ながらあっぱれなやつだ。まあいい、それはさておき、湿地に戻ることにしよう。まだまだ調べ残しているからね」

わたしたちは、湿地のぬかるんだ部分の縁を体系だてて調べ続けた。その努力がまもなく大いに報われることになった。

湿地の低い側を横切って走る、ぬかるんだ道があった。そこに近寄っていったホームズが歓声をあげた。細い電線の束のような跡が、道の真ん中を走っている。パーマー製タイヤの跡だ。

「思ったとおりだ、ハイデッガー先生のやつだ！」興奮ぎみのホームズの叫び声。「ぼくの推理がみごとに当たったようだよ、ワトスン！」

「やったな」

「だが、勝負はこれからだ。この小道をよけて歩いてくれよ。さあ、あとを追っていこう。あまり長く続いてはいないかもしれないがね」

心配に反して、湿地のこのあたりは至るところでぬかるんでいて、何度となく見失っても、そのたびに同じタイヤ跡をまた見つけることができた。

「見たまえ」とホームズ。「きっと、このへんでスピードをあげたんだ。まちがいない。ここだよ、二つの車輪がはっきりわかるね。両方の深さが同じくらいになってるだろう。ということは、ちょうど全力疾走するときと同じで、乗っていた人間が体重を前のハンドルにか

けたのさ。おや、転んだのかな?」

　何ヤードかにわたって、タイヤ跡が広い幅でかき乱されていた。それから足跡が二つ三つあって、もう一度タイヤ跡が現われる。

「横すべりしたんだろう」わたしはそう言ってみた。

　ホームズが、花をつけたハリエニシダの折れた枝をかざした。黄色い花が真っ赤に染まっている。わたしはぞっとした。小道にも、ヒースのあちこちにも、黒ずんだ血糊がついていた。

「ひどい!」ホームズが言う。「これはひどい! 近寄るな、ワトスン! 邪魔な足跡をつけないでくれ! これはどういうことだ。彼は転んでけがをした。起き上がって、ふたたび自転車にまたがって進んだ。しかし、このタイヤ以外の跡はない。この脇道に牛がいたんだ。雄牛の角に突き刺されたのか。そんなことは絶対ありえない。しかし、ほかにだれかがいた様子でもない。ワトスン、先へ行ってみよう。タイヤ跡と血が残ってるんだ、もう逃さないぞ」

　たいして長く追うことにはならなかった。湿って光る小道の上で、タイヤの跡が奇妙にカーブを描き始めた。先に目をやったわたしはふと、こんもりしたハリエニシダの茂みで金属が光るのに目をとめた。茂みの中からふたりで一台の自転車をひっぱり出した。タイヤはパーマー製、一方のペダルがひん曲がり、車体の前半分にべっとりとおぞましい血糊がついている。茂みの反対側からは靴が突き出ていた。そちらへ回ってみると、そこに不幸な自転車の持ち主が倒れていた。背が高く、立派な髭をたくわえ、かけている眼鏡の片方のレンズが割れていた。死因は頭部の強打らしく、頭蓋骨の一部が砕けていた。これほど深い傷を負ってなお自転車を走らせたとは、よほどの体力と勇気のある人物だろう。靴だけで靴下は履いていないし、上着のあいだからパジャマがのぞいている。あのドイツ人教師にちがいない。

ホームズは、死体をうやうやしくひっくり返し、最大限の注意を払って調べた。そして、しばらくもの思いに沈んだ。眉間にしわを寄せているところから、このおぞましい発見によってもわたしたちの捜査はたいして先に進んだわけではなさそうだった。

やがて、ホームズが口を開いた。「どうすべきか、ちょっと難しいことになったね、ワトスン。ぼくとしては、このまま捜査を続けたい。すでに大幅に時間を無駄にしてしまっているんだ、これ以上は一分だって惜しい。だがその一方で、この発見を警察に知らせて、死者がうかばれるようにしないといけない」

「手紙を書いてくれれば、ぼくが届けるよ」

「でも、きみにはいっしょにいて力を貸してほしいんだよ。ちょっと待った！　むこうに泥炭《ピート》を掘っている男がいるぞ。あの男に、警察を連れてきてもらおうじゃないか」

わたしがその農夫を呼んでくると、恐ろしそうな表情を浮かべたその男に、ホームズはハクスタブル博士宛ての短い手紙を託した。

「さて、ワトスン。けさは手がかりを二つ手に入れたわけだ。ひとつはパーマー製タイヤの自転車で、その跡を追った結果がこれだ。もうひとつは、つぎのあたったダンロップ製タイヤの自転車の存在。そっちを調べにかかる前に、ぼくらには現に何がわかっているのかをはっきりさせて、せいぜい利用できるようにしよう。偶然のものと重要なことを、きちんと区別しておこうじゃないか。

まず第一に、少年は自分の意志で出ていった。このことを確認しておいてほしい。彼は窓から下りていって、ひとりで、あるいはだれかといっしょに姿を消した。これはまちがいないね」

わたしは同意した。

「よし。では、この気の毒なドイツ人教師のことを考えよう。少年のほうはきちんとした服装で姿を消している。自分がそれからどうするかは、ちゃんとわかっていたらしい。ところがこのドイツ人は、靴下も履かずに出ていっている。あまりに急なことだったんだね」

「そのようだ」

「なぜ出かけたんだろう。それは、寝室の窓から少年が逃げていくのを見たからだ。なんとか追いついて、連れ戻そうとした。自転車をひっぱり出して少年を追いかけ、そしてその途中で死ぬことになった」

「そのようだね」

「これからが、ぼくの推理の重要なところだ。たかが少年ひとりを追いかけるんだ、おとなだったら走って追いかけるのが自然なところだろう。必ず追いつけるに決まってる。ところがこのドイツ人はそうしなかった。自転車をひっぱり出した。自転車には相当うまく乗れたらしいよ。少年が何かスピードの出る手段で逃げていたんでなければ、こんなことをするはずがない」

「もう一台の自転車じゃないのかな」

「事件の再現を続けてみよう。学校から五マイルの地点で、ドイツ人教師は死んだ――少年にだって撃てるかもしれない拳銃でじゃなくて、ここがだいじなところだよ、大の男でなければできそうもない強烈な一撃でね。したがって、逃げていく少年にはたしかに連れがいたことになる。さらに、自転車の名人が追いつくまでに五マイルも走っているところからして、逃げるスピードはかなりだったんだ。ところが、悲劇の現場でぼくらが見つけたものといったら、どうだ。牛の蹄の跡が少々、それだけだ。ぼくはあたり一帯を歩いてみたが、五十ヤード以内に小道は全然ない。もう一台の自転車は、この殺人には何も関係なかったはずだ。人間の足跡も見あたらなかった」

わたしは叫んでいた。「ホームズ！　おかしいよ、それは」

「そのとおりさ！　きみの言うとおり。ぼくの説明だと、たしかにおかしいんだ。したがって、どこかでまちがったことになる。きみは見抜いているようじゃないか。どこでまちがったか、言ってみてくれよ」

「転んで頭蓋骨骨折という可能性もある」

「ぬかるみでかい、ワトスン?」

「ぼくはお手上げだ」

「ちぇっ。もっと厄介な問題だってちゃんと解いてきたぼくらだよ。利用さえできるなら、少なくとも材料だけはたくさんあるんだ。では、パーマー製タイヤのほうは調べ尽くしたんだから、あのダンロップ製タイヤのほうが何か手がかりにならないか、見てみよう」

ダンロップ製タイヤの跡を追って、わたしたちはいくらか進んだものの、荒野はじきにヒースの茂る登りになり、水路ともお別れだった。タイヤ跡が手がかりになる見込みはそこで途絶えてしまった。跡が途切れた地点から見て、行き先は、わたしたちの左手何マイルかのところに荘重な塔をのぞかせたホールダネス館か、それとも正面に低くチェスターフィールド街道の目印となっている灰色の村か、いずれかにちがいない。

闘鶏をあしらった看板を掲げた、どことなく怪しい感じのするこぎたない宿屋のほうへ向かっていたときだ。ホームズが突然うめき、倒れそうになったところを、かろうじてわたしの肩にすがった。足の筋をちがえたらしい。足をひきずりながら、どうにか宿の戸口までたどりついた。色の浅黒い、ずんぐりした年配の男が、黒いクレイ・パイプから煙をくゆらせている。

　ホームズは、その男に声をかけた。「こんにちは、ルービン・ヘイズさん」

「だれだい？　どうしてわしの名前を知っている？」狡猾そうな目に疑いの色が浮かんだ。

「あんたの頭の上の板っきれにそう書いてあるんでね。家のご主人ってのは、見ただけですぐわかりますよ。ところで、馬小屋に馬車をおいちゃいないですか？」

「いいや、ねえな」

「このとおり、地面に足をつけられないもんで」

「じゃ、つけなきゃよかろう」

「それじゃ歩けません」

「ふーん。じゃ、跳ねていくんだね」

　ルービン・ヘイズ氏の対応はおよそ親切などと言えないものだったが、ホームズはいっこうに気にせず機嫌がよさそうだ。

「ねえ、ご主人。ほんとうにどうにもならない状態でしてね。藁にでもすがりたいところなんだが」

「何にだろうと、勝手にすがりゃいいさ」と、むっつりした主人の答え。

「急ぐんだ。自転車を一台貸してもらえれば、ソヴリン金貨一枚ってことでどうだい？」

　宿の主が耳をそばだてる。

「どこへ行く？」

「ホールダネス館だが」

「公爵のお仲間ですかい」主人は、わたしたちの泥まみれの服装を皮肉な目つきで眺めている。

ホームズは、人がよさそうに声をたてて笑った。

「ぼくらに会えれば、公爵はお喜びになるはずだがね」

「なんでまた？」

「行方不明の息子さんのことで、知らせをもってきたからさ」

主人がぎくっとしたのが、はっきりわかった。

「なんだって？　若さまの行方がわかったのか？」

「リヴァプールさ。すぐにも見つかるということだよ」

ひげを剃っていない重苦しい顔に、ふたたび急な変化が現われた。主人の態度がいきなりやわらかくなった。

「ほかのやつはともかく、わしには公爵に好意をもつ筋合いなんかないがね。昔、公爵の御者頭だったことがあるんだが、ひどい目にあわされた。嘘つきの御者の告げ口がもとなのに、人物証明書もなしでくびにされたのさ。しかしまあ、若さまがリヴァプールにおられるとわかって、喜ばしいこった。お屋敷に知らせをもっていくのにゃ、力になろう」

「恩に着る。だが、腹ごしらえが先だな。それから、自転車があれば貸してもらえるとありがたい」

「うちにゃ、自転車はありませんや」

ホームズがソヴリン金貨をかざしてみせる。

「いいですか、だんな、ないと言ったらないんでさあ。お屋敷まで、馬を二頭お貸ししますよ」

「ああ、そうかい。腹ごしらえしてからでも、また話を詰めようか」

板石を敷いた台所に二人だけになったとたん、ホームズの足がたちまち何ともなくなったので、わたしは驚いた。もう夜も近かったが、なにしろ早朝から何も食べていなかったので、わたしたちはたっぷり時間をかけて食事をした。ホームズは考えにふけっていて、一度か二度、窓べに寄ってじっと外を見ていた。窓は、むさくるしい中庭に面している。遠くの片隅に鍛冶場があって、薄汚れた少年が作業をしていた。そのむかいが馬屋だった。何度か窓べへ足を運んで、また腰をおろしたホームズが、突然椅子から飛び上がって大きな歓声をあげた。

「やった、ワトスン、わかったぞ！　そうだ、そうに決まってる。ワトスン、きょう、牛の蹄の跡を見たのを覚えているだろう？」

「ああ、いくつかあったね」

「どこだった？」

「うむ、至るところにあった。湿地にもあったし、小道にもあったし、気の毒なハイデッガーの死んでいた近くにもあった」

「そのとおり。では、ワトスン、あの荒地でどのくらいの牛を見かけた?」

「おや? 一頭も見なかったな」

「行く先々で蹄の跡を見ていながら、荒地全体で一頭も牛に出くわさないなんて、ワトスン、へんだよ。すごくへんだ。そう思わないか?」

「それもそうだ、へんだ」

「ワトスン、もうひと押ししてみよう。あのときのことを思い出してみてくれ。小道に牛の蹄跡があったっけ?」

「あった」

彼はパンくずを並べてみせながら話しだした。

「こんなふうについていただろう」

……………

「それから、こんなふうに」

:::::::::

「こんなふうについていたこともあった」
・・・

「覚えてないかい？」

「覚えてないな」

「ぼくは覚えている。まちがいないよ。でもまあ、ゆっくり出かけていって、確かめてみようか。あれで結論が出せなかったなんて、情けない」

「いま結論は出たのかい？」

「並み足、駆け足、それに速駆け。なんとも珍しい牛だなってことだけだがね。いやいや、ワトスン、こんな作戦を考え出すなんて、ただの田舎者の頭じゃできないことだよ！　鍛冶場にいる子のほかには、邪魔者はいないようだな。あそこに行って調べてみよう」

　くずれそうな馬屋に、毛並みのぱっとしない、手入れのよくない馬が二頭いた。ホームズが、一頭のうしろ脚をひょいと持ち上げてみて、笑い声をあげた。

「古い蹄鉄だが、打たれたのは最近だ——釘が新しい。この事件は古典的名作と呼ぶに値するよ。あの鍛冶場をのぞいてみよう」

　少年はわたしたちに目もくれず仕事を続けていた。床いっぱいに散乱した鉄や木のあいだを、ホームズの視線が縫っていく。と、突然、背後で大きな足音がしたかと思うと、猛々しい目つきの主人が眉を吊り上げて立っていた。浅黒い顔が怒りに震えている。

　金属を仕込んだ短い杖を手に、脅したっぷりに迫ってくるので、わたしはポケットに拳銃を持っていて幸いだったと思った。

「このくそったれスパイどもが！」主人がわめき散らす。「こんなとこで何してやがる」

ホームズは落ち着いたものだった。「おや、ルービン・ヘイズのご主人。それじゃあ、見つかるとまずいものでもあるのかと思ってしまいますがね」

主人はかなり苦労して自分を抑えようとしたらしく、口もとを不気味に緩めて愛想笑いをつくってみせると、それがしかめっつらよりもっと気味悪かった。

「わしの鍛冶場で、何なりと見つけるがいい。だがね、だんな、許しもなくかぎ回られるのはいい気持ちじゃありませんや。とっとと金を払って、出ていってもらえるとありがてえ」

「大丈夫ですよ、ご主人。べつにへんなことをたくらんでるわけじゃありません。馬を見せてもらってただけでしてね。しかしまあ、こいつは歩いていったほうがよさそうだ。そう遠くでもないようだし」

「お屋敷の門まで、二マイルもありませんや。道を左へ行きゃあいい」われわれが出ていくまで、主人はむすっとして目を離そうとしなかった。

わたしたちはそう遠くまでは行かなかった。カーブで主人から見えなくなったところですぐに、ホームズが足を止めたからだ。

「子どもの隠れんぼで言うと、あの宿屋にいればもう少しで見つけられそうだったんだ。こうやって離れていくほど、どんどん見当ちがいになっていくとしか思えない。だめだ、だめだ、なんとしてもあそこから離れるわけにはいかない」

「たしかに、あのルービン・ヘイズがすべて知っているようだ。あんな、いかにも悪いやつって感じの男には、お目にかかったことがない」

「へえっ！　そんなふうに見えたのかい。ふーん。あの馬、それにあの鍛冶場。うん、おもしろい宿だよ、あの〈闘鶏亭〉ってのは！　今度は邪魔されないように、もう一度じっくり眺めさせてもらおう」

あちこち点々と灰色の石灰岩があるゆるやかな丘が、わたしたちの背後に長々と広がっている。道からはずれて丘を登っていきながらホールダネス館のほうを見たわたしは、スピードをあげてこちらへ走ってくる一台の自転車に目を止めた。

「かがめ、ワトスン！」手でわたしの肩をぐっと押し下げながらホームズが叫んでいた。二人が姿を隠すか隠さないかのうちに、自転車の男がかたわらを走り抜けていった。もうもうと舞い上がる土煙の中に、青ざめ、うろたえた顔がちらりと見えた――満面に恐怖の色をたたえ、口は半開きで目はじっとまっすぐ前を見据えたままの顔。わたしたちが前夜会ったばかりのさっそうたるジェイムズ・ワイルダーを滑稽な風刺画に描くと、まさにこうなるだろう。

「公爵の秘書だ！　ワトスン、見届けよう」

わたしたちは岩から岩へと伝って、じきに宿屋の正面入り口が見えるところに出た。入り口脇の壁に、ワイルダーの自転車がもたせかけてある。家のまわりに人影はなく、窓にも人の姿は見えない。夕日がホールダネス館の背後に沈み、ゆっくりと夜の闇が迫ってきた。闇の中、宿の中庭の馬屋で二輪馬車《トラップ》の側灯がともる。ほどなく蹄の音がして馬車が街道に出てきたかと思うと、チェスターフィールドを指してものすごいスピードで走り去った。

「どういうことだろう、ワトスン？」ホームズの小声。

「逃げたって感じだな」

「ぼくの見たところ、ドッグカートにはひとりしか乗っていなかった。[*4] あれはジェイムズ・ワイルダー氏じゃなかったんだな。だって、ほら、彼は入り口のところにいる」

暗闇に、赤みをおびた光が四角く浮かんでいた。その真ん中に、秘書の黒い影が首を伸ばして闇を凝視している。だれかを待っているのだった。やっと、道に足音がして、第二の人物が明かりのなかに一瞬浮かび上がり、扉が閉まると、あたりはふたたび真っ暗闇になった。五分後、二階の一室に明かりがついた。

「この〈闘鶏亭〉一流の客の迎え方だとみえる」とホームズ。

「だけど、酒を出すのは店のむこう側じゃないのか」

「そうだ。来たのは、いわゆるプライベートの客というやつなんだろうね。こんな夜ふけに、あんな巣の中で、ジェイムズ・ワイルダー氏はいったい何をしているんだろう。会いにきた相手はいったい何者なんだ。よし、ワトスン、いちかばちか、もっと近くで調べてみよう」

二人して抜き足差し足街道に下り、宿屋の入り口に忍び寄った。自転車はまだ壁にもたせ

S. PAGET

かけてある。ホームズがマッチを擦って、自転車の後輪に近づけた。光の中に、つぎのあったダンロップ製タイヤが浮かび上がったとき、ホームズがくっくっと笑った。明かりのついた窓はわたしたちの頭上にある。

「これは、どうあってものぞいてみなきゃならないな、ワトスン。きみが馬になってくれたら、登らせてもらって壁を支えに中をのぞけそうなんだがね」

次の瞬間には、彼の足がわたしの肩の上にあった。登っていったかと思うとすぐに、ホームズは地上に下りてきた。

「行こう、ワトスン。きょうは一日、朝からよく働いたよ。集められるだけのものは集めた。学校までの道のりは長い。早く帰ったほうがいいだろう」

荒野を重い足どりでとぼとぼ歩くあいだもホームズは、ほとんど口をきかなかった。学校に着いても中に入らず、その足でまっすぐマックルトン駅に向かって、いくつか電報を打った。夜遅く、ドイツ人教師の悲報にすっかり沈み込んでしまったハクスタブル博士を慰めるホームズの声が聞こえた。さらに時間がたって、朝出かけるときと変わらず元気なホームズが、わたしの部屋に入ってきた。

「万事うまくいっているよ、ワトスン。あしたの夜までに事件は解決している。だいじょうぶだ」

翌朝十一時、わたしたちはホールダネス館の有名なイチイ並木を歩いていた。荘重なエリザベス朝様式の玄関から、公爵閣下の書斎へ通された。そこにはジェイムズ・ワイルダー氏が相変わらず上品にとりすましていたが、こそこそした目やひきつった表情に前夜の顔にあらわれていた激しい恐怖がしのばれる。

「閣下にお目通り？　申し訳ございません。公爵はご気分がすぐれません。例の悲しい知らせに、たいへん動転されて。あなたが死体を発見したという電報が、きのうの午後、ハクスタブル先生から届きましたので」

「ワイルダーさん、公爵にどうしてもお会いしなくてはなりません」

「しかし、私室にいらっしゃるのです」

「では、私室までまいります」

「おやすみになっていると思います」

「そこでお会いすればいい」

　ホームズの冷静な有無を言わせない態度に、秘書はこれ以上言い合ってもしかたがないと諦めたらしい。

「わかりました、ホームズさん。おいでになっていることをお伝えしてみましょう」

　わたしたちを三十分待たせて、大貴族が姿を現わした。前回よりもなお死人のような顔で肩をがっくり落とし、前日の朝よりもいちだんと老け込んでしまったように見える。慇懃《いんぎん》に挨拶をして机の前に腰をおろすと、赤いあごひげがテーブルの上に垂れた。

「それで？　ホームズさん」

ホームズは、主人の椅子のかたわらに立つ秘書に、じっと視線を注いだままだった。

「閣下、ワイルダー氏に席をはずしていただいたほうが、はっきりとしたことを申しあげられるのですが」

秘書は少し青ざめて、ホームズにちらっときつい視線を向けた。

「閣下のおおせとあらば――」

「よし、さがっているがよい。さて、ホームズさん、お話というのは？」

出ていく秘書がドアを閉めきってしまうまで待って、ホームズは切り出した。

「さて、閣下。ワトスン博士もぼくも、この事件には報賞金が出ているとハクスタブル博士からうかがっております。そのことを、閣下ご自身のお口から、はっきりとうかがっておきたいとぞんじます」

「まちがいないよ、ホームズさん」

「聞いたところにまちがいがなければ、ご子息の居どころを教えた者に五千ポンド。そうでしたね？」

「そうだ」

「ご子息をかどわかした者の名前を教えたら、さらに千ポンド」

「そのとおり」

「かどわかした者というと、直接誘拐した者ばかりでなく、ご子息をいまの状態にすることに力を貸した者も含まれますね？」

「言うまでもない」じりじりしてきた公爵の声が大きくなった。「ホームズさん、みごと仕事をやり遂げられたときには、文句ない報賞をするつもりでおりますぞ」

ホームズは、いかにもものほしそうに、やせた手をこすり合わせた。金にはこだわらないはずの彼を知るわたしには意外だった。

「テーブルの上にあるそれは、閣下の小切手帳のようですね。ぼく宛てに、六千ポンドの小切手を切っていただけるとありがたいのですが。横線を入れていただけると、なおけっこうですね。ぼくの取引銀行は、キャピタル・アンド・カウンティーズ銀行、オックスフォード街支店です」

閣下はいかめしい顔で居ずまいを正すと、じっとホームズを見た。

「何のご冗談ですか、ホームズさん。ふざけていらっしゃる場合ではありますまい」

「ふざけてなどいません、閣下。これまでにも、こんなに真面目だったことはないくらいです」

「では、どういうことなのだね？」

「報賞金をちょうだいできるだけのことはした、ということです。ご令息の居どころを知っています。かどわかした連中の、少なくとも何人かを知っています」

公爵の赤いひげが、怒りで白い顔色と対照的にいっそう赤くなったように思えた。

「息子はどこにいる？」あえぐような声が出た。

「お屋敷の門から二マイルほどのところにある、〈闘鶏亭〉にいらっしゃいます。いや、ゆうべはいらっしゃいました」

公爵は椅子の中でのけぞった。

「それで、かどわかしたのは？」

ホームズの答えは度肝を抜くようなものだった。さっと進み出て、公爵の肩に手を置いたのだ。

「あなたです。さて、閣下、小切手をよろしくお願いいたします」

椅子から飛び上がり、まるでどこまでも深く落ちていくといったふうに空《くう》をつかんだ、そのときの公爵の様子をわたしは決して忘れられないだろう。貴族らしく必死で自分を抑えて心を落ち着かせ、やっとのことで腰をおろした公爵は、手の中に顔を埋めた。そのまま何分かたったが、とうとう口を開いた。

「どこまでご存じなのか？」顔を上げもせずに、やっとしぼりだしたことばだった。

「ゆうべ、ごいっしょのところを見ました」

「そちらのご友人のほかに、このことを知っているのは？」

「だれにもしゃべっておりません」

公爵はわななく指でペンをとると、小切手帳を開いた。

「わたしは口にしたことはたがえませんぞ、ホームズさん。入手なさった情報がいかにわたしにとってかんばしくないものであろうと、あなたに小切手を切ります。最初に報賞金のことをもちだしたときには、こういう成り行きになろうとは思いもよらなかった。ところで、あなたもご友人も、口の堅いかたでしょうな、ホームズさん」

「どういう意味でしょうか？」

「はっきり申しあげておく。あなたがたお二人だけしか知らないのなら、それ以上このことを広めなければならないいわれなどない。一万二千ポンドでしたな？」

ホームズはかすかに笑いを浮かべて、首を横に振った。

「閣下、残念ながら、そうかんたんにはまいりません。あの先生がどうして死んだかという話がまだあります」

「それはジェイムズのあずかり知らぬことだ。彼を責めることはできない。不運にも雇ってしまったあの荒くれ者のしわざだ」

「ある犯罪に手を染めた人間は、そこからつながるほかのあらゆる犯罪に対しても道義的責任がある、ぼくはそう考えますが、閣下」

「道義的にはな、ホームズさん。おっしゃるとおりだ。しかし、法の目にはそうは映るまいよ。現場に居合わせてもいない、殺人はむしろ心の底から忌み嫌っている、そんな人間が、殺人の罪に問われることはありえない。知らせを聞いたとたんに、恐怖と後悔にさいなまれて彼はすべてをわたしに打ち明けた。犯人とはただちに縁を切りました。ホームズさん、彼を救っていただかねばならない——ぜひとも救っていただかねば！　よろしいですか、彼を救ってもらいましょう！」

それ以上無理に自制しようとはせず、公爵は顔をわななかせ、握った拳を空中で振りながら部屋じゅうを歩き回るのだった。そして、やっと落ち着きをとり戻して、机の前にもう一度腰をおろした。「だれかほかの者に漏らさず、まずここへおいでくださったことに感謝します。少なくとも、この恐ろしいスキャンダルをいかに最小限にとどめるか、それを話し合うことができる」

「そうですね」とホームズ。「お互いに腹を割って初めてできることだと思いますよ、閣下。精一杯お力になりたいのはやまやまですが、そのためにはご事情をくわしく知る必要があります。いまおっしゃったのはジェイムズ・ワイルダー氏のことであり、彼は犯人ではない。それはよくわかっております」

「そうだ。人殺しは逃げていった」

ホームズは、礼儀をはずれない程度に見下すような微笑を浮かべた。

「どうやら、ぼくのささやかな名声が閣下のお耳には届いていないようですね。そうでもなければ、ぼくの手からそうかんたんに逃れられるなどと決してお考えになるはずがありません。ぼくの通報によって、昨夜十一時にチェスターフィールドで、ルービン・ヘイズは逮捕されました。けさ学校を出る前に、地元警察署長からの電報が届いたのです」

公爵はのけぞり、ホームズを驚きのまなざしで見詰めた。

「人間ばなれした能力をおもちのようだ。ルービン・ヘイズが逮捕された、か。よい知らせではあるが、ジェイムズの身にまで累が及ぶことにならねばよいが」

「閣下の秘書ですからね」

「いいや、わたしの息子だからだ」

今度はホームズが驚く番だった。

「寝耳に水でした、正直なところ。どうかくわしくお聞かせ願えませんか」

「あなたには隠しだていたしませんよ。胸は痛むが、おっしゃるとおり、腹を割って話すのがいちばんいいようだ。ジェイムズの浅はかな考えと妬みが引き起こした、このたびの絶望的な事態ではな。ホームズさん、青年時代にわたしは、運命としか思えないような激しい恋をしました。結婚を申し込みましたが、わたしの将来の邪魔になると言って相手の女性は受け入れてはくれませんでした。あのひとが生きていれば、わたしはほかの女性との結婚など考えなかったはずです。息子をひとり残して、彼女は亡くなりました。亡くなった女性のために、わたしはその子をいとおしんできました。公に認知することこそできませんでしたが、できるかぎり教育をつけ、成人してからはずっとそばに置いてきたのです。

ところが、この子が秘密を知った。それからというもの、わたしの弱み、あるいはスキャンダルを恐れる気持ちに、ことごとくつけこむようになりました。結婚が不幸な成り行きになったことにも、この息子の存在がかかわっております。とりわけあの子は、自分より年下の世継ぎを、最初からじつに執拗に憎み続けました。それなのに、なぜジェイムズを家にとどめておいたのかと、当然ご不審でしょうな。ジェイムズの顔につい母親のおもかげを見てしまうと、彼女のことを思えば自分の長い苦しみなど何ほどのことかと思えるのですよ。彼女のかわいらしいしぐさ、そのひとつひとつが息子のしぐさのうちにも垣間見え、それがわたしの思い出のよすがであった。追い払うなど、とてもできませんでした。しかし、アーサーに――つまりソルタイア卿に――ジェイムズが何かよからぬことをしでかすのではないか。そう考えて、安全のため、ハクスタブル博士の学校に急いで預けることにした次第なのです。

ジェイムズがヘイズという悪党を知ることになったのは、あの男がわたしの借地人だったからです。わたしに代わってジェイムズが、借地の管理をしておりました。妙な風の吹き回しで、ジェイムズは根っからの悪いやつと親しくなった。いつも下賤な者たちに気持ちが傾くのです。そして、ソルタイア卿をかどわかすことに決めたとき、この悪党の力を借りた。事件の前日にわたしがアーサーに書いた手紙のことを、覚えていらっしゃるでしょう。そうです、ジェイムズはその手紙を開封して、学校の近くにある〝原生林〟で会いたいという手紙を入れた。公爵夫人の名前をかたって、あの子をおびきだしたのです。

ジェイムズが打ち明けたことを、そのままお話ししましょう。あの夜、ジェイムズは自転車で出かけ、森で会ったアーサーに伝えました。母親がとても会いたがっていて荒れ地で待っている、真夜中にもう一度この森に戻ってきたら、男が馬でアーサーを母親のところまで連れていってくれる、と。かわいそうに、アーサーは罠にかかりました。約束どおりの時刻に来ると、ヘイズが子馬をひいて待っていました。アーサーが馬に乗って、二人は出発しました。どうやら二人は――ジェイムズはついきのうになって初めて知ったのですが――あとを追われていたらしい。追ってきた者をヘイズが杖で殴りつけ、そのために彼は死んだようです。ヘイズはアーサーを〈闘鶏亭〉という自分の宿屋に連れていって、二階に閉じ込めました。ヘイズのおかみさんが見張りました。やさしいおかみさんも、けだもののような亭主の言いなりなのです。

ホームズさん、二日前にあなたにお会いしたとき、ざっとこういうことになっていたのです。わたしも真相は何も知らなかった。ジェイムズがなぜそんなことをしたのだろうとお思いでしょう。あの子がわたしの嫡男に抱いていた憎悪には、理屈を超えた、狂っているとしか思えないようなところが多かった。そう申しあげておきます。ジェイムズは、わたしの財産はすべて自分が相続すべきだと考えていました。それを許さない法律を深く憎んでいたのです。

それと同時に、はっきりした動機もありました。嫡男だけに不動産を相続させることをわたしがやめたいと切望している、やめる権限がわたしにはあると、あの子は思っていた。わたしと取引するつもりだった——アーサーを取り戻したければ、限嗣《げんし》不動産相続をやめ、遺言によって財産が自分の手に遺されるようにせよ、と。わたしが警察にあの子を引き渡すようなまねをするはずがないと、よく知っていたのです。じっさいには、取引などできませんでした。あの子自身には追いつけないほどめまぐるしい成り行きで、計画を実行に移すいとまもなかった。

あの子の邪悪なはかりごとがすっかり頓挫してしまったのは、ハイデッガーという男の死体をあなたが発見したからでした。その知らせを聞いて、ジェイムズは震えあがりました。きのう、書斎に二人でいるところに、知らせがまいりました。ハクスタブル博士からの電報です。ジェイムズの悲嘆と動揺はてきめんでした。まったく疑っていなかったわけでもないわたしはたちまち確信し、あの子のしたことを責めました。ジェイムズは、自分からすべてを白状しました。もう三日だけ内密にしておいてほしいと懇願します。哀れな共犯者に、その罪深い命が救われるチャンスを与えてやりたいというのでした。懇願されて、わたしは折れてしまいました——いつも折れてばかりなのですよ。

ジェイムズは急いで〈闘鶏亭〉に駆けつけ、ヘイズに危ないと伝えて逃げる手だてを与えたのでした。わたしも、明るいうちでは人目につきますから、夜になるのを待ちかねてアーサーに会いに飛んでいきました。元気でしたが、なにしろ、恐ろしい人殺しを目の当たりにしてひどく怖がっていました。約束は約束ですから、わたしは心ならずもアーサーをそこに残し、ヘイズのおかみさんに預けておくことに同意しました。アーサーの居どころを警察に明かせば殺人者のことを伏せてはおけませんし、殺人者が罰せられることになれば不幸なわが息子ジェイムズが破滅せずにすむとはとうてい思えなかったのです。

ホームズさん、腹を割ってというおことばに従いましたよ。遠回しな言い方も隠しだてもせずに、何もかもありのままにお話ししました。今度は、あなたが腹を割ってくださる番です」

「そういたしましょう」ホームズが話し始めた。「閣下、まず初めに申しあげておかねばなりません。法の目から見まして、閣下はじつにゆゆしき立場に身を置いていらっしゃいます。重罪に目をつぶられ、あまつさえ殺人犯の逃亡を幇助なさった。ジェイムズ・ワイルダー氏が共犯者を救うためにどれほどの金を工面したにせよ、その金が閣下の懐から出たものであるのはたしかでしょう」

公爵がうなずいた。

「じつにゆゆしきことです。しかも閣下、私見ながら、年下のご子息に対する閣下の態度はもっと罪深いのではないでしょうか。あんな巣窟《そうくつ》に三日も置いておかれるなんて」

「たしかな約束があったゆえ――」

「ああいう手合いに、約束が何だというんです。またどこかへ連れていかれないという保証がどこにありますか。罪深いご長男の機嫌を取り結ぼうとして、罪もないご次男を敢えて際どい危険にさらしてしまわれたんですよ。申し開きなどおできになれませんよ」

誇り高い貴族であるホールダネス公は、自分の屋敷の中でこんなふうに責められることには慣れていなかった。秀でた額にさっと赤みがさしたが、良心に責めさいなまれていたせいでひとことも口に出すことはなかった。

「お力にはなりますが、ひとつだけ条件があります。呼び鈴で使用人を呼んで、ぼくの思いどおりのことをさせていただきたい」

公爵が黙って呼び鈴を押した。使用人が入ってくると、ホームズが命じる。

「喜ばしいことに、若さまが見つかった。馬車をすぐに〈闘鶏亭〉にとばして、ソルタイア卿をここへお連れするように。御意である」

使用人が張り切って出ていくと、ホームズが続けた。「さてと、こうして将来が明るくなりますと、過去に対しても情け深くなれるというものです。ぼくは公式な立場にいるわけではありませんから、正義の目的がまっとうされさえすれば、知っていることをすべて公にしなければならぬいわれはありません。ヘイズについても、何も言うつもりはありません。やつには絞首台が待っているわけですが、べつだん救ってやろうとは思いません。どんなことを漏らすか知れたものではありませんが、閣下から黙っていたほうが自分のためだとわからせてやることはできるのではないでしょうか。

警察の側から見れば、要するにやつが身代金目当てでご子息を誘拐したということでしょう。警察がそんなところでよしとするのなら、何もぼくがしゃしゃり出ていって、もっと広い見方もあると教えてやるまでもない。しかし、ご警告申しあげますが、閣下、ジェイムズ・ワイルダー氏をこのままお手もとに置かれますと、いずれよからぬ結果になるだけでしょう」

「ホームズさん、それはよく心得ております。あの子にはオーストラリアで運を試させます。二度とここに戻ることのないように。すでに手はずは整えてあります」

「そういうことでしたら、閣下、彼の存在が原因でうまくいかなかったとうかがったように思いますが、ご結婚生活も立て直されてはいかがでしょう。この際、奥さまにせいぜい償いをなさって、このように不幸な別居を余儀なくされたお二人のよりを戻されるのがよろしいかと存じます」

「その手はずも整えましたぞ、ホームズさん。けさ、家内に手紙をやりました」

ホームズは立ち上がりながら、言い添えた。「それならば、友人もぼくも、北国へのささやかな旅がこんなにいろいろとうれしい結果をもたらしたわけで、骨を折ったかいもあったというものです。ところで、つまらないことですが、もうひとつだけ知りたいことがあります。ヘイズという男、つけた蹄跡を牛のものと見まちがえるような蹄鉄を、馬の蹄に打ちつけていたんです。こんな手のこんだ工夫は、ワイルダー氏から教えられたのでしょうか？」

公爵は、ひどく驚いた顔でしばらく考えこんでいた。それから、博物館のような大きな一室にわたしたちを案内した。片隅のガラスケースに歩み寄って、そこにある解説を指さした。その解説には、こうあった。「ホールダネス館の濠で発掘された蹄鉄。奇蹄目である馬の蹄鉄だが、表面は双蹄形をなし、偶蹄目動物の蹄跡を残して追跡者の目をあざむく。中世時代、ホールダネスに威勢をほこった藩侯らのもの」

ホームズはケースを開けると、湿らせた指で蹄鉄をこすってみた。真新しい泥が指先に薄くついた。

「ありがとうございました」ガラスケースを閉じながらホームズは言った。「北部で目にした、二番目におもしろいものですね、これは」

「一番目は？」

ホームズは小切手を折りたたむと、そっと手帳にはさんだ。「なにしろ、ぼくは貧乏なものでして」そう言いながら、手帳をポンポンといとおしげにたたき、内ポケットの奥にしまいこむのだった。

ブラック・ピーター

The Adventure of Black Peter

一八九五年ほど、シャーロック・ホームズが精神的にも肉体的にも好調だった年はない。名声が高まるにつれ、じつにさまざまな仕事が彼のところにもちこまれてくるようになったからだ。

ベイカー街のわたしたちの住まいを訪れた依頼人のなかには、その身分をほのめかすことさえできないような有名人も少なくない。ただし、ホームズは、偉大な芸術家がみなそうであるように、ひたすら自分の芸術のためだけに生きていた。ホールダネス公爵の事件のときを除いて、このうえなく貴重な自分の労力に報いるものとして高額を要求したりすることは、ほとんどなかった。

また、俗世とかけ離れたひどく気まぐれな性分で、事件そのものが気に入らなければ、たとえ金持ちからであろうと有力者からであろうと、依頼を断ってしまうことも決して珍しくなかった。その反面、依頼された事件に想像力がかきたてられるところや知力に挑む奇怪でドラマチックなところさえあれば、依頼人がどんなに貧しくとも、何週間もぶっとおしで精いっぱい力を尽くすのだ。

忘れがたいこの年には、まず、ローマ法王じきじきの依頼だったトスカ枢機卿の急死をめぐる有名な捜査に始まり、ロンドンのイースト・エンドにある悪の巣をひとつ取り除くことになった悪名高きカナリア調教師ウィルスンの逮捕に至るまで[*1]、想像を絶する奇怪な事件がたて続けに起こり、ホームズは息つく暇もなかった。この二つの有名な事件の直後に起こったのが、ウッドマンズ・リーの惨劇——ピーター・ケアリ船長の死をめぐる、不可解きわまりない事件である。きわめて異常なこの事件について語らなければ、シャーロック・ホームズの事件簿を完全なものにするとは決して言えないだろう。

この年の七月最初の週、ホームズは長時間にわたって家をあけることが多く、また何か事件を抱えているらしかった。彼の留守中に、柄の悪い男たちが何人もやってきては、バジル船長はいるかと訊く。ホームズがどこかで、畏敬すべき正体を隠す数多くの変装や変名のどれかを使って動いているらしいとわたしは察した。ロンドン市内の各地に少なくとも五カ所、ホームズのちょっとした隠れ家があって、彼はそこで思いのまま姿を変えることができるのだ。

ホームズは仕事の話を何もしていなかったし、いつものことで、わたしのほうからも無理に聞き出そうとはしなかった。どんなことを調べているのかわたしが初めてはっきりと知ったのは、じつに妙なきっかけからだった。その日のホームズは、朝食の前から出かけてしまった。わたしがひとりで食卓についているところへ、彼が元気よく部屋に入ってきた。見れば、帽子もかぶったまま、先端に逆とげのある大きな槍のようなものを、まるで傘のように

小脇に抱えているではないか。

「ホームズ、いったい何ごとだい？　まさかそんなものを持って、ロンドンじゅうを歩き回ってたわけじゃないだろうね」と、わたしは叫んでいた。

「馬車で肉屋まで行ってきたんだ」

「肉屋？」

「そうだ。おかげで腹ぺこだよ。朝食前に運動するのは健康的だって言うけど、まったくだな。ところで、ワトスン、賭けてもいいよ。ぼくがどんな運動をしてきたのか、きみに当てることはできないだろうな」

「べつに当てようとも思わないよ」

ホームズは、コーヒーをつぎながらくすくす笑った。

「肉屋のアラダイスの店の奥をのぞいたら、ワイシャツ姿の紳士が天井の鉤《かぎ》に吊るしたブタの死体を、こいつでもうぜんと突き刺しているのが見られたはずだ。その威勢のいい紳士ってのが、すなわちこのぼくさ。おかげで、どんなにがんばってみてもブタをひと突きに刺し貫くことはできないとわかって、満足している。どうだい、きみもやってみては？」

「いや、ごめんだよ。何だってそんなまねを？」

「直接にじゃないが、ウッドマンズ・リー事件に関係ありだと思うからさ。やあ、ホプキンズ君、ゆうべ電報をもらったんで、お待ちしてました。さあ、こっちでいっしょに朝食をどうだい？」

来客だった。三十歳くらいの、きびきびと身のこなしが軽そうな男で、地味なツイードの背広を着ている。背筋をぴんと伸ばした姿勢からすると、制服を着慣れた人間らしい。スタンリー・ホプキンズという、ホームズが大いに期待をかけている若手警部だった。ホプキンズのほうも、この有名なアマチュア探偵の科学的手法に対して弟子のように賞賛と尊敬の念を抱いているという。

その彼が、うかない顔でしょんぼりと腰をおろした。

「いいえ、けっこうです。朝食はすませて出てきました。ゆうべはロンドンにいたんですよ、きのう報告に帰ってきたものですから」

「報告って？」

「失敗でした。完敗だったという報告です」

「あれから、まるっきり進展しなかったのかい？」

「ええ、さっぱり」

「へえ！　やはり、ぼくが出ていかないとだめかなあ」

「ぜひお願いしますよ、ホームズさん。ぼくにとって初めての大きなチャンスだというのに、すっかりお手上げです。どうか、いっしょに行ってお力を貸してください」

「いいだろう。ちょうど、検死裁判調書を始めとして手に入るかぎりの証拠書類にはすべて、かなりじっくりと目を通したことだし。ところで、現場で見つかった煙草入れだがね、きみはどう思う？　手がかりにはならないかい？」

ホプキンズはびっくりしたような顔をした。

「あれは被害者のものでした。内側に頭文字があります。アザラシの皮製で、あの男、もとはアザラシ漁をする船に乗っていましたから」

「だが、パイプは持っていなかったようだね？」

「ええ、見つかりませんでした。じっさい、あまり煙草は吸わなかったようです。来客用に用意していたのかもしれませんね」

「なるほどね。いや、もしぼくだったら、あの煙草入れを捜査のとっかかりにしただろうと思ったんで、ちょっと訊いてみただけさ。ところで、ワトスン君は事件のことを何も知らないんだ。ぼくとしても、もう一度最初から順を追って話を聞くにやぶさかじゃない。要点だけでもかいつまんで話してみてくれないか」

スタンリー・ホプキンズは、ポケットから紙きれを取り出して説明を始めた。

「ここに控えてある年代をたどっていくと、殺されたピーター・ケアリ船長の経歴がだいたいわかります。一八四五年の生まれですから、今年で五十歳でした。非常に勇敢な船乗りで、アザラシ漁船や捕鯨船に乗り組んで活躍、一八八三年には、スコットランドのダンディ港に船籍があるアザラシ漁船、シー・ユニコーン号の船長になりました。何度か続けて航海に出て金もできたので、翌八四年には引退。その後の数年は、あちらこちら旅行ばかりしていましたが、最後にサセックス州フォレスト・ローの近くにウッドマンズ・リーと呼ばれている小さな地所を買って、六年間そこに暮らした。そして、いまからちょうど一週間前に、死にました。

この男には、ひどく変わっていることがいくつかあります。厳格なピューリタン教徒の生活を送る、寡黙で陰気な男でした。家族は、妻と二十歳になる娘、それにメイドが二人でしたが、メイドの入れ替わりはしょっちゅうのことでした。決して明るい家庭とは言えず、ときにはとうてい我慢できないようなことさえあったので。ケアリ船長が思い出したように大酒を飲むことがあって、酔っぱらうとまるで鬼のようになるんですよ。真夜中に妻や娘を外へたたき出して、鞭を振り回しながら庭じゅう追い回し、二人の悲鳴でついにはご近所の目まで覚まさせてしまったほどだとか。

一度など、彼をたしなめようと訪ねていった老牧師にまで暴力をふるって、警察に呼ばれたこともあります。要するに、めったにいないほど危ない人物でした。船長時代の性格もまったく同じだったそうです。仲間うちではブラック・ピーターという呼び名で通っていましたが、それも、日焼けした顔や目立つあごひげの黒からだけでなく、まわりの人間みんなを怖がらせた性格からもついたニックネームでした。ですから、言うまでもなく、近所のだれもかれもが毛嫌いし、敬遠していました。今度あんなおそろしい殺され方をしたのに、だれの口からもお悔やみひとつ出なかったほどです。

ホームズさんはもう、キャビンのことも検死裁判調書でお読みになっているでしょうが、ワトスン先生はまだご存じないかと思います。ケアリは、母屋から数百ヤード離れたところに木造の別棟を建てて船室《キャビン》と称し、毎晩そこで寝ていました。縦十六フィート（約五メートル）、横十フィート（約三メートル）の、狭いひと部屋きりの小屋です。小屋の鍵をポケットに入れて肌身離さず、ベッドを整えるのも部屋の掃除も全部自分でして、別棟にはだれも出入りさせませんでした。部屋の両側にひとつずつある小さな窓も閉めきったままで、いつもカーテンがおりていました。その窓のひとつが街道に面しているので、夜になって明かりがつくと、村の人たちが指さし合っては、ブラック・ピーターはあそこでいったい何をしているんだろうと不思議がったものです。ホームズさん、この窓ですよ、検死裁判で数少ない確証のひとつを提供してくれたのは。

おぼえていらっしゃるでしょう。事件の起こる二日前の夜中、一時ごろに、スレイターという石工がフォレスト・ローからの帰り道に通りかかって、木立のあいだから見えたこの窓の四角い明かりにふと足を止めました。窓のブラインドにはっきりうつっていた男の横顔は自分のよく知っているピーター・ケアリのものではなかったと、スレイターは証言していま す。あごひげはあったものの影に映っていたのは短いひげで、船長のとはまったく違って前向きに生えていた、と。しかし、石工が酒場で二時間も飲んだあげくのことでしたし、窓まで街道から距離もある。それに、これは月曜日のことでした。犯罪があったのは水曜日です。火曜日、またもやピーター・ケアリは険悪な気分に陥って酒浸りになり、危険なけだもののように荒れ狂いました。家のまわりをうろつき回るので、彼が近づく物音がすると女たちは必死に逃げ回ったそうです。夜遅くなって、彼は自分の小屋に入りました。寝室の窓を開けて寝ていた彼の娘が、夜中の二時ごろ、小屋のほうからなんとも恐ろしいうめき声がしたのを聞いています。

酔っぱらった父親がわめいたりどなったりするのはべつに珍しいことではなかったので、気にもとめなかったそうですが。翌朝七時にメイドのひとりが起きたとき、小屋の扉が開いていました。でも、なにしろケアリが恐ろしいものだから、だれも様子を見にいこうとはしなかったんです。昼ごろになってやっと、女たちがおそるおそる小屋の中をのぞいてみて、とたんにみんな顔面蒼白、村へ知らせに走りました。それから一時間とおかず、わたしが現場に到着して捜査にとりかかったというわけです。

さて、ホームズさん、わたしもかなり図太いほうですが、あの小屋をのぞいたときには思わずぞっとしましたね。アオバエがオルガンの音みたいなうなりをあげて飛び回り、床も壁も、一面の血。ケアリがキャビンとよんでいただけあって、たしかに船室そっくりの部屋で、まるで船に乗っているような気がしました。壁のひとつに船室用寝台がつくりつけてあるほか、船員用の衣類箱に、地図、海図、シー・ユニコーン号の絵。棚の上には、航海日誌がずらり。ほんものの船長室にそっくりでした。その真ん中で、ケアリ船長その人が、まるで地獄の責め苦にあっているように顔をゆがめ、白髪まじりの立派なあごひげを苦しそうにぴんと逆立てて死んでいるではありませんか。

大きな胸のど真ん中に鋼の銛《もり》が打ち込まれ、その先端がうしろの羽目板に深々と突き刺っています。まるで、厚紙にピンでとめられた甲虫の標本そっくりでしたよ。もちろん、すっかり息はありません。断末魔の悲鳴をあげたとたんの即死だったものと思われます。

わたしは、よく心得ているホームズさんのやり方を、さっそく応用してみました。絶対に何も動かさないように言っておいて、まず外で地面をじっくり調べ、室内の床も調べました。しかし、足跡は結局、ひとつも見当たりませんでした」

「ほんとうに?」

「ほんとうに、ひとつもなかったんです」

「ねえ、ホプキンズ君、ぼくもずいぶん犯罪を捜査してきたが、空を飛ぶ犯人なんてものにはまだお目にかかったことがないよ。犯人が二本足の人間であるかぎり、ちょっとしたくぼみとか、ものがこすれた跡、あるいはものが動いた跡だとかが、科学的な捜査では必ず見つかるはずだ。血だらけのその部屋に手がかりとなるような跡がまるっきりなかったなんて、信じられない。ただ、検死裁判調書を見ると、きみの目にとまったものもいくつかはあったようじゃないか」

ホームズの皮肉に、ホプキンズはいささかたじろいだ。

「ホームズさん、すぐにあなたを頼らなかったのは、わたしの考えが足りませんでした。しかし、いまさらそんなことを言ってももう遅いですね。そうです、部屋の中に、特に注意をひくものがいくつかありました。

ひとつは、凶器の銛。これは、壁に掛けてあった三本の銛のうちの一本です。二本が壁に残っていて、三本めの場所だけがあいていました。銛の柄には、『ダンディ港、シー・ユニコーン号』と刻んでありました。どうやら、かっとなった犯人が発作的に凶行に走ったものらしい。とっさに、いちばん手近にあった銛をつかんだのでしょう。また、夜中の二時という時間に、ピーター・ケアリはきちんと服を着ていました。前もって犯人と会う約束をしていたのではないでしょうか。テーブルの上に、ラム酒の瓶と使われた跡のあるグラスが二つあったことからも、そう考えられます」

「なるほど、その二つの推理は、どちらもまちがっていないだろう。ほかに酒は？」

「ありました。衣類箱の上に酒瓶台《タンタラス》があって、ブランデーとウイスキーが入っていました。しかし、両方とも中身がいっぱいで、まったく手をつけられていませんでしたから、問題にしなくてもいいでしょう」

「それはそうかもしれないが、現場にあるもので問題にしなくていいなんてものは、ひとつもないはずだ。まあいい、ほかに、きみが事件に関係があると思ったものは？」

「テーブルの上に、例の煙草入れがありました」

「テーブルのどのへんに？」

「真ん中です。表面起毛の粗いアザラシ皮製で、革紐で口を絞るようになっています。垂れ蓋の内側にＰ・Ｃという頭文字が入っていて、煙草入れの中身は半オンスばかりの、船員のよく吸う強い煙草でした」

「それはおもしろい！　ほかには？」

スタンリー・ホプキンズは、ポケットからくすんだ茶色い表紙の手帳を取り出した。外側はぼろぼろにすりきれ、中の紙も変色してしまっている。一ページめに、「Ｊ・Ｈ・Ｎ」という頭文字と、「一八八三」という年代が記されていた。ホームズは手帳をテーブルに置くと、例によって非常に念入りに調べ始めた。ホプキンズとわたしが、両側から彼の肩越しにじっと見守る。二ページめには「Ｃ・Ｐ・Ｒ」という文字があり、続く数ページにわたって数字ばかりが並んでいた。また、ところどころに「アルゼンチン」、「コスタリカ」、「サンパウロ」といった見出しがついていて、そのあと、それぞれ何ページかにわたる記号や数字。

ホームズが口を開いた。「何だと思う？」

「証券取引所の株券リストではないでしょうか。Ｊ・Ｈ・Ｎが仲買人、Ｃ・Ｐ・Ｒが客の頭文字じゃないかと思ったんですが」

「カナディアン・パシフィック・レールウェイ(カナダ太平洋鉄道)じゃないのかな」

ホームズのことばに、ホプキンズは握った拳で太腿をたたきながら小さくうなった。

「くそっ！　なんてバカだったんだろう！　そうです、それにちがいない。そうなると、あとはもう、J・H・Nがわかりさえすればいい。証券取引所の古い名簿を調べてみたんですが、ロンドン株式取引所のハウスにも場外にも、J・H・Nという頭文字の仲買人はひとりもいませんでした。しかし、いまのところこれが、わたしの手にあるいちばん有力な手がかりだと思っています。この頭文字が、現場にいた第二の人物、つまり犯人のものである可能性は、ホームズさんだって認められるでしょう？　それに、株券にかんするメモがたくさん出てきたところで、この犯罪の動機が初めてはっきりしたと思いますよ」

ホームズは、この新たな展開にすっかり意表をつかれたような顔を見せた。

「それは、両方とも認めざるをえないな。じつは、検死裁判調書には出ていなかったこの手帳のおかげで、多少はまとまりかけていたぼくの考えもふりだしに戻るんだ。これまで考えていたことには、この手帳があてはまるすきまなんてまったくないんでね。ところで、ここにある株券だが、どれかを調査してみたかい？」

「ただいま調査中です。こういう南米の会社の株主リストは南米にしかないでしょうから、株券全部について調べあげるには何週間もかかりそうです」

手帳の表紙を拡大鏡で調べていたホームズが、やがて口を開いた。「ここが変色しているね」

「ええ、血の跡です。さっき申しあげたように、その手帳は床に落ちていたところを拾ったもので」

「どっちが上になっていた？」

「血のついたほうが下でした」

「ということは、手帳が落ちたのは犯行のあとだということだな」

「そうです。わたしも、犯人が慌てて逃げるときに落としたのだろうと考えました。落ちていたのがドアの近くでしたし」

「殺された船長のところには、この記録にある株券はなかったんだね？」

「ええ、ひとつもありませんでした」

「盗まれたものも？」

「ありません。何ひとつ手をつけられてはいませんでした」

「なるほど、たしかにおもしろい事件だ。それと、ナイフがあったはずだね？」

「はい、鞘《さや》に入ったままのナイフが、被害者の足もとに転がっていました。奥さんが、夫のナイフだと確認しました」

ホームズは、しばらく黙って考え込んでいた。

「そうか。こいつはひとつ、ぼくが出かけていってじかに現場を調べてみなくちゃならないようだ」

それを聞いたホプキンズが躍り上がって喜ぶ。

「ありがとうございます。これでわたしもひと安心というものです」

ホームズは、警部に向かって、非難するように突きつけた人さし指を左右に振った。

「これが一週間前だったら、もっと仕事がやりやすかっただろうにね。しかし、いまからでも、まったく無駄というわけではないだろう。ワトスン、時間の都合さえつくなら、きみもいっしょに来てくれるとありがたい。ホプキンズ君、四輪馬車《ランドー》を呼んでくれないか。十五分後にはフォレスト・ローへ出発できると思う」

沿線の小さな駅で汽車を降りたわたしたちは、いちめんに広がる昔の森の跡を通って、数マイルばかり馬車を走らせた。このあたり一帯はその昔、イギリスに侵入してきたサクソン民族を六十年にもわたってくいとめたという、わがブリテン島の砦《とりで》、人跡未踏《じんせきみとう》の森林地帯の一画だ。その後のこの地方はわが国最初の鉄工業の中心地となり、鉱石を溶かす火のために樹木がごっそり切り倒され、あまりに広い範囲が切り開かれてしまった。もっと大量に鉱石が産出される北部地帯に鉄工業の中心が移ったいまとなっては、点々と見える荒れ果てた小さな森と、いまなお大地に残る大きな傷跡だけが、昔の活況を物語っている。

とある丘の、開けた緑の斜面に、低く細長い石造りの家が建っていた。畑の中を曲がりくねった車道が母屋まで通じている。もっと街道に近く、三方を茂みに囲まれた小さな別棟が、戸口と窓のひとつをこちらに見せている。殺人の現場だった。

スタンリー・ホプキンズは、わたしたちをまず母屋に案内し、白髪まじりのひどくやつれた女性にひきあわせた。被害者の妻だった。やせこけた顔に深く刻まれたしわや縁の赤くなった目の奥に暗く潜む怯えが、長年にわたって耐え忍んできた苦しみの大きさ、受けてきたしうちのひどさをしのばせる。娘もいっしょだった。顔が青白い金髪の少女で、父が死んでくれてうれしい、殺してくれた人に感謝したいといって、反抗的な瞳を燃えるように輝かせた。

ブラック・ピーターがみずからの手で築いてきた家庭は、なんとも寒々としたものだった。ふたたび太陽の輝く戸外へ出て、殺された男が踏みならした草原の小道を歩きだしたとき、正直なところ、わたしたちはほっとした気分になった。

別棟は、木の壁に板葺きの屋根、ドアのそばと反対側に窓がひとつずつある、住居としては簡素すぎるような小屋だった。ホプキンズがポケットから鍵を取り出し、鍵穴に身をかがめたところで急にはっとして、緊張した表情で手を止めた。

「おや、だれかこじ開けようとしたやつがいる」

たしかにそうだった。ドアの木材に、たったいまついたようなひっかき傷があり、ペンキの下の地肌が白くのぞいている。

窓を調べていたホームズも言う。「こっちもこじ開けようとしたらしい。だれだかわからないが、結局入れなかったんだな。何と言うか、だらしない泥棒だ」

「きわめて重大なことですよ。ゆうべまで、こんな傷は絶対にありませんでしたからね」警部のきっぱりした口ぶり。

「村の、物見高い連中のしわざじゃないのかな?」と、わたしは言ってみた。

「まさか。この家の敷地に足を踏み入れるのにも、なかなかの勇気がいるっていうのに。まして、このキャビンに押し入るやつなんかいるわけありません。ホームズさんは、どうお思いです?」

「ぼくらはついてるぞ」

「こいつが、またやってくるとお考えなんですか?」

「おおいにありうるね。ドアが開いていると思って来てみたら閉まっていたんで、ごく小さいペンナイフの刃でこじ開けようとしてうまくいかなかった。すると、その男、次にはどうすると思う?」

「次の夜、もっと強力な道具を持って出直してくるんじゃないでしょうか」

「そんなところだろうね。こうなったら、そいつを待ち伏せしない手はない。その前に、とにかくキャビンの中を見せてもらおうか」

殺人の跡はきれいに片づけてあったが、部屋の中のものは事件当時のままにされていた。ホームズは、二時間もかけて室内のあらゆるものをひとつひとつ、細かくじっくりと調べていったが、その表情から成果がたいしてないことがわかった。こつこつと捜査を続けるあいだ、一度だけ、彼が手を休めた。

「ホプキンズ君、この棚から何か動かさなかったかい？」

「いいえ、何も」

「何かがなくなっている。この棚の隅のところだけ、ほかのところよりもほこりが薄いんだ。置いてあったのは本か、それとも箱か何かかな。まあ、いずれにせよ、これ以上はもう調べようがない。ワトスン、このあたりの美しい森を二、三時間散歩して、鳥や花を楽しもうじゃないか。ホプキンズ君、きみとはあとでまたここで落ち合おう。そして、ゆうべここに来た紳士とはたしてお近づきになれるかどうか、待たせてもらおうか」

その夜わたしたちが待ち伏せを始めたのは、もうそろそろ十一時を過ぎようというころだった。ホプキンズはドアを開けておこうと言ったが、ホームズがそれでは相手を警戒させてしまうことになると反対した。鍵はごくかんたんなもので、しっかりした刃物さえあれば難なくこじ開けられるのだ。ホームズはまた、小屋の中よりも裏手の窓のすぐそばで茂みに隠れているほうがいいと言う。そこからなら、侵入者が明かりをつければ、何をするのかがよく見張れる。どんな目的で夜中に人目を忍んでやってきたのかもわかるだろう、と。

気の滅入るような張り込みだった。それでも、池のほとりに身を潜めて水を飲みにくる猛獣を待ち構えるハンターが味わうようなスリルがないこともなかった。暗闇を忍び寄ってくるのは、いったいどんな凶暴なやつだろう。牙や爪を不気味に光らせて襲いかかる猛々しいトラのような犯罪者なのだろうか。それとも、無防備な弱者しか狙わない卑怯なジャッカルのようなやつなのか。

わたしたちは茂みにじっとうずくまって鳴りを潜め、正体不明の相手が現われるのをいまかいまかと待ち構えた。初めのうちこそ、帰りの遅くなった村人たちの足音や、遠く村から聞こえてくる話し声などが退屈をいくぶんまぎらしてくれたが、やがてそんな物音もひとつまたひとつと消えていった。ついに、あたりはまったき静寂に包まれ、遠い教会でときどき時を告げる鐘の音と、頭上の木の葉をパラパラたたく小雨のかすかな音しかしなくなった。

鐘の音が二時半を告げ、夜明け前の闇がいちばん濃い時間になった。門のほうで、カチッという鋭い音が小さくしたので、三人そろってぎくっとした。だれかが門を入ってきたのだ。ふたたび長い静寂が続き、わたしたちが空耳だったのかと疑い始めたところへ、小屋のむこうから忍び足の音がかすかに聞こえてきた。続いて、カチカチ、ガリガリという金属音。鍵をこじ開けようとしている。今夜は前より腕を上げたのか、それとも道具がいいからか、突然カチリという音がしたかと思うと蝶番《ちょうつがい》がギーときしんだ。まもなく、マッチが擦られロウソクに火が移されて、急に小屋の中が明るくなった。窓にかかった薄いカーテン越しの室内の光景に、三人の目がいっせいに釘付けとなる。

深夜の訪問者はやせた弱々しい青年だった。黒い口髭が、死人のように青白い顔色をいっそう白く見せる。二十歳そこそこのようだ。これほど怯えた情けない人間はこれまで見たことがない。歯をガチガチ鳴らしているのが目に見えるようだし、手も足もぶるぶる震わせている。狩猟用のノーフォーク・ジャケット（腰ベルトのあるひだ付きのゆったりした上着）にニッカーボッカーの半ズボン、布の帽子という、いかにも紳士ふうの身なりだった。おどおどとあたりを見回していたが、やがて短いロウソクをテーブルに立て、わたしたちからは見えない部屋の片隅に姿を消した。

まもなく、大きな本を手にしてまた姿を現わした。棚の上に並んでいた航海日誌のうちの一冊だ。男はテーブルに寄りかかってページをぱらぱらめくっていたが、そのうちに探していた箇所に行き当たったようだ。ところが、怒ったように拳を固め、本をパタンと閉じるともとに戻して、明かりを消してしまった。小屋を出たとたん、警部の手が男の襟首にかかった。捕まった恐ろしさのあまり、大声でわめく男。もう一度ロウソクをつけると、警部にがっちり押さえ込まれた哀れな男が身を縮めて震えていた。船員用の衣類箱にぐったりと腰を落とし、絶望の目でわたしたちの顔を順番に眺めている。

「いったい何者だ？　何の用があって来た？」

ホプキンズ警部の質問に、男は気をとり直し努めて冷静さをとりつくろった。

「あなたがたは刑事さんですね？　ぼくがピーター・ケアリ船長の死にかかわっているとお思いなんでしょうが、あいにく、まったく関係ありませんよ」

「それは、いずれはっきりすることだ。それよりもまず、きみの名前を聞こう」

「ジョン・ホプリー・ネリガン（頭文字はJ・H・N）」

ホームズとホプキンズが、さっと目くばせを交わした。

「ここで何をしていた？」

「ここだけの話にしていただけますか？」

「そういうわけにはいかない」

「どうしても話さなくてはなりませんか？」

「話してもらわないと、裁判のときに不利になるかもしれないぞ」

裁判と聞いて、ネリガンがたじろぐ。

「じゃあ、話しますよ。べつに、話せない理由はないんですからね。ただ、昔のスキャンダルがまた蒸し返されるのかと思うとたまらないんです。ドースン・アンド・ネリガンをご存じですか？」

ホプキンズは知らないようだったが、ホームズは強い関心を見せた。

「西部地方の銀行の名前だな？　百万ポンドの穴をあけて、コーンウォール州で資産家の半数ばかりを破産させたあげく、ネリガンが姿をくらました」

「そのとおりです。そのネリガンが、ぼくの父です」

ようやく、いくらかはっきりした手がかりがつかめそうな気配になってきた。それにしても、失踪した銀行家と、自分の銛で壁に磔《はりつけ》にされたピーター・ケアリ船長とのあいだには、まだかなりの隔たりがありそうだ。わたしたちはじっと耳を傾けた。

「あの事件にじっさい関係があったのは父だけで、ドースンはもう引退していました。そのころぼくはまだ十歳でしたが、恥ずかしさも恐ろしさも十分に感じる年齢ではありました。あれ以来きょうに至るまで、父が株券をそっくり持ち逃げしたということにされていますが、それは事実とはちがうんです。株券を現金に換えるまで待ってもらえさえすれば、何もかもうまくいって債権者全員に全額を返せると、父は信じていました。逮捕状の出る直前に、父は自分の小型ヨットでノルウェーに向けて出発しました。父が母に別れを告げた最後の晩のことは、いまでもよく覚えています。自分が持っていく株券のリストを母に渡して、必ず名誉を回復して帰ってくる、自分を信じてくれた人たちに決して迷惑はかけないと誓って、出ていきました。

　でも、それっきり何の音沙汰もありません。ヨットも父も、消息を絶ちました。母とぼくは、父の乗っていたヨットが株券もろとも海に沈んでしまったものとばかり思っていました。ところがです。ぼくたちには信頼できる実業家の知り合いがいるんですが、しばらく前にその人が、父の持っていた株券の一部がロンドン株式市場に出回っているのを見つけたんです。どんなにびっくりしたことか。その株の出どころをつきとめようと、ぼくは何カ月ものあいだ走り回りましたよ。八方手を尽くして調べ上げた果てにやっと、最初に株券を売りに出した人物が、この小屋の主、ピーター・ケアリ船長であることをつきとめたんです。

もちろん、この男のことを調べました。すると、父がノルウェーに向かったちょうどそのころ、ケアリ船長の捕鯨船が北氷洋からの帰路にあったと判明しました。あの年の秋は嵐が多発して、南からの強風が長く吹き続けていました。父のヨットが北へ北へと風に流されてケアリ船長の船と出会ったという可能性は、大きいのです。もしそうだったのなら、父はどうなったのでしょう。いずれにせよ、ケアリ船長の口から株券が市場に出たいきさつを明らかにしてもらえれば、父が株を売ったのではないことも、それを持ち出したのが私利私欲のためではなかったということも、証明できるはずです。

そこで、船長に会うためにサセックス州までやってきたというのに、恐ろしいことに、折りしも船長が殺されてしまったではありませんか。検死裁判調書を読んだら、このキャビンに船長の古い航海日誌が保存されているとありました。一八八三年八月に、シー・ユニコーン号で何が起こったか調べれば、父の運命の謎も解けるのではないか。そう思いつきました。じつは、ゆうべも航海日誌を捜しにきたんですが、ドアを開けることができませんでした。今晩出直してきて、ドアはうまいこと開けられたものの、日誌のほうは肝心の八三年八月のページが切り取られているじゃありませんか。で、こうしてあなたに捕まってしまったというわけです」

「それだけか？」とホプキンズ。

「はい」と答えて、ネリガンは目をそらした。

「ほかに話すことはもうないのか?」

彼は、ちょっとためらっていた。

「はい、ありません」

「ここへ来たのは、ほんとうにゆうべが初めてだったんだな?」

「ええ、そうです」

「それじゃ、こいつをどう説明するつもりだ?」ホプキンズが声を荒らげ、手帳をつきつけた。第一ページにこの男の頭文字が記してある、表紙に血のついた例の手帳だ。

青年は両手にがっくりと顔を埋め、全身をわななかせながらうめいた。

「どこにあったんです? ちっとも知らなかった。ホテルでなくしたとばかり思って」

「いいかげんにしろ」ホプキンズは厳しい口調になった。「これ以上は、法廷でしゃべってもらおう。さあ、警察までいっしょに来るんだ。ホームズさん、ワトスンさん、ご協力ありがとうございました。わざわざおいでいただくまでもなく、わたしひとりでも解決できたようです。それにしても、感謝しているにちがいはありません。ブランブルタイ・ホテルに部屋をおとりしておきましたから、村まで歩いてごいっしょしましょう」

「ねえ、ワトスン、きみはどう思う?」翌朝、ロンドンに帰る車中、ホームズがわたしに尋ねた。

「きみはどうやら、この解決に満足していないようだね」

「いやいや、十分満足しているさ。ただ、ホプキンズのやり方はどうも感心しない。あの男にはがっかりだよ。もう少しましなやつだと思ったがねえ。どんなときにも、別の可能性というものを考えに入れて、そちらにも備えておくというのが、犯罪捜査の基本なんだが」

「別の可能性というと？」

「ぼく自身が追求してきた線のことさ。そっちから何も出てこないかもしれないから、いまのところ何とも言えないんだが、いずれにしても最後まで追ってみるつもりだ」

ベイカー街に戻ると、ホームズ宛てに手紙が四、五通届いていた。そのなかのひとつをひったくるようにして封を切ると、ホームズはたちまち勝ち誇ったように笑いだした。

「しめた！　ワトスン、もうひとつの可能性が出てきたぞ。電報の用紙はあるだろう？　二通書いてくれないか。宛て先は、ラトクリフ・ハイウェイのサムナー海運代理店。『あす朝十時三人よこせ――バジル』と。バジルってのは、その方面でぼくが使ってる名前だよ。もう一通は、ブリクストンのコート街四六、スタンリー・ホプキンズ警部宛て。『あす朝九時半に来られたし、用件重大、来られないなら返電を――シャーロック・ホームズ』だ。さあ、もう十日もこのいまいましい事件に悩まされてきたが、どうやらこれですっぱり手が切れそうだ。あしたには、この話の聞き納めになるだろうよ」

指定した九時半きっかりに、スタンリー・ホプキンズ警部が現われた。わたしたち三人は、ハドスン夫人心づくしの朝食のテーブルについた。今度のことで気をよくしている警部に向かって、ホームズが尋ねる。

「きみ、自分の解決はまちがっていないと、ほんとうに思っているのかい？」

「これ以上の解決なんて、考えられません」

「ぼくにはどうも、まだ決定的とは思えないんだが」

「脅かさないでください、ホームズさん。何が不足だとおっしゃるんです？」

「きみの解釈で、あらゆる点が説明できるかい？」

「もちろんですとも。調べたところ、ネリガン青年は犯行当日ブランブルタイ・ホテルに泊まっています。ゴルフに来たという名目になっていましたが、泊まったのが一階の部屋でしたから、いつでも自由に外出できたはず。その晩のうちにさっそくウッドマンズ・リーへピーター・ケアリを訪ね、小屋で話をしたあげく喧嘩になって、銛で刺し殺したというわけですよ。さすがに自分のしでかしたことが恐ろしくなったとみえて、すぐ小屋から逃げ出した。そのとき、株券のことをケアリに問いただすために持参していた、例の手帳を落としていったんです。お気づきでしょうが、リスト中に照合済みの印がついているところもありますが、大部分の株券には印がありません。印つきが、ロンドンの株式市場に出たことがつきとめられた分なのです。ネリガンの供述によると、ほかの株はおそらくまだケアリ船長の手もとにあるものと考え、なんとか取り戻して父親の債権者たちに返済をしたいと思っていたそうです。逃げたあとしばらくは恐ろしくて小屋に近づけなかったが、とうとう勇気を奮い起こし、必要な資料を捜しにまた出かけていった。何から何まではっきりしています」

ホームズは薄笑いを浮かべて、首を横に振った。

「ホプキンズ君、きみの説明には、ひとつだけ欠陥があるようだよ。つまり、そんなことはそもそもありえない、というね。きみ、生き物の胴体に銛を突き刺してみたことがあるかい？　ない？　そうだろうね。こういう細かい点にこそ、特に注意を払わなくちゃならないんだよ。ワトスン君に訊いてくれればわかるが、ぼくは、午前中いっぱいをつぶして銛突きの練習をしてみた。こいつが、なかなかなまやさしいことじゃなかった。相当熟練のわざと、腕力もいる仕事だよ。

そのうえあれは、銛の先がうしろの壁にめりこむほどのすさまじい一撃だった。あんなひょろひょろの若造にそんな荒わざができるものだろうか。ほんとうにあの青年が、真夜中にブラック・ピーターとラム酒を酌み交わしたのだろうか。事件の二日前の晩ブラインドに映っていたのは、はたして彼の横顔だったのだろうか。いやいや、そんなことはありえない。ホプキンズ君、われわれは、もっと別の恐るべき人間を捜すべきじゃないのかね？」

ホームズの話を聞いているうち、警部は次第に浮かない顔つきになっていった。手ごたえも期待も、もろくもくずれ去るのか。だが、彼も、最後の抵抗を試みずしておめおめひきさがるような男ではない。

「ですが、ホームズさん、あの晩ネリガンが現場にいた事実は否定できませんよ。手帳という動かぬ証拠がある。ホームズさんにはアラが目につくとしても、陪審員を納得させられるだけの証拠はそろえたつもりです。それに、なんたって、わたしはすでに容疑者を捕まえている。ホームズさん、あなたのおっしゃる恐るべき人間とやらはいったいどこにいるんです？」

ホームズは落ち着き払っている。「どうやら、階段のあたりまで来ているようだ。ワトスン、ピストルに手が届くようにしておいたほうがいい」そう言って立ち上がると、何ごとか書きつけてある紙をサイドテーブルに置いた。「さあ、用意ができたぞ」

外で何やら荒々しい声がしていると思っていたら、ハドスン夫人がドアを開け、バジル船長に会いたいという男が三人来ていると知らせてくれた。

「ひとりずつ通してください」とホームズ。

最初に入ってきたのは、血色のいい頰に、白いふわふわの髭を生やした男だった。ホームズはポケットから一通の手紙を取り出して、尋ねた。

「名前は？」

「ジェイムズ・ランカスター」

「すまないが、ランカスター君、もう満員なんだ。わざわざ来てもらったのだから、足代に半ソヴリン出そう。ちょっと、こっちの部屋で二、三分待ってもらえないか」

二人めは、背が高くてひからびたような男で、柔らかそうな長い髪の下に血色の悪い顔がのぞいていた。ヒュー・パティンズということの男も採用されず、半ソヴリンをもらって別室で待たされることになった。

三番めに、かなり人目をひく顔の志願者が現われた。もじゃもじゃの髪の毛とあごひげのあいだからのぞく、ブルドッグのような凄味のある顔。房になって垂れた太い眉の奥に光る、ふてぶてしい黒い目。男は挨拶をすませると、いかにも船乗りらしく帽子を両手でくるくる回しながら、つっ立っていた。

「名前は？」ホームズが訊く。

「パトリック・ケアンズ」

「銛打ちだね？」

「へえ。航海にゃ、二十六回出てます」

「ダンディ港だな？」

「へえ」

「探険船だが、行く気があるかね？」

「へえ」

「給料は？」

「月八ポンドで」

「すぐに出られるか？」

「道具袋さえとってくれば」

「身分証明書を持ってるか？」

「へえ」男はポケットに手をつっこむと、すりきれて垢じみた書類を取り出した。ホームズは、ちょっと目を通してすぐに返した。

「きみこそ捜していた男だ。そのサイドテーブルに契約書がある。サインしてもらえば、それで採用は決まりだ」

男は、よろけるようにテーブルに向かい、ペンをとった。テーブルに身をかがめながら言う。「ここに名前を書きゃ、いいんですかい？」

うしろから肩ごしにのぞきこむようにしたホームズが、両手を相手の首の脇から伸ばした。

「そうだ」そう言ったとたん、カチリという金属音。雄牛が怒ったような、すごいうなり声があがる。次の瞬間、ホームズとケアンズが取っ組み合ったまま床に転がっていた。男はたいへんな怪力で、あれほどみごとにかけられた手錠をものともせず、ホームズをのしてしまいそうだった。ホプキンズとわたしが慌てて加勢した。わたしがピストルの冷たい銃口をこめかみにつきつけると、抵抗しても無駄だと悟ったか、男がやっとおとなしくなった。必死の思いで男の足首を紐で縛って立ち上がったときには、三人とも息を切らしていた。

「ホプキンズ君、すまない。せっかくのスクランブルエッグが、すっかり冷めてしまったね。でも、首尾よく事件が解決したあとで食べる朝食は、いちだんとうまいんじゃないかな」

あっけにとられ、すぐには口もきけないくらいだったホプキンズ警部が、顔を真っ赤にしながら、やっとのことで言う。

「いや、ホームズさん、何と申しあげたらいいのか。どうやらわたしは、最初からバカなまねばかりしていたようです。わたしが生徒であなたが先生であることが、身にしみましたよ。これからはもう、決して忘れません。しかし、この目で見ていても、あなたがどんなふうになさったのか、どういう意味なのか、まるで見当がつかないんですが」

ホームズは上機嫌だった。「いいんだ、いいんだ。だれだって経験から学ぶものなんだから。今度の事件できみへの教訓となったのは、つねに別の可能性というものを忘れてはならない、ということさ。きみはネリガン青年のことで頭がいっぱいになって、ピーター・ケアリ殺しの真犯人、パトリック・ケアンズのことなどに考えも及ばなかったんだろう？」

とつぜん、そのケアンズのしわがれ声が割り込む。

「ちょっと待った。こんな手荒な扱いを受けたって、べつに文句を言うつもりはねえが、おかしな言い方だけはよしてくれ。ピーター・ケアリを殺したって？　おれに言わせりゃ、このおれさまがピーターっていうゴミを片づけてやったんだ。えらい違いだぜ。まあ、どうせおれの言うことなんざ、信じちゃもらえねえんだろうな。でたらめだとしか思っちゃもらえねえんだろう」

「いや、いや、そんなことはない。話したいことがあったら、ぜひ聞かせてもらおう」と、ホームズが口をはさむ。

「話はすぐにすむ。それに、神かけて、嘘いつわりはないぜ。おれはブラック・ピーターのやり口をよく知ってたからな。やつがナイフを持ち出したとたんに、銛で突き刺してやった。やらなきゃ、こっちがやられるまでだ。それで、やつは死んだ。人殺しと言いたきゃ、それもけっこう。ブラック・ピーターのナイフで心臓をぐさっとやられるくれえなら、死刑になって縛り首にされたほうがよっぽどましってもんだ」

「それにしても、どうしてあんなことになった？」

「それじゃあ、初めっから話さなくちゃならねえな。こんな格好じゃ、話しにくくってしょうがねえ。ちょいと身体を起こしてくれよ。

ことの始まりは、十二年前の八月だ。ピーター・ケアリはシー・ユニコーン号の船長、おれは控えの銛打ちだった。北氷洋からの帰りに、南からの向かい風に一週間も吹かれちまってたとき、北へ流されてくる船を見つけた。乗っているのは男がひとりだけ。それも船乗りじゃねえ。船が沈むってんで乗組員どもはボートでノルウェーに向かったって言うんだが、みんな溺れちまったんじゃねえかな。

とにかく、男をこっちの船に助け上げた。船長室で、男は船長とずいぶん長いこと話し込んでたよ。男の所持品っていやあ、ブリキの箱ひとつきり。名前さえ一度も聞かないうち、二日めの晩にゃいずこへともなく消えちまった。海へ身投げしたか、強風に吹き飛ばされて落ちたかだろうってことになった。ところが、ほんとうのところを知っている人間がひとりだけいたんだな。それが、このおれだ。シェトランドの灯台が見えてくる二日前のことだよ。午前〇時から四時まで真っ暗闇の当直だったんだが、船長が男の足を払って手すり越しに海に投げ込んだところを、この目でしかと見ちまったんだ。

おれは、自分の胸だけにおさめて、じっと成り行きを見守ったね。船がスコットランドに帰り着いたときにも、だれも何も言わねえ。船長は、うまく口止めしたとみえる。あかの他人が事故で死んだぐれえのことだ、大騒ぎしてみたって何にもなんねえからな。そのうちにピーター・ケアリは、船乗りから足を洗った。やつの居どころを見つけるまでには長いことかかったね。ピーターがあそこまでしたのは、あのブリキ箱のためだとにらんでたんだ。それに、やつにはおれに口止め料をたっぷりはずめるくらいの金もあるはずだとね。

ロンドンでやつに会ったっていう船乗りから、居どころを聞き出した。さっそく、ゆすりに出かけたよ。いざ会ってみたら、最初の晩はけっこうものわかりがよかった。船乗りをやめてもおれが一生困らねえくらいの金は出しそうな口ぶりだ。中一日おいて二日後の晩に話をつけようってことになった。約束の晩に行ってみると、やつはもういいかげん酔っぱらって、ひどく荒れてやがった。座って酒を飲みながら昔話なんぞしたんだが、飲むほどにどんどん気にくわねえ顔つきになる。壁に銛が掛かってた。この調子じゃ、話がつく前にあれがいるかもしれねえって思ったね。

そのうちとうとう、やつがわめきだした。がなり声で啖呵を切りながら、人を殺しそうな目つきになって大きな折りたたみナイフを手にした。だが、ナイフが鞘から飛び出すより早く、銛をぶち込んでやったさ。いやあ、ものすごいうめき声だったね。やつの顔がいまでも目の前にちらついて、夜も眠れやしねえ。血しぶきを浴びたまんましばらくじっと立ってたが、あたりは静まり返ってる。気をとり直して部屋を見回すと、棚の上に例のブリキ箱があるじゃねえか。おれにだって権利はあると思って、そいつを抱えて慌てて小屋を出た。それにしても、テーブルに煙草入れを忘れるなんざ、ドジなことをしちまったよ。

ところで、これからが妙ちきりんな話でさ。小屋を出たとこで、だれかの足音がこっちへやってくる。あたふた木の陰に隠れた。だれだか知らねえが、こそこそ小屋に入ったかと思ったら、幽霊にでも会ったみてえにキャーッてな悲鳴をあげざま、一目散に逃げていっちまった。どこのどいつが、何しに来たんだかね。そのあとおれは、てくてく十マイルばかり歩いて、タンブリッジ・ウェルズから汽車に乗ってロンドンに帰ってきた。だれにもかぎつけられずにね。

ところが、せっかくいただいてきた箱の中身だが、金なんかありゃしねえ。おれにゃ売ることもできねえ紙切ればっかりなんだ。ブラック・ピーターっていう金づるは切れちまったし、ロンドンにおれは一文なしで立ち往生だ。船乗りに戻るしかないじゃねえか。ちょうど、銛打ちを高く雇うって広告を見かけた。海運代理店へ行ったら、ここを教えてくれたってわけさ。話はこれだけだ。もう一度言っとくが、ブラック・ピーターを片づけてやったことについちゃ、お上から礼のひとつも言ってもらっていいくれえだ。首吊りのロープを節約できた分だけでも、お役にゃ立ったんだからね」

ホームズは立ち上がると、パイプに火をつけた。「いや、話はよくわかったよ。ホプキンズ君、早くこいつを安全な場所に連れていってもらいたい。この部屋は留置場にはむかないし、パトリック・ケアンズ君にカーペットをこんなに占領されていたんじゃ迷惑だからね」

「ホームズさん、お礼のことばもございません。それにしても、どうやってこんなにすばらしい解決を？　いまだに見当もついていないのですが」

「なあに、運よく最初から正しい手がかりをつかむことができた、それだけのことさ。あの手帳のことをもっと早くに知っていたら、おそらくぼくもきみと同じ方向へ考えがそれてしまっただろう。

ところが、ぼくのつかんだ情報は、どれもこれもみんなひとつの方向を指していたんだよ。驚くべき怪力、熟練した銛の腕前、水割りのラム酒、安煙草の入ったアザラシ皮の煙草入れ——すべては、船乗り、それも捕鯨船の乗組員らしいことをほのめかしてるじゃないか。それに、煙草入れのP・Cっていう頭文字は、たんなる偶然の一致であって、ピーター・ケアリじゃないという確信があった。ケアリは煙草をほとんど吸わないし、キャビンにもパイプは見つからなかったからだ。覚えてるかい、ウイスキーやブランデーがあったか訊いただろう？　きみは、あったと答えた。そういう酒があるのにわざわざラム酒を飲むってのは、海の男以外ではまず考えられない。というわけで、犯人は船乗りにまちがいないとにらんだのさ」

「では、どうやってあの男を探し出したんです？」

「ここまでわかれば、かんたんだよ。犯人が船乗りだとすれば、ブラック・ピーターといっしょにシー・ユニコーン号に乗っていた者しか考えられないじゃないか。三日がかりでダンディ港と電報で連絡をとって、一八八三年のシー・ユニコーン号の乗組員全員の名前をつきとめた。そのなかに、鉦打ちで頭文字がP・Cの、パトリック・ケアンズの名前を見つけた。これでぼくの捜査も峠を越したと思ったね。この男はおそらくロンドンにいて、しばらくどこかへ高飛びしたがっているだろうとにらんだ。そこで、二、三日イースト・エンドに通ったあげく、北極探険船の話をでっちあげ、バジル船長という名前をかたって、だれでも飛びつきたくなるようないい条件で鉦打ちを募集したというわけだ。結果は、ごらんのとおり！」

「おみごと！　おそれいりました」ホプキンズはそう叫んでいた。

「それよりも、きみ、ネリガンを一刻も早く釈放してやらなくちゃ。そしてあの青年に謝るんだ。あのブリキの箱も返してやることだね。株券のピーター・ケアリが売ってしまった分は、もちろんもう戻ってこないが。ホプキンズ君、馬車が来たようだよ。こいつを連れていきたまえ。裁判でぼくの証言が必要になったら、いつでも連絡してくれ。たぶん、ワトスン君と二人でノルウェーへ出かけているとは思うが、くわしいことはいずれまた手紙で知らせるよ」

恐喝王ミルヴァートン

The Adventure of Charles Augustus Milverton

これから語る事件が起こったのはもう何年も前のことなのだが、いざそのことに触れようとすると、なんとなく気後れがしてしかたがない。

これまで長いあいだ、どんなに気をつけてことばを選ぼうと、事件のことを公表するわけにはいかなかったのだが、いちばんの事件当事者がはるか法の手が届かないところに行ってしまったいま、うかつに筆をすべらせさえしなければ、だれも傷つけることなく事件を紹介することができそうだ。

この事件は、シャーロック・ホームズとこのわたし、二人の人生のなかでも、比べられるもののまったくない経験の物語である。事件のあった日時その他、事実を書いてしまうと読者にとって現実の事件をつきとめる手がかりとなるようなものには粉飾を施したが、その点はお許し願いたい。

ホームズとわたしは、夕方の散歩を終えて六時ごろに帰宅した。冬の冷たい霜がおりそうな日のことだった。ホームズがランプをともすと、その明かりがテーブルの上の一枚の名刺を照らし出した。その名刺にちらっと目をやったホームズが、けがらわしいものでも見たようなうめき声をもらし、床に払い落としてしまった。わたしはそれを拾って眺めた。

代理業　チャールズ・オーガスタス・ミルヴァートン
　　　　ハムステッド、アップルドア・タワーズ
「だれなんだい？」

「ロンドン一の悪党さ」ホームズは腰をおろして、暖炉の前に足を伸ばしながら答えた。

「名刺の裏に何か書いてあるかい？」

　わたしは、裏を返してみた。

「六時半にうかがいます。C・A・M」

「へえ！　もうすぐじゃないか。ねえワトスン、動物園でヘビを見たことはあるだろう。ヌラヌラ、くねくねして毒のあるやつの、気味わるい目と平べったい意地悪そうな顔を眺めたら、ぞっとして鳥肌が立たないかい？　ミルヴァートンってのは、まさにそんな感じの男なんだ。ぼくは、こういう仕事柄、人殺しの五十人以上は相手にしてきたが、そのなかで最悪のやつだって、この男ほどけがらわしくはなかったよ。でもね、きょうはこの男と話をつけなくちゃならない――あいつが来るというのも、ぼくが呼んだからなのさ」

「どういう男なんだい？」

「ひと言で言うなら、ゆすりの王様だよ。このミルヴァートンにまずい秘密を握られた男は、一巻の終わりだ。ましてや女ならなおさらさ。うわべはにこやかに笑いながら心は非情、相手から徹底的に金を搾り取る。そのやり口だけ見ていれば一種の天才だね。もっとましな商売についていたって、ひとかどの人物になっていたはずだ。

あいつの手口は、こうさ。まず、財産や地位のある人間にとって表沙汰になったら困るような手紙があれば、いくらでも金を出して買い取ると触れて回る。使用人のなかでも恩知らずなやつに始まり、無邪気な女性とつきあってその信頼と愛情をおもちゃにするような、上品ぶった悪い男たちからも獲物が転がり込む。あいつは、チップを大いにはずむ。たった二行の手紙を持ち込んできた下働きの男に、七百ポンドを払ったという話もあった。その結果、ある貴族が破滅に追い込まれた。売りに出されたものなら何でもミルヴァートンの手に渡ってしまうもんだから、その名を聞くと血の気が失《う》せるという人間がこのロンドンに何百人といるらしいよ。

やつの手がいつ伸びてくるかはだれにもわからない。なにしろ、金はある、頭はいいで、いきあたりばったりのやり方とはわけがちがう。切り札になるようなネタは何年もとっておいて、最高に儲けが多くなるときを狙いすまして使うんだ。さっきぼくは、ロンドン一の悪党だと言ったがね、かっときて仲間を棍棒で殴るようなそんじょそこらのごろつきとは比べものにならないのさ。あいつは何から何まで計算ずくで、時間をかけて人の心を締め上げ、神経を責めたてたあげく、自分のずっしり重い財布をさらに膨らませようとする、そういう

うか。

ホームズがこんなにも激しく感情をこめてしゃべるのは、わたしには初めてではないだろ意味で大悪党なんだ」

「でも、法律で押さえ込むことはできるはずだろう?」

「法律的には多少ね。だが、実際問題としては何にもならないだろうね。だって、たとえばやつを二、三カ月刑務所にぶちこんでみたとする。そんなことをしたって、ゆすられた女性たちがそのあとで身の破滅だってことに変わりはないんだ、何の解決にもならない。あいつの被害にあった人たちは、思い切って反撃することもできない。身に覚えのないゆすりなら、押さえることもできるだろう。でも、それこそ悪魔のように狡猾なやつなんだからな。だめだ、だめだ。勝負するためには、別の手でなければ」

「それで、やつはどうしてここへ?」

「気の毒なさる有名人が、困りきってぼくに頼ってきたんだ。レディ・エヴァ・ブラックウェル。先のシーズンに社交界デビューしたなかでいちばんの美女だ。ドーヴァーコート伯爵との結婚を二週間後に控えている。ところが、この女性がかつて軽率にもある田舎の貧乏郷士に書き送った手紙を何通か、悪党が入手した――ほんとうに軽はずみなという以上の何ものでもない手紙なんだよ、ワトスン。だがそれでも、この結婚をぶちこわすにはじゅうぶんだろう。大金を出さなければ、ミルヴァートンは手紙を伯爵に送りつけるだろう。それで、あいつに会ってほしい――なんとかして折り合いをつけてほしいと、彼女から依頼されたんだよ」

そのとき、通りのほうでガタガタ、ゴロゴロと馬車の音がした。見下ろすと、立派な二頭立ての馬車だ。ランプの明るい光を浴びて、みごとな栗毛の馬の尻がてかてかと輝いている。使用人が扉を開けると、ふわふわしたアストラカンのコートをまとった、小柄で太った男がおりてきた。その一分後、この男はわたしたちの前にいた。

チャールズ・オーガスタス・ミルヴァートンは五十がらみで、その頭の大きさが知性のあることをうかがわせる。肉づきがよくつるりとした丸顔に、冷たい薄笑いを絶やさない。幅広の金縁眼鏡の奥では、灰色の鋭い目がきらきら輝いていた。ちょっと見ただけでは、あのピクウィック氏を思わせる、いかにも人のよさそうな顔つきだ。*1 しかし、凍りついた薄ら笑い、落ち着きのない刺すようなきつい目つきでそれも帳消し、どうやら腹のなかは真っ黒というタイプらしい。声も、顔つきに劣らずなめらかで、さわりがよかった。進み出てぽってりと肉づきのいい小さな手を差し伸べると、小声で、先ほどうかがった際に会えず残念だったと言った。

ホームズはその手を無視して、石像のような顔つきで相手をまっすぐ見た。ミルヴァートンの笑みが広がる。彼は肩をすぼめてみせると、コートを脱ぎ、じつにていねいにたたんで椅子の背にかけてから、やおら腰をおろした。

「こちらのかたですが」と、わたしのほうを手で示す。「同席していただいてよろしいのですか？　大丈夫なのでしょうね？」

「ワトスン博士は、ぼくの友人でありパートナーでもありましてね」

「けっこうですよ、ホームズさん。大丈夫かとうかがったのは、ひとえにあなたのご依頼人を慮《おもんぱか》ればこそなのでして。非常にデリケートなことですから――」

「ワトスン博士は、すでに事情を知っています」

「では、すぐにでも仕事の話に入れますな。お話では、あなたはレディ・エヴァの代理人とのことですね。こちらの条件を受け入れるかどうかを、彼女があなたに任せたということですかな？」

「そちらの条件とは？」

「七千ポンド」

「だめだとすると？」

「そうですな、申しあげにくいことですが、十四日までにお支払いがない場合、十八日の結婚式はなしになる、ということです」鼻もちならない薄笑いの顔がいよいよ満足そうになる。

　ホームズはしばらく考え込んだ。

「うかがっていると」と、ホームズがやっと切り出した。「何もかも当然のことと一方的に思い込んでいらっしゃるようですね。あの手紙の内容は、もちろんぼくもよく知っています。

SP

依頼人には、ぼくからのアドバイスに従ってもらうことにしますよ。未来の夫となる人に、包み隠さずすべてを打ち明けて、寛大な心で受け止めてもらうように、というね」

ミルヴァートンがクックッと笑い声をたてた。

「伯爵というかたを、どうやらご存じないらしい」

ホームズの顔に、これはまずいという表情が浮かんだ。伯爵のことをよく知っているからこそだろう。

「あの手紙のどこに、問題があるというのです？」ホームズが切り返す。

「楽しい手紙です――いや、じつに楽しい手紙だ。あのレディ、じつに魅力的な手紙を書かれたものですよ。しかしながら、ドーヴァーコート伯爵にそんな魅力は理解おできにならないでしょうな。だが、あなたはそうは思わないとおっしゃるわけですし、それはそれとしておきましょう。これは、要するに取引です。手紙が伯爵の手に渡るのがご依頼人のためにいちばんいいことだとお考えなら、それを取り戻すために大金を払うなんて、たしかにばかげているでしょうからねえ」そう言って彼は腰をあげ、アストラカンのコートに手をかけた。

ホームズは、怒りと悔しさのあまり真っ青だ。

「ちょっと待ちたまえ。きみは気が短すぎる。こういうデリケートな問題なのだから、スキャンダルだけはなんとか避けたい」

ミルヴァートンはもう一度腰をおろした。

「そうおっしゃっていただけるものと思いましたよ」と、喉を鳴らさんばかりだ。

ホームズが続ける。「そうは言っても、レディ・エヴァはそれほどの金持ちというわけではない。出せる金額は、せいぜい二千ポンドだ。おっしゃった額は、彼女の手に負えるものではない。どうか、ぼくが提示する値で手紙を返していただきたい。それ以上は出せません」

ミルヴァートンの薄笑いが広がり、目は愉快そうにきらきら輝いた。

「レディのふところ具合については、おっしゃるとおりでしょうね。それにしても、ご結婚ともなれば、ご親戚やご友人がたがレディを援助するまたとないチャンスでもあるわけでしょう。みなさん、お祝いをどうしたら喜んでもらえるか、ちょうどあれこれお考えのところと思いますよ。花嫁にとって、ロンドンじゅうの燭台やバター皿をかき集めたよりずっとうれしい贈りものはこのひと束の手紙だということを、みなさんに教えてさしあげるべきではないですか」

「そんなことはできない」

「おやおや、残念なことですなあ」ミルヴァートンは、かさばる手帳を取り出しながら声をあげた。「ご婦人がたというのは、ちょっとした手を打たなかったばかりに道を誤るものだと考えざるをえません。これをご覧ください」ミルヴァートンが掲げてみせたのは、紋章入りの小ぶりの封筒だった。「この手紙の書き手は――。いや、あしたの朝を待たずにその名を明かすのは、いささかフェアではないな。あしたの朝になれば、これが、書き手であるご婦人の夫の手に渡るはずなのです。ダイヤモンドを模造品にすり替えさえすれば、ほんの一時間で都合することができる金を、このご婦人は用意しようとなさらない。すべては、それだけのせいなんですよ。なんともはや、お気の毒としか言いようがない。

ところで、ミス・マイルズとドーキン大佐のご婚約が土壇場で解消されたのを覚えていらっしゃるでしょうか。あと二日で挙式というときになって、『モーニング・ポスト』紙に破談の記事が出たんでしたね。どうしてでしょう。信じられないことに、一千二百ポンドのはした金さえあれば、そんなことにはならずにすんだのです。お気の毒ではありませんか。さて、それなのにいま、ご依頼人の将来と名誉がかかっている瀬戸際だというのに、まだあなたは条件に文句をつけていらっしゃる。もののわかっているはずの、あなたがねえ。意外でしたよ、ホームズさん」

「ありのままを申しあげたまでです」ホームズは、ひるまなかった。「そんな金はない。ぼくの言った額で手を打ったほうがいいでしょう。もし、この女性の人生がだいなしになったとしても、あなたには一文の得にもならないんですよ」

「そこに思い違いがありますな、ホームズさん。ひとつの秘密を暴きますとね、回り回って大きな利益につながっていくんですよ。現在のところ、うまくいきそうなケースが十件近くある。レディ・エヴァが不名誉なことになった話がその当事者たちのあいだに知れたとしましょう。すると、それが見せしめとなって、その人たちも少しはものわかりがよくなってくれようというものです。おわかりですかな」

　ホームズが、いきなり椅子から立ち上がった。

「ワトスン、こいつのうしろに回れ！　逃がすな！　さあ、その手帳の中身を拝見させていただこう」

　ミルヴァートンは、まるでネズミのようにすばやく部屋の片隅に寄り、壁に背を向けて立った。

「いやはや、ホームズさん！」上着の前を広げ、内ポケットから突き出た大型拳銃の握りをのぞかせる。「何か思いがけないことをされるんじゃないかとは、覚悟していましたよ。こういう手には慣れっこですが、いいほうに転がったためしがない。言っておきますが、わたしはいつも完全武装です。おまけに法律までこっちの味方ときては、いつでも喜んで武器を使わせていただきますぞ。それに、手帳に手紙をはさんでいるとお思いなら、大まちがい。そんな間抜けなことはしませんよ。

　さてさて、おふたかた、これで失礼しますよ。今夜は、あとひとり二人会わなくてはならない人もあるし、だいいち、ハムステッドまでは遠い道のりですからな」歩きながらそう言うと、ミルヴァートンはコートをとり、拳銃に手をかけたまま、ドアのほうへ向き直った。わたしは椅子に手をかけたが、ホームズが首を横に振るので、もとに戻した。一礼してにたりと笑うと、目を輝かせて、ミルヴァートンは出ていった。すぐに、馬車の扉がバタンと音をたてた。車輪の音を響かせて、彼は去っていった。

ホームズは、暖炉のそばでじっと座り込んでいた。手をズボンのポケットにつっこみ、顎をぐっと引いて、燃えさしの赤い光をまじまじと見ている。たっぷり半時間も口をきかず、じっと動かないままだった。それから、何ごとか決心した様子でぱっと立ち上がると、寝室へ入っていった。

しばらくすると、ヤギ髭を生やした道楽者ふうの若い職人がさっそうと現われ、陶器のパイプにランプで火をつけると、下の通りへ出ていくのだった。「すぐに帰ってくるよ、ワトスン」そう言い残して、ホームズは夜の闇のなかへ消えた。チャールズ・オーガスタス・ミルヴァートンを相手に作戦行動を開始したのだろうとは思ったが、どんな作戦をとろうとしているのか、まるで見当がつかなかった。

ホームズがいつもその格好で出入りする日が、何日も続いた。ハムステッドで仕事をしていて、うまくいっている、という彼のことば以上には、わたしにわかることは何もなかった。風がうなりをあげて窓をガタガタいわせるひどい嵐の晩、とうとうホームズが冒険を終えて帰ってきた。いつもの姿に戻って火の前に腰をおろすと、独特のフッフッという小さな含み笑いを屈託なく漏らした。

「ぼくが結婚しようとは、まさか思わなかっただろうね、ワトスン」

「ええっ、まさか！」

「婚約したって聞いたら、驚くだろう」

「おいおい、ほんとうかい！　それはおめで――」

「相手は、ミルヴァートンのところのメイドだよ」

「な、何だって、ホームズ！」

「情報がほしかったんだよ」

「そりゃ、ちょっとやりすぎじゃないのか」

「必要に迫られてのことだよ。ぼくはいま引っぱりだこの配管工って触れ込みだ。エスコットと名乗っている。それで、メイドを毎晩のように外へ誘い出して、おしゃべりをしたんだ。ああっ、なんて他愛ないことばかりしゃべってしまったことか！　しかしまあ、知りたいことは全部わかったよ。ミルヴァートンの家のことは、まるで自分の家みたいにわかってる」

「でも、その娘さんは、どうするんだい、ホームズ？」

　ホームズは肩をすぼめてみせた。

「しかたがないのさ、ワトスン。ぎりぎりの勝負なんだ。いささか乱暴だが、使える手は何でも使うしかない。それはともかく、そのメイドには、ぼくが目をはなしていたらすぐにとってかわろうとするような男がほかにもいるんだから、たいしたものさ。今夜はまた、なんてすばらしい夜だろう！」

「こんな天気が好きだっていうのか?」

「こっちの目的にぴったりなんだよ。ワトスン、ぼくは今夜、ミルヴァートンの家に押し込み強盗にはいるんでね」

きっぱりと、ひとことひとことゆっくり口にされたそのことばを聞いて、わたしは固唾《かたず》をのみ、背筋が冷たくなった。真っ暗闇のなかで光った稲妻に、一瞬すべての光景が照らし出されるように、その結果を垣間見た気がした。押し込みが露見して捕まり、取り返しのつかない挫折と不面目のうちに誇り高い生涯は地に堕《お》ち、ほかならぬわが友があのいやらしいミルヴァートンの足もとで思うさま蹂躙《じゅうりん》される図だ。

わたしはつい、大声を出した。「お願いだ、ホームズ! わきまえてくれ!」

「ワトスン、ぼくだって、考えるだけ考えたさ。ぼくは、見さかいなく行動に移すタイプじゃない。もしほかにやり方があるんだったら、こんな危険きわまりない方法をとるわけがないじゃないか。曇りのない目で眺めてみよう。これは、法的にはたしかに犯罪かもしれないが、道義的には正しい行為だ。きみだってそう思うだろう? 押し込みといったって、少々乱暴なやり方でやつの手帳を手に入れるというだけのことだ。そもそもきみだって、そのためだったら喜んで手を貸してくれそうだったじゃないか」

わたしの心の中でいろいろな思いがいりまじった。

「そうだなあ。不法な目的につかわれるものだけを取ってくる、そういう狙いだけであれば、道義的に正しい行為だ」

「そうだろう。道義的に正しいと決まれば、あとは個人的な危険という問題があるだけだ。しかし、紳士たるもの、レディが必死で救いを求めているときに、つべこべ言っていられるものか」

「いずれにせよ、立場はひどくまずくなるんだぞ」

「そうさ。それも危険のひとつだろうな。だが、あの手紙を取り戻す手は、ほかに考えられない。あの気の毒なレディにあんな金は用意できないし、彼女のまわりには話のできる人間もいない。期限はあしたで切れるから、今夜手紙を手に入れなければ、あの悪党め、言ったとおりにするだろう。そうなったら、彼女はおしまいだ。ぼくを頼ってきた人を、何もせず運命の手に委ねてしまうのか、それともこの最後の切り札で勝負に出るのか、道は二つにひとつさ。

ワトスン、これはミルヴァートンという男とぼくのいちかばちかの決闘なんだ。きみも見てのとおり、最初の手合わせじゃ、やつに一本とられたかたちだった。ぼくだってプライドと名誉にかけて、とことんやるつもりさ」

「うーむ。どうも気に入らないな。だけどまあ、しかたがないようだ。それで、いつやるんだい？」

「きみは来ちゃだめだ」

「なに？　じゃあ、きみだって行っちゃだめだ。ぼくは誓いを破ったことなんかないが、名誉にかけて誓うよ、この冒険にぼくが加わってはいけないというのなら、馬車で警察に駆けつけて、このことを通報する」

「きみに助けてもらうようなことは、べつにないんだよ」

「どうしてそんなことがわかる。何があるか、わかったものじゃないぞ。いずれにせよ、ぼくの決心だって固いんだ。プライドと名誉があるのは、なにもきみだけじゃない」

「わかった、わかったよ、ワトスン。そういうことにしよう。同じ部屋に長年暮らしてきたよしみだ、最後も同じ刑務所の部屋ってのも悪くない。きみになら言ってもいいだろう。ぼくはずっと、自分が探偵だけじゃなくてすごい犯罪者にもなれるんじゃないかと考えてきたのさ。それを試してみる、またとないチャンスが巡ってきたわけだ。これを見てくれよ！」

ホームズは引き出しを開けると、きちっとした小型の革ケースを取り出し、開けて見せた。ぴかぴかの道具が並んでいる。「最新で最高の、泥棒用具セットだ。ニッケルメッキのかなてこ、ダイヤモンドのガラスカッター、それに合鍵ひと束。文明の進歩に後れをとらない、最新兵器がすべてそろってる。こっちはダーク・ランタン[*2]だ。何でもあるぞ。足音をたてないような靴をもってるかい？」

「ゴム底のテニス靴がある」

「いいね、ワトスン。覆面はどうしよう？」

「黒い絹地で、二つつくろう」

「きみにも大いに素質があるようじゃないか。よし、覆面は任せた。出かける前に、冷肉で腹ごしらえをしよう。いま九時半だ。十一時になったら、チャーチ・ロウまで馬車で行く。そこからアップルドア・タワーズまで歩いて十五分。真夜中にならないうちに仕事にかかれるはずだ。ミルヴァートンは眠りが深いたちでね、毎日、ぴったり十時半にベッドに入る。うまくいけば、レディ・エヴァの手紙をポケットに入れて、二時までには戻ってこられるよ」

ホームズとわたしは、劇場帰りに見せかけようと、きちんとした夜会服を着込んだ。オックスフォード街で辻馬車を拾い、ハムステッドの、とある番地まで乗った。馬車を降り、外套のボタンをとめて――身を切るような風で、凍てつく寒さだったのだ――ハムステッド・ヒースの原の縁に沿って歩いていった。

ホームズが口を開いた。「用心のうえにも用心しなくちゃならない。文書のたぐいは書斎の金庫の中にあるんだが、隣がやつの寝室ときている。もっとも、暮らしむきのいい小柄で太った人間の典型で、やつは多血質の熟睡型だ。アガサが――そうそう、ぼくの婚約者はアガサっていうんだが――彼女が言うには、眠ってる主人を起こすことなんかできないっていうのが、使用人たちのあいだじゃ決まり文句になってるほどなんだな。

やつのためには骨身を惜しまない秘書がいて、こいつが一日じゅう書斎から動きゃしないんだ。だから、夜を狙うんだがね。それから、猛犬が一頭、庭をうろついてる。この二晩ほど、遅い時間にアガサと会ったから、ぼくがけがをしないで通れるように、その犬は彼女がつないでくれているはずだ。さあ、問題の家だぞ。庭を控えた堂々たる屋敷だろう。門を通って、右手の、月桂樹の茂みに入るんだ。そこで覆面をつけよう。明かりのついた窓はひとつもないだろう。万事、思ったとおりに運んでいる」

黒い絹の覆面をつけて、ロンドンでもっとも凶悪な二人組に変身したわたしたちは、静まり返ったうら寂しい屋敷へ忍び寄っていった。屋敷の一方に、タイル敷きのベランダのような張り出し部分があり、窓がいくつかにドアが二つ並んでいる。

「あそこがやつの寝室だ」ホームズがささやいた。「このドアから入れば、すぐ書斎さ。そこから入ればいちばん都合がいいんだが、錠だけじゃなくてかんぬきまでおりてて、入るとなると物音がたちすぎる。こっちへ回ろう。温室があって、そこから客間へ入れるから」

そこにも錠がおりていたが、ホームズがガラスを丸く切り抜いて、内側から鍵を開けた。次の瞬間にはもう彼がふたりの背後でドアを閉め、こうしてわたしたちは法律的には立派に犯罪者となった。温室の濃くて熱い空気と、エキゾチックな植物のむせかえるような香りが、喉に流れ込む。暗闇のなかでホームズがわたしの手をとり、灌木の列のあいだを足早に縫って進んだ。木の枝がしきりに顔にあたる。訓練のたまもので、ホームズには暗闇でもものを見る能力がある。わたしの手をひいて、もう一方の手でドアを開けた。ついさっきまで、だれかが葉巻をくゆらせていたらしい大きな部屋に出たことが、ぼんやりとわかった。家具のあいだを手さぐりで進み、ホームズがもうひとつ別のドアを開けて、うしろ手に閉めた。手を伸ばすと、壁にいくつもコートが掛かっている。廊下らしい。そこをさらに進み、ホームズが右側のドアをそっと開けた。

いきなり、何かがわたしたちに向かって躍り出てきた。びっくりしたものの、それがネコだとわかると笑いが漏れそうになった。この部屋では、暖炉に火が燃え、煙草のにおいがたちこめている。忍び足で入っていったホームズは、わたしが入るのを待ってそっとドアを閉めた。これがミルヴァートンの書斎。そして、むこう側の仕切りカーテンが、彼の寝室への入り口ということだ。

燃え盛る暖炉の火が、部屋をあかあかと照らしている。ドアのそばにスイッチが光っていたが、たとえ安全だったにせよ、わざわざ電灯をつけるまでもない。[*3] 暖炉の片側に重たげなカーテンがあって、わたしたちが外から眺めた張り出し窓を覆っていた。もう一方の側に、ベランダに出るドアがある。部屋の中央には、机と、つやのある赤革の回転椅子。むかいに大きな本棚があり、てっぺんに大理石の女神アテナの胸像が置いてある。そして、本棚と壁のあいだの隅に、丈の高い緑色の金庫があった。磨きあげられた真鍮の取っ手が、暖炉の光をまばゆく反射している。ホームズはこっそり近づいていって金庫を見つめた。

それから、寝室のドアに寄ると、首をかしげてじっと様子をうかがった。寝室からは何も音がしない。わたしはといえば、逃げる用意をしておいたほうがいいと考え、外のドアを調べてみた。驚いた。錠もかんぬきもおりていないではないか！　わたしはホームズの腕をついた。覆面をつけたホームズの顔がそちらを向く。ぎくりとしたのが見てとれた。わたしと同様にびっくりしたのはまちがいない。

「どうも気に入らないな」耳もとにホームズがささやきかける。「どうなっているのか、よくわからない。ともかく、一刻も無駄にはできないぞ」

「ぼくはどうしたらいい？」

「そうだな、ドアのところにいてくれないか。だれか来る気配がしたら、中からかんぬきをおろすんだ。来た道から逃げられるだろう。もしもう一方からだれか来たら、仕事が終わっている場合はドアから逃げる。終わっていなければ、このカーテンのうしろに隠れよう。わかったかい？」

わたしはうなずき、ドアのそばに立った。初めのびくびくした気持ちはどこかへいってしまったらしい。法に違反するのではなく法を守る立場だったときには感じたことのないような、大きな高揚感が湧き上がってくる。自分たちの高潔な使命、自分のためではなく騎士道精神に則《のっと》った行ないなのだという気概、それに、敵の悪どさ。それらがあいまって、ぞくぞくするような冒険をしている気分なのだ。うしろめたいどころか、この危険を心から楽しんでいる自分がそこにいた。

ホームズが七つ道具のケースを開け、難しい手術に挑もうとする外科医さながら、落ち着いて手際よく道具を選び出している。わたしは熱く賛嘆のまなざしを注いでいた。じつは金庫破りこそ、ホームズの無上の趣味だった。それを知っているからこそ、緑色と金色のこの怪物、貴婦人たちの名誉をそのあぎとにくわえこんだドラゴンのような金庫を前に、彼がどれほど心を躍らせているか、手にとるようにわかる。夜会服の袖をまくると――外套はすでに椅子の上だった――ドリル二挺、かなてこ、合鍵数個を並べるホームズ。真ん中のドアのところに立つわたしは、ほかの入り口にも油断なく目を配り、不意のできごとに備えている。とはいえ、いざ邪魔が入った場合に何をすべきかという、はっきりした心づもりがあるわけではなかった。

三十分ほど、ホームズはその作業に打ち込んでいた。ひとつの道具を置いては別の道具を手にし、熟練のわざとこまやかな心配りでそれぞれを存分に活用する。ついに、カチッという音がした。幅の広い、緑色の扉が開く。いくつもの紙の束が、それぞれに糸でつながれ、封をされ、何やら記入されて内部に納まっているのが、わたしのところからもちらりと見えた。書類のひとつをホームズが手にとった。ちらつく暖炉の火では読みづらいのか、小型のダーク・ランタンを取り出した。隣の部屋にはミルヴァートンがいるのだから、電灯をつけるのはあまりにも危険だった。

そのとき、ぴたりと動きを止めたホームズが、じっと耳を澄ましたかと思うと、いきなり金庫の扉を閉めて、外套をとり、道具類をポケットに押し込むや、脱兎のごとくカーテンの陰に飛び込んで、わたしにも来いと合図した。

カーテンの陰で初めて、ホームズの鋭い耳が聞きつけた物音がわたしにもわかった。どこか家の中からだ。遠くでバタンとドアの音。続いてくぐもったつぶやき声がして、規則正しい重い足音となってどんどん近づいてくる。部屋の外の廊下だ。やがて、ドアのところで止まり、そしてドアが開いた。カチッという鋭い音がして、電灯がつく。ドアが閉まり、きつい葉巻のにおいが鼻孔をついた。足音が、わたしたちからほんの二、三ヤードのところで行ったり来たりを繰り返した。最後に椅子のきしむ音がして、足音はやんだ。やがて、錠の中で鍵の回る音のあと、何やら紙をめくる音。

それまでとても勇気が出なかったが、わたしはそっとカーテンをかき分け、隙間からのぞいてみた。肩にホームズの肩が強く押しつけられたので、彼も見ようとしているのだろう。わたしたちの目の前、伸ばせば手の届くところに、ミルヴァートンの幅の広い丸っこい背中がある。こちらに、大きな計算違いがあったようだ。ミルヴァートンは、寝室ではなく家のはずれのほうの喫煙室かビリヤード室にでもいたらしい。わたしたちはそこの窓を確認していなかったのだ。彼の大きなごま塩頭、そのてかてかはげた部分が、わたしたちの真正面にあった。赤革の椅子に深く沈み、足を長々と伸ばして、口からは黒く長い葉巻が突き出している。着ているのは黒いビロードの、カラーが赤紫でミリタリー調のスモーキング・ジャケットだった。手もとにあるのは、長ったらしい法律文書。大儀そうにそれを読みながら、煙の輪をプカプカ吐き出す。どっしりと構え、すっかりくつろいでいて、すぐに出ていきそうにもない。

ホームズの手が伸びてきて、状況はしっかり把握しているし焦ってはいない、大丈夫だと安心させるように、わたしの手を握った。わたしのいる位置からは、どうしようもなくはっきり見えてしまう事態に——わたしのいる金庫の扉に、ミルヴァートンがいつ目を向けることやら——ホームズは気づいているのだろうか。もし、ミルヴァートンの厳しい視線が金庫にじっと注がれたら、とっさに飛び出していって外套を頭にかぶせて縛り上げておいて、あとはホームズに任せよう。わたしはそう決心していた。

しかし、ミルヴァートンは一度も目を上げない。ものうげに書類を読んでいるばかりで、弁護士の文章を目で追いながらページを繰り続けるのだった。少なくとも、その書類と葉巻が終わりになったら、自分の部屋にひきあげるだろう。そう思っていたのだが、どちらも終わらないうちに驚くべきことが起きて、わたしたちの心はまったく別の方向へそらされてしまった。

ミルヴァートンは何度となく懐中時計に目をやり、一度など、椅子から立ってまた座りながらいかにもじれったそうな様子をうかがわせた。だが、こんな思いがけない時刻に人と会う約束があったのだとは、外のベランダでかすかな音がするまではさすがに考えてもみなかった。ミルヴァートンは書類を置いて、椅子にきちんとかけ直した。もう一度音がして、続いてドアをたたくかすかな音が聞こえた。ミルヴァートンは立っていって、ドアを開けた。

「なんだ、三十分も待たされたぞ」無愛想な声だ。

ドアに鍵がかかっていなかったのも、ミルヴァートンが起きていたのも、このためだったのか。女性の服らしい、柔らかい衣擦《きぬず》れの音がした。ミルヴァートンがこちらのほうに顔を向けたときにわたしはカーテンをぴったり閉じたのだが、思い切ってまたそっと隙間をつくった。ふたたび椅子にかけていた彼は、いかにも人を小馬鹿にするような感じで口から葉巻を突き出していた。彼のむかいに、電光をまともに浴びて、ほっそりと背の高い黒髪の女性が立っていた。顔にはベールを垂らし、マントは顎のところまで覆っている。息づかいが荒くせわしなくて、しなやかな細い身体全体を激しい感情にわななかせているらしい。

ミルヴァートンが声をかけた。「おかげでゆっくり寝てもいられなくなったわけだ。それに見合うだけのことがあるんだろうね。ほかの時間に来ることはできなかったのかい、ええ？」

女性が首を振った。

「まあ、それはしかたがない。伯爵夫人がひどい雇い主だとしても、いまこそ仕返しがしてやれるじゃないか。おやおや、お嬢さん、何をそんなに震えている。そう、それでいい！　元気をお出しなさい！　さて、仕事の話に入りましょうや」ミルヴァートンは引き出しから一通の手紙を取り出した。「これによると、ダルバート伯爵夫人を痛い目にあわせられるような手紙を五通もっているそうだが。それを売りたいということだね。わたしはそれを買いたい。ここまでは問題ない。すると、あとは値段を決めればいいだけだ。その手紙を拝見したいね、当然だが。いちばんよさそうなのを見本にでも――おっと、これはこれは！　あんただったのか！」

女性はひとことも言わずにベールを上げ、顎のマントをずらした。色が黒く、はっきりした輪郭の、整った顔。曲線を描く鼻と、凜とした黒い眉、くっきりしたきらめく瞳、そして、真一文字にひきしまった薄い唇は、危険な微笑みに凍りついている。

「そう、わたしよ」女性が口を開いた。「おまえに破滅させられた女」

ミルヴァートンは笑い声をたてたが、その声は恐怖にひきつっていた。「あんたが頑固すぎたんだよ。どうしてわたしにあそこまでのことをやらせた。わたしは、ハエ一匹だって自分からは殺さない人間なんだがね。しかし、だれにだって商売というものはある。どうすればよかったって言うんだ。手の届く値をつけたんだぞ。あんたが払わなかっただけのことじゃないのか」

「おまえは手紙を夫に送りつけた。またとなく気高い、あの人に。わたしなどその靴紐を結ぶにも値しないあの人のやさしい心はそれでこなごなになって、そのまま息絶えてしまった。最後の晩、わたしがあのドアから入ってきて慈悲を乞うたときのことを、よもや忘れたとは言わせない。いまと同じように、わたしを鼻先でせせら笑ったね。もっとも、今度は唇の震えが止まらないようだわ。この、腰抜け。そう、ここでもう一度わたしと向き合うなんて思ってもみなかったでしょう。だけどね、どうしたらだれにもじゃまされず一対一になれるか、あの晩、とくと教えてもらったわ。さあ、チャールズ・ミルヴァートン、何か申し開きすることがある？」

ミルヴァートンは、ぱっと立ちあがった。「わたしを脅そうなんて、無駄だ。声を出しさえすればいいことなんだ。使用人どもを呼んで、あんたを押さえさせることだってできる。だが、まあ、あんたのご立腹もわからんこともない、かんべんしてやろう。入ってきたときのように、すぐに出ていくんだな。そうすれば、黙っておいてやろう」

女性は、ふところに手を入れ、相変わらず気味悪い微笑みを薄い唇に浮かべて立っている。

「わたしと同じように、これ以上の人の人生がおまえに破滅させられていくのを、見過ごしにはできない。わたしの心を蹂躙したようにほかの人たちの心を蹂躙することは、もうさせない。この世から毒を取り除くのよ。けだものめ、こうしてやる！——これでもか！——これでもか！——これでもか！」

彼女の握る、ぴかぴかに光る小型拳銃の銃口が、ミルヴァートンのシャツの前身頃のすぐそばにあった。ひとつ、またひとつと、ミルヴァートンの身体に向けて弾丸が発射される。ミルヴァートンはよろめき、前のめりに机につっぷして激しく咳き込みながら書類をかきむしった。やがてよろよろと立ち上がったものの、もう一発を受けて床に倒れると、「や、やりやがったな」とひとこと叫んだきり、動かなくなった。女性はそれをじっと見てから、仰向けの顔をかかとで踏みにじった。そして、もう一度見た。ミルヴァートンはもう、音をたてることも動くこともない。鋭い衣擦れの音がして、暑い部屋に夜気がさっと流れ込んだ。そうして、復讐を果たした者は消えていった。

わたしたちが割って入ったところで、ミルヴァートンが非業の死を免れたとは思えないが、たじろぐ彼の身体に弾丸が一発、また一発と撃ち込まれるのを見て、わたしは危うく飛び出していくところだった。だが、ホームズの冷たい手がわたしの腕をぐいっと押さえた。その強い手が伝えようとするところはすっかり理解できた。これは、われわれのかかわりあうことではない、悪党に正義の鉄槌が下されたのだ。そして、われわれには使命があることを忘れてはならない、と。

女性が出ていったとたん、ホームズはすばやくもう一方のドアに足音を殺して駆け寄り、錠をおろした。と同時に、家じゅうで声がして、急いで駆けつけてくる足音がする。銃声でみんなが起きてしまったのだ。ホームズはじつに冷静に金庫に忍び寄ると、腕いっぱいに手紙の束をかかえ、全部を暖炉の火に放り込んだ。金庫がからになるまでそれを繰り返す。取っ手がガチャガチャ音をたて、外からドアをたたく者があった。ホームズはあたりをすばやく見回した。ミルヴァートンに死を運んできた手紙が、その血にまみれてテーブルの上に散らばっている。ホームズは、燃える紙の山にそれも投げ込んだ。そうしておいて、外側のドアの鍵を抜きとると、わたしに続いて外に出て、外側から鍵をかけた。

「こっちだ、ワトスン。この塀をよじ登るんだ」

変事が伝わるのがこれほど迅速だとは。振り返ると、巨大な家が丸ごと一個の明かりと化したかのようだった。正面玄関が開き、車寄せに人影が飛び出す。庭じゅうが人だらけになり、男のひとりがベランダに現われたわたしたちの姿を見つけて大声を出し、どんどん追ってきた。ホームズは地理をよくわかっているらしく、小さな木の茂みから茂みへと風のようにすり抜けていく。あとにくっついて逃げるわたしの耳には、先頭の追っ手の息づかいが間近に聞こえた。

行く手を遮る高さ六フィートの壁を、ホームズがひょいと跳び上がって越えた。わたしもそうしようとしたところ、追っ手に足首をつかまれてしまった。それを蹴ってふりほどき、ガラスを埋め込んだ笠石によじ登った。茂みに仰向けに落ちたところを、ホームズがすぐ助け起こしてくれた。二人は広いハムステッド・ヒースの原っぱを一目散に駆け抜けた。二マイルほども走っただろうか、やっとホームズは足を止め、じっと耳を澄ました。背後で聞こえる物音はない。追っ手を振り切ったのだ。もう大丈夫だった。

このとんでもない冒険の翌朝のこと、朝食を終えたわたしたちが朝の一服を楽しんでいると、スコットランド・ヤードのレストレード警部がひどく厳粛な顔つきで現われた。

「ホームズさん、おはようございます。その、いま、お手すきでしょうか？」

「話もうかがえないほど忙しくはないよ」

「もし、特にこれといった事件に取り組んでいらっしゃらないようなら、ゆうべハムステッドで起こった不可解な事件の解決にお力を貸していただけないかと思いまして」

「ほう！　どんな事件だね？」

「殺人――それも、きわめて劇的で風変わりなやつです。こういう事件にあなたはとても熱心でいらっしゃる。ひとつ、アップルドア・タワーズまでお出かけのうえ、推理していただけると、ほんとうにありがたいのですが。並みの犯行ではありません。われわれも、このところのミルヴァートン氏には目をつけておりましてね。ここだけの話ですが、やつはなかなかの悪党だったんです。ゆすりに使う文書のたぐいを溜め込んでいるという噂がありまして。この文書類も、今度の犯人たちに焼き払われたようです。金目のものは何ひとつ盗られていない。どうやら犯人たちは地位のある人間のようです。秘密が世間に暴かれるのを防ぐ、それだけが目的だったんですな」

ホームズが大声をあげる。「犯人たち、だって！　犯人は複数なのかい？」

「そう、二人組でした。あとわずかで現行犯逮捕というところだったんですがね。足跡も人相も押さえてあります。まず確実につきとめることができますよ。ひとりはとてもすばしこいやつでしたが、もうひとりは庭師見習いにつかまりました。取っ組み合いになって、やっとのことで逃げおおせたようです。こいつは中肉中背、がっしりした身体つき――顎は角張っていて首が太く、口髭の男で、目のあたりに覆面をつけていました」

「あまりにも漠然としているな」とホームズは言った。「だって、それじゃ、このワトスン君の人相書きみたいじゃないか！」

「なるほどね」警部は心底おかしそうに言った。「たしかに、ワトスン博士そっくりだ」

「悪いけれど、お力にはなれないよ、レストレード君。ぼくは、そのミルヴァートンという男を知っていた。ロンドンで最も危険な人物だと、かねがね思っていたんだ。法の手の届かないところで、何かよからぬことをしていたのだろう。個人的に復讐されたとしても、ある程度はしかたないね。何を言われようと無駄だ。ぼくの心は決まっている。今度の事件では、被害者よりも犯人たちのほうに共感してるんだ。だから、この事件にはかかわりたくない」


二人で目撃した悲劇について、ホームズはわたしにさえひとことも語ろうとしなかったが、その日の午前中ずっと、彼はすっかり物思いにとらわれていた。うつろな目つきにうわのそらといった様子からして、何かを必死に思い出そうとしているのだという印象だった。

昼食をとっているとき、突然ホームズが飛び上がった。「そうだよ、ワトスン！　わかったぞ！」と、すっとんきょうな声をあげる。「帽子をかぶるんだ！　いっしょに来たまえ！」

ベイカー街からオックスフォード街へ駆け抜けるようにして、リージェント・サーカスの少し手前までわたしを連れていった。左手の、とある店のショーウインドーに、現代の名士や美女の写真がいっぱいに飾ってある。そのうちの一枚に、ホームズはじっと見入った。わたしもその視線を追う。宮廷へ参上する礼装に身を包み、高価なダイヤモンドをあしらった頭飾り《ティアラ》を載せた品格ある貴婦人の写真に目が止まった。あの優雅な曲線を描いた鼻、凛とした眉、きりっとひきしまった口もと、小さいが意志の強そうな顎が、そこにあった。そして、かつてこの女性の夫であった、大貴族政治家の由緒正しい称号を読んだわたしは、息をのんだ。ホームズと目と目が合った。そのショーウインドーから離れていきながら、ホームズは口もとに人さし指を立ててみせるのだった。

六つのナポレオン像

The Adventure of the Six Napoleons

スコットランド・ヤードのレストレード警部が夕方わたしたちのところに顔を出すのは、よくあることだ。そのときどきの警察本部の動向がわかるとあって、ホームズも警部の来訪を歓迎していた。レストレードが運んでくるニュースのお返しとしてホームズは、相手がかかわっている事件がどんなものであろうと細部に至るまで耳を傾け、ときには、直接あれこれ口をはさむのではなく、広い経験や知識からくるヒントなり進言なりをさりげなくもちだすこともあるのだ。

その日の夕方も、レストレードは天候のことやら新聞のことやらをしゃべっていた。それが急に黙り込んで、もの思わしげに葉巻をふかしてばかりになった。ホームズがすかさず尋ねた。

「何か難解な事件でも?」

「いえいえ、ホームズさん、特にどうってことないんですが」

「じゃあ、話を聞かせてくれないかな」

レストレードは声をたてて笑った。

「ホームズさんときたら。たしかに、気がかりなことがないわけじゃありません。だが、なにしろばかげたことなので、わざわざお耳に入れるほどのことかどうか。でもまあ、取るに足らないとはいえ、奇妙なことは奇妙な事件なんです。何にしろ異常なものだったら、あなたの好奇心がうずくってこともよくわかっていますしね。それにしても、わたしの見るところ、わたしたちよりもワトスン博士のほうがご専門ではないかと思うんです」

「病気がらみなんですか?」と、わたしが口をはさんだ。

「まあ、尋常でない人物といったところでしょうかね。いまどき、ナポレオン一世を憎むあまり、その像を手あたり次第壊していく人間なんて、考えられますか」

ホームズは、椅子にぐっと身を沈めた。

「ぼくの専門じゃない」

「そうでしょう。だから言ったじゃありませんか。ところがですね、この人間が押し込みを働いて他人の所有する像まで壊したとなると、もう医者ではなくて警察の扱うところとなりますね」

「押し込みだって! それはおもしろそうだ。くわしく聞かせてくれたまえ」

レストレードは職務用の手帳を取り出し、そのページを見ながら記憶を確かめた。

「報告された第一の事件があったのが、四日前、ケニントン・ロードで絵画や彫刻を商うモース・ハドスンの店でのことです。店員がちょっと目を離したあいだに、何か割れるような音がしたので急いで戻ってみると、ほかの品物といっしょにカウンターに並んでいたナポレ

オンの石膏胸像がこなごなになっていました。慌てて通りに出たところ、男が店から飛び出したのを見かけたという通行人はいたものの、店員自身は確かめられなかったし、何者がそんなことをするのかも考えつかない。たまにある、ならず者《フーリガン》たちのしわざだろうということで、巡回の警官にもそういう報告が入りました。[*1] 石膏像は二、三シリングばかりの品だったし、子どものいたずら程度の、特に捜査するほどの事件ではないということのようでした。

ところが、第二の事件は、もっと深刻でもっと奇妙でもあるんです。つい昨夜のことなんですが。

ケニントン・ロードのモース・ハドスンの店から何百ヤードと離れていないところに、名高い開業医が住んでいます。バーニコット博士という、テムズ川の南側地域ではいちばん羽振りがいい医者のひとりなんですがね。住まいと本院がケニントン・ロードに、二マイル離れたロウワー・ブリクストン・ロードには分院があります。このバーニコット博士、ナポレオンを熱烈に崇拝していて、家じゅうがフランス皇帝の本やら絵やらでいっぱいなんですよ。

最近、フランスの彫刻家ドヴィーヌ作の有名なナポレオン胸像の複製品を二つ、モース・ハドスンの店から買いました。ひとつをケニントン・ロードの自宅玄関に、もうひとつをロウワー・ブリクストン分院の暖炉の上に飾りました。さて、けさバーニコット博士が階下に下りてきてぎょっとしたことには、夜のあいだに強盗が入った様子なのです。ところが、玄関の石膏像のほかは何も盗られていませんでした。石膏像は、外に持ち出されて塀にぶつけられ、こなごなになっていました」

　ホームズは手をこすり合わせた。

「たいそう目新しい事件だな」

「お気に召すだろうと思いましたよ。しかし、まだ話は終わりません。バーニコット博士は、十二時になって分院に向かわれました。そこでも夜のあいだに窓がこじ開けられていて、もうひとつの胸像の破片が部屋じゅうに散らばっているではありませんか。博士の驚いたこと。胸像は置いてあったその場でこっぱみじんになっていました。以上二つの事件とも、こんないたずらをした犯人というか頭のおかしなやつの、手がかりになるようなものは何もありませんでした。こんなところでおわかりいただけましたか、ホームズさん」

「グロテスクとまでは言わないにしても、奇怪にはちがいないね。バーニコット博士のところで壊された二つの胸像は、モース・ハドスンの店で壊されたものとまったく同じ複製品なのかな？」

「同じ型でつくられたものです」

「となると、壊した人間が、なんとなくナポレオンが憎いだけでそんなことをしたという説は成り立ちにくい。なにしろ、大皇帝の像はこの広いロンドンに何百あるか知れないんだ。手あたりしだいに壊していくのに、たまたま同じ胸像の複製三つから手をつけたなんて偶然は考えられない」

「そうです、わたしもそうは思いました。しかし、もっぱらこのモース・ハドスン商店がロンドンのあの界隈に胸像を売りまくっていますし、ここ数年、あの店に置いてあった像がたまたまその三つだけだったんです。したがって、おおせのとおりロンドンじゅうには何百とナポレオン像があったとしても、あのあたりにあるのがこの三つだけだったという可能性もあります。それで、あのあたりの狂ったやつがこの三つから始めることになったのかもしれませんよ。どう思われますか、ワトスン先生は？」

「偏執狂《モノマニア》がやりそうなことは数かぎりなくあるでしょうね」とわたしは答えた。「現代フランスの心理学者たちが、〝固定観念《イデ・フィクス》〟と呼んでいる状態がありますが、これはあまり害のない性質のものです。あること以外の点では完全にまっとうな生活ができる。ナポレオンについて本を読みすぎたとか、あの大戦争で家代々にひきずる損害を被ったとかいう人間がそういう固定観念を育んでしまって、そのせいで突拍子もないことをしでかすということはありうるでしょう」

ホームズは首を振った。「ワトスン、それじゃだめだよ。この興味深い偏執狂君の固定観念がどんなにつのったって、それで像のありかを見つけることはできないだろう」

「ううむ。じゃあ、きみはどう説明をつける？」

「説明しようと思うわけじゃない。ただ、この人物の風変わりなやり方には、ある手法《メソッド》がある、とだけは言いたい。たとえば、物音で家人を起こしてしまうかもしれないバーニコット博士の玄関ホールでは胸像をまず外に持ち出してから壊しているのに、人が起きてくる心配をしなくてもいい分院のほうではその場でたたき壊している。このこと自体はばかばかしいほど取るに足りないことのようだが、ぼくの手がけた第一級の事件のなかには、最初はまるでつまらないままおしまいになりそうだった事件がいくつもあるわけだし、どんなに些細なことだってそうそう取るに足りないとは言えない気がするよ。

あのアバーネティ家の恐ろしい事件にぼくがそもそも気づいたのは、暑い日にパセリがバターの中に沈んでいく深さのせいだったわけだからね。覚えてるだろ、ワトスン。だから、レストレード君、この壊れた三つの胸像のことを、ぼくは笑ってはすませられない。この奇妙な事件の連鎖に何か新たな展開があったら、どんなことだっていいから教えてくれたまえ」

ホームズが待っていた展開は、意外に早く、そして恐ろしい悲劇のかたちでやってきた。翌朝、わたしがまだ寝間着のまま寝室にいたところにドアをたたく音がして、電報を手にしたホームズが入ってきた。彼はそれを声に出して読んだ。

スグニ来ラレタシ。ケンジントン、ピット街一三一番――レストレード

「何ごとだろう？」

「わからない——何かが起きたんだ。例の胸像物語の続きじゃないかな。もしそうだとすると、われらが偶像破壊者君はいよいよ、ロンドンの別の地域で仕事を始めたことになる。ワトスン、テーブルの上にコーヒーがある。馬車を玄関に呼んだよ」

三十分もすると、わたしたちは、ロンドン一にぎやかな奔流と隣り合いながらこぢんまりと静かに淀んでいるといったたたずまいの、ピット街に来ていた。平べったい造りの、立派ではあるがおよそ夢のない家並み。そのうちのひとつが一三一番地だった。馬車が近づくと、家の前の手すりに物見高い人だかりがしていた。ホームズがひゅっと口笛を吹いた。

「ほう！　少なく見積もっても殺人未遂事件だね、この様子じゃ。それよりましなことじゃ、ロンドンの使い走り少年の足は止まらないだろう。あそこで男が肩を丸めて首を伸ばしてるところを見ると、何か暴力沙汰だな。あれは何だい、ワトスン？　階段のいちばん上が水に濡れてて、ほかのところは乾いている。まあ、足跡はたっぷり残ってるさ！　うん、正面の窓のところにレストレードがいる。すぐにでもくわしい話が聞けるな」

ひどく深刻な顔をして出迎えた警部が、わたしたちを居間へ案内してくれた。そこでは、フラノ地のドレッシングガウン姿の初老の男が、ひどくだらしないありさまで興奮してうろうろ歩き回っていた。彼がこの家の主人だと紹介された——セントラル・プレス通信のホレス・ハーカー氏だ。*2

レストレードが切り出した。「またしてもナポレオン胸像事件です。ゆうべ、関心をおもちのご様子だったので、事件がかなり深刻に見えてきた以上、おそらく現場をご覧になりたいのではないかと、そう考えましてて」

「深刻、というと？」

「殺人です。ハーカーさん、このかたたちにお話ししていただけませんか？」

ドレッシング・ガウンの男が、このうえなく憂鬱そうな顔をこちらに向けた。

「まったく、どうなってるんだ。生涯、他人のニュースを集めて過ごしてきたこのわたしが、いざ生々しいニュースがほかならぬ自分のところに転がり込んできたら、おろおろするばかり、まともなことも言えないありさまですよ。もし、新聞記者としてここへ来たんだったら、自分自身にインタビューして、どの夕刊にも二段抜きの記事を載せているところでしょうにね。実際はさにあらず、次から次へと他人に話をしてたいへんなネタをくれてやりながら、自分じゃ何ひとつ利用できないときた。しかし、シャーロック・ホームズさん、かねてご高名は存じあげておりますし、この奇妙な事件を解決してくださるのなら、お話のしがいもあるというものです」

ホームズは腰をおろして聞き始めた。

「何もかも、四カ月ほど前にわたしがこの部屋に置こうとして買った、ナポレオンの胸像のせいらしいのです。ハイストリート駅から二軒めのハーディング・ブラザーズ商会で、安く手に入れましてね。新聞の仕事はたいてい夜にするものですから、記事を書いているうちに朝になるということも珍しくありません。けさがたもそうでした。家の最上階の裏手にあたるわたしの巣にこもっていると、三時ごろでしょうか、階下で物音がするんですよ。じっと耳を澄ましましたら聞こえなくなって、きっと外の音だったんだろうと思いました。

するとー五分ほどしていきなり、この世のものとも思えない恐ろしい叫び声があがった。いや、あんなぞっとするような声は聞いたことがない。耳の底に一生こびりついているでしょう。しばらくは、恐ろしさのあまり凍りついたように座っていました。それから、火かき棒を手に、下りていきました。部屋に踏み込むと、窓がいっぱいに開いて、マントルピースから胸像がなくなっています。どうしてあんなものを盗るのか、まったく理解できない。ただの安ものの石膏の複製で、たいした値打ちはありゃしないんですから。

ご覧になればわかりますが、その開いた窓から出れば、ひとまたぎで正面階段に足が届くんです。強盗もきっとそうしたんでしょう。そこで、わたしは回っていってドアを開けました。暗がりへ歩み出て、危うくつまずいて倒れるところでした。そこに死体が転がってるじゃありませんか。すぐに明かりをとりにいきました。かわいそうに、死人は喉をざっくりかき切られていて、あたりいちめん血の海でした。仰向けに両膝を立てて転がり、口は不気味に開いたまんま。夢に出てきそうです。呼子笛を吹くだけのことはできたわけですが、どうもそのまま卒倒してしまったらしい。気がついたときは、玄関で警官にのぞきこまれていました。それまでのことは何も覚えておりませんでした」

「なるほど、殺されていたのは何者ですか？」ホームズが口を開いた。

「身もとのわかるようなものが何もないんですよ」と、レストレードが答える。「死体は公示所にありますが、いままでのところ身もと不明です。背の高い、よく日焼けした頑丈そうな男で、三十歳を超してはいないでしょう。身なりは貧しいが、労働者というふうではありません。角製の柄がついた折りたたみナイフが、被害者のそばの血だまりに転がっていました。殺しにつかわれたのか、それとも被害者の所持品なのか、わかりません。衣服に名前は見あたりませんでした。所持品は、リンゴ一個、紐少々、定価一シリングのロンドン地図、写真一枚だけ。これがその写真です」

小型カメラで撮ったスナップ写真だった。写っているのは、敏捷そうな、とがった顔だちのサルのような男。眉が太く、顔の下半分がぐいと突き出て、まるでヒヒの鼻先のようだった。

写真をじっくり見てから、ホームズが言う。「それで、胸像はどうなった？」

「おいでになる直前にそのことがわかったばかりです。カムデン・ハウス・ロードにある空き家の、前庭で見つかったそうです。こっぱみじんで。いまから見にいこうと思いますが、ごいっしょにいかがですか？」

「そうしよう。ちょっと、このへんを眺めておいてからね」そう言ってホームズは、カーペットと窓を調べた。「犯人は、えらく脚の長いやつ、もしくは身軽ですばしっこいやつだ。この下のくぼんだ空間を考えると、あのでっぱりに手をかけて窓を開けるなんて、そうかんたんにはできなかっただろうからね。それに比べれば、帰りは楽だ。ハーカーさん、あなたの胸像の残骸を見に、ごいっしょなさいませんか？」

陰鬱な顔の新聞記者は、書きもの机の前に座っていた。

「なんとしてもこの記事をものにしなくちゃ。もっとも、夕刊第一版に、くわしい記事がもう出てることでしょうが。またしくじった！　覚えてらっしゃるでしょう、ドンカスター競馬場で観客席が落っこちたときのことを！　そう、あのとき観客席に居合わせた記者はわたしひとりだったというのに、その記事を載せられなかったのはわたしの新聞だけだった。ちぢみあがってしまいましてね、とても記事を書くどころじゃなくなってしまったんですよ。そしてまた、今度もわたしは出遅れた。自分のうちの玄関で殺人事件だってのに、まったく」

部屋を出ていくとき、フールスキャップ紙を走るペンのガリガリいう音が聞こえていた。

胸像の破片が発見された場所は、ほんの二、三百ヤードしか離れていない。わたしたちは、未知の人物の憎しみをかきたて狂気に走らせた大皇帝の姿を拝むこととなった。それは、草の上でこなごなに砕け散っていた。ホームズは破片をいくつか拾い上げて、熱心に見入った。熱のこもる表情と思うところありそうな様子からして、きっと手がかりをつかんだのだろう。

「どうでしょう?」

　レストレードのことばに、ホームズは肩をすぼめてみせた。

「先は長い。ただし——ただしだよ——まあ、手がかりになる、含むところありそうな事実も、なきにしもあらずだ。このつまらない胸像を手に入れることが、不可解な犯人にとってはひとりの人間の命よりもだいじだったということ、これがひとつ。もうひとつは、胸像を壊すことだけが目的だとしたら、なぜ家の中や家のすぐ外で壊さなかったのかということ。いかにも奇妙だね」

「もうひとりの人間が現われて、うろたえたんでしょう。わけがわからなくなったんですよ」

「なるほど、考えられることだ。しかし、庭で胸像が壊された、この家。建っている位置、特に注意して見ていただきたい」

　レストレードはあたりを見回した。

「空き家だから、この庭には邪魔が入らないと思ったのでは」

「うむ。だがね、ここに来るまでの通り道には、もう一軒空き家があった。どうしてそっちにしなかったんだろう。胸像なんか持ってちゃ、足を延ばせば延ばすだけ、人に見とがめられる危険だって大きくなるとすれば、なおさらだ」

「降参しますよ、わかりません」とレストレード。

ホームズが、わたしたちの頭上の街灯を指さした。

「明るいところで壊せるからさ。むこうではできない。これが理由だよ」

「すばらしい！　おっしゃるとおりだ。そう言われてみると、バーニコット氏の胸像も、赤いランプのそばで壊されていた。ホームズさん、これはどういうことでしょう？」

「覚えておくことだ――メモしておくんだよ。つながりのある何かに、そのうちでくわすことだろう。レストレード君、これからどうするつもりだい？」

「考えるに、真相に近づくいちばん実際的な方法は、被害者の身もとを割り出すことでしょう。たいして難しくないと思います。被害者が何者で、どんな仲間がいるのかわかれば、ゆうべピット街で何をしていたのか、だれに会ってホレス・ハーカー氏の家の玄関で殺されたのかにつながっていくはず。そうは思われませんか？」

「そうだね。ぼくがアプローチする方向とはまったく違うが」

「というと、あなたはどうしようとおっしゃるんですか？」

「いや、きみのやり方を曲げさせたくはない。きみはきみの、ぼくはぼくのやり方でやる、ということでどうだろう。あとでメモを比べ、お互いに足りないところを補い合うんだ」

「いいでしょう」

「ピット街に戻るのなら、ホレス・ハーカー氏にも会うだろうね。ひとつ伝えておいてくれたまえ。ぼくにははっきりわかった、ゆうべお宅にナポレオンへの憎しみにとりつかれて頭のおかしくなった危険な殺人者がいた、まちがいない、と。記事を書く参考になるだろう」

レストレードがホームズをまじまじと見る。

「本気でそうお考えなんじゃ、ないでしょう?」

「本気? うん、たぶん本気じゃあない。でも、ホレス・ハーカー氏にとってもセントラル・プレス紙を読む人にとっても、まちがいなくこのほうがおもしろいだろうさ。さて、ワトスン、これから一日、手間暇かかる仕事が山とあるぞ。レストレード君、今夜六時にベイカー街でお目にかかれるとうれしいんだが。それまでのあいだ、被害者が持っていたこの写真をお借りしておきたい。もしぼくの推理のつながりに狂いがなければ、今夜はちょっと出かけることになるはずだ。一緒に行ってもらい、協力をお願いすることになるかもしれない。それでは失礼、ご健闘を祈ります」

ホームズとわたしはハイストリートに赴き、胸像を売ったハーディング・ブラザーズ商会に立ち寄った。若い店員は、ハーディング氏は午後にならないと来ない、新米である自分には何もわからないと言う。ホームズは失望を顔に出して、しばらく黙り込んだ。

「まあ、ワトスン、何もかも思いどおりってわけにはいかないさ。ハーディング氏がやってくる午後に、また来るしかないな。そう、胸像の出どころをたどって、その不思議な運命に導いた特異な事実を見つけられないものかと考えているんだ。ケニントン・ロードのモース・ハドスン氏のところに回って、彼にもあたってみよう」

一時間も馬車に乗って、画商の店についた。画商は小柄で肉づきのいい赤ら顔の男で、物腰がてきぱきしている。

「はい、はい。このカウンターの上ですよ、だんな。いったい何のために税金を払ってんだか。悪党が勝手に入り込んで商品を壊していくなんてね。ああ、そうです。バーニコット博士に、わたくしどもから石膏像を二体お買い上げいただきました。恥知らずなやつらめ！虚無主義者《ニヒリスト》のしわざでしょうよ。わたしはそう思いますね。像を壊して回るなんざ、無政府《アナー》主義者《キスト》のほかにいるもんですか。〝共和主義者〟って、わたしは呼んでますがね。仕入れ先？　事件と何か関係あるんですかね。はあ、そこまでおっしゃるんでしたらお教えしますが、ステップニーのチャーチ街にあるゲルダー商会ですよ。この商売の世界じゃ有名な店で、もう二十年もやってるところで。

ここにあった数ですか？　三つです——二たす一で三ってことで——二つはバーニコットさんお買い上げのやつ、もうひとつがこのカウンターで白昼堂々とぶっ壊されちまったやつ。この写真？　いや、知らない男だね。おっと、知ってます、知ってます。へえっ、ベッポのやつじゃないか！　出来高払いで仕事する、イタリア人職人ってとこですかね。うちじゃ、役に立つ男です。彫刻もちょっとはやれるし、額に金を塗ったりっていうはんぱ仕事で重宝するんです。先週、ぷいといなくなりまして、それから音沙汰なし。はい、どこから来たのやら、どこへ行っちまったのやら、とんとわかりません。この店で、べつにまずいことがあったわけじゃないんですがねえ。いなくなったのは、胸像がぶっ壊された二日前のことでした」

店を出ると、ホームズが言った。「モース・ハドスンから聞き出せるのは、まあこんなところだろう。ケニントンとケンジントンに共通するものとして、ベッポという男が浮上してきた。十マイルも馬車に揺られただけのことはあったな。さて、ワトスン、胸像のおおもと、ステップニーのゲルダー商会へ行ってみよう。そこで何か手がかりが見つからなかったら、そのほうがおかしいくらいだ」

流行のロンドン、ホテルのロンドン、劇場のロンドン、文学のロンドン、商業のロンドン、そして海運のロンドン。わたしたちは次々とロンドンのいくとおりもの顔を見たあげく、安アパートがひしめき、ヨーロッパの流れ者たちのにおいが濃い、川べりの人口十万ほどの街に来た。かつては市の大商人たちが住んでいたこの広い通りに、目当ての彫刻工場があった。外の広々とした庭に、記念碑となる石碑のたぐいがひしめく。中はまた広い部屋で、五十人ばかりの職人が彫刻を削ったり型をとったりしていた。

支配人は金髪の大柄なドイツ人で、わたしたちを丁重に迎え、ホームズの質問に一貫してはきはき答えた。帳簿からは、ドヴィーヌ作ナポレオンの大理石像複製品から何百個という像がつくられたこと、一年かそこら前にモース・ハドスン商会に卸された三個は六個一組のうちの半分で、あとの三個がケンジントンのハーディング・ブラザーズ商会に売られていったことがわかった。この六個に、ほかの石膏像と違うところはべつだんなかった。だれかが壊したがるような理由はまったく思いあたらない、そう言って支配人は笑った。それらの像は卸し値でこそ六シリングだが、小売りでは十二シリングかそれ以上になるだろう。石膏の型は顔の両側からとった二つからなり、焼石膏の二つの横顔を合わせてひとつの胸像を完成させる。その作業をするのはふつう、わたしたちがいた部屋のイタリア人たちだ。作業が終わると、廊下のテーブルで胸像を乾かしたのちに倉庫に納める。支配人がわたしたちに語ってくれたのは、こんなところだった。

ところが、例の写真を出すと、支配人の様子が一変したのに驚いた。顔が怒りに紅潮し、チュートン人らしい青い目の上で眉間にしわが寄る。

「あのごろつき!」という大声が出た。「ええ、知っているなんてもんじゃありませんよ。ここはずっとまっとうな会社で通ってきているのに、たった一度だけ警察のご厄介になったことがあります。原因がこの男でした。もう一年以上も前のことです。通りで別のイタリア人をナイフで刺したんです。ここへ戻ってきて、追ってきた警察に逮捕されました。ベッポといいましたが——姓はわかりません。あんな顔の男を雇ったのが不運だったんですね。しかし、腕はよかった——腕ききのひとりではありました」

「そのときの刑は?」

「被害者が死なずにすんで、一年の刑でした。もう出てきてるはずです。もっとも、ここへ顔を出す勇気はないでしょうがね。ここに、やつのいとこがいます。たぶん、居どころを知ってるんじゃないでしょうか」

「いけません」ホームズが声を大きくした。「そのいとこには何も言わないようにしてください。ひとこともです。お願いします。きわめて重大なことになっているんです。しかも、調べていけばいくほど、ますます重大さを増していくようだ。帳簿で胸像の卸しのことを調べてくださいましたが、たしか日付は昨年六月三日でしたね。ベッポが逮捕されたのがいつだったか、わかるでしょうか？」

「賃金の支払いを調べれば、おおよそのところはわかると思います」そう言って支配人はページを繰った。「最後の支払いが五月二十日ですね」

「ありがとうございました。これ以上、お時間をいただいてご迷惑をおかけすることもないでしょう」ホームズは、捜査のことを絶対に口外しないようにともう一度念を押し、わたしたちはまた西へ向かった。

午後もかなり遅い時間になってやっと、わたしたちはレストランでそそくさと昼食をとった。入り口にあった新聞の宣伝ビラに「ケンジントンの惨劇。異常なる殺人」とある。ホレス・ハーカー氏が、自分の記事をやっと活字にしたのだ。記事は二段抜きで、事件全体をそうとうセンセーショナルに、派手に書きたてている。ホームズはスパイス台に新聞を立てかけて食事をしながら読み、一、二度、くっくっと笑い声をたてた。

「傑作だよ、ワトスン。『事件をめぐって見解の相違がないことは喜ばしい。経験豊富にかけては警察随一のレストレード警部と、高名な敏腕私立探偵シャーロック・ホームズ氏の二人ともが、このような悲劇に至った一連のグロテスクな事件は、周到な計画的犯行ではなく心神喪失によるものだという同じ結論に達した。異常者の犯行という以外、事実を解き明かすどんな説明もありえないだろう』だと。

ワトスン、利用のし方さえ心得ていれば、新聞ってやつはじつにありがたい存在だねえ。さて、きみが食べ終わったら、ケンジントンに戻って、ハーディング・ブラザーズ商会の支配人に事件のことを訊いてみようじゃないか」

会ってみると、大商会の創立者は小柄できびきびと活発でたいそう威勢のいい、頭も舌もよく回る男だった。

「ええ、夕刊の記事はもう読みましたとも。ホレス・ハーカーさんはうちのお得意さまです。何カ月も前になりますが、たしかに胸像をお買いあげいただきましたよ。あれは、三体、ステップニーのゲルダー商会に注文を出したものです。もうみんな売れました。どこにですって？　はあ、帳簿を見れば、たぶんすぐわかるでしょう。はい、ここにありますね。ひとつはハーカーさま、もうひとつがチジックのラバーナム・ヴェイルにある、ラバーナム荘のジョサイア・ブラウンさま、あとひとつはレディング、ロウワー・グローヴ・ロードのサンドフォードさま。え、この写真の顔には覚えがありません。見たことがあったら忘れられない顔ですよ――そうでしょう、こんないやな顔。イタリア人の従業員がいるかって？　会社には、職人や掃除係に何人かいますがねえ。うーん、その気になれば、売上帳簿をのぞくことができないこともないでしょうな。隠しておく理由も特にありませんし。それにしても、へんな事件ですねえ。もし何かわかったら、こちらにもお教え願えるとうれしいんですが」

ハーディング氏の話のあいだじゅうメモをとりながらも、ホームズは事件が見せ始めた様相に満足げだった。しかし、急がないとレストレードとの約束の時間に間に合わなくなるという以外、何も言わなかった。案の定、ベイカー街にたどりついたら、警部はすでにじりじりしながら歩き回っていた。もったいぶった顔つきからして、彼の一日の働きにも成果があがらなかったわけではないらしい。

「それで、ホームズさん、どんな具合ですか？」

「なんとも忙しい一日だった。そして、まったくの無駄足を踏んだわけでもなかったね。小売り業者二人と、卸しの業者にも会ってきた。胸像すべての出どころをたどることができたよ」

「胸像！」レストレードは大声を出した。「そうでした、ホームズさん、あなたにはあなたのやり方があったんでした。もちろん、それはそれでけっこうです。だが、どうやらわたしの収穫のほうが上ですな。被害者の身もとを割り出しましたよ」

「ほう！」

「犯行の動機もわかりました」

「それはすごい！」

「サフロン・ヒルとイタリア人地区の両方を専門にしている警部がいましてね。被害者は首にカトリックのしるしをさげていました。肌の色とも考え併せて、南の人間だろうと見たんです。そのヒル警部には、ひと目でわかりましたよ。ナポリ出身のピエトロ・ヴェヌッチという男で、ロンドンでも悪名高い人殺しです。この男、指令のためなら人殺しもいとわない秘密政治結社マフィアとつながりがあったようです。

これではっきりしたでしょう。もうひとりもきっとイタリア人で、マフィアの一員ですよ。何か掟に背くようなことをしでかしたんでしょう。そして、ピエトロが追った。ポケットの写真は、追っている男でしょう。まちがって別人を殺すことがないように、持っていたんですな。ピエトロは男のあとをつけていって、家に入るのを確かめ、外で待っていた。そして、男を襲ったところで逆にやられてしまった。こんなところでしょうかね、シャーロック・ホームズさん」

ホームズが拍手を送り、大声で賞賛する。

「すごい、レストレード君、すごいじゃないか！　しかし、胸像が壊された理由の説明がないね」

「胸像ですって！　どうしてもそれが頭を離れないんですねえ。そんなことはどうでもいいじゃありませんか。そっちは、せいぜい六カ月がとこの刑で済む犯罪にすぎませんよ。捜査の本命は殺人です。しかも、そちらの線であらゆる糸がわたしの手に集まってきているんです」

「次の段階はどうするんだい？」

「そのものずばり。ヒル警部といっしょにイタリア人地区に乗り込んで、写真の男を見つけ出し、殺人容疑で逮捕ですよ。ごいっしょにいかがです？」

「遠慮しておこう。もっとかんたんなやり方で目的を達することができる。どうにもならない要因にすべてがかかっているので、絶対とは言えないが。でも、大いに有望だ――実際、二対一で勝算がある。つまり、もし今晩われわれと一緒に行ってくれれば、犯人をとり押さえるお手伝いができそうだということだ」

「イタリア人地区で？」

「いや、犯人が見つかりそうなのはチジックだよ。今夜チジックに来てくれたら、あしたはイタリア人地区にご一緒しよう。一日延ばしたって、どうってことないだろう。それから、二、三時間眠っておいたほうがいいだろう。十一時までは出かけるつもりはないし、朝までに帰ってこられるとも思えない。夕食を一緒にどうだい。出発のときまでソファを使ってくれたまえ。

さて、ワトスン、呼び鈴を鳴らして至急便のメッセンジャーを呼んでくれないか。[*3] 手紙を出したい。それも、大至急届けたいんだ」

夕方ずっとホームズは、物置になっている部屋のひとつに山とある古新聞の綴じ込みをひっくり返していた。最後に新聞を下に置いたとき、彼の目には勝ち誇った色が浮かんでいたが、わたしたち二人に調べた結果を明かそうとはしなかった。わたしはわたしで、ホームズがこの事件のもつれた糸をほぐしてたぐっていった道筋を、一歩一歩追ってみた。そして、どんな結果にたどりつくのかはわからないながら、ホームズがこの気味悪い犯罪者が残る二つの胸像も狙うだろうと考えていることだけは、はっきりわかった。二つの胸像のうちひとつが、たしかチジックにあるはずだった。今夜のちょっとした旅の目的が、犯人を現行犯でとり押さえることにあるのはたしかだ。犯人を安心させるために、夕刊に目くらましの記事をまんまと載せたわが友の読みの深さには、改めて舌を巻いた。拳銃を持っていくように言われてもちっとも意外に思わなかった。ホームズのほうは、鉛を仕込んだ狩猟用の鞭を携えた。彼のお気に入りの武器だ。

十一時になると、玄関に四輪馬車《ランドー》が着いた。それでハマースミス橋をむこう岸に渡る。御者をそこに待たせて少し歩くと、庭のゆったりしたしゃれた家が並ぶ、奥まった道に出た。街灯の光で、そのうちの一軒の門柱に「ラバーナム荘」とあるのが読めた。住人は眠りについているらしい。真っ暗で、たったひとつ玄関口の上の扇窓の明かりが庭の小道にぼんやりと丸い光を投げかけている。道路との境にある木の塀が内側に黒い影を濃く落としているなかに、わたしたちは身を潜めた。

「かなり待つことになりそうだ」と、ホームズが小声で言う。「せめて雨でないだけでもありがたい。暇つぶしに煙草ってわけにもいかないし。だが、報われる賭け率は二対一だ」

ところが、ホームズが脅かしたほど長く待つことにはならなかった。突如として奇怪な終結が訪れたのだ。何の前ぶれもなく、あっというまのできごとだった。庭の戸がぱっと開いたかと思うと、しなやかな黒い人影がまるでサルのようなすばしっこさで庭の小道を駆け抜けた。玄関の上からの光の輪をさっとよぎる男の姿が、たちまち家の黒い影に吸い込まれた。長い間。わたしたちはじっと息を殺していた。やがて、きしるような音がかすかに聞こえてきた。窓が開けられている。音がやみ、ふたたび長い静けさが訪れた。男は家に入り込んだのだ。ふいに、室内でダーク・ランタンの明かりがともった。捜しものはそこにはないらしい。別の部屋のブラインドの隙間から光が漏れ、それからまた別の部屋に光が見えた。

「あの開いた窓のところへ行きましょう。這い出してくるところを押さえるんです」レストレードがささやく。

しかし、わたしたちが動く前に、男がふたたび姿を見せた。ちらつく光の中へ出てきたとき、何か白いものを小脇に抱えているのが見えた。こっそりあたりをうかがっている。人けのない通りはしんとしているので、安心したらしい。わたしたちに背を向けると、男が抱えたものをおろした。次の瞬間、鋭い音がして、ガシャンと砕け散る音が続いた。男は作業に夢中で、わたしたちが草むらを忍び歩く気配にまったく気づかない。その背中にホームズがトラのように飛びかかり、レストレードとわたしが手首をそれぞれ押さえ、またたくまに手錠がかけられていた。その身体をこちらへ向けてみると、なんとも恐ろしい青白い顔をして、ゆがんだ獰猛な目でわたしたちをにらみつけていた。捕らえたのは、あの写真の男だった。

ホームズの関心は、犯人にはなかった。玄関の階段にかがみ込んで、男が家から持ち出してきたものを熱心に調べている。その朝見たのとそっくり同じナポレオン像が、これまたこなごなになっていた。ホームズは、石膏の破片をひとつひとつ、注意深く明かりにかざしてみた。どことい って変わったところはない。ホームズが観察を終えたとき、玄関の明かりがぱっとついてドアが開き、シャツにズボンという格好で、丸々太った陽気そうな家の主人が姿を現わした。

「ジョサイア・ブラウンさんですね?」ホームズが声をかける。

「そうです。シャーロック・ホームズさんですね。至急便のメッセンジャーでお手紙をちょうだいしました。そのとおりにいたしましたよ。ドアには全部内側から鍵をかけて、何か起きるのを待っていました。いや、悪いやつを捕まえることができてなによりです。みなさん、お入りになって、何か召しあがってください」

しかし、レストレードは犯人を早く安全なところへ移したがった。十五分とせず、わたし

たち四人は待たせておいた馬車に乗り込んで、一路ロンドンに向かっていた。犯人はひとことも口をきかず、もじゃもじゃの髪の陰からわたしたちをにらんでいた。一度など、近づいたわたしの手に、飢えたオオカミのように嚙みつこうとさえした。警察署で待っていると、犯人の着衣から見つかったものは、二、三シリングの金と、柄の部分に最近ついた血の跡がある長い鞘の匕首《あいくち》だけだったと聞かされた。

「首尾は上々です」と、別れ際にレストレードが言った。「あいつらのことはみんな、ヒル警部が知っています。やつの名前も、すぐに教えてくれるでしょう。マフィアがからんでいるというわたしの説が正しかったと、いずれわかるでしょうよ。それにしても、犯人逮捕の離れわざには心からお礼を申しあげなくてはなりません、ホームズさん。もっとも、どうもよくわからないところもあるにはありますが」

「説明を始めるには、時間が少々遅いね」とホームズ。「それに、細かいところで若干、まだ仕上げができていないし、この事件はとことん追うに値するようだ。あしたの六時にもう一度ぼくのところに来てもらえれば、この事件の全体像がじつはいまなおきみには見えていないのだということを、説明してあげられるだろう。これは、いくつかの特徴があって、犯罪史上まれに見る事件なんだよ。ワトスン、もしもきみの記録に、ぼくが解決したささやかな事件をもっと加えてもいいとなったら、このナポレオン像の奇怪な冒険物語を、きみはさぞかし生き生きと描いてくれることだろうな」

　次の日の夕方、ふたたびやってきたレストレードは、捕らえた犯人に関する情報をたくさんもっていた。名前はベッポ。ただし、姓は不詳。イタリア人居住地ではよく知られたやくざ者だった。かつては腕のいい彫刻職人としてまじめに働いていたのだが、どこかで道を踏みはずし、監獄にいたことが二度ある――けちな盗みで一度、もう一度が、わたしたちが知るとおり、同国人を刺したかどで。彼の操る英語は完璧だった。なぜ胸像を壊したかについては完全黙秘をくずそうとせず、その点は依然として不明。ただ、彼がゲルダー商会で胸像づくりの仕事に携わっていたところから、壊された同じ胸像がこの男のつくったものである可能性もあると警察では考えている。

　だいたいはすでにわかっていたことだが、ホームズは終始おとなしく聞いていた。ただし、彼のことをよく知るわたしには、ホームズが何か別のことを考えていることがはっきりわかったし、いつもの表情の仮面の下には、なにやら落ち着かなげな期待感があるような気もするのだった。ホームズが椅子に預けた身体をぴくりと動かすと、その目に光が宿った。呼び鈴が鳴ったのだ。しばらくして階段を上ってくる足音がして、長い頬髯に白いものが混じった赤ら顔の年配の男が部屋に通されてきた。右手に持った旧式の旅行鞄を、テーブルの上に置く。

「シャーロック・ホームズさんはいらっしゃいますか？」

ホームズは軽く頭を下げ、にっこりした。「レディングのサンドフォードさんですね？」

「そうです。ちょっと遅くなってしまいました。汽車で時間がかかってしまいまして。わたしの持っている胸像のことで、お手紙をくださいましたね？」

「そのとおりです」

「このお手紙ですが、『ドヴィーヌ作ナポレオンの複製品がほしいのです。お持ちの像を十ポンドで譲っていただけないでしょうか』とのこと。ほんとうですか？」

「ええ、ほんとうです」

「お手紙にはめんくらってしまいましたよ。わたしがこんなものを手に入れたことを、どうしてご存じなのかと不思議で」

「驚かれるのも無理はありませんが、種を明かすとかんたんなんです。ハーディング・ブラザーズ商会のハーディング氏から、最後のひとつをあなたがお買い上げになったとうかがい、そのうえあなたのご住所まで教えていただきました」

「なるほど、そういうわけですか。わたしがこれをいくらで買ったのかは、店からお聞きになりましたか？」

「いいえ、うかがっていません」

「そうですか。わたしは、金もありませんが嘘をつくこともない人間です。この胸像に払った金額はたったの十五シリングでした。十ポンドいただく前にまず、そのことをよくご承知おきいただきませんとね」

「お気づかいありがとうございます、サンドフォードさん。しかし、こちらのつけた値段です、あくまでその金額で買わせていただきますよ」

「そうですか、それはどうも、ホームズさん。おおせのとおり、胸像を持ってまいりましたよ。はい、これです」

旅行鞄が開けられた。そして、ばらばらになったところにはすでに一度ならずお目にかかっていた問題の胸像の完全な姿が、ついにわたしたちの目の前にあるテーブルの上に現われた。

ホームズがふところから一枚の紙を取り出し、テーブルに十ポンド札を載せた。

「その紙にサインしていただけますか、サンドフォードさん。この人たちが立会人です。この胸像に対するすべての権利をぼくに譲る、というだけの内容の書面です。ぼくは筋を通しておくのが好きな人間ですし、この先どんなことになるかわかりませんので。ありがとうございます。それでは、これが代金です。どうもお手数をおかけいたしました」

客が出ていき、わたしたちの目はホームズの動きに釘付けになった。まず引き出しからきれいな白い布を出して、テーブルの上に広げた。そして、その布の真ん中に買ったばかりの胸像を置く。最後に、狩猟用の鞭を手にしたかと思うと、ナポレオン像のてっぺんに勢いよく振り下ろした。像はこなごなに砕けた。散らばる破片を、ホームズは身をかがめてじっと見た。と、うれしそうな大声をあげ、ひとかけらをかざしてみせた。プディングに入っている干しスモモのような丸くて黒いものが、かけらの中にある。

「諸君、ごらんあれ！　有名なボルジア家の黒真珠だ！」

レストレードとわたしはことばもなかった。次の瞬間、まるでよく仕組まれた芝居の見せ場にきたかのように、思わず拍手をしていた。青白いホームズの顔に赤みがさし、観客の喝采に応える偉大な劇作家よろしく、こちらに軽く頭を下げた。こういう一瞬に、一個の推理機械であることをやめて、褒めたたえられて気をよくする人の情をついついのぞかせたのだ。世間でちやほやもちあげられることに対しては軽蔑して顔をそむける、内気で誇り高い彼。その同じ人間が、こと友だちから素直に寄せられる驚きに満ちた賞賛の念に接しては、強く心動かされることもあったのだ。

「そうさ、おふたかた。現存するもっとも有名な真珠だ。ひとつひとつの事例から結論を導き出す推理の鎖をつなげていったおかげで、幸運にも、ずっとたどっていくことができたんだ。真珠がなくなった、デイカー・ホテルのコロンナ公の寝室から始めて、ステップニーのゲルダー商会でつくられた六つのナポレオン像の最後のひとつである、この胸像の中へとね。

この貴重な真珠の紛失で大騒動になったこと、また、取り戻そうとしたスコットランド・ヤードの努力も甲斐がなかったことを、覚えているだろう、レストレード君。ぼくも相談を受けたが、解決の光を見いだすことはできなかった。公妃のメイドのイタリア人が疑われた。

ロンドンにそのメイドの兄がいることもわかったが、二人のつながりはついにつかめなかった。メイドの名は、ルクレティア・ヴェヌッチ。二日前に殺されたあのピエトロこそその兄だと、ぼくは確信した。古い新聞で日付を調べておいたから、真珠がなくなったのはベッポが何かの暴力事件で逮捕された正確に二日前のことだったとわかった――問題の胸像がつくられていたまさにそのとき、ゲルダー商会の工場内で起こった事件だよ。

さあ、事件のつながりがはっきりしただろう。もっとも、ぼくが見ていったのとはもちろん逆の順序でね。真珠は、ベッポが持っていたんだよ。ピエトロから盗んだのかもしれないし、二人は共犯だったのかもしれない。ベッポがピエトロと妹とのあいだのつなぎ役だったってこともありうる。まあ、われわれにはそのどれであってもかまわないが。

肝心なのは、ベッポがたしかに真珠を持っていて、しかもそれを持っていたときに警察に追われていたということだ。仕事をしている工場に逃げ込んだものの、身体検査されればたちまち見つかることとまちがいなしの、このとんでもなく高価な真珠を、どこかに隠すには時間が二、三分しかない。廊下で、六つのナポレオン像が乾かされているところだった。うち一個が、まだ柔らかかい。腕きき職人のベッポは、とっさに、生乾きの石膏に小さな穴をあけて真珠を放り込むと、ちょいと手を加えて穴をふさぎ、もとどおりにした。真珠の隠し場所としては最高だったね。見つけられる人間なんかいない。

ところが、ベッポは一年の刑をくらってしまう。一方、六つのナポレオン像はロンドンじゅうに散っていった。真珠を隠したのがどれなのかは、隠した本人にもわからない。壊してみて初めてわかるわけだ。振ってみたってだめだろう。石膏は生乾きだったから、真珠は穴にくっついているかもしれない——現にそうなっていたね。

だが、ベッポは諦めなかった。頭を絞り、粘りに粘って捜索にかかった。ゲルダー商会で仕事をしていたところから、胸像が売られていった小売り店をつかんだ。モース・ハドスン商会に仕事の口を見つけて、六つのうち三つを捜し当てた。真珠は入っていなかった。次に、イタリア人従業員のだれかのおかげで、残る三つの像の行方がわかった。まず、ハーカー氏のところの像だ。そこで、ベッポが真珠を横どりしたとにらんでいた共犯者にあとをつけられ、小競り合いになって刺し殺すことになったわけさ」

「共犯者だったら、どうして写真なんか持ち歩く必要があったんだろう?」わたしが疑問をはさんだ。

「人に尋ねながら追いかけなくちゃならないかもしれないからだ。はっきりしてるよ。さて、殺人事件になってしまったからにはベッポは行動をむしろ急ぐだろうと、ぼくは考えた。自分の秘密に感づいた警察に先を越されないようにと、焦るだろうとね。ハーカー氏の像から真珠が見つからなかったとは、もちろん言い切れないよ。だいいち、真珠なのかどうかもあやふやだ。ただ、胸像は何軒も先の空き家まで運ばれ、街灯の明かりがある庭で壊されていたから、ともかくやつが何かを捜していることだけはまちがいない。あれが残り三つのうちのひとつだったから、真珠が入っている可能性は、ぼくが賭け率二対一と言ったぴったりそのとおりだったのさ。

あと二つのうち、ロンドンにあるほうからやつがまず手をつけるのはまちがいない。また悲劇が起こらないよう、家の人にあらかじめ話をつけておいて出かけていった。そこで、われわれは最高の戦果をあげたね。そのころにはもう、われわれが追っているのはボルジア家の真珠だと確信するようになっていた。殺された男の名前で、二つの事件がつながったんだ。残ったのはたったひとつ、レディングのナポレオン像——真珠はその中にあるにちがいない。二人の見ているところで、ぼくはそれを所有者から買い取った——ほら、そこに転がっているやつだ」

わたしたちはしばらく黙って、ただ座っていた。

「いやはや」レストレードが口を開く。「ホームズさん、あなたがみごとに事件を解決するところをずいぶん見せていただいてきましたが、これほどみごとな解決は初めてですよ。スコットランド・ヤードでも、これをやっかむ者はいないでしょう。それどころか、われわれはあなたを心から誇りに思います。あしたおいでくだされば、古参の警部から新米の巡査に至るまで、あなたと握手しようと思わない人間はひとりもいないでしょうよ」

「ありがとう！　ほんとうにありがとう！」そう言いながらホームズが見せた横顔に、人間らしい温かい感情にこれまでになく心を動かされそうになっている気配がうかがえた。だが、またたくまに、またいつもの冷たい実際的な思索の人に戻ってしまった。

「ワトスン、真珠を金庫にしまってくれないか。それから、コンク・シングルトン偽造事件の書類を出してくれ。では、失礼、レストレード君。何か問題が出てきたときには、ぼくの手に負えるようなものであれば喜んで解決のヒントをひとつや二つはさしあげるよ」

三人の学生

The Adventure of the Three Students

一八九五年のこと、いろいろなできごとがかさなって――それについて説明する必要はないだろう――シャーロック・ホームズとわたしは、数週間をわが英国の有名な大学町で過ごした[*1]。これから語ろうという、ささやかながらひどく教訓的な事件が起きたのは、そのときのことだ。

大学名や犯人の実名が、読む人にはっきりわかるようなことまで記すのは、はしたないし、失礼でもあるだろう。あんな胸の痛むスキャンダルはできるだけ早く忘れられてしまったほうがいい。しかし、十分に気を配りさえすれば、事件そのものは書いてもさしつかえないと思うし、わたしの友人のずば抜けた才能をわずかなりともお見せする助けとなるはずだ。事件のあった場所や関係する人物名のヒントになるようなことは努めて伏せるようにして、話を進めることにしよう。

そのころわたしたちは、図書館の近くに家具付きの下宿を借りていた。ホームズがそこで、初期イギリスの勅許状に関する研究に苦労して取り組んでいたのだ。そして、いずれわたしの物語のテーマにとりあげてもいいほどの、すばらしい成果をあげていた。ある晩のこと、その下宿をひとりの知人が訪ねてきた。セント・ルーク・カレッジで個人指導教師《テューター》と講師を兼務している、ヒルトン・ソームズ氏だ。[*2] やせて背の高い、神経質ですぐに興奮するたちの人物だった。いつも落ち着きがない彼が、いちだんとおろおろした様子をあからさまに見せている。どうやら、何かたいへんなことが起きたらしい。

「ホームズさん、お願いします、貴重なお時間を二、三時間ほど割いていただけないでしょうか。セント・ルーク・カレッジで、頭の痛い問題が起こりまして。幸いにもあなたがこの町にいらっしゃった。そうでなければ、いったいどうしたものかわからなかったでしょうが」

「ぼくは今、非常に忙しくて、ほかのことに煩わされたくないんです。警察にご相談なさってはいかがでしょう？」

「いや、それは絶対にできませんよ。いったん警察に任せたら最後、もう止めることができなくなる。カレッジの名誉のためにも、この事件を表沙汰にすることはできないのです。あなたなら、そのすぐれた能力ばかりでなく思慮深さにかけても名高い。わたしを助けることのできるのは、世界広しといえどもホームズさん、あなただけなのです。お願いします、力をお貸しください」

住み慣れたベイカー街を離れてからというもの、友人の機嫌はどうもぱっとしなかった。スクラップブックや化学薬品や居心地のいい散らかり具合、そんなものがないと、ゆったりくつろげないのだ。ホームズが肩をすくめてしかたなさそうに受け入れると、客は堰《せき》を切ったように早口で、興奮した様子で話し始めた。

「ホームズさん、まずご説明します。あしたはフォーテスキュー奨学金のための試験第一日でして。わたしも試験委員のひとりなのです。担当する科目はギリシャ語で、その第一問は、ギリシャ語長文を初見で英訳する問題です。試験用紙に印刷してあるその文章を志願者が前もって見ることができれば、もちろん、だんぜん有利になります。ですから、試験用紙は万全の注意を払って保管いたします。

きょう三時ごろ、印刷所から試験用紙の校正刷りが届きました。ツキュディデスのある章の半分が出題されています。絶対に正確を期さなくてはなりませんから、私は注意深く読み返しました。その仕事は四時半になってもまだ終わりませんでした。でも、友人の部屋でお茶に誘われていたのです。私は、校正刷りを机の上に置いたまま、一時間以上も部屋をあけました。

ご存じのように、カレッジのドアはどこもみな二重になっています——内側に緑色の粗いラシャ張りドア、外側にがっしりしたカシ材のドアがあるのです。友人の部屋から戻って外側のドアに向かうと、なんと、鍵が差し込んである。とっさに鍵を抜き忘れていたのかと思いましたが、ポケットを探ると鍵はちゃんとあります。わたしの知るかぎり、ほかに合鍵は用務員のバニスターが持っているだけ。十年このかたわたしの部屋のめんどうをみている、疑いをさしはさむ余地のない正直な男です。訊いてみたところ、鍵は彼のものにまちがいありませんでした。わたしがお茶を飲むかどうか尋ねに部屋に入り、うっかり鍵を差し込んだまま出ていったようです。わたしが部屋を出てから数分以内のことだと思います。ほかの場合なら鍵を忘れたくらいどうということもないのですが、きょうばかりはじつに遺憾なことになってしまいました。

机を見たとたん、だれか試験用紙に手を触れた者があると気づきました。校正刷りは、長い紙が三枚でした。わたしは机の上に三枚そろえて置いていましたが、一枚は床の上に、もう一枚は窓際のサイドテーブルの上に、そして三枚めはもともとの場所にあったのです」

ホームズが、初めて身動きした。

「一ページめが床の上、二ページめが窓際、三ページめがもとの場所ですね？」

「そのとおりです、ホームズさん。驚きましたね、どうしてそれがおわかりになったのでしょう？」

「どうぞ、興味深いお話を続けてください」

「一瞬、けしからんことにバニスターが試験問題を見たのではないかと思いました。しかし、それはもう真顔で否定します。嘘ではないとたしかに信じられました。すると、通りかかっただれかが、鍵が差し込んだままなのを見かけてわたしの留守を知り、部屋に入って試験問題を探ったのだとしか考えられません。試験に合格すれば奨学金としてたいそうな金額がもらえるのですから、競争に勝つためにそんな危険をもいとわない不心得者がいないともかぎりません。

　バニスターは、事件を知ってすっかり動転し、試験用紙がたしかにいじられているのを見て、危うく倒れてしまうところでした。ブランデーを少し飲ませて、椅子にへたりこんだのを放っておいて、わたしはじっくりと部屋を調べました。試験用紙がしわくちゃになっているほかにも、だれかが部屋に侵入した形跡がすぐに見つかりました。窓際のテーブルに鉛筆の削り屑が落ちているし、折れた芯の先も転がっている。どうやら、大急ぎで問題を写していて鉛筆の芯が折れ、削り直さなければならなかったようです」

「おみごと！　幸運の女神があなたに味方したようだ」そう言うホームズは、事件に興味をそそられて機嫌がなおってきた様子だ。

「まだあります。部屋に新しい書きもの机があるんですが、赤革張りの表面はなめらかでまだ汚れひとつありませんでした。はっきりそう申しあげられますし、バニスターもそう言っています。ところがそこに、三センチほどの切り傷がくっきり残っているんです。ただのひっかき傷ではなくて、まちがいなく切り傷です。机の上にはさらに、細かいおが屑のようなものが混じった、黒い泥だか粘土だかの小さな塊が、点々と落ちていました。みんな、試験用紙をばらばらにした人物が残していったものにちがいありません。足跡はありませんでした。その人物がだれなのかわかるような証拠は何もありません。

　どうしたらいいのか途方に暮れているとき、ふと、あなたがこの町にいらっしゃることを思い出しました。そこで、調査をお願いしようと、さっそくうかがった次第です。ホームズさん、どうかお助けください！　わたしがどんなに困った立場にあるか、おわかりいただけたでしょう。犯人をすぐに見つけなければ、新しい試験問題が準備できるまで試験の日を延ばさなければなりません。ただしその場合、事情を説明しなければなりませんから、これが恐ろしいスキャンダルになることは避けられない。カレッジばかりか大学全体を暗雲が覆うことになります。とにかく、どうしても、そっと穏便に解決したいと願っているのです」

「わかりました。よろこんで調査いたしましょう。できるかぎりのアドバイスをいたしますよ」ホームズは、立ち上がって外套を着ながら言った。「この事件、まるっきりおもしろみがないこともないようです。校正刷りが届いてからあなたの部屋に入った人間が、だれかいますか？」

「います。同じ棟に住んでいる若いインド人学生、ダウラット・ラースが、試験についてちょっとした質問にきました」

「その学生も試験を受けることになっているんですか？」

「ええ」

「そのとき、試験用紙は机の上に？」

「たしかに巻いて置いてありました」

「でも、校正刷りだということはわかったかもしれませんね？」

「かもしれません」

「ほかに部屋に入った者は？」

「いません」

「部屋に校正刷りがあることを知っていた者は？」

「印刷所の者のほかにはいません」

「そのバニスターという男は？」

「知らなかったはずです。だれも知らないはずです」

「バニスターは、いまどこにいるんですか？」

「かわいそうに、すっかりまいってしまったようで。椅子に倒れたまま、残してきました。なにしろ、大急ぎで駆けつけてまいりましたので」

「ドアを開けたまま、いらしたんですか？」

「ともかく試験用紙だけはしまって、鍵をかけてきました」

「すると、こういうことですね、ソームズさん。もし、そのインド人学生が、巻いてある紙は校正刷りだと気づかなかったとすれば、それに手を触れた者は、校正刷りがあるとは知らずに部屋に入ってきて、偶然見つけたということになる」

「そういうことになりますね」

ホームズは、なにやら謎めいた微笑を浮かべた。

「では、とにかく行ってみましょう。ワトスン、どうやらきみの物語にはむいていないようだ。精神の問題であって、肉体には関係ないようだからね。しかし、まあ、よかったらいっしょに来てくれよ。さあ、ソームズさん、どこへなりとおつれください!」

依頼人の居間は、低く長い格子窓のある部屋で、古いカレッジの苔むす中庭《コート》に面していた。ゴシック様式のアーチ型ドアをくぐると、すりへった石の階段がある。一階が個人指導教師の部屋、その上の各階にはひとりずつ、合計三人の学生が住んでいた。わたしたちが事件現場に到着すると、すでに日暮れどきになっていた。ホームズは足を止めて、熱心に窓を眺めた。近寄っていくと、爪先立って首を伸ばし、部屋をのぞき込んだ。

「入ったのは、ドアからにまちがいありません。窓はガラス一枚分しか開きませんから」

そう言う案内人の顔をホームズはちらっと見て、不思議な微笑を浮かべた。「ほう、そうですか。ここに手がかりがないなら、中へ入ったほうがよさそうだ」

講師は外側のドアの鍵を開けて、わたしたちを部屋へ通した。ホームズが絨毯を調べるあいだ、わたしたちはしばらく入り口で待っていた。

「どうやら足跡は残っていませんね」とホームズ。「こんなに乾燥した日じゃ、無理もないが。用務員の具合はよくなったようですね。倒れ込んでいたというのはどの椅子ですか?」

「窓際の、あの椅子です」

SP

「なるほど、この小さなテーブルのそばですね。さて、どうぞ入ってください。絨毯は調べ終えました。まず、この小さなテーブルを調べましょう。もちろん、ここで何があったかははっきりしています。犯人は、部屋に入ってくると、中央の机から試験用紙を一枚ずつ窓際のテーブルへ運んだ。つまり、あなたが中庭から戻ってくるのが見えたらすぐに逃げ出せるようにです」

「でもそれは、実際にはできなかったでしょう。わたしは脇にある門から入ってきましたから」と、ソームズがことばをはさむ。

「ほう、それはよかった！　まあ、ともかく、犯人はそう考えた。三枚の試験用紙を拝見。指のあとはなしか。よし、まず、犯人はこの一枚をもっていって写した。できるだけ略すとして、どれくらいの時間がかかるだろう？　どんなに早くても、十五分だな。一枚めを写し終わると、それを投げ捨てて二枚めにとりかかる。そのときあなたが戻ってきて、あわてて逃げ出さなくてはならなかった——試験用紙をもとのとおりにしておかなければ侵入者がいたとわかってしまうというのに、その余裕すらもないほどひどく慌ててね。外側のドアを入ったときに、階段に足音はしませんでしたか？」

「いいえ、気づきませんでした」

「そうですか。ところで、犯人はすごい勢いで書いたあまり、鉛筆の芯を折って、ご覧のとおり、削り直すはめになりました。ワトスン、ここは興味深いところだぞ。この鉛筆には特徴がある。ほぼふつうの太さ、芯は柔らかく、外側の木材表面の色は濃い紺色で、銀文字のメーカー名が入っている。鉛筆の長さはもう一インチ半くらいになっているな。ソームズさん、いま言ったような鉛筆を捜すんです。そうすれば、犯人に行きつく。もうひとつ付け加えましょう、犯人は、切れ味のよくない大きなナイフを持っているはずです。それもご参考になると思いますよ」

たくさんの情報に、ソームズ氏はいささかめんくらってしまったようだ。「あのう、ほかのことはわかりましたが、鉛筆の長さの点だけはどうも――」

ホームズが、NNという文字の読める削り屑と、文字のない削り屑を差し出した。

「ほら、おわかりでしょう?」

「さあ、そう言われましても――」

「ワトスン、いつもきみを責めてばかりいたのはまちがいだったようだ。ここにもきみのお仲間がいたね。このNNというのは何か? ある単語の最後の部分だよ。有名な鉛筆メーカーの名前に、ヨハン・ファーバーというのがあるのは知ってるだろう。鉛筆にヨハン（JOHANN）という文字の最後の部分しか残っていなかったのは明らかじゃないか」

ホームズはそう言って、小さなテーブルを明かりのほうへ傾けた。「書き写した紙が薄かったら、ぴかぴかのこの表面に何か跡がついただろうと思ったんだが、だめだな、何も見えない。ここには手がかりはないようだ。次は中央の机だ。この小さな塊が、あなたのおっしやった、黒い泥だか粘土だかですね。だいたいピラミッド形で、中空だ。おっしゃったとおり、おが屑のようなものが混じっているようです。なるほど、こいつはおもしろい。それに、切り傷がある――明らかな切り傷ですね。初めはかすかなひっかき傷で、最後がぎざぎざの穴になっている。ソームズさん、この事件にひっぱりこんでくださって、感謝いたしますよ。あのドアは、どこへ通じているのですか?」

「わたしの寝室です」

「事件が起きてから、お入りになりましたか?」

「いいえ、すぐにあなたのもとへ駆けつけましたから」

「ちょっと見せていただきましょう。ほう、古風な、すばらしいお部屋だ。床を調べますから、ちょっとお待ちください。けっこうです。何もないようだ。このカーテンは? カーテンのうしろに服を掛けておくんですね。ベッドは低いし箪笥はあまり奥行きがないから、この部屋で隠れるとすれば、このカーテンのうしろしかないな。まさか、だれも隠れてはいないだろうね」

カーテンを引くとき、万一に備えたのだろう、ホームズはちょっと身体を硬くして身構えた。だが、カーテンのうしろには並んだ木釘に洋服が何着か掛かっているだけだった。そこを離れて、ホームズが突然床にしゃがみ込んだ。「ほほう、こいつは何かな?」

それは、書斎の机にあったのとそっくりな、小さなピラミッド形の黒い泥の塊のようなものだった。ホームズがそれをてのひらに載せ、電灯の光にかざす。

「ソームズさん、お客さんはどうやら、居間だけでなく寝室にも跡を残していったようですよ」

「寝室に、いったい何の用があったんでしょう？」

「それははっきりしています。思いがけない方向からあなたが帰ってらしたものだから、犯人はあなたがドアに手をかけるまで気づかなかったんですよ。さあ、どうしたらいいか。自分の持ちものだけひっつかんで、寝室へ飛び込んで隠れたというわけです」

「何ですって、ホームズさん。それじゃ、この部屋でわたしがバニスターと話しているあいだずっと、犯人はそこにいたとおっしゃるんですか？」

「そのとおり」

「しかし、ホームズさん、そうじゃないとも考えられませんか？　寝室の窓はご覧になりましたか？」

「格子のはまった鉛枠の三枚続き窓の、一枚が蝶番で開いて、人が出入りできるくらいの大きさがあります」

「おっしゃるとおり。しかも、中庭の隅に面していて、一部が人目から遮られています。犯人はそこから入り、寝室を通って、最後に開いていると気づいてドアから逃げたのではないでしょうか？」

ホームズが、じれったそうに首を振る。

「もっと現実的に考えましょう。あなたの部屋の前を通ってこの同じ階段を使う学生が、三人いるとおっしゃっていましたね」

「ええ」

「三人とも今度の試験を受けるんですか？」

「そうです」

「そのなかに、特に疑わしいと思われる人物はいませんか？」

ソームズはためらった。

「それは、きわめて微妙な問題です。証拠もなく疑うわけにはまいりません」

「疑わしいことがあればお教えください。証拠ならこちらで見つけますから」

「では、ここの上の階に住んでいる学生三人のことをかんたんにご説明することにしましょう。二階にいるのは、ギルクリストという、成績も優秀なスポーツマンです。ラグビー校でラグビーの選手、カレッジではクリケットのチームの選手で、ハードルと幅跳びでも代表選手である『ブルー』に選ばれています。父親は、競馬で破産した有名なサー・ジェイベズ・ギルクリスト。父親を亡くした不幸な身の上ですが、努力を惜しまず勉強するタイプですから、ゆくゆくはきっと成功することでしょう。

三階に住んでいるのは、インド人学生のダウラット・ラースです。インド人には多いですが、もの静かな、神秘的なところのある青年ですね。成績は優秀ですが、ギリシャ語だけはちょっと苦手としています。真面目で几帳面な性格です。

そして最上階が、マイルズ・マクラレン。やる気さえ出せば優秀な学生で、頭のよさにかけては大学でも指折りなのですが、気まぐれで、だらしなくふらふらしたところがあります。一年生のときに、カードゲームでよくない評判がたって、あわや退学になるところでした。今学期もずっと怠けがちでしたから、今度の試験も不安でたまらないところでしょう」

「すると、疑わしいところがあるとしたら、彼だと?」

「いえ、そこまでは。しかし、三人のうちではいちばん、怪しくないこともないでしょうね」

「なるほど。ところでソームズさん、用務員のバニスターに会いたいのですが」

バニスターは、髭を生やしていない青白い顔で、髪に白いものの混じる、小柄な五十男だった。穏やかな日常生活が不意に乱され、まだ落ち着きを取り戻していないようだ。肉づきのいい顔を神経質にひきつらせ、指をぶるぶる震わせている。

「バニスター、わたしたちは、このたびの不幸な事件の調査をしているところなんだ」

「はい、先生」

「きみが、ドアの鍵を抜き忘れたそうだね?」ホームズが切り出した。

「はい」

「試験用紙が部屋にあるちょうどその日になんて、ずいぶんへんなんじゃないかね？」

「まったくです、間《ま》のわるいことでございました。でも、同じように鍵を忘れたことは前にもございました」

「部屋に入ったのは何時ごろだったかね？」

「四時半ごろでした。ソームズ先生のお茶の時間です」

「部屋には、どのくらいのあいだいた？」

「先生がいらっしゃらないので、すぐにひきあげました」

「机の上の試験用紙を見たかい？」

「いいえ、ちっとも気づきませんでした」

「ドアに鍵を残してしまったのはどうしてだろう？」

「お茶を載せたお盆を持っていましたので。鍵は、取りに戻るつもりで、そのまま忘れてしまいました」

「外側のドアに、ばね錠はついているのかい？」

「ついていません」

「では、ドアはずっと開いたままだったわけだね？」

「はい」

「部屋の中にいる人間は、自由に出ることができたんだな？」

「そうです」

「戻ってきたソームズ先生に呼ばれたとき、きみはだいぶ取り乱したようだね」

「はい、こちらのご用を務めてもう長くなりますが、こんなことは初めてでございますから。気が遠くなってしまいました」

「そうらしいな。最初に気分が悪くなったとき、きみはどこにいた？」

「どこに？　ええと、ここです、このドアのそばでございます」

「それはへんだな。きみは、むこうの隅の椅子に倒れ込んでいたはずだ。どうして、手近な椅子にかけないで、わざわざむこうまで行ったんだい？」

「さあ、なぜでしょうか。どの椅子だろうとかまいませんでしたから」

「ホームズさん、バニスターはほんとうによく覚えていないのだと思います。具合がひどく悪そうで――顔色が真っ青でしたから」

「先生が出かけてからも、しばらくこの部屋にいたんだったね？」

「ほんの一、二分でしたが。すぐに、ドアに鍵をかけて、自分の部屋へ戻りました」

「だれか怪しい人間に心当たりがあるかね？」

「とんでもございません。怪しいなどと、わたくしにはとても申せることではございません。こんなことで得をしようとする人間が、まさかこの大学にいようとは思えません。そうですとも、絶対にいるはずがありません」

「ありがとう。これでけっこう」とホームズ。「ああそうだ、もうひとつだけ。試験問題が漏れたかもしれないことを、きみの世話してる三人の学生諸君には話していないだろうね」

「はい、ひとことも」

「あれから、三人のだれとも会ってはいないね？」

「ええ」

「けっこうだ。じゃあ、ソームズ先生、よろしかったら中庭《クワドラングル》でも散歩しましょうか」

夕闇が濃くなっていくなか、四角い窓三つに明かりが黄色くともっている。

ホームズが見上げた。「小鳥たちは三羽とも、巣に帰っているようですね。おや、あれは？　落ち着きのないのがひとりいるようだ」

ブラインドにさっと黒い影を映したインド人学生が、部屋のなかをめまぐるしく行き来しているのだった。

「三人の部屋をちょっとのぞいてみたいんですが、できるでしょうか？」

ホームズの問いに、ソームズが答える。「お安いご用です。この建物はカレッジでもいちばん古いもので、見学者は珍しくないのです。ごいっしょにどうぞ。ご案内いたしましょう」

「わたしの名前は言わないでください」

ギルクリストの部屋のドアをノックするとき、ホームズはそう言った。すらりと背の高い、亜麻色の髪の青年がドアを開け、こちらの用向きがわかると快く招き入れてくれた。たしかに、中世室内建築の珍しい様式が部屋のあちこちにとどめられている。そのひとつがひどく気に入ったらしいホームズが、ぜひ手帳にスケッチしたいと申し出た。鉛筆の芯が折れて、学生から一本鉛筆を借り、さらには、自分の鉛筆を削るためにナイフまで借りた。インド人学生の部屋でも、同じことが繰り返された。無口で小柄、かぎ鼻のこの学生はわれわれを横目で見ていたが、ホームズの建築学研究が終わるといかにもほっとした様子になった。

二つの部屋のいずれかで、ホームズが目指す手がかりをつかんだかどうかは、わたしにはわからなかった。ただ、三番めの部屋では失敗に終わった。ノックしても外側のドアを開けてくれず、なかから怒り狂って口ぎたなくののしる声が連発されるだけだったのだ。

「どこのどいつだか知らんが、くたばっちまえ！　あしたは試験なんだ、だれにも邪魔されてたまるもんか！」

案内人は、階段をおりながら、怒りに顔を赤らめていた。「無礼なやつです。もちろん、ノックしたのがわたしだとは知らないでしょうが、それにしてもあまりに失礼だ。どうも、あの男が怪しくなってきましたね」

ホームズが返したのは、みょうな質問だった。

「あの学生の身長を正確にごぞんじですか？」

「さあ、正確にはわかりかねますね、ホームズさん。インド人よりは背が高いけれど、ギルクリストほど長身ではありませんね。だいたい、五フィート六インチってところでしょうか」

「きわめてだいじな点なのです。それでは、ソームズ先生、おやすみなさい」

案内人は驚き、うろたえた。

「何ですって、ホームズさん！　そんな、いきなり！　まさか、ほんとうにこれでお帰りになるというんじゃないでしょうね！　どうも、事情をおわかりいただけてないようですが、試験はあしたなんですよ。なんとしても今夜じゅうに、はっきりした手を打たなければならないんです。もし試験問題を見た者がいるのなら、このまま試験をするわけにはいかない。すぐにも打開策を講じなくてはならないんです」

「このまま放っておかれたほうがいいでしょう。あすの朝早く来てお話ししますよ。そのときに、何らかのアドバイスができると思います。それまでは何もなさらないことです。絶対に、何も」

「わかりました、ホームズさん」

「ご心配には及びません。なんとかする方法を必ず見つけてさしあげます。黒い土くれと鉛筆の削り屑をお預かりしていきますよ。では、おやすみなさい」

真っ暗になった中庭に出て、わたしたちはふたたび窓を見上げた。インド人学生がまだ歩き回っていた。ほかの二人の姿は見えない。

大通りに出たところで、ホームズに尋ねられた。「ところで、ワトスン、きみはどう思う？　ちょっとしたゲームだ――三枚札のゲームのようなもんじゃないか。ここに三人の男がいる。犯人はそのうちのひとりにちがいない。さあ、きみの番だよ。だれを選ぶ？」

「四階の、口の悪いやつだろう。過去もいちばんうしろ暗い。しかし、あのインド人もずるそうなやつではあるな。どうしてあんなに部屋をうろうろしているんだろう」

「それはなんでもないことさ。何かを暗記しようとしてるときは、みんなあんなふうにするもんだ」

「妙な目つきで見られたぜ」

「あすの試験の準備の真っ最中、一分だって惜しいってときに、見も知らない連中にどやどや踏み込まれたら、だれだって目つきも悪くなろうってもんさ。どうってことはない。しかし、あの男はたしかにへんだ」

「だれが？」

「用務員のバニスターだ。この事件にどんなかかわりがあるんだろう？」

「根っからの正直者だと思えたがね」

「ぼくもそう思う。それで、どうもわからないんだ。根っからの正直者が、どうして――おや、大きな文房具屋があるな。まず、こっちの調査からとりかかろう」

町に文房具屋は四軒しかなかった。訪ねていって一軒ごとにホームズは、鉛筆の削り屑を見せては、同じ品があれば高く買いたいと申し出た。しかし、どこでも、注文はできるが、ふつうの型の鉛筆ではないため在庫はめったに置かないのだと言われた。ホームズは、そう言われてもさほどがっかりしたようでもなく、なかばおどけて諦めたように肩をすくめてみせるのだった。

「どうもいかんな、ワトスン、この最大にしてただひとつの手がかりも水の泡か。もっとも、事件の推理には、これがなくたってさしつかえないんだがね。おや、もう九時じゃないか！　下宿のおかみさんが、七時半にグリーンピースがどうのこうのと言ってたんじゃなかったかな。ワトスン、きみときたら煙草を一日じゅう吸いっぱなしだし、食事の時間はまちまちだし、これじゃ、そのうちに追い出されちまう。そうなれば、ぼくも道づれだ――いや、しかし、追い出される前に、あの神経質な個人指導教師と、軽はずみな用務員と、三人の将来ある学生の問題を解決しなくては」

遅い夕食を終えてから、ホームズは長いあいだもの思いにふけっていたが、事件についてその日はそれ以上何も言わなかった。次の朝八時、わたしがちょうど身なりを整えたときに、彼がわたしの部屋にやってきた。

「さあ、ワトスン、そろそろセント・ルーク・カレッジへ行く時間だ。朝食抜きでも大丈夫かい？」

「平気だとも」

「何かはっきりしたことを言ってやるまで、ソームズ先生もさぞ落ち着かないことだろうよ」

「はっきりしたことを言ってやれるのか？」

「まあね」

「結論は出たのかい？」

「ああ、出たとも、ワトスン。謎は解けた」

「でも、あれからどんな証拠をつかんだんだ？」

「はっはっ！　六時なんて時間に早起きしたのは、だてじゃないのさ。二時間ばかり汗をかいて、少なくとも五マイルは歩いてきたんだがね、おかげでそれだけの収穫はあった。ほら、見てみろよ！」

　ホームズが片手を差し出した。てのひらに、小さなピラミッド形の黒い粘土の塊のようなものが三つのっている。

「おや、ホームズ、きのうは二つしかなかったのに！」

「けさ、ひとつふえたんだ。そして、三つめの塊がどこにあったにしろ、あとの二つと出どころは同じだと考えるのは筋がとおっているだろ。どうかね、ワトスン？　さあ、行こう。ソームズ先生を悩みから解放してやろうじゃないか」

部屋に入っていくと、不運な個人指導教師《テューター》は、たしかに気の毒になるほどやきもきしていた。試験開始はあと数時間後に迫っているというのに、事実を公表したものか、このまま高額の奨学金試験を犯人にも受けさせるべきか、いずれともまだ決めかねているのだ。動揺するあまりじっと立ってもいられないほどで、わたしたちを目にしたとたん、両腕を大きく広げ、ホームズのほうへ駆け寄ってきた。

「ああ、よくぞおこしくださいました！　あなたにも匙を投げられてしまったのではないかと、心配で心配で。それで、わたしはどうすればよろしいのでしょうか？　試験は？」

「ぜひ、お始めください」

「でも、あの不心得者は――？」

「受験しません」

「すると、犯人はおわかりになった？」

「まあね。この一件を表沙汰になさりたくないなら、ある種の権限をもったささやかな私設裁判をわれわれで開かなければなりません。ソームズ先生、そちらへどうぞ。ワトスン、きみはこっちだ。ぼくは、真ん中の肘掛け椅子に座る。これだけものものしくしておけば、身に覚えがある人間は震えあがることだろう。さあ、呼び鈴を鳴らしてください」

バニスターが入ってきて、さながら法廷のように並んで待ち受けるわたしたちを見るや、驚きと恐れもあらわにあとずさりした。

「すまないが、ドアをしめてくれ」ホームズが口を開く。「さあ、バニスター、きのうのできごとの真相を聞かせてもらおう」

バニスターが、髪の生え際まで青ざめた。

「きのう、何もかも申しあげてしまいましたが」

「付け加えることは何もないと？」

「はい、何も」

「そうか、では、こちらからちょっとしたヒントをあげよう。きのう、きみがあの椅子に倒れ込んだのは、だれが部屋に入ったのかわかってしまうような証拠を隠すためだったんじゃないかい？」

バニスターの顔がさらに青ざめ、死人のような顔色になった。

「い、いいえ、とんでもございません」

「ただの思いつきでしかないんだ」ホームズの口調は穏やかだった。「残念ながら、証明することはできない。しかし、十分に考えられることではある。ソームズ先生が部屋を出るとすぐさま、寝室に隠れていた男をきみが逃がしたんだから」

バニスターは、からからに乾いた唇をなめた。

「だれもいませんでした」

「ふむ、残念だよ、バニスター。いままではほんとうのことしか言わなかったかもしれないが、きみはこれで嘘をついてしまった」

バニスターはむっとして、反抗の色を現わした。

「ほんとうに、だれもいませんでした」

「おい、おい、バニスター」

「ほんとうです、だれもいませんでした」

「では、どうしてもこれ以上は話してくれないと言うんだね。いいだろう、このまいてくれ。そこの寝室のドアのところに立って。では、ソームズ先生、すみませんがギルクリスト君の部屋に行って、あなたの部屋まで来るように伝えてくださいませんか」

たちまち、教師が学生を伴って戻ってきた。ギルクリストは、すらりと背が高く、しなやかな身体をきびきび動かして足どりも軽やかな、明るい顔だちの好青年だ。戸惑いの浮かぶ青い目をわたしたちひとりひとりに向け、最後に隅っこのバニスターに気づいて呆然と目をみはった。

「ドアをしめてくれたまえ」ホームズが言う。「さて、ギルクリスト君、ここにいるのはわれわれだけで、ここでの話はどこへも漏れる心配はない。お互い、何もかも正直に話し合える。ギルクリスト君、われわれは知りたいのだ。どうしてきみのような立派な青年が、きのうのような過ちを犯したのか」

哀れな青年がよろめくようにあとずさり、愕然と咎めるような目でバニスターを見つめた。

「い、いいえ、ギルクリストさん、わたしは何も——ひとことも！」用務員が叫ぶ。

「そのとおり。しかし、たったいましゃべってしまった。さあ、ギルクリスト君、バニスターがしゃべってしまったからには、もはや逃れようがない。きみに残された道はひとつ、何もかも正直に白状することだ」

ホームズのことばに、ギルクリストは一瞬片手を上げて苦痛にゆがむ顔をとりつくろおうとしたが、次の瞬間、机のそばにがっくりと膝を落とし、両手に顔を埋めてはげしくすすり泣きだした。

「さあ、さあ、きみ」ホームズがやさしく声をかける。「人間、だれにだって過ちはあるものだよ。少なくとも、だれもきみを恥知らずな罪人だなどと責めたりはしない。ぼくからソームズ先生に説明してさしあげたほうが、きみも気が楽だろう。まちがったところがあったら言ってくれ。それでいいかね？　いや、無理に答えなくてもいいよ。じゃあ、ぼくがきみを不当に責めていないかどうか、よく聞きたまえ。

ソームズ先生、この部屋に試験用紙があることをだれも、バニスターすらも知らなかったはずとうかがったときから、この事件はぼくのなかではっきりした形をなしてきたんですよ。印刷所の人間はもちろんはずして考えていいでしょう。試験用紙を調べたいなら、自分のところでできますからね。インド人学生もべつに問題はない。校正刷りは巻いてあって、おそらく何だかわからなかったことでしょう。一方、だれかが部屋へ忍び込んでみたら、偶然、試験用紙が机の上にあったなどということは、あまりにできすぎた話で考えられない。これも除外しました。つまり、部屋に入った人間は、試験用紙があることを知っていた。では、どうしてそれを知ったのでしょう?

ぼくは、ここへやってきて、まず窓を調べました。あのときはじつにおかしかった。ソームズ先生は、ぼくが犯人は窓から侵入したのではないかと考えていると勘違いなさったんですからね。真っ昼間に、しかも、むかいの部屋からまる見えなんですよ、そんなばかげたこと、考えるはずありませんよ。あれは、通りがかりに部屋の中央の机にある紙が何なのかわかるには、どのくらい背が高くなければならないか、測っていたんです。ぼくの身長は六フィートで、背伸びをすればどうにか見える程度でした。それより背の低い人物では無理ですね。さあ、三人の学生のうち、並みはずれて背が高い者がいれば、それこそ要注意人物だと考えていいことになりました。

部屋では、サイドテーブルにまつわることを残らず解明しました。中央の机に残っていた塊については何もわかりませんでしたが、ギルクリストが幅跳びの選手だということを聞いて、たちまち謎がとけました。あとは確かな証拠をつかむだけですが、まもなくそれも手に入れました。

事件のいきさつをご説明しましょう。きのうの午後、この青年は、運動場へ出て幅跳びの練習をしました。練習を終え、ご存じでしょう、幅跳び用のスパイクが打ってある靴をさげて戻ってきた。そして、窓のところを通りかかったときです、机の上のものに気づき、それが校正刷りであると知った。ドアの前を通るとき、用務員の不注意から鍵が差し込んだままになっていることに気がつきさえしなければ、おそらく何ごとも起こらなかったでしょうに。彼はふと、ほんとうに校正刷りなのか部屋に入って確かめたい気持ちに衝《つ》き動かされたんです。先生に質問があって部屋に入ったとでも弁解はできますから、さほど危険なことではない。

さて、ほんとうに校正刷りだとわかると、彼はいよいよ誘惑に勝てなくなりました。スパイクシューズを机の上に置いた。窓際の椅子には、何を置いたんだね？」

「手袋です」

青年の答えに、ホームズが勝ち誇ったようにバニスターを見た。

「彼は手袋を椅子に置き、書き写そうとして校正刷りを一枚一枚手にとった。先生の帰ってくるのは正門からだろうから、姿が見えると思った。ところが、ご存じのように、先生は脇の門から帰ってきた。戸口にいきなり足音がしたが、逃げ道はない。手袋は忘れたけれどもスパイクシューズはひっつかんで、寝室へ駆け込みました。ご覧になればおわかりでしょう、机のひっかき傷、一方は浅く、寝室のドアのほうへ向かってぐっと深くなっていますね。つまり、靴がその方向にひきずられたということで、本人がそっちへ逃げたことが、これだけでもはっきりしています。スパイクについていた土が机の上に落ちていたし、さらに、細かい土の塊が寝室にも落ちていました。

　ついでに申し添えますと、ぼくはけさ運動場へ出向いて、幅跳びの練習場に粘土のような黒土が敷かれているのを確かめ、滑り止めに土の上にまいてある細かいタン皮の殻だかおが屑だかといっしょにサンプルをとってきましたよ。どうだろう、ギルクリスト君、まちがいはないかな？」

　学生は直立不動だった。

「はい、まちがいありません」

「なんということだ。きみ、それ以外に言うことはないのかね？」ソームズが声をあげる。

「あります、先生。でも、このような恥ずべきことをあばかれたショックで、頭が混乱しているんです。ソームズ先生、ここに手紙があります。ずっと眠れない一夜を過ごして、けさ早く先生宛てにこれを書きました。自分の罪がばれてしまったとは知らずに。『わたしは受験しないことにいたしました。ローデシア警察からの招聘《しょうへい》に応じ、ただちに南アフリカへ出発するつもりです』[*3]と」

「不正な手段で得をする気はなかったと知って、非常にうれしい。しかし、どうしてそういう気持ちに？」とソームズ。

　ギルクリストがバニスターを指さした。

「踏みはずした足を正しい道に戻してくれたのは、彼なのです」

ホームズが続ける。「さて、バニスター。この青年を逃がしてやることのできたのは、きみしかいない。それは、ぼくの言ったことから明らかだ。先生が出かけたあと、きみは部屋に残り、出るときにはドアに鍵をかけたんだからね。窓から逃げたなどとは、とても考えられない。さあ、どうしてそんなことをしたのか、わけを話して、この事件の最後の謎を明かしてくれないか」

「わかってしまえばごく単純なことながら、いかにあなたの頭をもってしてもこればかりはおわかりにならないでしょう。わたしはかつて、この若い紳士のお父上、サー・ジェイベズ・ギルクリストさまの執事でございました。ご主人の破産のあと、このカレッジへ用務員としてまいりましたが、いかにおちぶれなさったとはいえご主人さまから受けたご恩を忘れたことはございません。ご恩返しのつもりで、ご子息のお世話をできるかぎりさせていただいておりました。

それが、きのう、あってはならないことが起きたということでこちらへかけつけましたところ、真っ先に目についたのがその椅子の上の茶色い手袋でございました。その手袋はよく存じておりましたし、それがどういう意味なのかもすぐにわかりました。ソームズ先生の目にとまっては、おしまいです。わたしはその椅子に倒れ込んで、先生が出ていかれるまで絶対に動かずにいました。寝室からギルクリストさまが出ていらっしゃったので、膝に抱き寄せてお慰めすると、いっさいを打ち明けてくださいました。わたしがご子息をかばったのも、また、そんなことをしては決してためにならないと、おそれおおくも亡くなられたお父上に代わって諭したのも、何もかも当然のことではないでしょうか？　それでも、責めを負うのでしょうか？」

「いや、責めたりなどするものか！」ホームズは立ち上がりながら心のこもった声で言った。「ソームズ先生、どうやらこの事件も解決のようです。さあ、失礼しよう、ワトスン。うちで朝食が待っている。ギルクリスト君、ローデシアでは輝かしい将来がきみを待っていることだろう。一度だけ、きみは過ちを犯した。将来、きみがどんな立派な人間になるか、見守らせてもらうよ」

金縁の鼻眼鏡

The Adventure of the Golden Pince-Nez

一八九四年のわたしたちの仕事を記録した分厚いノート三冊に目を通しながら、わたしは迷っていた。たっぷりある資料のなかから、事件そのものもおもしろくて、わたしの友人の名を高めたそのすぐれた才能をもっともよく伝えられる事件を選び出すのは、正直なところほんとうにたいへんなのだ。

ページを繰るとまず目につくのが、忌まわしいアカ蛭《ひる》と銀行家クロスビー惨殺事件。それから、アドルトンの悲劇と呼ばれる、英国古代の塚から発掘された奇怪な品々にまつわる事件などもある。さらに、有名なスミス・モーティマーの相続事件が起きたのも、ブールバールの暗殺者、ユレを追跡逮捕した功績によって、ホームズがフランス大統領から自筆の感謝状とレジオン・ドヌール勲章を贈られたのも、この年のことだ。どれをとってもじゅうぶんおもしろい物語になるだろう。

しかし、ヨックスリー・オールド・プレイスの事件ほど、奇怪な、興味深い点がいくつもあるものはほかにないように思われる。ウイロビー・スミス青年が悲惨な死に方をしたばかりか、事件はさらに発展して、思いも寄らない犯罪の原因が明るみに出ることになったのだ。

それは、十一月も終わりに近い、嵐が荒れ狂う晩のことだった。ホームズとわたしは、夕方からずっと黙り込んで部屋にこもっていた。ホームズは、羊皮紙から消されたもとの文字を倍率の高い拡大鏡で判読しようと夢中になっていたし、わたしは最近の外科論文を読みふけっていた。外では風が咆哮をあげてベイカー街を吹き抜け、雨が激しく窓にたたきつけている。人工の世界が十マイル四方にびっしり築かれた大都会の真ん中にいながら、自然の猛威を感じる。巨大なその力の前では、ロンドン全体ですら畑のなかのモグラ塚ほどのものなのだと、ひどく不思議な思いだった。わたしは窓に近寄って、人けのない通りを眺めやった。ぽつりぽつり立ち尽くす街灯が、ぬかるんだ車道や濡れて光る歩道の敷石をわびしげに照らしている。オックスフォード街のほうから馬車が一台、泥をはね上げながらやってきた。

「ねえ、ワトスン、今夜は出かける用がなくてよかったな」ホームズが拡大鏡を置いて、羊皮紙を巻き上げながら言う。「おかげで、ひと仕事できた。なかなか目が疲れる仕事だよ。だけど、ぼくに言わせれば、十五世紀後半の僧院の記録ほどわくわくさせられるものはないなあ。おや、何だろう?」

風のうなりにまじって、馬の蹄と、歩道の縁石にきしる車輪の音。さっき見た馬車が、わたしたちの部屋の前で止まったのだ。

馬車から男が降りるのを見て、わたしは声をあげた。「いま時分、いったい何の用だろう?」

「何の用かって? ぼくらに会いにきたに決まってるさ。それに、気の毒だが、ワトスン、こっちにも悪天候と闘う用意が必要になりそうだ。外套、襟巻き、雨靴――いや、待てよ、馬車は帰ったようだな。するると、望みはまだあるよ。迎えにきたんだったら、馬車を待たせておくはずだから。すまないが、下でドアを開けてやってくれないか。まっとうな人たちは、もうとっくにおやすみだからね」

玄関の明かりが深夜の訪問者を照らし出した。わたしには、すぐにそれがスタンリー・ホプキンズだとわかった。ホームズも、同業者としてたびたびその仕事ぶりに関心を寄せている、将来有望な若い警部である。

「ホームズさんは？」勢い込んで尋ねる警部。

「やあ、あがりたまえ」と、ホームズが上から声をかける。「まさか、こんな晩にぼくらをひっぱり出そうってつもりじゃないだろうね」

階段を上る警部の濡れたレインコートが、部屋の明かりを受けて光った。わたしがコートを脱ぐのに手を貸し、ホームズは暖炉の薪をつついて火をかきたてた。

「さあ、ホプキンズ君、火のそばで足を暖めるといい。この葉巻もどうぞ。それにいま、ワトスン先生が、こんな晩には効果てきめんのホットレモンを処方してくださるさ。嵐をついてわざわざお出ましとは、よほどの重大事件なんだろうね」

「そのとおりです、ホームズさん。きょうは午後、まさに目が回るような忙しさでした。夕刊の最終版で、ヨックスリー事件の記事をお読みになりましたか？」

「いや、きょうは十五世紀からあとの時代のことは、何も目にしていないんでね」

「まあ、ごく短い記事で、しかもまちがいだらけですから、ご覧になろうがなるまいが大差ありません。とにかくわたしは、ただちに現場に向かいました。ケント州、チャタム市から七マイル、鉄道の路線から三マイル離れたところです。電報で呼び出されたのが三時十五分、五時にヨックスリー・オールド・プレイス着。調べ終わって、終列車でチャリング・クロス駅まで戻り、そこから馬車でまっすぐこちらへ駆けつけたんです」

「ということは、きみにもまだはっきりしないことがあるんだね」

「それどころか、何が何やら、さっぱりわからないんです。わたしの調べたかぎりじゃ、これまで扱ったなかでいちばんこみいった事件だと思えるくらいです。最初は、まちがえようのないくらい単純に見えたんですがねえ。とにかく、殺人の動機が見当たらない。これにはまいりましたよ、ホームズさん。動機がまったくつかめないんです。たしかに、ひとりの男が殺された――これはまぎれもない事実です。ところが、調べたかぎり、その男が殺される理由がまるっきり見当たらないじゃありませんか」

ホームズは葉巻に火をつけて、椅子に深くもたれかかった。

「とにかく、話を聞こうじゃないか」

「事実は、かなりはっきりつかみました。わたしが知りたいのは、その事実がどういう意味なのかということなんです。事件のいきさつは、こうです。このヨックスリー・オールド・

プレイスという古い田舎屋敷は、数年前にコーラム教授と名乗る老人に買い取られています。病弱なこの老人は、一日の半分をベッドで過ごし、残りの半分を、杖をついて足をひきずりながら家のまわりを散歩したり庭師に車椅子を押してもらって屋敷内を動いたりする生活です。わずかながらいる、屋敷を訪れたことのある近所の人たちからはかなり好感をもたれ、あのあたりではたいした学者だという評判です。

屋敷に住み込んでいるのは、マーカー夫人という年とった家政婦と、スーザン・タールトンというメイド。初めはこの二人だけでした。教授が屋敷に移ってきてからずっと働いている、どちらも真っ正直で気だてのいい女性のようです。教授は学術書を書こうとしていて、一年ほど前、どうしても秘書が必要になってきました。当初雇った二人はうまくいきませんでした。三人めの、ウイロビー・スミスという大学を出たばかりの青年が、どうやら教授のお眼鏡に適ったようです。この青年が、午前中いっぱい教授の口述筆記をし、夜はたいてい翌日の仕事に関係がある引用や参照の資料を探すという仕事をするようになりました。ウイロビー・スミス青年には、アッピンガム校時代もケンブリッジ大学時代も、悪い評判はいっさいありませんでした。推薦状も調べました。子どものころからおとなしい、上品で真面目な男で、欠点らしきものがまったくないんです。ところが、そういう青年が、けさ教授の書斎で、殺されたとしか考えられない状況で発見されたのです」

風がヒューヒューと、激しく窓をたたいている。ホームズとわたしは、暖炉のそばに椅子を引き寄せ、若い警部が丹念に順を追っていく奇怪な物語にじっと耳を傾けた。

「あれほど自己充足的というか、世間と隔絶した暮らしをしている家というのは、たとえ英国じゅう探してもないでしょう。何週間にもわたって庭の外にはだれも一歩も出ないこともしょっちゅうだというんです。教授はひたすら研究に心を奪われ、ほかのことはいっさい眼中にない。近所に知り合いもないスミス青年とて、教授とまったく同じような生活。二人の女性たちにも、外出しなければならないような用がありません。

教授の車椅子を押す庭師のモーティマーは、クリミア戦争従軍者で、軍人恩給を受けている真面目な男です。母屋ではなく、庭の隅にある三部屋だけの小屋に住んでいます。ヨックスリー・オールド・プレイスの住人は、それで全員です。なお、庭の門は、ロンドンとチャタムを結ぶ本街道から百ヤードほどひっこんだところにあります。掛け金さえはずせばこの門はかんたんに開きますから、だれでも自由に出入りできます。

さて次に、この事件について、経験したことを具体的に語れるただひとり、スーザン・タールトンの証言です。午前十一時から正午までのあいだのことですが、メイドはそのとき、二階正面の寝室にカーテンを掛けていました。コーラム教授はまだベッドの中でした。天気のよくない日、昼前に起き出すことはめったにないのです。家政婦は家の裏で用事をしていました。ウイロビー・スミスは、居間兼寝室にいました。そのとき、メイドの耳に、スミスが部屋を出て廊下を通り、自分のいる部屋のちょうど下にあたる書斎へ下りていく足音が聞こえたのです。姿を見たわけではありませんが、しっかりした速い足運びから、スミスにまちがいないとのことでした。

　書斎のドアが閉まる音は聞かなかったそうですが、しばらくして、下の部屋から恐ろしい悲鳴があがりました。男のものとも女のものともつかない、しゃがれたような、ぞっとするほど奇妙な声だったそうです。それとほぼ同時に、重いものが倒れて家じゅうを震わすようなドサッという音がして、すぐにしんと静まり返りました。化石にでもなったように動けなくなったメイドですが、勇気を奮い起こして、急いで階下に駆け下りました。閉まっていた書斎のドアを開けて室内に入ってみると、ウイロビー・スミス青年が床に長々と伸びています。一見してけがをしている様子でもないので、抱き起こそうとしたところ、首の下のほうから血が流れていました。小さいながらきわめて深い傷で、頸動脈が切れていました。凶器は、そばの絨毯の上に転がっていました。古風な書き物机の上などによくある、封蠟用の小型ナイフ。柄が象牙の、鋭い刃物でした。教授の机の上にいつも置いてあったものです。

　すでに息がないように見えましたが、メイドがガラスの水さしから額に水をちょっと振りかけると、目が一瞬開きました。そして、『先生、あの女です』とつぶやいたんだそうです。このとおりのことばだったと、メイドはきっぱり言いました。青年はほかにも何か言いたそうで必死に口を動かそうとしましたが、やがて、右手で空《くう》をかきむしるようにして仰向けに息絶えたのです。

家政婦もすぐに駆けつけてきましたが、ひと足遅れで最期のことばは聞き逃しました。スーザンを死体のそばに残し、家政婦のほうは教授のもとへ駆けつけました。教授は、ひどく興奮した様子でベッドに起き上がっていました。叫び声が聞こえて、何かただならぬことがあったと思ったんですね。マーカー夫人の証言によると、まだ寝巻き姿でした。実際、十二時に来ることになっていたモーティマーの手を借りなければ、着替えはとてもできないんです。教授は、遠くで悲鳴が聞こえただけで、それ以上のことは何も知らないと言っています。『先生、あの女です』という青年の最期のことばも、何のことかさっぱりわからない、ただのうわごとではないか、と。さらに、ウイロビー・スミスに敵など絶対いるはずがない、なぜこんなことになったのか見当もつかない、とのことでした。

教授はすぐ、庭師のモーティマーを警察に走らせました。そして、州警察の本部長からわたしが呼ばれることになりました。わたしが駆けつけるまで現場はそのままの状態にしておかれ、家に通じる道は全面立入り禁止になっていました。シャーロック・ホームズさん、あなたの理論を実際に試してみる、うってつけのチャンスという現場でしたよ。道具だてが何から何までそろっているんです」

友人は、皮肉っぽい笑いを浮かべた。「かんじんのシャーロック・ホームズ氏以外は、だね！　まあ、とにかく続きをうかがおうじゃないか。それで？」

「まずは、ホームズさん、この略図を見てください。教授の書斎の位置などがだいたいわか

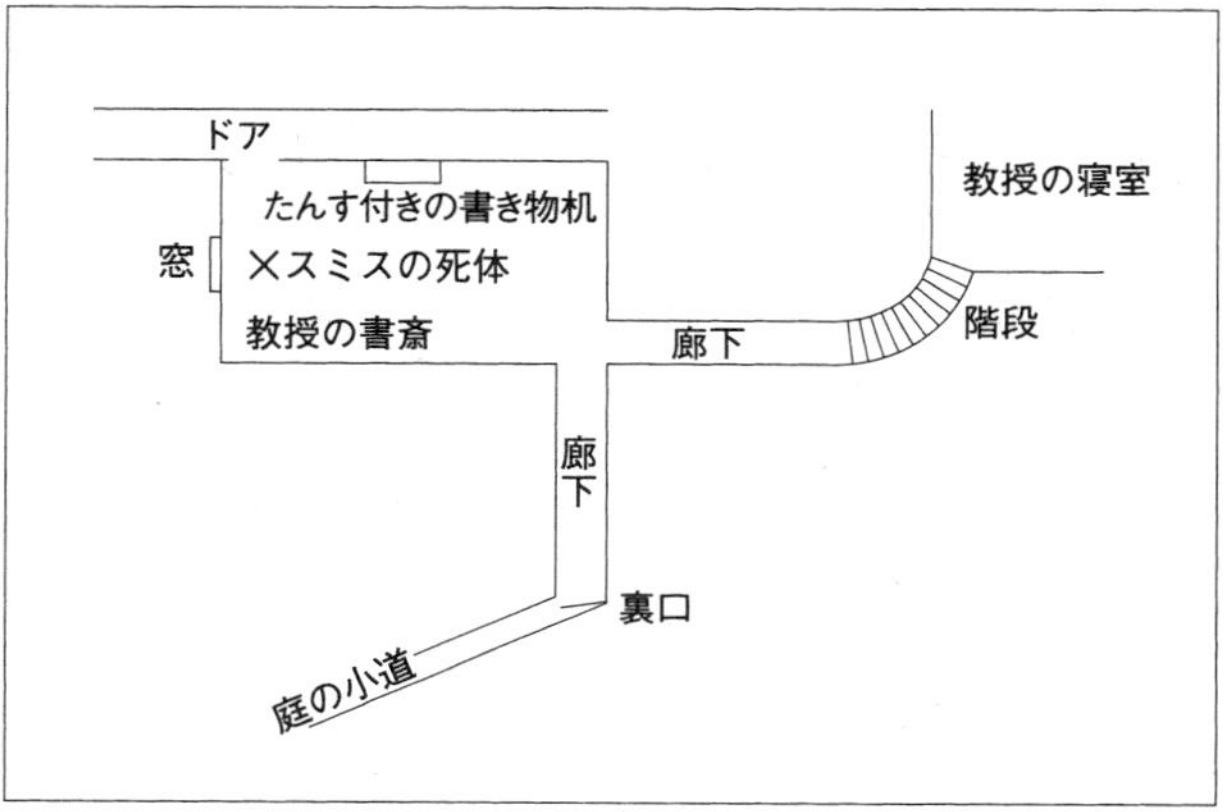
ドア
教授の寝室
たんす付きの書き物机
窓
×スミスの死体
教授の書斎
廊下
階段
廊下
裏口
庭の小道

ると思います。わたしの捜査をたどるのにもお役に立つでしょう」

ホプキンズは、略図をホームズの膝に置いた。わたしはホームズのうしろに立って、肩越しにのぞき込んだ。

「もちろん、ごくかんたんな図で、わたしが重要だと考えたものしか書き入れてありませんよ。あとは、むこうで、ご自分の目でお確かめください。そこでですが、第一に、仮に外部の者だとしますと、犯人はどこから家に入ったんでしょう？　当然、庭の小道から裏口を通ってにちがいない。そこからなら、まっすぐに書斎へ行けます。ほかからだと、これよりはるかにめんどうになります。逃げるときも、同じ道を通ったにちがいありません。書斎から逃げる出口はあと二つありますが、ひとつは二階から駆け下りてきたスーザンが塞いでいましたし、もうひとつは教授の寝室に直接通じているんですから。そこで、わたしはまず、庭の小道に目をつけました。この雨ですっかり濡れていますから、必ず足跡が残っているはずです。

ところが、用心深い、そうとうな手だれらしいですね。小道に足跡らしきものが何も残っていないんです。ただ、小道に沿って草の上を歩いた跡がありました。きっと、足跡を残さないようにしたんです。くっきりした跡はありませんが、草が踏み荒らされていて、だれかが通ったことはまちがいない。そして、けさは、庭師もほかのだれもそこを通っていないそうだし、雨はゆうべ降り始めたばかりですから、犯人がつけた跡のはずです」

「ちょっと待ってくれ」ホームズが口をはさむ。「その小道は、どこへ通じているんだい？」

「街道です」

「どのくらい離れている？」

「百ヤードくらいです」

「小道から門へ出るところに、足跡は確かにあったんだね？」

「残念ながら、そこはタイル敷きになっているんです」

「街道のほうには？」

「いいえ、街道は、すっかり踏み荒らされてぐちゃぐちゃでした」

「ちぇっ！　それじゃ、草の上の足跡は家へ向かっていたのかい？　それとも、門へ？」

「わかりません。とにかく、輪郭もはっきりしないんですよ」

「足跡は大きいほうか？　小さめか？」

「それもわかりません」

ホームズはいらだたしげだ。「おまけに、ずっとこのひどい雨と風だ。いまとなっては、あの羊皮紙を判読するよりも難しいだろうな。まあ、しかたがない。それで、ホプキンズ君、何も確かめられないってことを確かめてから、どうしたんだい？」

「いろいろと確かめたつもりですよ、ホームズさん。まず、何者かが外部から用心深く忍び込んだことを。それから、廊下を調べました。ヤシで編んだマットが敷き詰めてあって、足跡は何も残っていません。廊下から書斎へ出ました。がらんとした部屋で、めぼしい家具といってはたんす付きの大きな書き物机だけ。たんすの中央が小さな戸棚になっていて、両側に引き出しが何段かあります。引き出しは開きますが、戸棚には鍵がかかっていました。引き出しにはいつも鍵がかかっていないらしく、貴重品は入っていません。戸棚には重要な書類が入っていますが、荒らされた様子はなく、教授も何もなくなっていないと断言しました。盗まれたものがないのは、確かです。

それから、青年の死体を調べました。その略図に書き入れたように、書き物机のすぐ左側に倒れていました。刺し傷は首の右側、うしろから刺されています。自分でやったとは、まず考えられませんね」

「ナイフの上に倒れたのでなければね」とホームズが言う。

「おっしゃるとおり。そのことは、わたしも考えてみました。しかし、ナイフが死体から数フィート離れたところに落ちていました。まず、ありえないと思います。そして、もちろん、被害者のあの最期のことば。きわめつきは、死体の右手に握られていたきわめて重要な証拠品があるんです」

スタンリー・ホプキンズが、ポケットから小さな紙包みを取り出した。包みを広げると出てきたのは、両端がちぎれた黒い絹紐がぶらさがる、金縁の鼻眼鏡だった。「ウイロビー・スミスの目はきわめていいほうでした。これは、犯人の顔、もしくは身体からもぎとられた

にちがいありません」と言い添える。

ホームズは鼻眼鏡を手にとって、いかにも興味深く、細心の注意を払って調べた。自分の鼻にかけて何か読んでみたり、窓際で通りを眺めたりしたあと、ランプの光に近づけてさらに念を入れてくわしく調べる。含み笑いをしながらテーブルに腰をおろしたホームズが、紙きれに何か書きつけて、スタンリー・ホプキンズに投げてよこした。

「いまのところぼくにできる手助けといえば、こんなものかな。何かの役には立つだろう」

警部は、驚いたふうに、メモを読みあげる。

尋ね人。きちんとした服装の、上品なレディ。鼻はかなり肉厚で、両目のあいだの幅が狭い。ものをじっと見つめる癖あり。おそらく、額にしわがあって、猫背ぎみと思われる。この数カ月に少なくとも二度、眼鏡屋を訪ねたらしい。眼鏡の度はきわめて強い。眼鏡屋の数はそう多くないので、この女性を捜し出すのはさして難しくないはず。

ホームズは、キツネにつままれたようなホプキンズの顔に笑いかけた。わたしも、ずいぶんびっくりした顔だったにちがいない。

「なあに、推理はきわめて単純だ。眼鏡ほど、推理するにうってつけの材料になるものはまずないと思う。こういう特徴のある眼鏡なんかとりわけだね。女性用だということは、きゃしゃなつくりからわかる。もちろん、被害者の最期のことばからも察することができる。上品できちんとした身なりの女性だということは、このとおり、眼鏡の縁が純金のみごとな細工になっていることからわかる。こんな眼鏡をかけている人間が、みっともないなりをしているはずはないよ。鼻をはさむと、眼鏡の幅がぼくらには少し広すぎる。持ち主の鼻柱が太いってことだね。そういう鼻はたいてい短くて品がよくないものなんだが、例外も多いことだから、それについてははっきり言うのは控えておくよ。ぼくの顔は細いほうだが、それでも、この眼鏡をかけると、レンズの中心、もしくは中心付近にすら両目を合わせることができないんだ。

したがって、この女性の両目はかなり鼻に寄っていると思われる。それにワトスン、ご覧のとおり、この近眼鏡の度は非常に強い。生まれつきこんなにひどい近眼だったら、それに伴って必ず身体にも特徴があるものだよ――たとえば額とか、まぶた、肩なんかにね」

「なるほど」とわたし。「きみの推理はよくわかった。しかし、最近、二度ほど眼鏡屋に行ったというのだけは、さっぱりわからないなあ」

ホームズが、眼鏡をとりあげた。

「ご覧よ。鼻へのあたりをやわらげるために、留め金に薄いコルクがはってある。片方は少し変色してすりへっているが、もう片方は新しいだろ。どうやら、片方の留め金をつけなおしたんだね。古いほうも、つけてからせいぜい二、三カ月しかたっていないと思う。しかも、両方ともまったく同じ留め金だ。だから、この女性が同じ店に二度行ったと考えたわけだ」

ホプキンズが、感心のあまり、声をあげる。「いやあ、じつにすばらしい！　わたしもまったく同じ証拠を手にしながら、ちっとも気づかなかった！　もっとも、ロンドンじゅうの眼鏡屋を回ってみるつもりではいましたが」

「そうだろうね。ところで、まだうかがっておくことがあるかね？」

「いいえ、ホームズさん。わたしの知っていることは、全部あなたもご存じ――いや、ひょっとしたら、わたしの知っている以上のことをご存じでしょう。あのあたりの街道や鉄道の駅で、見慣れない人物を目にした者がいるかどうか調べさせています。まだ、何も報告はありませんが。とにかくまいってしまったのは、犯行の目的がかいもくわからないことです。動機のかけらすら見あたらないんですから」

「ああ、それはぼくにもわからないね。しかし、あす、とにかく現場を見てほしいんだろう？」

「おさしつかえなければ、ぜひ。チャタム行きの列車が、朝の六時にチャリング・クロス駅を出ます。それだと、八時か九時にはヨックスリー・オールド・プレイスに着きます」

「では、それに乗ろう。いろいろと興味深いことがあるから、よろこんで捜査に加わらせてもらうよ。さあ、そろそろ一時になる。少し寝ておいたほうがいい。きみには暖炉の前のソファで我慢してもらおうか。出かける前に、アルコールランプでいれたコーヒーをごちそうするよ[*1]」

嵐は夜明けまでに鎮まっていたが、それでも、旅に出るには厳しい朝だった。冬の太陽が、テムズ河のほとりのわびしい沼地や、長々と横たわってゆったり流れる川面の上に、寒々と昇っていく。わたしは、ホームズと知り合ってまだまもなく、アンダマン島の未開人を追跡したときのことが思い出されてならなかった。[*2]うんざりするような長い旅の果てに、わたしたちは、チャタム駅から数マイル離れた小さな駅で列車を降りた。駅前の旅館で、二輪馬車に馬をつなぐあいだにそそくさと朝食をすませたので、ヨックスリー・オールド・プレイスに着いたときには、全員、すぐにも仕事にかかれる構えだった。庭の門のところで、警官が出迎えてくれた。

「やあ、ウィルスン、何か新しい知らせがあるかい？」

「いいえ、何も」

「怪しい人物を見かけたという報告は？」

「ありません。きのう、駅では、見知らぬ人間はひとりも乗り降りしていないそうです」

「宿屋や下宿屋は、調べたか？」

「調べました。しかし、不審人物はひとりもいません」

「そうか、チャタムまで歩いていったとも考えられるな。あそこでだったら、人目につかずに泊まったり汽車に乗ったりできる。ホームズさん、これが、ゆうべお話しした庭の小道です。きのうは、たしかに足跡はありませんでした」

「草の上に歩いた跡があったというのは、どちら側かね？」

「こっちです。小道と花壇のあいだの、この狭いところ。もうわからなくなっていますが、きのうははっきりしていました」

ホームズが、細長い植え込みにかがみ込んだ。「なるほど、だれかが通ったらしい。例のご婦人、そうとう注意して歩いたらしいな。片側は小道で足跡が残るはずだし、反対側は土の軟らかい花壇じゃ、もっとはっきり跡がつくはずだから」

「そうです。かなり冷静にことを運んでいたにちがいない」

ホームズの顔が、ふっとひきしまった。

「女は、逃げるときもきっとこの道を通ったはずだと言ったね？」

「ええ、ほかに逃げ道はありませんから」

「この、狭い草の上かね？」

「もちろんです、ホームズさん」

「ふむ！　たいへんな離れわざだ――まったく、そうそうできることじゃないよ！　よし、小道はもういいだろう。先へ行こう。この庭の木戸はいつも開いているんだね？　じゃあ、やって来た女は、楽々入り込めたわけだ。最初から殺すつもりで来たんじゃないな。殺すつもりがあるなら、書き物机のナイフを使ったりせず、あらかじめ凶器くらい用意してきたはずだよ。女はこの廊下を歩いていったが、ヤシのマットが敷いてあるので足跡は残らなかった。それから、この書斎に入った。ここにどのくらいいたんだろう？　いまのところ、判断する手がないな」

「ほんの数分だと思います。言い忘れましたが、事件のほんの少し前、家政婦のマーカー夫人が部屋を掃除していたのです――十五分くらい前だったとのこと」

「ほう、それでだいぶ状況が絞り込める。書斎に入ってきた女は、何をしたんだろう？　まず、書き物机へ向かった。何のために？　引き出しの中のものが目当てじゃない。盗むほどの値打ちものが入っていたとしても、鍵がかかっていなかったんだからね。目当ては、あの書き物机の戸棚にあるものだ。おや！　表面の、このひっかき傷は何だろう？　ワトスン、ちょっとマッチを持っていてくれよ。ホプキンズ君、どうしてこのことを話してくれなかったんだい？」

ホームズは、傷跡を調べた。鍵穴のまわりの真鍮プレートの右側から、四インチばかりひっかいた跡があり、ニス塗りの表面にもひっかき傷がついている。

「ホームズさん、わたしも気がついてはいました。しかし、鍵穴にはひっかき傷くらい、たいていひとつや二つついているもんでしょう」

「この傷は新しい――ごく最近ついたものだよ。真鍮についた傷の光り具合を見てみたまえ。

古い傷なら、表面と同じ色になっているだろう。ほら、ぼくの拡大鏡でよくご覧よ。ニス塗りの部分の傷も、畑の畝《うね》の両側の土みたいに盛り上がっている。ところで、マーカー夫人は？」

悲しげな顔つきの中年の家政婦が部屋に入ってきた。

「きのうの朝、このたんすにはたきをかけましたか？」

「はい」

「この傷に、気がつきましたか？」

「いいえ、気づきませんでした」

「でしょうね。はたきをかければ、ニスの粉なんかふっ飛んでしまうだろう。この戸棚の鍵はだれがもっています？」

「先生が時計の鎖につけていらっしゃいます」

「ありふれた鍵ですか？」

「いいえ、チャブ式の鍵です」

「ありがとう。マーカーさん、もう、さがっていただいてけっこう。さて、少し前進できたぞ。女は書斎に入ってきて、戸棚に向かい、開けた、もしくは開けようとした。そこへ、ウイロビー青年が不意に入ってきた。女は慌てて鍵を抜こうとして、戸棚の扉にこのひっかき傷をつけてしまった。青年につかまえられた女は、たまたま手近にあったナイフをつかみ、つかんだ手から逃れようとして夢中で突き出した。そのひと突きが命中、青年は倒れ、目当てのものを手に入れたかどうかはわからないが、女はとにかくそのまま逃げた。ところで、メイドのスーザンは？　ああ、スーザン。悲鳴を聞いて書斎に駆けつけるまでのあいだに、そこのドアからだれかが逃げ出すことはできただろうか？」

「いいえ、そんなことできっこありません。階段の上からでも、廊下に人がいれば見えます。それに、そこのドアは開かなかったんじゃないでしょうか。そんな音はしませんでしたもの」

「それではっきりした。入ってきたのと同じところから逃げたにちがいない。たしか、こっちの廊下は、教授の部屋だけに通じているんだったね？　途中に出口はないんだね？」

「ありません」

「では、その廊下を通って、教授にお目にかかりに行こうじゃないか。おや、ホプキンズ君！　重要な発見だ！　まさに重大発見だよ！　教授の部屋への廊下にもヤシのマットが敷き詰めてある」

「ええ、それが何か？」

「事件に関わりがあるとは思わないかい？　いや、まあ、これくらいにしておこう。まちがいということもあるからな。それにしても、いかにも意味ありげだ。さあ、教授に紹介していただこう」

われわれは、庭に出るところと同じくらいの長さの廊下を歩いた。つきあたりのちょっとした階段を上ると、ドアがあった。ホプキンズがノックして、先に立って教授の寝室へ入る。

壁いちめんに数々の書物がぎっしり並んだ、広い部屋だった。棚に入りきらない本が、部屋の四隅にうずたかく積み上げられたり、棚の下にずらっと並べて置かれたりしている。そのなかに、枕やクッションに支えられてこの屋敷の主が起き上がっていた。これほど風変わりな人物に、わたしはこれまで会ったことがない。

わたしたちのほうを振り向いた顔は、やせこけてごつごつ、ワシのようだった。ふさふさ垂れ下がる眉に隠れるようにして、ぐっと落ちくぼんだ奥のほうから、黒い目が刺すように鋭く光る。髪も髭もすっかり白くなっていて、口のまわりの髭だけが妙な具合に黄ばんでいる。もじゃもじゃの髭のなかに煙草の火が見えた。部屋の空気は、煙草の煙とにおいでむっとするほどだ。ホームズに差し伸べた教授の手も、ニコチンに黄色く染まっていた。

「ホームズさん、煙草はいかがですか?」ちょっと気どった、へんなアクセントがあるが、きちんとした英語だった。「どうぞ、ご遠慮なく。そちらのかたも、いかがです? この煙草はお勧めですよ。アレクサンドリアのイオニデス商会に特注して取り寄せているものでしてね。一度に千本ずつ送ってもらうんですが、困ったことに、それでも二週間ごとに注文しなくては間に合わない。身体にはよくありません。ほんとうによくない。しかし、老人にはほかに楽しみがありませんでな。煙草と研究、いまのわたしにはそれだけが楽しみなのですよ」

　ホームズは煙草に火をつけ、部屋じゅうをさっと見回した。

「いや、もはや煙草だけになってしまった」老人が、なおもつぶやく。「ああ、何もかもめちゃめちゃだ。こんな恐ろしいことが起きるとは、いったいだれに想像できたでしょうか？　じつに立派な青年で、二、三カ月指導しただけで優秀な助手になってくれていたのに。ホームズさんは、どうお考えですか？」

「まだ、はっきりしたことはわかりません」

「このまるっきりわけのわからない事件に光を投げかけてくださったら、心から感謝いたしますよ。わたしのように身体の弱った、あわれな本の虫は、ショックにただ呆然とするばかり。考える力さえも失せてしまいました。しかし、あなたは活動家でいらっしゃる——こういう事件に慣れておいでだ。あなたにとってはざらにあるようなことと思います。どんな危険に際しても、冷静さを失われることはないのでしょう。あなたのようなかたにおいでいただけて、ほんとうにありがたい」

　老教授が話しているあいだ、ホームズは、部屋の片側を行ったり来たりしていた。ものすごい勢いで煙草を吸っている。どうやら、この家の主と同じくらい、アレクサンドリアから届いたばかりの煙草が気に入ったらしい。老人の話は、まだ続いている。

「まったく、すっかりまいってしまった。あそこのサイドテーブルに積み上げた紙の山、あれがわたしの一生の大仕事です。シリアやエジプトの、コプト派の僧院で発見された古文書を分析して、啓示宗教の根源を深く探るというテーマなんですがね。しかし、このすっかり弱った身体で、しかも助手まで奪われてしまったいまとなっては、はたして完成にこぎつけられるものやら。おや、ホームズさん——ほほう、わたしよりも煙草の吸い方が早くていらっしゃる」

ホームズは小さく笑った。

「煙草にはいささかうるさいほうなんです」新しい煙草を箱からとって——もう四本めだった——吸い終わったばかりの煙草から火を移す。「ところで、コーラム教授、事件が起こったときにはベッドにいらして何もご存じないとは承知しております。長ったらしい質問で煩わせるようなことはいたしません。ひとつだけお尋ねします。あの気の毒な青年が、死に際に漏らした、『先生、あの女です』ということばを、どう思われますか？」

教授は、頭を振った。

「スーザンは、田舎から出てきた娘です。ああいった出身の娘はうっかりしていることが多いものです。とりとめのないうわごとを、聞き取りまちがえたのではないでしょうか」

「なるほど。では、この事件を教授はどのように考えていらっしゃいますか？」

「おそらく、事故でしょう。あるいは——ここだけの話ですが——自殺ということもありうる。青年というものは、人知れず悩みを抱えているものです——外からはうかがい知れない、心の悩みを。殺されたと考えるよりはずっと自然なのかもしれない」

「しかし、眼鏡のことは？」

「ああ、わたしは一介の研究者にすぎない――夢想家にすぎないのです。人生の実際面にはとんと疎い。しかるに、このわたしですら、恋愛沙汰が考えも及ばぬ不思議なものとなることぐらいは知っていますからな。どうぞ、どうぞ、もう一本煙草を。そんなに気に入っていただけるとは、うれしいかぎりだ。扇、手袋、眼鏡――男がみずから命を絶つとき、形見としてどんな品物を抱えていくかわかりませんよ。こちらの警部さんは、草の上の足跡のことをおっしゃっていましたな。しかし、ああいう場所では見まちがえることもありがちでしょう。ナイフにしても、倒れた拍子に遠くへ飛んだのかもしれない。子どもじみたたわごととお思いかもしれませんが、どうもウイロビー・スミスはみずからの手で命を絶ったように思われるのです」

　ホームズは教授の意見に何か思いあたったのか、たて続けに煙草を吸いながらしばらく部屋を行ったり来たり、じっと考え込んでいた。

「コーラム教授」ホームズがようやく口を開く。「あの書き物机の戸棚には何が入っているんですか？」

「泥棒がほしがりそうなものは、何もありませんよ。家族に関する書類や、死んだ妻の手紙、いろいろな大学からもらった学位の証明書といったところでしょうか。これが鍵です。どうぞご覧になってください」

ホームズは手にした鍵をしばらく見ていたが、やがてそれを返した。

「いや、拝見するまでもないでしょう。それより、静かに庭でも散歩させていただいて、少し頭を整理したほうがよさそうだ。教授のおっしゃった自殺説についてもよく考えてみなくては。コーラム教授、失礼いたしました。昼食後までは、もうお邪魔いたしません。二時ごろにもう一度おうかがいして、何かありましたらご報告いたします」

ホームズは、妙にぼんやりした様子だった。しばらく黙ったまま、わたしたちは庭の小道を散歩した。

わたしが沈黙を破った。「何か手がかりがつかめたかい?」

「ぼくの吸った煙草次第だな。まるっきり見当ちがいということもありうるが、とにかく煙草が教えてくれる」

「おいおい、ホームズ」わたしは思わずさけんだ。「いったいぜんたい――」

「まあまあ、いずれわかるよ。だめでもともと。いつだって、またあの眼鏡の手がかりまで戻ればいいんだからね。だが近道があるんなら、そっちを行くほうがいい。やあ、マーカーさんじゃないか!　五分ばかり、ためになるお話でもうかがおうかな」

以前にも書いたことがあるかと思うが、ホームズは、女性の心をつかもうという気にさえなれば、すぐに相手をうちとけさせてしまう。このときも、五分といわず、たちまち家政婦となじみ、数年来の知り合いのように親しくことばをかわしていた。

「ええ、おっしゃるとおりですわ、ホームズさん。先生は、びっくりするほどたくさん煙草を吸われるんです。一日じゅう、ひと晩じゅうのこともあります。朝、お部屋にまいりますとね――そう、まるでロンドンの霧なんです。あのお気の毒なスミスさんも煙草はたしなまれましたけど、先生ほどではありませんでしたね。お身体に――あの先生のお身体にですよ――煙草がよいものか、さわりがあるものか、いかがなもんでしょうね」

「そう、食欲がなくなるのは確かだろうな」

「さあ、どうなんでしょうか」

「先生はあまり食事を召し上がらないんじゃないですか？」

「それが、ひどくむらがあるんですよ。ほんとうにへんですけれど」

「だけど、賭けてもいいくらいだ、けさは何も召し上がらなかっただろうな。あんなに煙草を吸っていては、きっと昼食も入らないだろう」

「残念でした、はずれでございますよ。けさの先生、それはたくさんお召し上がりでした。あんなにたっぷり召し上がったのは初めてじゃないかしら。そのうえ、昼食には大きいカツレツをとご注文なんですよ。驚いてしまいました。わたしなど、きのうあの部屋で倒れているスミスさんを見てからというもの、食べものは見ただけで胸がつかえるようですのに。まったく、人さまざまなんですわね。先生はきっと、あれくらいのことで食欲をなくされるようなかたじゃないんでしょう」

わたしたちは、午前中いっぱい庭をぶらついた。スタンリー・ホプキンズは村へ出かけていた。チャタム街道で前日の朝、子どもたちが見慣れない女を目にしたという噂を調べるためだ。ホームズときたら、日ごろの元気がすっかり失せてしまったようだった。事件にこれほど気乗り薄な取り組み方をするホームズは見たことがない。村の子どもたちと会ったホプキンズが戻ってきて、眼鏡だか鼻眼鏡だかをかけた、ホームズが言っていたのとぴったりの人相の女を確かに見たという証言を得たと報告しても、ホームズは特に心を動かされたふうもなかった。

それよりも、昼食の世話をしてくれたスーザンが、尋ねもしないのに自分から話してくれたことのほうが、ホームズにははるかに興味あるらしかった。スミス青年が、きのうの朝、散歩に出かけ、事件の起きる三十分ほど前に帰ってきたというのだ。事件にどう関わるのかわからなかったが、ホームズの頭の中にある事件の全体像にそのできごとが組み入れられたのは確かだ。ホームズが突然席を立って、時計を見た。「さて、二時だ。われらが教授のところへうかがって、話をつけなければ」

老人は、ちょうど昼食を終えたところだった。きれいにからになった皿からして、家政婦の言ったとおりたしかに食欲旺盛らしい。白いたてがみに、らんらんと光る目。こちらに向けたその顔に、鬼気迫るものがあった。たて続けに吸っている煙草が、いまも口もとに煙る。

もう服を着替えて、暖炉のそばの肘掛け椅子にいるのだった。

「いかがです、ホームズさん、謎はもう解けたのでしょうか？」テーブルの上の大きな煙草の缶を、教授がわたしの友人のほうへ押しやる。ホームズが、ほとんど同時に手を伸ばした。二人のあいだで缶がテーブルから転げ落ちてしまった。しばらくのあいだ、みんなで膝をついて煙草を拾い集めた。思いがけないところまで散らばっていった煙草もあった。すっかり拾い終えて立ち上がると、ホームズの目が輝き、頬が紅潮している。こういう攻撃的しるしが現われるのは、事態が差し迫ったときだけだ。

「ええ、解けました」

ホームズのこのことばに、スタンリー・ホプキンズとわたしは驚きの目をみはった。老教授のやせこけた顔に、冷笑のようなものがちらついた。

「ほう！　庭で解決なさったのか？」

「いいえ、ここで」

「ここで？　いつのまに？」

「たったいま」

「ご冗談でしょう、シャーロック・ホームズさん。おふざけになるには、事態が深刻すぎる」

「コーラム教授、ぼくは、推理の鎖の環《わ》をひとつひとつ、とことん鍛えあげてつなげ、じっくり吟味したのです。絶対にまちがいありません。この奇怪な事件での、あなたの動機や、あなたが演じた役割は、まだわからない。おそらくは、これから、あなたご自身の口から聞かせていただくことになるでしょう。その前に、ご参考までに、これまでのいきさつをお話しいたしますよ。そうすれば、お尋ねしたいこともおのずとおわかりいただけるでしょうから。

さて、きのう、ひとりの女性があなたの書斎に忍び込んだ。あなたの戸棚の中の、ある書類を手に入れるためにです。鍵は自分で用意していました。あなたの鍵を調べさせていただくチャンスがありましたが、ニスをひっかいた跡の、わずかなしみも残っていなかった。したがって、あなたは共犯者ではありません。知りえた証拠から察するに、女性はあなたに断りなく、書類を盗みに入ったのだと思われます」

教授が、口から煙を吐き出す。

「なかなかおもしろくて、ためになるお話です。それだけですか？　そこまで割り出されたからには、きっと、その後の女性の行動もわかっていらっしゃるんでしょうな」

「再現してみましょう。まず、女性は、あなたの秘書につかまり、逃れようとして刺してしまいました。不幸な事故が悲劇を招いたのだと、ぼくは考えています。女性には、きっと大それたことをするつもりはなかったのだと思えるからです。凶器を用意もせずに人を殺しにくる者などいるはずがない。自分のしでかしてしまったことに驚き、取り乱した女性は、その場から逃げ出しました。ところが、困ったことに、もみあったときに眼鏡をなくし、ひどい近眼のせいでまわりがよく見えない。走り出た廊下を、入ってきたところと勘違いした――そう、どちらにもヤシのマットが敷き詰めてあります。まちがえたことに気づいたところで、時すでに遅し。逃げ場を失ってしまいました。さて、どうしたものでしょう？　そのままとどまってもいられない。先へ進むほかありません。前に進みました。階段を上り、ドアを開け、そして、教授、あなたの部屋に入ったのです」

老人は、口をあんぐりと開け、ぎらぎらした目でホームズを見つめていた。驚きと恐怖の刻まれた、怪異な容貌。しかし、ようやくのこと、必死に肩をすくめてみせ、いきなりわざとらしい笑い声をあげるのだった。

「いや、なかなかおみごと、ホームズさん。しかし、そのすばらしい推理にもひとつだけ欠点がある。わたしは、一日じゅうこの部屋にいて、外へは一歩も出なかったのだ」

「それは承知のうえですとも、コーラム教授」

「すると、あのベッドにいながら、女が部屋に入ってきたのに気づかなかったと、そうおっしゃるのか？」

「そうは申しあげていませんよ。あなたは気づかれた。その女性と話もなさいました。それがだれなのかもご存じだった。そして、逃げる手助けをなさいました」

教授がふたたびかん高い笑い声をあげた。いつしか立ち上がり、目をらんらんと輝かせている。

「頭がおかしいんだ！　正気の沙汰とも思えないたわごとを！　このわたしが、逃げる手助けを？　いったいその女はどこにいる？」

「そこです」ホームズはそう言って、部屋の隅の背の高い本棚を指さした。

老人は、両腕を高々と振り上げ、恐ろしい顔を激しくひきつらせ、そのまま椅子へ倒れ込んだ。それとほぼ時を同じくしてホームズが指さした本棚がばたんと開き、ひとりの女性が飛び出してきた。

「そう！　そのとおりです！　わたしはここです！」奇妙な外国訛りだった。

隠れていた本棚の裏で埃とクモの巣にまみれていた女性。顔も汚れていたが、そうでなくてもとうてい整っているとはいえない顔だちだった。ホームズが予想したとおりの鼻やしわ、おまけに顎は長くて頑固そうだ。もともと目が悪いうえ、暗いところから急に明るいところへ出たため、女性はしばらくぼんやりつっ立ってまばたきしながら、さかんにあたりをきょろきょろ見回して、どこにどんな人間がいるのか知ろうとしていた。しかし、このように立場が悪いにもかかわらず、この女性のふるまいには気品のようなものが感じられる。挑むような顎ときっと前を向いた顔にゆるぎない勇気がみなぎり、尊敬と関心を呼び起こす力があった。スタンリー・ホプキンズがその腕をつかみ、犯人として逮捕すると告げた。しかし、女性はそっと、しかし、だれにも逆らうことはできないほどおごそかに、警部の手を払いのけるのだった。老人は椅子に身体を預け、顔じゅうをひくひくひきつらせながら気づかわしげに見つめている。

「そのとおりです。わたしが犯人です」女性が口を開いた。「お話は隠れてすべてうかがっていました。あなたがたはすでに何もかもご存じなのですね。わたしの口から告白いたします。あの青年を殺したのはわたしでございます。でも、どなたかがあれは事故だったとおっしゃいましたのは、まったくそのとおりなのです。手にしたものがナイフだったことにさえ気づいておりませんでした。ただもう夢中でテーブルの上にあったものをつかみ、身体をふりほどこうとした拍子に、相手を刺してしまっていたのです。ほんとうです」

ホームズが口をはさむ。「マダム、ぼくもそれがほんとうだと思います。しかし、ひどくご気分が悪そうではありませんか」

女性の顔は死人のように青ざめ、埃をかぶっているためにいっそう不吉な顔色に見えるのだった。ベッドの縁に腰をおろして、ふたたび話を始める。

「あまり時間がございませんけれど、真実をすべて申しあげます。わたしは、この男の妻です。この人はイギリス人ではありません。ロシア人なのです。名前を申しあげるのはさしひかえますが」

初めて老人が身体を動かし、叫んでいた。「ああ、アンナ、なんと！　なんということを！」

女性が、蔑《さげす》むようなまなざしを老人へ向けた。「セルギウス、どうしてそんな恥知らずの人生が惜しいの？　多くの人に迷惑なだけです。だれにも——あなた自身にさえも、いいことは何もないではありませんか。だからと言って、神さまがお召しになる前にかぼそいその命の糸をわたしが絶ち切ることも許されない。この忌まわしい家に足を踏み入れてからというもの、わたしは、いままでにもう、いやというほど心の重荷に耐えてまいりました。でも、お話ししなくては。さもないと、間に合わなくなってしまう。

みなさん、申しあげましたように、わたしはこの男の妻です。結婚したのは、この人が五十歳、わたしが二十歳、まだおろかな娘のころでございました。はっきりとは申せませんが、ロシアのある都市の、ある大学におりました」

老人が、ふたたびつぶやきをあげる。「アンナ、なんということを！」

「二人とも、改革派でした——革命家、虚無主義者《ニヒリスト》です。[*3]同志がたくさんいました。あるとき、苦しみの時代が訪れました。警官が殺されたのです。たちまち、同志たちがいっせいに逮捕されました。でも、証拠は不十分だったのです。ところが、自分の命が惜しくて、報酬にも目がくらんだ夫は、自分の妻も同志たちも裏切ったのです。この人の供述のせいで、わたしたちは全員逮捕されました。ある者は死刑台へ、ある者はシベリアへおくられました。わたしもシベリアへ流刑になりました。終身刑でこそありませんでしたが。そして、この人は同志を売った金をもって英国へわたり、ずっと人目を忍んで生きてきたのです。居どころが見つかれば一週間としないうちに正義の裁きを受けることになるだろうと、わかりすぎるほどわかっていたはずです」

老人は、震える手を煙草に伸ばした。「アンナ、わたしの命はおまえの手の中にある。いつもおまえにはよく尽くしてもらったものだ」

「この男がしたあまりにひどいしうちについてお話しするのは、これからです！　同志のなかに、わたしの心の支えであった友がいました。気高い心、公正な精神、深い愛情の持ち主――つまり、夫とは正反対の男性です。その人は暴力を憎んでいました。もしあのときのことが罪だと言われれば、わたしたちはみな罪を犯しましたが、あの人だけはちがいます。あの人はいつも、わたしが暴力の道へ走らないように手紙で諭してくれていたのです。その手紙があればあの人を救えたでしょう。わたしの日記でもよかったかもしれない。毎日、あの人への気持ちとお互いにかわした意見を、わたしは日記に記していたのです。しかし、夫に見つかって、日記も手紙もとりあげられてしまいました。夫はそれを隠しておいて、その青年を陥れて亡きものにしようと、さかんに偽りの供述をしたのです。命だけは助かったものの、アレクシスは囚人としてシベリアで、いまこのときにも塩坑で働かされています。それをよくよく考えてみるがいい、この悪党！　あなたの口などにのぼるのももったいないアレクシスが、たったいまも奴隷のように働かされて生きているのですよ。しかも、この手にあなたの命を握っていながら、わたしはまだあなたに情けをかけている」

老人が、煙草の煙を吐き出した。「アンナ、おまえはいつも立派だったな」

立ち上がった女性が、苦しそうな叫びを小さく漏らして、崩れるようにまた座り込んだ。

「最後までお話ししなくては。刑期を終えて、わたしは日記と手紙を取り戻そうと決心しました。ロシア政府に送れば、友人は釈放されるかもしれません。夫がイギリスへ渡ったことは知っていました。何カ月も捜したあげく、ついに居どころをつきとめました。日記がまだ夫のもとにあることもわかっています。シベリアへ、日記に書いてあったことを引用した、わたしを責める手紙をよこしたことがありましたから。

でも、執念深い夫がすんなり渡してくれるとはとうてい思えません。自分の力で奪い取るしかないでしょう。そのために私立探偵をひとり雇って、夫の秘書に送り込みました——セルギウス、すぐに辞めた二番めのあの秘書がそうだったのですよ。その探偵が、日記や手紙が戸棚にあることを探り出し、鍵の型をとってくれました。でも、そこまででした。家の見取図を書いてくれ、秘書が主人の部屋で仕事をすることになっている午前中はいつも書斎にはだれもいないはずだとだけは教えてもらえました。そこで、わたしは勇気を奮い起こし、みずから日記と手紙を取り戻しにまいりました。取り戻すことはできました。でも、なんという犠牲を払うことになったことか！

日記と手紙を手に入れて、戸棚に鍵をかけようとしたちょうどそのとき、あの青年に捕まってしまったのです。その日の朝、すでに出会っていた相手でした。道で、コーラム教授の住所を尋ねた人が、まさか夫の秘書だったとは」

「そう！　それですよ！」とホームズ。「秘書は、帰ってきてから、道で会った女性のことを教授に話した。それが、息をひきとるときのことばになった――あの女、つまり、たったいま話題にしたあの女だと言いたかったわけです」

「話を続けさせてください」命令口調で言った女性が、苦しそうに顔をゆがめた。「秘書が倒れたので、わたしは書斎を飛び出しました。ところが、出口をまちがえて、夫の部屋に飛び込むことになってしまったのです。夫は、警察に引き渡すと申します。でも、夫の命はこのわたしが握っている、警察沙汰になればどうなるか考えるように、そう言ってやりました。夫がわたしを法律の手に渡すと言うのなら、わたしは夫を同志の手に渡すまで。わたしは自分の命が惜しいのではありません。なんとしても目的を遂げたかった。わたしのことばが口先だけのことではない、自分の命はわたしにかかっていると、夫も悟ったようです。

そのために、ただそのためだけに、夫はわたしをかくまいました。自分しか知らない、いまは使われていないあの暗い隠れがへ、わたしは押し込まれました。夫はいつも自分の部屋で食事をしていましたから、それを少しわたしに分け与えました。警察がひきあげたところでわたしは夜にまぎれて逃げ、二度と戻らないことになっていました。ところが、どうしておわかりになったのでしょう、見破られてしまいました」女性は、服の胸のところから小さな包みを取り出した。「最後にお願いがございます。これがアレクシスを救ってくれます。

これを、あなたがたの正義のお心に委ねます。どうかお預かりください！　そして、ロシア大使館にお届けいただきたいのです。さあ、これでわたしの使命は果たせました。このうえは――」

「待った！」ホームズが叫んだ。そして、飛びかかっていって、女性の手から小さな薬瓶をもぎとった。

「もう遅い！」女性がベッドに倒れ込む。「手遅れです！　隠れがから出てくる前に毒を飲みました。ああ、目が回る！　さようなら！　どうか、あの包みを、お願い、お願い、ですから」

「単純な事件だったが、いくぶん教訓的ではあったね」

ホームズが、ロンドンへ帰る車中で言った。

「最初から、鼻眼鏡がすべてを解く鍵だったんだ。死ぬ間際にあの青年が鼻眼鏡をつかんだというのが、ぼくらにとっては幸運だった。あれがなければ、この事件が解決できたかどうか。度の強さからして、持ち主は眼鏡なしでは何も見えないに等しい、動き回るにも困るはずだ。その女性が、あの狭い草の帯を一歩も踏みはずさずに歩いて逃げたってきみから聞かされたとき、ぼくがたいへんな離れわざだと言ったのを覚えているだろう。予備の眼鏡でもないかぎり、そんなことは不可能だと思ったのさ。そこで、女性はまだ家のなかにいるとい

う仮説に真剣に取り組まざるをえなくなった。二つの廊下がそっくりだったから、まちがえることは大いにありうる。その場合、まちがいなく教授の部屋に入ったはずだね。

だから、ぼくは全神経を集中させて、部屋の隅々にまで目を光らせた。仮説を裏づけるものが何かないか、隠れられるようなところはないか、とね。絨毯には切れ目がなく、釘でしっかりとめられている。床の落とし戸じゃない。本棚の裏に隠れ場所があるかもしれない。ご存じのとおり、昔の本棚にはそういう仕掛けがよくあるものだ。床の四方にずらりと本が積んであった。

ところが一カ所だけ、本棚の前に何も置かれていない。ドアになっているのかもしれない。裏づけとなる手がかりは見つからなかったが、それを確かめるのには絨毯が焦げ茶色だったのが大いに好都合だったよ。あの上等な煙草をせっせと吸って、目をつけた本棚の前いちめん、灰をまき散らしておいた。単純きわまりない手だが、効果はてきめんだ。

それから、下りてきてからも確かめたことがある――ワトスン、きみもいっしょにいたのに、ぼくの質問の真意に気づかなかったようだね――コーラム教授の食事の量が増えたことをだよ。だれかに分けているとすれば、当然、食事の量は増える。もう一度教授の部屋に上がったときは、煙草の箱をわざとひっくり返して、じっくり床を調べさせてもらった。灰の上に足跡がはっきり残っていたよ。つまり、ぼくらのいないあいだに、犯人が隠れがから出てきたことが確認できたんだ。

さあ、ホプキンズ君、チャリング・クロス駅だ。事件をみごと解決できて、おめでとう。もちろん、まっすぐに警察本部へ向かうんだろう。ワトスン、ぼくらは、ロシア大使館へ馬車を向けるとしようか」

スリー・クォーターの失踪

The Adventure of the Missing Three-Quarter

ホームズもわたしも、ベイカー街で不思議な電報を受け取ることには慣れている。なかでも特に記憶に残る一通は、七、八年ほど前の二月の、ある暗くうっとうしい朝に届き、ホームズさえもしばらくは当惑させた電報だ。宛名はホームズで、次のような電文だった。

到着を待たれたし。大事件。右ウィング・スリー・クォーター行方不明。あした必要。
オーヴァートン

「ストランド局の消印。発信されたのは十時三十六分だ」何度も読み返しながら、ホームズがそう言った。「このオーヴァートン君とやら、電報を打つときにそうとう興奮していたんだな。何を言いたいんだか支離滅裂だ。まあ、いいだろう。『タイムズ』に目を通しているうちには、たぶんご到着だろう。そうすればくわしいこともわかるだろうさ。こう落ち込むような日続きじゃ、どんなつまらない事件だって大歓迎だね」

たしかに、何もかも沈滞気味の毎日だった。わが友の頭脳は並みはずれて活発なだけに、もし頭を働かせる対象が見当たらない状態のままにしておいたりすればどんなに危険なことか、経験からわたしは身にしみているものだから、このような退屈な日々が内心怖くなってきていた。わたしは、何年もかかって少しずつ、ホームズのすばらしい経歴を汚しかねない、麻薬に救いをもとめることをやめさせてきた。ふつうなら、その人工的な刺激にホームズはもはや手を出さないだろう。

そう思う一方で、その悪い癖が、ただ眠っているだけであって消え失せたわけでは決してないのだとも思っていた。無為の時が重なっていくと、ホームズの苦行僧のような顔はげっそりとやつれ、落ちくぼんだ推し量りがたい目がもの思わしげな色をたたえてくる。その様子に、じつは悪癖の眠りが浅くて、またしても目を覚ましかねないのではと思わずにいられないのだ。わが友にとっては、激しく吹き荒れるどんな嵐よりもはるかに危険なあからさまな凪《なぎ》のときに、風を起こすべく届いた謎の電文だった。それがどういう人物であろうと、発信人のオーヴァートンにわたしは大いに感謝したかった。

思ったとおり、電報のすぐあとに発信人がやってきた。「ケンブリッジ大学トリニティ・カレッジ、シリル・オーヴァートン」という名刺が到着を知らせたのは、体重が十六ストーン（約百二キログラム）もあろうかという、筋骨たくましい立派な青年だった。広い肩幅で戸口をふさがんばかりに立ち、人なつこい顔を悩みに曇らせてわたしたちを交互に眺めている。

「シャーロック・ホームズさんは？」

友人が軽く頭を下げた。

「ホームズさん、ぼくはスコットランド・ヤードへ出向いてきたところです。スタンリー・ホプキンズ警部にお会いしたところ、あなたのところへうかがうといいと言われました。見たところ警察よりもあなたに向いている事件だというのが、警部のご意見で」

「おかけください。何があったのかうかがいましょう」

「弱ってしまいました、ホームズさん、大弱りです。髪が真っ白になってしまいそうなくらいです。ゴドフリー・ストーントンのことで――もちろん、ご存じですよね？　ゴドフリーはチームの要《かなめ》なんです。スリー・クォーター・ラインにゴドフリーさえいてくれればフォワードから二人くらい抜けたって安心、というくらい。パス、タックル、ドリブル、何だって敵《かな》う者はいない。頭もよくて、チームのまとめ役でもある。

　ぼくはどうしたらいいんでしょう。控えの一番手のムアハウスはスクラムハーフとして練習しているので、タッチライン沿いに立ってパスを待てと言っても、スクラムのすぐうしろについてしまうんです。たしかにプレース・キックはうまいけれど、勘がよくないし、走りはからきしだ。モートンやらジョンスンやら、オックスフォードの俊足の連中には、たちまちつかまっちまいますよ。スティーヴンスンは足なら速いが、二十五ヤード・ラインからドロップ・キックができない。パントもドロップもできないスリー・クォーターじゃ、足がどんなに速くったって何にもなりませんよ。[*1]困りました、ホームズさん。ゴドフリー・ストーントンを探し出すお力添えをいただきませんと、ぼくらはこてんぱんに負けてしまう」

滔々《とうとう》と力いっぱいの熱っぽい語り口で、ときどき話し手のがっちりした手が自分の膝をたたくと、そこが要点だとわかる。ホームズは啞然とした顔で、おもしろそうに耳を傾けていた。客の話が途切れたところで、ホームズが長い腕を伸ばして備忘録のSの巻を取り出した。さすがの情報の宝庫にも、このときばかりは手ごたえなしのようだった。

「頭角を現わしつつある偽造屋、アーサー・H・ストーントン。こっちは、ヘンリー・ストーントンか。こいつを縛り首にするのにぼくも手を貸したんだったな。それにしても、ゴドフリー・ストーントンというのは初めて聞く名前だ」

今度は客のほうが啞然とする番だった。

「ええっ？　ホームズさんがご存じないことなんかないと思っていました。ゴドフリー・ストーントンをご存じないんじゃ、シリル・オーヴァートンも？」

ホームズが愉快そうに首を振った。

「驚いたなあ」スポーツマンが、ひときわ声をはりあげる。「ぼくは、対ウェールズ戦のときイングランドの第一補欠だったんですが。今季いっぱい、大学チームのキャプテンも務めてきたんですよ。まあ、大したことじゃありませんが。しかし、ケンブリッジ大学、ブラックヒース、それに五回もの国際試合で活躍した名スリー・クォーター、あのゴドフリー・ストーントンですよ。このイングランドに知らない人がいるだなんて、思いも寄らなかったなあ。びっくりしました。いまのいままで、いったいどこにいらっしゃったんです？」

大柄な若者の無邪気な驚き方に、ホームズが声をたてて笑った。

「オーヴァートンさん、あなたは、ぼくが生きているのとは違う、もっと愉快で健康な世界の住人だ。ぼくの仕事は社会のそれこそさまざまなところと関わりをもちますが、それでこそ幸いと言うべきでしょうか、英国きっての健康なアマチュア・スポーツの世界とだけは縁がないようです。ところが、思いがけず、こうして朝から訪ねてこられたところを見ると、新鮮な空気とフェアプレーのあなたの世界にも、どうやらぼくの出番があるらしいですね。まあ、どうか落ち着いて、何があったのか、このぼくにどんな手助けをしてほしいのか、ゆっくりお話しいただきましょうか」

オーヴァートン青年は頭を働かせるよりは筋肉を働かせるほうが得意らしく、困った顔をしてみせたが、少しずつ、奇妙な話を始めるのだった。繰り返しや曖昧なところがたくさんあったのを適当にまとめてみると、次のような話だった。

「さっきも申しあげましたように、ぼくはケンブリッジ大学ラグビーチームのキャプテンで、ゴドフリー・ストーントンはそのチームの主力選手です。チームは、オックスフォード大学との試合をあしたに控えています。それで、きのうロンドンに来て、予約したベントリー・ホテルに泊まりました。ゆうべ十時に、選手たちがみんな寝たかどうか、ぼくは確かめて回ったんです。チームをいい状態にするには、まず厳しい練習をこなすこととたっぷり眠ることですから。寝る前に、ゴドフリーとは二人でちょっと話をしました。顔色が青く、心配ごとがある様子でしたので、どうしたのか訊いたんです。ちょっと頭痛がするだけで何でもない、との答えでした。

ぼくらはおやすみを言って別れました。三十分ほどして、ボーイがぼくのところにやって来て、髭づらの怖そうな男が手紙をもってゴドフリーに会いにきていると言うんです。ゴドフリーはまだベッドに入っていなかったので、部屋に手紙が届けられました。それを読んだゴドフリーが、まるで斧の一撃をくらったみたいに椅子に倒れ込んだらしい。驚いたボーイがぼくを呼ぼうとしたところ、ゴドフリーに止められました。水を飲んでしっかり気をとりなおしたゴドフリーは、ホールに下りていった。そこで待っていた男と何ごとか話し合うと、二人して出ていったんです。ボーイが最後に見た二人は、ストランド街のほうへほとんど走るようにして行ってしまったそうです。

けさ、ゴドフリーの部屋はからっぽ、ベッドに寝た跡もなく、持ちものは前の晩にぼくが見たままでした。見知らぬ人間といっしょに、あっと言うまに姿を消してしまったゴドフリー。その後、何の連絡もないのです。もう戻ってこないような気がしてなりません。ゴドフリーという男は、とことんスポーツマンなんです。練習をすっぽかし、キャプテンのぼくを困らせるとは、よほどのことにちがいありませんから。そうなんですよ。永久にいなくなってしまった、もう二度と会えないんだって、そんな気がしてしかたがないんです」

シャーロック・ホームズは、この奇怪な話を非常に注意深く聞いていた。

「それで、あなたはどうなさいました？」

「ケンブリッジに電報を打って、そちらで何かわかっていないか調べました。返事が来ました。むこうでゴドフリーを見かけた者はだれもいないそうです」

「そのつもりがあれば、ケンブリッジに帰ることができたということですか？」

「ええ、遅い時間の汽車がありますので。十一時十五分発です」

「しかし、確認されているかぎりでは、その汽車に乗っていないんですね？」

「はい、見かけた者がいませんでした」

「それから？」

「マウント－ジェイムズ卿に電報を打ちました」

「なんでまた、マウント－ジェイムズ卿へ？」

「ゴドフリーには両親がいません。マウント－ジェイムズ卿がいちばん近い身寄りだということです——たしか伯父にあたるとか」

「なるほど、新たなヒントですね。マウント－ジェイムズ卿といえばこの国でも指折りの金持ちですから」

「ええ、ゴドフリーもそんなことを言っていました」

「それで、あなたのお友だちは卿の近縁なんですね？」

「そうです、相続人です。卿はもうじき八十になろうかというご老体で——おまけに痛風であちこち痛むところだらけだとか。それにひどいケチで、関節の炎症が進んでいて、ビリヤードですべり止めのチョークをキューにつけるときなど、こぶしを握った指のあいだにはさむんだそうです。ゴドフリーには、ほんのわずかなこづかいだってくれたことがないそうです。もっとも、いずれはその全財産がごっそりゴドフリーのものになるんでしょうが」

「マウント－ジェイムズ卿から何か言ってきましたか？」

「いいえ」

「お友だちが卿のところへ行くような理由に、何か思い当たりますか？」

「うーん。ゆうべは何か気がかりがあるような様子でしたし、もしそれが金の問題だったとしたら、大金持ちの親戚のところへ出向くってこともありうるでしょうね。ただし、これまでのことから考えて、金を出してもらえるとは思えませんけれど。このご老人を、ゴドフリーは嫌っていました。よそでなんとかなるなら、卿のところへは決して行かないんじゃないでしょうか」

「ふむ。それはいずれわかるでしょう。ところで、親戚であるマウント－ジェイムズ卿のところへお友だちが行くつもりでいたとしたら、そんな夜ふけに怖そうな男がやって来たのはなぜか、そして、この男がやってきてお友だちがショックを受けたのはなぜか、それを説明していただかなくてはなりませんが」

シリル・オーヴァートンは額に手を押し当てた。「何が何だか、かいもく見当がつかないんです！」

「ふむ。よろしいでしょう。ぼくは一日手があいています。喜んでこの件を調べてみましょう。この若い紳士のことは伏せたままで、試合の準備を進められるほうがいいかと思います。あなたがおっしゃったように、こんなふうにお友だちがいなくなったのにはよくよくの事情があったにちがいありません。そのためにいまも動きがとれずにいるのでしょう。そしていっしょにホテルまでうかがいます。ボーイから何かヒントになることでも聞き出せないかどうか、あたってみましょう」

ホームズは、労働者階級の証人の気持ちをほぐすのが天才的にうまい。主のいなくなったゴドフリー・ストーントンの部屋で、ボーイからたちまちのうちに知っていることを何もかも聞き出してしまった。ゆうべ訪ねてきた男は、紳士ふうではなかったが、だからといって労働者にも見えなかったという。ボーイは、「見たところ中くらいの男」という言い方をした。年は五十くらい、あごひげに白いものがまじり、顔色が青白くて、地味な服装だった。この男も、落ち着かなげだった。手紙を差し出す手が震えていた。ゴドフリー・ストーントンは、受け取った手紙をポケットにつっこんだ。ホールで男と握手はしなかった。二人は短くことばをかわしたが、ボーイの耳には「時間」というひとことしか聞こえなかった。そして、二人して急ぎ足で姿を消したのだ。ホールの時計が十時半ちょうどを指していたという。

ホームズが、ストーントンのベッドに腰をおろしながら言う。「なるほど。きみは、昼間の係なんだね？」

「ええ。十一時までの勤務です」

「夜間の係の人は、何も見ていないんだね？」

「はい。お芝居見物にいらしたお客さまがひと組、遅くに帰ってこられました。ほかにはどなたも」

「きのうは一日、勤務だった？」

「ええ」

「ストーントンさんに、外から何か連絡はなかったかね？」

「ございました。電報が一通」

「へえ、それはおもしろい。何時ごろ？」

「六時ごろのことです」

「ストーントンさんは、どこで受け取られた？」

「このお部屋で」

「きみは、その電報を開けるところに居合わせた？」

「ええ。お返事でもあるかと思いまして」

「それで、返事は？」

「はい。書かれました」

「きみがそれを受け取っていったのかね？」

「いいえ。ご自分でお持ちになりました」

「しかし、きみが見ているところで書いたのに？」

「そうです。わたしはドアのところにおりました。あのかたは、そのテーブルで、こちらに背を向けて書いていらっしゃいました。そして、自分で打ちにいくからけっこうだとおっしゃったのです」

「書くのに何を使ってたかね？」

「ペンでした」

「テーブルの上にある頼信紙を使ったのかな？」

「ええ、いちばん上の一枚を」

　ホームズは立ち上がった。頼信紙の束を窓べに持っていき、いちばん上の一枚をじっくり調べた。

「残念だな、鉛筆を使ってくれてなくて」そう言いながら、がっかりしたように肩をすぼめ、紙の束をぽんと放り出す。「たびたび見たことがあるだろう、ワトスン、鉛筆書きなら字の跡が下の紙に残る――それで、幸せな結婚生活がいくつだめになったことか。ところが、こここには何も残っちゃいないときた。ただ、まだしも芯の太い羽根ペンを使ってるからな、この吸い取り紙に何か残ってはいないだろうか——ああ、大当たりだ。ほら、このとおり！」

一枚破り取った吸い取り紙には、謎の文字があった。

シリル・オーヴァートンが、興奮のあまり大声を出す。「鏡に映してみましょう」

「その必要はない」とホームズ。「薄い紙ですから、裏返せばわかりますよ。ほらね」そう言ってホームズが裏返した紙に、次のような文字が読めた。

「失踪する前の二、三時間のうちにゴドフリー・ストーントンが打った電文の、末尾の部分です。少なくとも六語が消えている。残ったところは、『Stand by us for God's sake（わたしたちに力を貸してください、どうかお願いです）』か。思うに、この若者は何か差し迫った危険を感じている。しかも、どうやらそこから救い出してくれるだれかがいるものらしい。『わたしたち』というのが意味深だ。危険は、この若者ひとりのものじゃないんだよ。青白

い顔のあごひげの男でなくて、だれだろうね。その男もひどく慌てふためいていたらしいし。ゴドフリー・ストーントンとあごひげの男とはどういう間柄なのか。そして、危機感に迫られた二人が救いを求める第三の人物とはだれなのか。ぼくらの捜査は、もうここまで絞られてきたよ」

「この電報がだれに宛てたものなのか、わかればいいんだ」とわたし。

「いかにも、ワトスン。なかなか鋭いご意見だが、そんなことはぼくだって考えていたさ。ところが、たぶんもう気づいているだろうが、郵便局へ行って他人の電報の控えが見たいなどと言っても、そうかんたんに見せてもらえるもんじゃない。お役所ってところは、そういうことにはうるさいのさ。ただし、どうにかできないこともないかもしれん。ところで、オーヴァートンさん、テーブルの上に残されたこの書類を、あなたの立ち会いのもとで調べさせてもらいたいんですが」

手紙、勘定書き、たくさんのメモ。ホームズは神経のゆき届いた指先で手際よく書類を繰っていき、何ひとつ見逃すことのない鋭い目を配って調べていった。「ここには何もありませんね。ところで、お友だちは健康なかただったようですね――よくないところはべつだんなかったのでしょうか？」

「すこぶる元気でしたよ」

「具合が悪くなったことは？」

「一日もありませんでしたね。むこうずねを蹴られて、けがでダウンしたことはありました。あと、膝蓋脱臼《しつがいだつきゆう》というやつをやったことがありましたが、べつにたいしたことじゃなかったし」

「ひょっとしたら、お友だちはあなたが思ってらっしゃるほど丈夫ではなかったのかもしれない。人知れず、病気に苦しんでいたということも考えられます。もしよろしければ、この書類をいくつか預からせていただけないでしょうか。今後の調べと関係があるかもしれません」

「待て、待たんか！」好戦的な声が響いて、わたしたちは目を上げた。戸口に、風変わりな小さい老人が立って身体をひきつらせている。身につけた黒い服は着古し。妙につばの広いシルクハットに、結び方のだらしない白いネクタイ——全身から受ける印象は、まるで田舎者の牧師か葬儀屋の回し者の泣き男だ。ただし、みすぼらしいというよりはばかげていると言ったほうがいいようなその外見とはうらはらに、老人の声には凜としたはりがあり、かくしゃくとした身のこなしにはたしかに人を注目させるものがあった。

「おぬしは何者だ。何の権利があってこの紳士の書類に手をつける？」

「ぼくは私立探偵です。このかたが失踪した訳を調べております」

「ほう、そうか。で、頼んだのはだれだ？」

「ストーントンさんのご友人のこちらの紳士が、スコットランド・ヤードでこのぼくを紹介

されまして」

「おぬしは？」

「シリル・オーヴァートンと申します」

「すると、わしに電報をよこしたのはおぬしか。マウントージェイムズ卿と申す。ベイズウォーターから、とるものもとりあえず乗合馬車で駆けつけてきたぞ。おぬしが探偵を雇ったということか？」

「ええ」

「費用はもつのだろうな？」

「本人が見つかったあかつきには、そのゴドフリー君が費用を払ってくれることと思います」

「もし見つからなんだら？　そのときはどうなる？」

「そうしたら、ご家族のかたで――」

「とんでもない！」小さな老人が金切り声で遮る。「わしはびた一文出さんぞ――これっぽっちも払うつもりはない！　おわかりかね、探偵君！　この若者の家族といえばわしひとりだが、そのわしが知ったことじゃないと言っておる。あいつに遺産相続が望めるとしたら、そりゃ、このわしが無駄づかいをせずにきたおかげじゃないかね。それなのに、いまになって無駄金を出す気などさらさらあるものか。おぬしが勝手にいじくっておるその紙きれ、中にだいじなものがまじっていたなら、何をしようとも責任はとっていただきますぞ」

「けっこうですとも」とシャーロック・ホームズ。「ところで、おうかがいしたい。あなたご自身には、この若者が失踪することになったいきさつで何かご存じのことがありませんか？」

「いや。知らんな。あいつは、自分のめんどうは自分でみられるくらいには身体もでかくなっておれば、年もくっておる。何かばかなことをしでかして行方知れずになったのだとしても、捜す責任を押しつけられるのはまっぴらごめんだ」

「お立場、よくよくわかりました」そう言うホームズの目はいたずらっぽく輝いている。「ところで、ぼくのほうの立場はよくおわかりいただけていないようだ。ゴドフリー・ストーントン君は、どうやら金をたくさんもってはいらっしゃらない。もし誘拐されたのだとすると、狙いはあの人のものではなかったはずです。マウントｰジェイムズ卿、あなたがお金持ちだというのは世間に知られています。悪いやつらがあなたの甥ごさんをさらって、あなたのお宅やあなたの暮らし方、あなたの財産のこと、いろいろ聞き出すつもりなのだとも考えられますよ」

招かれざる客である小さな老人の顔色が、つけているネクタイにも負けず白くなっていく。

「なんたること。なんたることだ！　そんな悪いやつらのことなど思いも寄らなかった！　世間には、なんたるひどいやつらがいることか！　しかし、ゴドフリーはいい子だ――しっかりしておる。何があろうと、伯父を売るようなまねはすまい。今夜じゅうにでもさっそく、金銀の食器類を銀行に移しておかねばなるまいな。探偵君、骨惜しみせず働いてくれ。草の根分けてもわしの甥を無事連れ戻してくれるよう頼む。費用も、五ポンド、いや、まあ十ポンドばかりならばいつでもお支払いしようじゃないか」

ホームズはたしなめたつもりだったのだが、この身分ある吝嗇漢《りんしょくかん》から役立ちそうな話は何も聞くことができなかった。甥の私生活のことなどあずかり知らなかったのだから、無理もない。依然として、わたしたちの手がかりは先ほど見つけた電報のきれはしただひとつなのだった。ホームズはその写しを手に、推理の鎖の第二の環を探しにかかった。マウントージェイムズ卿を残して、わたしたちは部屋をあとにした。オーヴァートンは、ほかのチームメイトと降って湧いた事態について話し合うために帰っていった。ホテルを出ると、すぐに電報局があった。わたしたちはその外で足を止めた。

「やってみるだけのことはあるよ、ワトスン」とホームズ。「もちろん、令状があれば、控えを見せろと言えるんだが、その段階にはまだいささか早い。こんなに忙しい局じゃ、客の顔なんか覚えていられやしないだろう。ひとつ、ためしてみよう」

格子窓のむこうにいる若い女性に、ホームズが丁重に声をかける。「あの、すみませんが。きのう打った電報に、ちょっと不備があったようなんです。返事が来ないところをみると、どうも最後に自分の名前を入れ忘れていたんじゃないかと気になってきて。調べたいんですが、教えていただけないでしょうか？」

　若い女性は、控えの束をひっくり返した。

「何時ごろのことですか？」

「六時ちょっと過ぎでした」

「どなた宛て？」

　ホームズが、唇に指を一本あててわたしを見る。「最後が、『どうかお願いです』というやつです」内緒話めかして、声をひそめている。「どうして返事が来ないんだろう、心配で、心配で」

　若い女性が、束から一枚抜きとって、カウンターの上で紙のしわをのばした。

「これだわ。お名前、ございませんね」

「それじゃ、返事が来ないのももっともだ。ああ、間の抜けたことをしてしまった！　お嬢さん、ありがとう。おかげさまで、すっきりしました」ふたたびおもてに出ると、ホームズはくっくっと笑い声をたて、両手をこすり合わせるのだった。

「それで？」わたしは思わず訊いた。

「前進だよ、ワトスン、これで先へ進める。あの電報を盗み見る手を七つばかりは考えておいたんだが、いきなりこうもうまくいくとは、意外だったな」

「何がわかったんだい？」

「ぼくらの捜査のスタート地点さ」ホームズは辻馬車を呼び止めると、御者に声をかけた。

「キングズ・クロス駅へやってくれ」

「旅行することになるのかい？」

「そう。急いでケンブリッジまで足を延ばさなきゃ。いっしょに来てくれるね。すべてのヒントがケンブリッジの方向を指しているようだ」

グレイズ・イン・ロードをガタゴト走る車中で、わたしは尋ねた。「ねえ、失踪の原因について、もう目星がついたのかい？　いろんな事件を手がけてきたけれど、こんなにつかみどころがない動機は初めてだ。金持ちの伯父さんのことを聞き出すための誘拐なんて、まさか本気で考えてるわけじゃないんだろう？」

「ワトスン、そんな謎解きがすごくありそうな線だとは、ぼくだって思わない。ただ、あのおそろしく不愉快なご老人の気をひくには、あれがいちばんだって気がしたんでね」

「たしかに、気をひくにはひいたね。で、そうじゃない線としては？」

「いくつかありうるだろう。まず、忘れてならないのは、この事件がだいじな試合の直前に起こったことだ。しかも、一方のチームの勝利に欠かせない、ひとりの人物だけが関わっている。不思議だし、なかなか思わせぶりでもある。もちろん、たんなる偶然かもしれないが、それでも興味深い。アマチュア・スポーツは賭博の対象にはならないけれど、巷じゃ場外賭博がさかんだ。すると、競馬ごろが競走馬を買収するみたいに、ある選手を買収すれば何者かが得をするということがあるかもしれない。これが、その一だね。その二。ひどくまっとうな線。いま現在はからきし金を持ってないとしても、この若者は実際に大した遺産の相続人なんだ。身代金目当ての誘拐ってこともないではないだろう」

「それじゃ、例の電報のつじつまがあわない」

「そのとおりだよ、ワトスン。あの電報こそが、ぼくらの取り組むべき、ただひとつ中身のある手がかりだ。注意をそらしてはいけないだろうね。じつは、いまケンブリッジに向かっているのも、電報の目的についてヒントをつかむためだ。ぼくらの捜査はいまでこそ暗中模索だけれど、夜までにはっきりしたことがわかっていなかったら、あるいは、かなり先に進むことができていなかったら、そのほうがおかしいってもんだ」

古い大学街に着いたころ、あたりはもうずいぶん暗くなっていた。ホームズは駅で馬車を拾い、レズリー・アームストロング博士の家へ向かわせた。二、三分もすると、目抜き通りの大きな屋敷の前で馬車が止まった。中に通されたわたしたちは、長く待たされたあげく、診察室に呼ばれた。机のむこうにすわっているのが、博士だった。

そもそもわたしがレズリー・アームストロングという名前を知らなかったとは、いかに自分の専門に関心が薄れていたかという証拠だ。この人物はケンブリッジ大学医学部の中心人物のひとりであり、科学のいろいろな分野にわたってヨーロッパじゅうにその名をとどろかせている思想家なのだった。ただし、そういう輝かしい経歴を知らなくても、この人物をひと目見ればそれだけで強く印象づけられずにはいられないだろう——いかつい堂々とした顔だち、長い眉の下の考え深い目、そして、花崗岩でできているかのごとくしっかり張った顎。人間的に奥が深い。レズリー・アームストロング博士という人は、とぎすまされた精神と、厳格で禁欲的に自分をコントロールする強い意志の持ち主なのだろう。博士は、手にしたホームズの名刺から目を上げた。如実に不機嫌さを表わした、むっつりした顔だ。

「シャーロック・ホームズさん、お名前はよく存じあげております。お仕事のことも耳にしておりますが、まったく賛同しかねるたぐいのことだと考えていますので」

ホームズは軽く受け流す。「博士、いみじくも、この国の犯罪者の全員と同じご意見でいらっしゃるわけですね」

「あなたの力が犯罪防止に注がれているかぎりは、善良な人々のためになっているにはちがいないのでしょう。べつに、それならば公の機関でもこと足りるはずだと思いますがね。しかし、そのご職業が批判されるべき点は、個人個人の秘密に立ち入っては、そっとしておいたほうがいいプライベートなことまでもほじくり返し、さらには、あなたがたよりも忙しい人間の時間を無駄にすることです。早い話が、いまこのときも、わたしはここで無駄なおしゃべりなどするよりは、論文に取り組んでいたいのですがね」

「ごもっともなお話です。しかし、この無駄話が、ひょっとしたら論文よりもだいじかもしれません。ついでながら、たったいまのお叱りのことばですが、ぼくらがしようとしているのはまったく逆のことです。公の手に委ねられればどうしてもプライベートなことが表沙汰になってしまうのを、むしろ避けようとして、ぼくらが力を尽くしているのです。正規軍の先を行く不正規の工兵といったところだと、お考えいただきたいですね。ここにうかがったのは、ゴドフリー・ストーントンさんのことを、いろいろおうかがいしたくてです」

「どんなことを？」

「ご存じでいらっしゃいますね？」

「親しい友人だ」

「姿を消したのはご存じですか？」

「何と！」博士のいかつい顔に、表情の変化はちっともあらわれない。

「ゆうべ、ホテルから出ていったままなのです。その後、消息が知れません」

「必ず戻ってくるだろう」

「大学対抗ラグビーの試合を、あしたに控えているのです」

「そんな子どもじみた競技のことなど、どうでもよい。この青年の身の上のほうがずっと気にかかる。よく知っている、好ましい青年だからね。ラグビーの試合のほうは、どうなろうと知ったことではない」

「では、青年の身の上がどうなっているのか、それを追っているぼくの捜査にはご協力いただけますね。行き先をご存じでしょうか？」

「知らん」

「きのうから、姿を見てはいらっしゃいませんか？」

「見ていない」

「ストーントンさんは、健康でいらっしゃいましたか？」

「健康そのものだ」

「病気をしたことは？」

「ない」

ホームズが、紙きれを一枚、博士の前にひょいと差し出した。「それでは、これはどういうことなのか、教えていただけませんか。ゴドフリー・ストーントン氏が、先月、ケンブリッジのレズリー・アームストロング博士に支払った十三ギニーの受領書です。机の上に残された書類のなかにありました」

博士の顔が、怒りにぱっと赤くなった。

「ホームズさん、あなたに説明する義務はない」

ホームズは、受領書を手帳にしまった。

「公の機関に任せることをお望みならば、いずれ説明することになるでしょう。しかし、先ほども申しあげましたが、ほかのところでは公にせざるをえないことを、ぼくなら隠しておくことができる。ぼくには包み隠さずにお聞かせくださるのが、結果的にいいことなんですがね」

「知らないものは話せない」

「ストーントンさんが、ロンドンから何か知らせてきませんでしたか？」

「何も」

「おや、おや！　また電報局に舞い戻るのか！」ホームズが、うんざりしたようにため息をつく。「ゆうべ六時十五分、ゴドフリー・ストーントンさんは、ロンドンから博士へ至急電報を打っています。失踪したことに、たしかにつながりのある電報なのですが。ところが、博士は受け取っていらっしゃらない。じつにけしからん。これは、電報局に文句を言ってやらなくては」

レズリー・アームストロング博士が机のむこうから飛び出してきた。顔が怒りのあまり真っ赤になっている。「この家から出ていってもらおう。きみを雇ったマウントジェイムズ卿にお伝え願いたい。卿にも卿の代理人ふぜいにも関わりたくないのだとな。もう、話し合うことなどありはしない！」博士は呼び鈴を勢いよく鳴らした。「ジョン、紳士がたがお帰りだ」もったいぶった執事が、わたしたちを戸口までものものしく送っていった。ふたたびおもてに出ると、ホームズはどっと笑った。

「なるほど、あのレズリー・アームストロング博士はエネルギッシュな豪傑だな。あれなら、その気になればかの悪名高きモリアーティの後釜にだって据えられる。あの才能をその方面に向けていたら、あれほどぴったりの人物、おいそれとはいないよ。しかし、かわいそうじゃないか、ワトスン、いまやぼくらは頼れる友もなく路頭に迷ってしまったよ。このとりすました街で。とはいえ、ここから逃げ出しては、一件はかたづかない。アームストロング邸のまむかいのこの小さな宿が、どうやら、ぼくらの仕事にはぴったりのようじゃないか。きみが部屋をとって、今夜必要なものを手に入れてくれるかい。そのあいだにぼくは、二、三、調べてこよう」

ところが、二、三、調べるというのが、ホームズの考えていたよりも長くかかってしまった。宿に戻ってきたのはかれこれ九時だった。顔色は青白く、意気消沈して埃だらけのホームズは、空腹と疲労にぐったりしていた。テーブルの上の冷めてしまった夕食ですきっ腹を満たし、パイプに火をつけたホームズは、半ばおどけたような、すっかりあきらめきったような様子だった。仕事の成果が思わしくないときにはよくそうなるのだ。そのとき、馬車の音が聞こえた。ホームズが立ち上がって、窓から外をのぞく。ガス灯の光のもと、葦毛の馬二頭にひかれたブルーム馬車（四輪箱馬車）が博士の屋敷の前に止まった。

「三時間も出かけてたことになる。六時半に出て、いま帰ってきたんだから。十から十二マイルほどの範囲だな。先生、日に一度、ときには二度も、こうなんだ」

「開業医には珍しくないよ」

「ところが、じつはアームストロングは開業医じゃない。大学で講義するほか、顧問医ではあるが、論文を書くことができなくなるのがいやで、患者はとりたがらないのさ。では、なぜこんな遠出をするのか。いやでたまらないはずじゃないか。いったいだれを診察しにいっているんだろう」

「御者にあたったら――」

「ワトスン、真っ先にそうしなかったとでも思うのかい。もともと乱暴なんだか、主人に言いつけられたんだか、ぼくに犬をけしかけてきたよ。まあ、こっちにはステッキがあった。犬も人間も、そいつは怖かったとみえる。その場はそれで収まった。ただし、そんな険悪な雰囲気で質問なんかできたもんじゃない。聞き込むことができたのは、この宿の庭で地元の親切な人からの話だけだ。それで、日ごろの博士の生活や、毎日出かけていくことを知ったんだがね。ちょうどそのとき、話のとおりに馬車があそこに回されてきた」

「尾行できなかったのかい？」

「おや、ワトスン！　さえてるじゃないか。ぼくもそう考えたさ。きみも見ただろう、この宿の隣が自転車屋だ。飛び込んでいって一台借りると、馬車を見失う前に走りだした。すぐに追いついたよ。用心して百ヤードばかり離れたところから馬車の明かりをつけていくうち、街をはずれていた。ところが、田舎道をかなり行ったところで、残念なことになってしまってね。馬車が止まって、博士が降りてきたんだ。やはり止まっていたぼくのところにすっとんできて、皮肉たっぷりにおっしゃったもんだ。この道は狭い、自分の馬車が自転車の通る邪魔をして申し訳ない、とね。おみごとと言うほかない。ぼくは、そそくさと馬車の前に出た。本街道を二、三マイルほど走って適当なところに止まり、様子をうかがった。ところが、馬車がやって来る気配はない。いくつも脇道があったから、どうやらその一本へそれていったんだな。引き返したが、もう馬車は見つからなかったよ。そして、ほら、ぼくのあとからこうしてお帰りだ。最初から、この遠出とゴドフリー・ストーントンの失踪を結びつける理由が、特にあったわけじゃない。ただ、アームストロング博士についてなら、目下は何でも興味があるというだけでつけてみたかったにすぎない。しかし、博士がこんなふうに用心怠りなく遠出しているんだとすると、何かあるね。はっきりさせないでは収まらない」

「あしたにでも、二人で尾行しよう」

「尾行？　考えているほどかんたんじゃないよ。きみだってこのケンブリッジ州をよく知っているわけじゃないだろう。なにしろ隠れるところがない。ぼくが今夜通った道なんかは、どこもかしこも真っ平ら、見通しがいいったらない。なによりも、相手が黙ってつけられているほどのバカじゃないと、今夜ではっきりしたしね。オーヴァートンに電報で、ロンドンで何か新たにわかったことがあったらここへ知らせてくれるよう伝えた。こちらは、アームストロング博士から目を離さずにいるほかない。電報局の親切な女性のおかげで確認できた、ストーントンの至急電報の控えにあったのは、たしかにこの人物の名前だったんだからね。博士は、青年の居どころを知っている——絶対だ。それをまるで探り出せないとすると、こちらの失敗というものだ。いまのところ、あちらが一枚上手《うわて》をいっていると認めざるをえないが。ワトスン、わかっているだろうが、このままでひっこんでいるようなぼくじゃない」

しかし、次の日になっても、謎はわずかも解けていかなかった。朝食のあと、手紙が届いた。ホームズがかすかな笑いを浮かべて、それをわたしによこした。

前略。小生を尾行なさるのは、時間の無駄というものです。昨夜、身をもってご理解なさったことと存じますが、小生の馬車にはうしろに窓があります。ぐるりと二十マイル回ってまたふりだしに戻るだけの旅を、どうしてもなさりたいのなら、どうぞ。ところで、いくら小生を見張っておられようと、ゴドフリー・ストーントンを救うことにはまるっきりなりません。あの青年のためにベストを尽くされるおつもりなら、ただちにロンドンに戻られたうえ、雇い主に行方がつかめなかったことをご報告なさるべきでしょう。ケンブリッジにがんばっておられるのは、時間の無駄です。

草々

レズリー・アームストロング

「ストレートなこと、敵ながらあっぱれだね、この博士。いよいよ興味をかきたてられるじゃないか。さよならを言う前に、ぜひともっとくわしく知らなくては」

「博士の馬車が、戸口に現われたぞ」とわたしが言った。「ほら、乗り込むところだ。まただよ、こっちのほうをちらっとうかがった。そうだ、ぼくが自転車で追いかけてみようか？」

「いや、ワトスン、無理だよ！　きみのすばしっこさにはかねがね敬服しているがね、あの見上げた先生に敵うとはちょっと思えないな。ぼくがひとりでなんとか探りを入れる。そのうちに何かつかめるだろう。きみのほうは暇をつぶしてもらうほかない。だって、居眠りしかかったような田舎で、見慣れない人間が二人、そろいもそろって何かをかぎ回ってるなんて、いかにも怪しいじゃないか。とにかく歴史の古い町だ、見るところはいくらでもあるだろう。ぼくは、夜までにはいい知らせをもって帰ってくるから」

ところが、失望をもう一度味わうはめになった。ホームズは、夜になって、がんばったかいもなく疲れ果てて帰ってきた。

「だめだ、ワトスン。博士が行くところにだいたいの見当がついたもんだから、そっちのほうにある村という村に足を延ばしたんだがね。一日じゅう、居酒屋のおやじやら、地元の噂好きやらとおしゃべりして過ごしたよ。チェスタートン、ヒストン、ウォータービーチ、オーキントン。しらみつぶしに調べていったが、手ごたえはなし。あんな辺鄙なところへ、二頭だてのブルーム馬車が毎日現われて、目立たないはずがないじゃないか。またしても、先生にしてやられた。ところで、ぼくに電報が届いていないかい？」

「届いてるよ。ぼくが開けてみた。ほら、これだ。『トリニティ・カレッジのジェレミー・

ディクスンに、ポンピーを頼まれたし』何のことだか、さっぱりわからない」

「いや、よくわかる。われらがオーヴァートンからだよ。ぼくの問い合わせへの、答えだ。ジェレミー・ディクスン氏に手紙を出せば、ぼくらにもつきが回ってくるはずさ。そうだ、試合のほうはどうなった？」

「地元の夕刊最終版に、しっかり出てる。一ゴールと二トライの差で、オックスフォードの勝ち。記事の締めくくりはこんなふうだ。『ケンブリッジの敗因は、なんといっても、国際試合クラスの一流選手、ゴドフリー・ストーントンの欠場にある。競技のあいだじゅう、ストーントン選手があけた穴の大きさが痛感されることだらけだった。スリー・クォーター・ラインのコンビネーションがうまくいかず、攻めも守りも脆く、重量級の前衛の奮闘ぶりが生かされずに終わった』」

「オーヴァートン君の不吉な予感が的中したわけだな」ホームズは言った。「ぼくもアームストロング博士に同感でね、ラグビーなどにはどうしても興味が湧かない。今夜は早めにやすもう、ワトスン。ぼくの勘じゃ、あしたは事件の多い一日になりそうだから」


次の朝、ホームズをひと目見て、わたしは背筋が凍りついた。火のそばに腰をおろして、皮下注射器を手にしているではないか。わたしの中でそれは、友の性格のただひとつの弱さにたちまち結びついた。それがホームズの手の中に光っているのは、最悪の事態だった。わたしの不安な顔を見て、ホームズは笑いながら注射器をテーブルに置いた。

「いや、ワトスン、べつに驚くほどのことじゃない。こういうときのこいつは、悪魔の手先じゃない。謎を解く鍵ともなってくれる。この注射器にぼくは望みをかけているんだ。ちょっと偵察にいってきたところだが、順調だよ。けさはたっぷり腹ごしらえしよう、ワトスン。なにしろ、アームストロング先生を追いかけていくんだ。いったんスタートしたら、先生を追い詰めるまで、ひと息つく暇もないからね」

「そういうことなら、朝食を弁当にして持っていったほうがいい。だって、先生、はやばやとお出かけの様子だよ。玄関のところに馬車が来ている」

「心配はないよ。どうぞお出かけいただこう。ぼくがつかまえられないところまで行けたら、たいしたもんだ。食事をすませてからいっしょに下へ行こう。これからとりかかろうとしている仕事にならとびっきりのすご腕だっていう探偵を、きみにも紹介するよ」

階下に下りて、ホームズのあとから馬屋のある中庭に入っていった。ホームズが囲いの戸を開け、一頭の犬を引き出す。ずんぐりして耳の垂れた、ビーグル犬とフォックスハウンドのまじったような白と茶の斑《ぶち》の犬だ。

「ポンピー君を紹介しよう。においを追うにかけちゃ、地元の誇る猟犬だよ。身体つきがこうだから足の速さは韋駄天《フライアー》ってわけにはいかないが、鼻のほうはじつに頼りになる。なあ、ポンピー、きみの足があまり速くないったって、くたびれたロンドンのだんながたよりはずっとましだろうから、首輪にこの革紐をつけさせてもらえるかな。さあ、いい子だ、こっちへ。お手並みを拝見させておくれ」

ホームズは、犬を博士の家の戸口へ連れていった。しばらくあたりをかぎ回っていた犬がひと声あげ、奮起して鼻を鳴らすと、通りを進み始めた。足を速めようと、革紐をぐいぐいひっぱる。三十分ほどすると、わたしたちは街をはずれ、田舎道を急いでいるのだった。

「どうやったんだい、ホームズ？」

「いかにも古くさいが、ときには役に立つ手だよ。けさ、博士の家の中庭に忍び込んで、馬車の後輪に、注射器一杯分、アニスの香料をふりかけておいたんだ。猟犬だったら、ここからスコットランドの北の果てまでだってアニスのにおいを追いかけていくだろう。ポンピーの鼻をごまかそうと思ったら、先生、カム川の中でも走っていくしかあるまい。ふん、頭のいいやつだよ！　このあいだは、その手でみごとまかれてしまったんだ」

不意に犬が本道を離れ、草の生い茂った小道に入っていった。半マイルも行くと、また広い道へ出る。すると、犬が急に右に曲がって、いまやって来たばかりの町の方角に向かって走り始めた。その道がやがて曲がりくねった馬車道になって、町の南側に回り込み、スタートしたときと反対の方向に続いていく。

「こんな回り道をしてくれるとは、ぼくらのためにだったんだな。あんな村々でいくら調べても無駄だったわけだよ。先生が一生懸命頭を絞っているのはまちがいないが、これほど手のこんだ欺き方までする理由がぜひとも知りたいものだ。右に見えるあれば、たぶんトランピントンの村だ。おっと、まずい！　角を曲がって来るのは、先生の馬車じゃないか！　急げ、ワトスン、早く、早く。何もかもだいなしになってしまうぞ！」

ホームズは、いやがるポンピーをひきずって、畑の囲いの中へ飛び込んだ。わたしたちが生け垣の陰に隠れるやいなや、馬車が勢いよく通り過ぎていった。乗っているアームストロング博士がちらりと見えた。肩を落とし、頭を抱え込んだ沈痛な姿。ホームズの顔つきがひきしまっている。やはり、博士の姿を見たのだ。

「この追跡、どうやら暗い幕切れになりそうだ。早くつきとめなければ。急いでくれ、ポンピー！　おっ、畑の中に小屋があるぞ」

目的地に着いたのだった。ポンピーが、門の外で一生懸命鼻を鳴らしながら走り回る。ブルーム馬車の跡が残っていた。ぽつんと建つ小屋へつながる小道が一本。ホームズが犬を垣根につなぎ、わたしたちは小屋に急いだ。ホームズが、錆の浮いた小さなドアをノックした。ふたたびノックしたが、返事がない。だが、人がいないわけではなかった。物音が低く聞こえてくる——筆舌に尽くしがたい深い悲しみに満ちた、絶望にむせぶ泣き声のような。ホームズは、心を決めかねるようにたたずんでいた。やがて、いま来た道のほうを振り返った。ブルーム馬車が走ってくる。見まちがえようのない、あの葦毛の馬だ。

「ちぇっ！　博士が戻ってきた！　決まりだな。博士が来る前に、どういうことなのか知る

しかない」

ホームズがドアを開け、わたしたちは玄関に入った。悲しみの声が次第に大きくなって、ついにはひときわ長く深い、悲嘆の慟哭となる。二階からだった。ホームズが駆け上がり、わたしもあとを追った。半開きのドアを押し開けるホームズ。そこで、わたしたちは二人とも、目の前の光景に驚愕して立ち尽くしたのだった。

若く美しい女性がベッドに横たわっている。息がなかった。ぼんやりと大きく見開かれた青い瞳。ゆたかな金髪がほつれかかる、血の気のなくなった穏やかな顔が、天井を向いている。ベッドの足もとのあたりに、なかば座り、なかば跪《ひざまず》くようにして、ひとりの青年がシーツに顔を埋めていた。身悶えするようにすすり泣いているのだった。悲嘆に暮れて、ホームズが肩に手を置くまで、わずかも目を上げることがなかった。

「ゴドフリー・ストーントンさんですね？」

「ええ、ええ――でも、まにあいませんでした。彼女は息をひきとりました」

わたしたちは手伝いに呼ばれた医者ではないのだと言って聞かせても、呆然とわれを忘れた青年には理解できないのだった。ホームズがお悔やみのことばをかけ、青年が突然姿を消したことで仲間たちがどんなに驚いたか説明しようとしていたときだ。階段に足音がして、アームストロング博士がドアのところに現われた。重々しく、険しく、もの問いたげなその顔。

「ほう、これは、これは。目的を遂げたわけですか。しかも、じつにいいタイミングで舞い込んでこられましたな。死者の前で言い争うようなことはしたくない。しかし、わたしがもう少し若かったら、こんな人でなしをただではすまさないところだ」

「おことばですが、アームストロング博士、ぼくらのあいだには少々の誤解があるようです」改まった口調のホームズだった。「ごいっしょに下にまいりましょう。そうすれば、この辛いできごとに関して、お互いにきっとわかりあえると思います」

わたしたちは、けわしい顔つきのままの博士と、階下の居間にいた。

「どういうことですか?」まず、博士が口を開く。

「最初にご理解いただきたいのは、ぼくはマウントｰジェイムズ卿に雇われているのではないということです。そして、ぼくの気持ちは、卿の利害に反するものだということも。行方がわからなかった人物がどうなったかを確かめるところまでが、ぼくの仕事です。それさえわかれば、ぼくに関するかぎり一件落着なのです。そして、そこに犯罪がからんでいないかぎり、プライベートなことは公にせず、内々に伏せておくことを、ぼくは望みます。ですから、ぼくが考えているとおり、なんら法に背くようなことがないのであれば、決して表沙汰にならないよう気を配りますし、ご協力もするつもりです。どうかご安心いただきたい」

アームストロング博士がつかつかと前に出て、ホームズの手をしっかり握った。

「あなたのことを誤解していました。哀れなストーントン君を苦しみの中にとり残していったことに心が痛んで馬車を戻したのだったが、こうしてあなたと話ができることになった。神に感謝しなくては。あなたはよくご存じのようだから、いきさつを説明するのはかんたんにしましょう。

一年ほど前、ゴドフリー・ストーントン君はしばらくロンドンに下宿したことがあります。そこの娘と互いに熱い思いを通わせて、二人は結婚した。娘は心やさしく美しいうえに、聡明な女性でした。そういう妻をもてたことを恥じることなど何もない。ところが、ゴドフリー君はあのしみったれ老人の遺産相続人です。この結婚のことが知れれば、相続ができなくなるのは目に見えている。わたしはこの若者が気に入って、目をかけていました。うまくいくように、できるかぎり力を貸しました。とりわけ、この結婚がだれにも知られないようにわれわれは心を砕いたのです。こういうことは、たとえ小声でささやかれたとしてもたちまち聞きつけられてしまうものですから。人里離れたこの小屋、そして、ゴドフリー君自身も慎重にふるまってきた。いままでうまくやってきたのです。

二人の秘密の結婚のことを知っているのは、わたしと、いまトランピントンに助けを呼びに行っているわたしの忠実な御者だけでした。ところが、そのうちにおそろしい不幸が訪れました。ゴドフリー君の妻が難病にかかったのです。非常に重い肺病でした。気の毒に、あの若者は嘆き悲しんだ。しかし、試合のためにロンドンに行かなくてはならない。試合を抜ける理由を明かせば、秘密にしてきたことが露見してしまう。わたしは彼を電報で励まし、できるだけのことをしてほしいという返事が来ました。どうしてなのかはわかりませんが、あなたのご覧になったのはその返電だった。いよいよ容体がよくないということを、ゴドフリーには教えませんでした。彼がここにいたとしてもどうにもならないとわかっていたからです。

ただ、娘の父親には伝えました。その父親が、愚かにもゴドフリーに知らせてしまったのです。そして、気がへんになりかけたゴドフリーはすっとんで帰ってきました。そのまま、妻のベッドのそばからかたときも離れようとしません。けさ、彼女の苦しみは死が終わらせました。ホームズさん、これですべてお話ししました。あなたとご友人にご高配をいただけるものと信じております」

ホームズは、博士の手を握り締めた。

「行こう、ワトスン」わたしたちは、悲しみのたれこめた家を出た。外には冬の薄日がさしていた。

アビィ屋敷

The Adventure of the Abbey Grange

一八九七年冬の、ひどく冷えこんで霜のおりた朝のことだった。まだ眠りの中にいたわたしの肩をつかむ者があって、目が覚めた。ホームズだった。手にした蠟燭《ろうそく》の光に、前かがみになったホームズのひたむきな顔つきが照らし出されているのをひと目見るなり、何かあったのだとわかった。

「さあ、ワトスン、獲物が飛び出したぞ！[*1] 何も言わなくていい。服を着て、すぐ出かけよう！」

十分もすると、わたしたちは辻馬車の中にいた。馬車はしんとした通りを、チャリング・クロス駅に向かってひた走る。冬の朝が明け初める光の中、乳白色のロンドンの靄《もや》に包まれて、ぼんやりと、ときおり行きかう朝早い労働者のおぼろげな姿がある。黙ったまま重いコートの中で身体をまるめているホームズ。わたしも同じだった。身が切られそうな空気だし、二人とも朝食をとっていないのだ。駅で熱いお茶を流し込み、ケント行きの列車の座席に落ち着いたところで、やっと冷えきった身体がくつろいできた。ホームズがしゃべり始め、わたしは聞き役に回った。ポケットから一通の手紙をとりだしたホームズが、声に出して読む。

ケント州マーシャム、アビィ屋敷にて。午前三時半。

前略。ホームズどの——じつに驚くべき大事件になりそうです。すぐにでもご協力をいただけますか。いかにもあなたむきの事件です。夫人を自由にしてさしあげた以外、何もかも小生が発見したときそのままにしておくよう手配します。ただ、サー・ユースタスをここにほうっておくわけにはいきません。できるだけお早いおいでをお願いするしだい。用件のみにて。

スタンリー・ホプキンズ

「ホプキンズに呼ばれたことは七回あるが、そのたびに呼んでくれて正解だったとわかった。きみの事件コレクションに全部入っていると思うがね。ワトスン、どうやらきみは立派な目ききなんだな。語り口がまずくてもそれで救われている。科学的にでなくひたすら興味という面でものごとを見るきみの癖は、困りものだよ。本来なら学ぶべきところのある、古典的でさえあるはずの謎解きが、いくつもそれでだいなしになった。なるほど、読者をはらはらさせはしても、薬にもならないセンセーショナルなことにこまごまとこだわってばかりだ。繊細にして絶妙な仕事ぶりについて書くことをおろそかにしているんだな」

「じゃあ、自分で書いたらどうなんだい」わたしは、ことばに少し皮肉をこめた。

「書くよ、ワトスン、必ず書くとも。いまのところとても手が回らないけどね。一生のうちにはきっと、探偵の仕事をあますところなくとりあげた探偵学大全をまとめてみせる。ところで、目下の事件はどうやら殺人のようだね」

「サー・ユースタスとやらが殺されたと考えているのかい?」

「おそらくね。ホプキンズはかなり興奮した書き方をしている。この男、やたらと興奮するようなやつじゃない。そうだよ、何か暴力沙汰があって、死体がぼくらの捜査を待ち構えてるってところなんだろう。たんなる自殺だったら、なにもぼくを呼ぶこともあるまい。夫人を自由にしたとかいうのは、思うに、この女性が自分の部屋かどこかに悲劇のあいだ閉じ込められていたんじゃないかな。行く先は上流の世界だよ、ワトスン――この上等の紙といい、『E』と『B』の組み合わせ文字《モノグラム》や紋章といい。住所からしていわくありげじゃないか。われらがホプキンズ君は期待を裏切らないだろう。おもしろい朝になるぞ。事件が起きたのはゆうべの十二時前だったんだね」

「どうして?」

「汽車の時刻を調べて、時間を計算してみればわかる。まず、地元の警察が呼ばれていく。それから、スコットランド・ヤードに連絡がいく。ホプキンズが駆けつける。さらに、今度はぼくが呼ばれる。これで、まるまるひと晩はかかるね。おっ、もうチズルハースト駅だ。

もうじきはっきりするさ」

　狭い田舎道を馬車で二マイルほど行くと、広い庭園の門に着いた。小屋番の老人が門を開けてくれた。そのやつれた様子からも、ひどい事件があったことがうかがえる。ニレの古木が両側に並ぶ立派な庭を抜けていくと、やがて、正面がパラディオ様式の柱で飾られた、背は低いものの広々とした立派な屋敷が見えてきた。中心のあたりにツタがからまり、いかにも年代を経た雰囲気があるが、大きな窓は近年改装の手が加わったものだし、ひと棟はまったく真新しいものと見える。スタンリー・ホプキンズ警部の若々しい身体と元気いっぱいの顔が、開け放たれた戸口でわたしたちを迎えてくれた。

「ホームズさん、おいでいただけて感激です。それに、ワトスン先生も！　しかし、じつは、もう一度お手紙をさしあげて間に合いさえすれば、お手数をおかけしないですんだのですが。なにしろ、夫人が正気を取り戻されて、事件のいきさつをはっきりと説明していただくことができたんです。われわれのすべきことはほとんどなくなってしまいました。ルイシャムの強盗一味のことを、覚えていらっしゃいますか？」

「ランダル一家の三人組ですね」

「それですよ。父親と二人の息子。やつらのしわざです。まちがいありません。二週間前にシドナムでひと仕事したところで、目撃者がいて人相もわかっている。そのすぐあと、こんなに近くでもうひと仕事に及ぶとは、なんとも大胆なことだ。しかし、やつらに決まっている。絶対です。今度ばかりは縛り首だ」

「すると、サー・ユースタスは殺されたのですか?」

「ええ。火かき棒で頭を殴られて」

「サー・ユースタス・ブラックンストール。御者にそう聞きましたが」

「そのとおりです——ケント州きっての財産家のひとりでした。ブラックンストール夫人は居間にいらっしゃいます。恐ろしい目にあわれて、お気の毒に。わたしが着いたときには生きているか死んでいるかわからないような状態でした。じかにお会いになって、夫人の口からお話を聞かれるといいのではないでしょうか。それから食堂のほうを調べにごいっしょしませんか」

レディ・ブラックンストールは、どこにでもいるような女性ではなかった。優雅でしとやかで、まばゆいくらい美しい、めったにお目にかかれないような女性だ。白い肌、金髪に青い目。ゆうべの事件のせいでやつれてぐったりしていなければ、肌も容色に釣り合うみごとな輝きだったことだろう。夫人は、精神的にはもちろん肉体的にも傷ついていた。片方の目の上が、無残にもどす黒く腫れあがっているのだ。背の高い、いかつい感じのメイドが、酢を薄めた水でせっせと冷やしていた。ぐったりと長椅子に身体を預けていた夫人が、部屋に入ってくるわたしたちに目を向けた。すばやく観察する目の動き、美しい顔にさっとうつろう表情。恐怖を味わったあとでも、頭の働きも気丈さもしっかり保てているようだ。青と銀色のゆったりした化粧着をまとっていたが、長椅子のその身体のそばに、金属片《シークイン》の飾りをちりばめた黒い夜会服がかかっている。

「ホプキンズさん、わたくし、もういっさいをお話しいたしました」夫人はものうげに口を開いた。「あなたからお伝えいただけないかしら？　そう、あなたが必要だと考えていらっしゃるのなら、わたくしからお話しいたします。こちらのかたたち、食堂をご覧になりました？」

「先に奥さまのお話をうかがったほうがよろしいかと思いました」

「早くかたづけていただけるとうれしいんですけれど。あの人があそこにまだ転がっていると思うと、恐ろしいの」夫人は身震いして、さっと両手に顔を埋めた。そのとき、ゆったりした化粧着がはだけて、二の腕が見えた。ホームズが、はっとして声をあげる。

「奥さま、腕にも傷が！　いったいどうなさいました？」白くふくよかな腕に、くっきりと二つ赤いあざが浮かんでいる。夫人が慌ててそれを隠した。

「何でもありません。これは、ゆうべのおそろしいできごととは関係ないんです。そちらのかたと、それからお連れのかたも、どうぞおかけになって。何もかもお話しいたしますから。

わたくし、サー・ユースタス・ブラックンストールの妻でございます。結婚して一年ほどになります。幸せな結婚生活ではなかったことを、隠そうとしても無駄でしょうね。もしわたくしがそう認めなかったところで、ご近所のだれもがほんとうのことを話すまでのことです。たぶん、わたくしにも悪いところがあったんですわね。南オーストラリアの、自由なのびのびした雰囲気で育ったわたくしには、窮屈なことずくめの英国式のここの暮らしが合わないんです。

でも、いちばんの原因は、だれだって知っていることですけれど、サー・ユースタスがお酒浸りだったことです。あんな人、一時間だっていっしょにいると気分が悪くなります。健全な心身の人間が、昼といわず夜といわずあんな人のそばにいるなんて、どんな生活だか想像していただけますか？　そんな結婚というもので人の自由を奪うなんて、ひどい。そんなこと、罪です。卑怯というものよ。こんな無理を通す法が幅をきかせていると、この国を滅ぼすようなものでしょう――こんなひどいことを、神がいつまでもお見過ごしになっているはずがありませんけれど」

夫人はしばらく身体を起こした。頰が赤く染まり、痛々しく腫れた額の下で目が炎と燃えている。いかついメイドの手が、力をこめてなだめるようにその頭をクッションに載せると、激しい怒りが影をひそめ、狂おしいすすり泣きにとって代わった。そして、やがてまた彼女は話を続けるのだった。

「ゆうべのことをお話しします。お気づきかもしれませんが、この家では使用人たちはみな新しい棟のほうでやすみます。屋敷のこの中央の部分は住まいにだけ使っております。うしろが台所、上の階にわたくしどもの寝室がございます。わたくし付きのメイド、テリーサは、わたくしの部屋の上でやすみます。ほかにはだれもおりません。どんなに物音がいたしましても、むこうの棟にいる使用人たちは気づきません。あの泥棒たちもそれを知っていたのにちがいありません。そうでもなければ、あんなふうなやり方をするはずがありませんもの。

サー・ユースタスは、ゆうべ十時半ごろ部屋へひきあげました。使用人たちはもうそれぞれ部屋にさがっていました。起きていたのはテリーサひとり。最上階の自室でわたくしの用を待っていたのです。わたくしはこの部屋で、十一時過ぎまで本を読みふけっておりました。寝室に上がる前に、戸締まりを確かめて回りました。わたくしの習慣なのです、それが。と申しますのも、サー・ユースタスという人は、ご説明申しあげましたように、いつもきちんとしているわけではありませんでしたから。台所、配膳室、銃器室、ビリヤード室、客間と見て回り、最後に食堂へまいりました。厚手のカーテンがかかっている窓に近づくと、ふと顔に風を感じました。窓が開いていたのです。

カーテンをさっとひくと、目の前に肩幅の広い年配の男が立っていました。部屋に押し入ってきたばかりのようでした。そこは丈の高いフランス窓で、芝生に出るドアにもなっているのです。わたくしは寝室用の燭台を手にしていました。その明かりで、最初のひとりに続いてさらに二人の男が見えました。はっとあとずさりしたところへ、男がたちまち向かってきます。まず手首をとられ、次には喉を押さえられました。大声をあげようとしましたが、目の上を拳でしたたか殴られ、床に倒れてしまいました。しばらく気を失っていたのでしょう。

気がつくと、男たちが切りとった呼び鈴の紐で食堂の上座にあるオーク材の椅子に縛りつけられていました。身動きできないほどきつい縛り方で、口は巻きつけられたハンカチにふさがれていました。そこへ、運悪く夫が入ってきました。どうやら怪しい物音を聞きつけたらしく、まさかの場合に備えていました。シャツにズボンという格好で、愛用しているリンボク製のステッキを手にしていたのです。夫はいきなり泥棒のひとりに飛びかかっていきました。ところが、別のひとりが——あの年配の男でした——炉格子にかがんで火かき棒をひっつかみ、走っていた夫にものすごい勢いで殴りかかりました。夫はうめき声ひとつたてずに倒れ、二度と動かなくなりました。わたくしはまた気を失いました。今度も、前と同じくらい、二分かそこらだったと思います。目を開けると、男たちが食器棚から銀器をかき集め、そこにあったワインのボトルをあけているところでした。ひとりひとりがグラスを持っていました。さっき申しあげたでしょうか、ひとりは年配の髭の男、あとの二人が髭のない若い男でした。父親と息子たちだったにちがいありません。

三人は小声で話し合っていました。それから、わたくしのところへ来ると、縛り方がしっかりしているかどうか確かめました。男たちが姿を消し、窓が外から閉まりました。さるぐつわをはずすのにたっぷり十五分はかかりました。やっとはずれて叫んだ声を聞いて、メイドが駆けつけて助けてくれました。急いで別棟の使用人たちも起こし、警察を呼びにやりました。地元の警察からすぐにロンドンへ連絡がいったのですね。お話しできることは、これだけです。こんな辛いお話、もうしないですむならありがたいのですが」

　ホプキンズが、ホームズに声をかける。「ホームズさん、何かご質問でも？」

「レディ・ブラックンストールに、これ以上辛い思いをさせることも、お時間を割いていただくことも、無理じいできない。このかたのお話をちょっとうかがったら、食堂のほうへまいりましょう」そう言って、ホームズはメイドのほうを見た。

「あの男たち、屋敷に押し入ってくるずっと前から、むこうの小屋のそばにいるのが月明かりの中に見えていたんです。そのときは、べつに何とも思いませんでした。それから一時間あまりたってからです。奥さまの悲鳴が聞こえて、飛んでまいりました。奥さまは、いまお話しになったようなおかわいそうなお姿でした。血と脳みそが部屋じゅうに飛び散って、だんなさまは倒れていらっしゃいました。奥さまは縛りつけられたうえ、お召しものに血を浴びていらっしゃいました。気を失ってもおかしくないところです。

　でも、奥さまは勇気をなくされたことなどございません。アデレードのミス・メアリ・フレイザーでいらっしゃったころも、アビィ屋敷のレディ・ブラックンストールでいらっしゃるいまも、その点、何らお変わりはございません。だんなさまがた、ご質問がずいぶん長びいてしまいました。奥さまは、このテリーサがお部屋にお連れいたします。おやすみにならなくては」

やせたメイドが、まるで母親のようにやさしく女主人を抱きかかえ、二人して部屋を出ていった。

「人生をともにしているメイドなんですよ。女主人が赤ん坊のころから世話をしてきて、十八カ月前、初めてオーストラリアを離れるときにもいっしょにイギリスに渡ってきたそうです。テリーサ・ライトという名前でして、このごろにはなかなかいないようなメイドですね。さあ、ホームズさん、こちらです！」

ホームズの表情のうちから、もはや強い興味は失せていた。謎とともに、事件の魅力もすっかり消えてしまったようだ。犯人を逮捕するという仕事がまだ残ってはいるものの、こんなありきたりの強盗どもにわが友がわざわざ手を下すことがあろうか。知識豊かな専門医が呼ばれていった先で患者はただの風邪だったとわかったときのいらだたしさにも似た思いが、ホームズの目の中に見てとれた。とはいえ、アビィ屋敷の食堂の光景たるや、グロテスクなことこのうえなかった。たちまちホームズの注意をひき、失せていこうとしている興味を呼び戻すに十分なのだった。

広くて天井の高い一室だった。彫刻を施したオーク材の天井、羽目板もオークで、シカの頭や古い武具などが壁にぐるりとみごとに飾りつけてある。ドアに向かい合う側に、先ほどの話に出てきた丈の高いフランス窓があった。右手に三つある小さな窓から、冷たい冬の日が射し込んでいる。左手には、大きくて奥行きも深い暖炉。その上に、ゆったりとしたオーク材のマントルピースが覆いかぶさっている。暖炉のそばに、底部に横木を渡した肘掛け椅子があった。木の細工の隙間を深紅の紐が一本くぐり、その紐の両端が底の横木の両端に結びつけてある。助け出されたとき夫人は縛られていた紐から抜け、結び目がそのまま残っていた。ただし、わたしたちがこうした細かい点に気づいたのはあとになってからだった。なぜなら、わたしたちはまず、暖炉の前に敷かれたトラ皮に長々と横たわる、ぞっとするようなものに目を奪われていたのだから。

四十歳前後の、背が高くて恰幅のいい男の死体だった。仰向けに転がって顔を突き出し、短く刈りそろえた黒い髭のあいだから笑ってでもいるかのように白い歯をむきだしている。頭の上のほうへ伸びた固く握り締めた両手のあいだに、重たいリンボクのステッキがあった。色の黒いワシのような整った顔がゆがみ、憎しみにひきつって、鬼のようなおぞましい死に顔だ。たしかに、ベッドにいて物音を聞きつけたのだろう、刺繡の入った気障っぽいシャツタイプの寝間着にズボン、そこから突き出しているのは素足だった。頭の傷は無残だった。いかに凄まじい勢いで殴り倒されたのかを、部屋全体が語っている。そばに、弓なりに曲がってしまった重い火かき棒が転がっていた。ホームズは、火かき棒とそれによるひどい傷跡を見比べた。

「たいした力持ちらしいね、ランダルのおやじは」

ホプキンズが、それに応える。「ええ。記録がありますが、荒っぽいやつですね」

「つかまえるのはわけないだろう」

「かんたんなことですよ。やつからはずっと目を離さずにいましたが、アメリカへ逃げたという見方も出ていました。しかし、こうしてここにいたとなれば、袋のネズミも同然です。港という港にはすでに知らせがいっていますし、懸賞金の知らせも夜までには出るはずです。理解に苦しむのは、すぐに犯人がわかってしまうのになぜこんなバカなまねをしたかってことですね。夫人がしゃべるに決まっているじゃないですか」

「そのとおりだよ。夫人の口もふさいでしまいたかったはずだ。だれだってそう思うだろう」

わたしが口をはさんだ。「気を失ったまま息を吹き返していないって思ったんじゃないだろうか」

「いかにもありそうなことだな。もし気を失っている様子だったら、命までは奪うまい。ホプキンズ君、殺された男についてはどうだろう。さっきはいろいろとおかしな話を聞かされたように思うが」

「酒が入らなければ気のいい男なんですが、酔っぱらうとまさに悪魔でした。いや、正体がなくなるまで飲むことはそうなかったらしいですから、ほろ酔いになると、と言うべきかもしれませんが。そうなると、まるで悪魔が乗り移ったように、できないことはなくなってしまうんです。聞いた話ですが、金も身分もある人物だというのに、警察の厄介になりそうだったことも一度か二度あるようです。いやな噂もあって、犬に――夫人の愛犬でした――石油をかけて火をつけたとか。やっとのことでもみ消したそうです。それから、あのテリーサ・ライトというメイドにガラス瓶を投げつけて、そのことでも騒ぎがもちあがったようです。つまりは、ここだけの話ですが、この男がいないほうが家が明るくなるみたいなんですね。今度は、何をご覧になってるんです？」

ホームズは膝をついて、夫人が縛られていた赤い紐の結び目をじっくりと調べているところだった。それから、泥棒たちがちぎりとったあとのほつれた切れ目も注意深く調べていた。

「ひきちぎられたとき、台所の呼び鈴が大きな音をたてたはずだね」

「だれにも聞こえなかったでしょうね。台所は、家のまうしろになってますから」

「だれにも聞こえないって、泥棒たちはどうして知っていたんだろう。どうして、わざわざ呼び鈴の紐なんかに手をかけて、危ない橋を渡るようなまねをしたんだろうか」

「ホームズさん、そうなんです。そこですよ。わたし自身、何度も考えてみたのが、まさにその問題なんです。男たちはきっと、この屋敷の生活を知っていたにちがいない。使用人連中がわりと早い時間にやすんでしまって、台所の呼び鈴の音に気づく者もいなくなるってことが、よくわかっていたにちがいないんです。すると、使用人のなかにやつらと通じている者がいたはずです。絶対そうですよ。それなのに、八人いる使用人が八人とも、善良な人間ぞろいときているんです」

「それ以外の条件がみな同じだとすると、主人に瓶を投げつけられたメイドを疑うのが妥当だな。しかしそうすると、ずっとつき従ってきた女主人をも裏切ることになるわけだからなあ。まあいい、些細な問題だ。ランダル一家を捕まえさえすれば、すぐにわかることだろう。夫人から聞かされた話は、いまぼくらが目にしている細かいことひとつひとつとつじつまが合ってはいるようだな」ホームズはフランス窓のところへ行って、開けてみた。「何も跡は残っていない。だいいち、地面がひどく固いから、跡なんか残りっこない。炉棚の上の蠟燭には、火がついていたようだな」

「ええ。そこの蠟燭と夫人の寝室用蠟燭との明かりで、泥棒どもは仕事をしたわけです」

「盗まれたものは？」

「たいしてはありません——食器棚の皿を半ダースばかり。レディ・ブラックンストールは、サー・ユースタスが死んだのに慌てて、思ったほど盗むことができなくなったのだろうというお考えですが」

「そうだろうな。しかし、酒を飲んだとか言わなかったかな」

「気を鎮めようとしたんでしょう」

「そうだな。ところで、この三つのグラス、だれも手を触れてはいないだろうね」

「はい。ボトルのほうもそのままにしてあります」

「調べてみよう。おや！　これは何だ」

グラスは三つ、かためて置いてあった。どれにもワインの色がついていて、うちひとつには澱《おり》が残っている。そばにワインが三分の二ほど入ったボトルがあり、そのまたそばには、たっぷりとワインの浸み込んだ長いコルク栓が転がっていた。そうした様子と、ボトルの埃から考えると、殺人者たちが味わったのは年代もののいいワインらしい。

ホームズの態度に変化が現われた。面倒くさそうな表情がとり払われて、くぼんだ鋭い目の中にふたたび生き生きした興味の光が輝いている。彼はコルク栓を手にして、詳細に調べた。

「この栓をどうやって抜いたのかな？」

ホプキンズが、半開きの引き出しを指さした。テーブルクロスと、大きなコルク抜きが入っている。

「レディ・ブラックンストールは、このコルク抜きが使われたって言ってたんだっけ？」

「いえ。ボトルを開けているとき、夫人は気を失っていたはずでしょう」

「そうそう。実際にはこのコルク抜きは使われていない。このボトルのコルクはたぶん、ポケットナイフに付いているスクリューで抜いたんだな。一インチ半より長いものじゃない。スクコルクの上部を見ると、スクリューを三回ねじこんでから栓が抜けたのだとわかるよ。スクリューは底まで通っていない。この長いコルク抜きだったら底まで通って、一度で抜いてしまったはずだ。やつらを捕まえたら、持ちもののなかにそういう万能ナイフがきっとある」

「すごい！」ホプキンズが感心した声を出した。

「しかし、正直なところ、この三つのグラスがわからないんだ。レディ・ブラックンストールは、三人の男が飲んでいるところを実際に見た。そうだったよね」

「はい。たしかに見たとおっしゃいました」

「では、そこまでだ。それ以上、とやかく言うことはない。しかし、ホプキンズ君、この三つのグラス、ひどくおかしいよ。何だって？　ちっともおかしくないって！　それじゃあ、そういうことにしておこう。きっと、専門知識や能力のある者が、かんたんな説明がすぐそばにあっても複雑な説明を求めたがるものだっていう例にすぎないんだろう。グラスのことはたんなる偶然なんだろうさ。さて、ホプキンズ君、それでは失礼するよ。どうも、お役に立てることもなさそうだ。なにより、ご自分で事件をはっきりつかんでおられるようだ。ランダルがつかまったとか、その他、事件の成り行きを全部知らせていただけるとうれしいね。ほどなくしてめでたく一件落着ということらしい。さあ、ワトスン、ぼくらは家に帰ったほうがよさそうだよ」

帰りの旅のあいだ、ホームズは自分の目にとめてきたことにひどく頭を悩まされているような顔つきだった。ときどき、その気持ちを思い切ってふっきり、何もかもはっきりしているという口ぶりでしゃべろうと努めてはみるのだが、疑念はしつこくつきまとい、眉間にしわを寄せ、心ここにあらずといった目つきになってしまうのだ。心はどうやら、深夜に惨劇のあったアビィ屋敷の広い食堂へと、つい舞い戻ってしまうらしかった。わたしたちの乗った列車が、郊外のとある駅からのろのろと走りだそうとしたときだった。ついにホームズが急に思い立ったようにプラットホームに飛び降り、わたしもいっしょにひきずり降ろされた。

「悪いね、ワトスン」とホームズ。カーブを曲がって姿が見えなくなっていく汽車の最後尾の車両を、わたしたちは見送っていた。「ただの気まぐれってこともありうるのにきみまで道連れにしてしまって申し訳ないんだがね、ワトスン、本心を打ち明けると、どうしてもこのまま放ってはおけないんだ。ぼくの本能がこぞって異議を申し立てる。違う──何もかも違う──たしかに違う。だが、夫人の話におかしいところはない。メイドの話もつじつまが合う。細かいところまですっかり正確だ。いったいぼくは、どこに異議をさしはさんだらいいのか。三つのグラスだ。これだけしかない。もしも、話を鵜呑みにしないとしたら、どうだろう。初めから自分で事件に取り組んで、口裏を合わせたつくり話なんかに考えを曲げさせられてたまるかという気持ちでいたら、絶対に注意怠りなく洗いざらい調べていたよ。そうしたら、もっとしっかりした足場を見つけることができてたんじゃないだろうか。

　そう、見つけることができたはずなんだ。ワトスン、チズルハースト行きの列車が来るまで、このベンチに腰をおろして、ぼくなりの証拠を並べるのを聞いてくれないかな。まず、メイドや女主人が言ったことがすべて必ず真実だという思い込みを、頭から払いのけてくれるように頼むよ。あの夫人の魅力に考えが曲げられてしまってはならないんだ。

冷静に考えてみると、夫人の話の細かいところには、たしかに疑わしいものがある。あの泥棒どもは、二週間前にシドナムで荒稼ぎした。新聞記事になって、事件はもとより彼らの人相も載ったんだ。すると、泥棒をでっちあげる必要がある人間が、あいつらにひと役買ってもらおうと思いついたとしても不思議はない。現実は、たっぷり稼いだ泥棒ってものはすぐにまた危ない橋を渡ろうとはしないはずだ。当分のあいだ、その稼ぎでおとなしくしているもんじゃないだろうか。

それから、あんなに早い時間に泥棒に入るってのもふつうじゃない。さらに、大声を出されないように夫人を殴ったっていうのもふつうじゃないね。殴ったりしたら、相手は必ず叫ぶものだろう。もっとある。自分たちの人数のほうが多いというのに、人を殺していること。最後に、こういうやつらがワインのボトルを半分だけあけて残していくなんて、まったくふつうじゃ考えられない。ふつうじゃないことだらけだ。きみはどう思う、ワトスン？」

「そういうふうに並べたてるとたしかにへんだけど、ひとつひとつをとってみればどれも大いにありうることだよ。ぼくには、夫人が椅子に縛りつけられたっていうのが、いちばんふつうじゃないな」

「うーん。ワトスン、ぼくにはそう思えない。逃げきるまで夫人が人を呼ぶことのないようにするには、殺すか縛りあげておくしかなかったんだからね。まあ、とにかく、夫人の話にどうもありえないというところがあることは、わかってもらえただろう。そして、そのいちばんが、例のワイングラスさ」

「ワイングラスが何だって？」

「あれを頭に思いうかべられるかい？」

「ああ、はっきりと」

「話では、三人の男があのグラスでワインをのんだということだった。ありうると思うかい？」

「どうしてだい？　それぞれのグラスにワインがついてたじゃないか」

「そうだよ。しかし、澱が残っているのはひとつだけだった。きみだって気づいただろう。どう思う？」

「澱は最後につがれたグラスにいちばん入りやすいだろう」

「ところが、おあいにく。あのボトルには澱がいっぱいだった。二つのグラスは澄んでいて三つめだけが澱だらけになるなんて、考えられないよ。すると、考えられる説明は二つある。いや、二つしかない。ひとつは、二つめのグラスについだあとボトルが激しく揺れたので、三つめのに澱が入った、というもの。でも、そんなことはありそうにない。違う、これじゃない。ぼくの考えは絶対にあたっているよ」

「じゃあ、どうだっていうんだい？」

「使われたグラスは二つで、両方のグラスの澱が三つめのにつがれて、あたかも三人いたようなまやかしができあがった。それなら、澱は三つめのグラスに全部入る。そうだよ。そうにちがいない。ところで、このちょっとしたことでぼくが正しい説明にたどりつけたのだとすると、この事件は、ありふれた事件どころか、たちまち、とてつもなく不思議な事件に一変する。レディ・ブラックンストールとそのメイドが、わざとぼくらに嘘をついたってことになるんだから。あの話はひとことも信用できないことになり、あの二人は何かたいへんな訳があって真犯人をかばっていることになる。ぼくらは、二人の助けを借りずに自分たちだけで、この事件を組み立てなくちゃならなくなるわけだ。それがぼくらのすべき仕事なんだよ。やあ、ワトスン、チズルハースト行きの汽車がおでましだ」

わたしたちが戻ってきたことに、アビィ屋敷の人々は驚いた。スタンリー・ホプキンズが本部へ報告に出かけたことがわかると、ホームズは食堂にこもって内側から鍵をかけ、二時間ばかり、ひたすら細かく意欲的な捜査に打ち込んだ。それが、すばらしい推理を打ち立てる基礎となるべきものなのだった。わたしは、まるで教授の実験を興味津々見守る学生のように、部屋の片隅から驚くべき捜査をひととおり眺めていた。窓、カーテン、敷きもの、そして、紐――ひとつひとつが綿密に調べられ、十分に検討された。気の毒な準男爵の遺体はすでに移動されたあとだったが、あとは、けさわたしたちが見たそっくりそのままにしてあった。

やがて、ホームズががっちりしたマントルピースによじ登っていったので、わたしはびっくりした。頭上のかなり離れたところに、まだ針金のくっついた赤い紐が二、三インチ垂れ下がっている。長いあいだじっと見上げていたホームズが、もっと近づこうとして壁の張り出し棚に膝を載せた。紐の端から二、三インチのところまで、ホームズの手が届いた。しかし、それよりも注意をひいているらしいのは、張り出し棚そのもののほうだった。最後にホームズは満足そうなかけ声をあげると、ひらりと飛び下りた。

「ワトスン、うまくいったぞ。事件の目星はついた――ぼくらのコレクションのうちでもとびきりの事件だ。それにしても、なんて間抜けだったんだろう。危うく一生に一度というほどの大失敗をしでかすところだった！　でも、足りない環《わ》がもうひとつ二つそろえば、ぼくの推理の鎖はほぼ完成するよ」

「一味の正体がわかったのかい？」

「一味じゃないよ、ワトスン、違うんだ。たったひとり、それも恐るべき人物だ。ライオンのように強い――考えてもごらんよ、火かき棒さえひん曲がったんだ。身長六フィート三インチ、リスのようにすばしっこくて手先が器用。そして、すばらしく頭が切れる。この、じつによくできたつくり話は、そいつがでっちあげたものなんだからね。そうなんだよ、ワトスン、ぼくらが出くわしたのは、並みはずれたひとりの人間の作品なんだ。ただし、その男は、あの呼び鈴の紐にひとつ手がかりを残してしまった。もう、絶対にまちがいない」

「その手がかりとは？」

「うむ。呼び鈴の紐をひっぱったら、どこで切れる？　針金とつながるところに決まってる。こういうふうに、上から二インチほどのところで切れるとは、どういうわけだろう」

「そこでほつれていたんだろう」

「そのとおり。ご覧よ、紐のこっちの端はほつれている。狡猾なやつだよ、ナイフでほつらせたんだ。ところが、切れ目のもう一方のほうはほつれちゃいないんだな。ここからだとわからないが、あの炉棚の上からだと見えるんだ。ほつれるどころか、すっぱり切られている。何があったか想像できるだろう。男は紐が必要になった。呼び鈴が鳴って人を起こしてはまずいから、ひきちぎるわけにはいかない。炉棚に飛び乗ったが手が届かない。張り出し棚に膝をかけて――棚の埃に跡が残っているよ――紐にナイフを当てた。紐の切れ目は、ぼくでも三インチばかり手の届かないところだ。この男は、ぼくより少なくとも三インチ背が高いのだろう。そのオークの椅子の座面にしみがついているね。何かわかるかい？」

「血だ」

「まちがいなく血だ。これひとつとってみても、夫人の話はでたらめだ。犯行のあいだそこに座っていたんなら、どうしてこんなふうに血がつく？　違うね、そうじゃない。夫の死んだあとになって、夫人はこの椅子に座ったんだ。同じ血の跡が黒いドレスにもきっとついているはずさ。まだワーテルローで勝つところまではいかないにしても、こいつはいわば、ぼ

くらのマレンゴの戦いだ。敗北に始まるが、勝利に終わる。さて、メイドのテリーサと話をしてみようか。ほしい情報を手に入れるためには、しばらく油断は禁物だよ」

堅苦しいオーストラリア人のメイドは、たいそう興味深い人物だった。口数が少なく猜疑《さいぎ》心《しん》が強いうえに、愛想なしだ。ホームズが人のよさそうなふるまいで打ち解けて聞き役に回り、気持ちをほぐしてくつろがせるまでに、かなりの時間がかかった。メイドは、いまは亡き主人への憎悪を隠そうとはしなかった。

「ええ、瓶を投げつけられたというのはほんとうのことでございます。奥さまのことを悪くおっしゃったので、奥さまに男のご兄弟でもいらっしゃればそんなふうにはおっしゃれないでしょうにと申しあげたのです。それで、奥さまにさえひどいことをなさらないなら、わたし、一ダースくらい瓶を投げつけられたって何ともございませんでしたけれど。だんなさまはいつも、奥さまにひどくあたられました。奥さまには誇りがおありですから、泣きごとはおっしゃいません。けさがたご覧になった腕のおけがのことだって、わたくしには何もおっしゃいませんでしたが、帽子どめのピンで刺された傷だってことはよくわかっています。

狡猾な悪魔です、あの人は——亡くなったいまになってもそんな呼び方をすることを、神さま、お許しください。ですが、たしかに悪魔のなかの悪魔でしたよ。はじめてお会いしたときにはやさしいかただったのに。ほんの十八カ月ほど前のことですのに、わたしたち二人には十八年もたったような気がいたします。奥さまはロンドンに着いたばかりでいらっしゃいました。ええ、それまでお国を離れたことはなく――初めてなさった旅でした。あの人は、身分と財産、そしてうわべにまとったロンドンの香りで、奥さまの心を奪われた。奥さまに見る目がなかったのだとしても、これ以上ないくらいにもうたっぷりと、その報いは受けていらっしゃいます。

出会いでございますか？　そう、着いてすぐでした。六月に着いたのですから、七月のことですわ。ご結婚なさったのは、去年の一月です。はい、奥さまは居間にいらっしゃいます。お会いできるとは思います。生きながら地獄のような目にあわれたあとなのですから、あまりいろいろとお尋ねにはならないでください」

レディ・ブラックンストールは前と同じ長椅子にもたれていたが、前よりは明るい様子だった。わたしたちを部屋に連れてきたメイドは、また女主人の額の傷を冷やし始めるのだった。

夫人が口を開いた。「また、こまかくお訊きになるのではないでしょうね？」

「だいじょうぶですよ」ホームズが、このうえなく柔らかい口調で答える。「奥さま、無用の努力をしていただくつもりはありません。たいへん苦しんでこられた奥さまが重荷をおろされますようにと、ひたすらそれだけを願っています。もし、ひとりの友人と思って信用していただけるなら、それにお応えしたいのです」

「どういうことですの？」

「ほんとうのことをうかがいたいのです」

「ホームズさん！」

「いいえ、奥さま、無駄です。ぼくのささやかな評判を、たぶん耳にしたことがおありでしょう。その評判にかけてもいい。聞かせていただいたお話は、まったくのつくり話ですね」

女主人とメイドは真っ青になって、恐怖の目でホームズをじっと見た。

「失礼なかた！」テリーサが叫ぶ。「つまり、奥さまが嘘をついていらっしゃるということですか？」

「お話をうかがえますか？」

「もう、いっさいをお話しいたしました」

「奥さま、もう一度お考えください。正直がいちばんではないでしょうか？」

一瞬、美しいその顔を逡巡がよぎる。それから、またきっぱりと仮面のような顔になった。

「わたくし、知っていることは何もかも、もうお話しいたしました」

ホームズは帽子をとって、肩をすぼめてみせた。「失礼いたしました」そう言ったきり、ひとこともなくわたしたちは部屋をあとにした。庭には池があり、ホームズは先に立ってそちらへ向かう。すっかり氷の張った池にいる一羽のハクチョウのために、穴がひとつあけられていた。それをじっと眺めていたホームズは、やがて、番小屋の門へ向かった。スタンリー・ホプキンズ宛てにメモを走り書きし、それを小屋に預けた。

「当たりかはずれか。でも、こうして舞い戻ってきた言い訳にするだけにでも、ホプキンズ君に何かしてやらなくちゃね。まだ、いろいろ打ち明ける気にはならないんだが。さて、次なる作戦の舞台は、アデレード－サウザンプトン航路の船会社のはずだ。ぼくの記憶では、ペルメル通りのはしっこだな。南オーストラリアと英国を結ぶ航路はもうひとつあるが、まずは大きい猟場のほうから獲物を狩りたててみようじゃないか」

ホームズの名刺が支配人に通されると、わたしたちはすぐ丁重なもてなしを受けた。必要な情報を手に入れるのに時間はかからなかった。一八九五年六月に、母国に帰ってきたその航路の船は一隻だけだったのだ。この会社でいちばん大型で最先端の船、ロック・オブ・ジブラルタル号だ。船客名簿を調べたところ、アデレードのミス・フレイザーとメイドが乗っていた。その船はいま、オーストラリアに向かってスエズ運河の南のあたりを航行しているはずだった。高級船員たちの顔ぶれは一八九五年当時とほぼ同じで、例外がひとりだけいた。一等航海士ジャック・クローカー氏。船長に昇格したこの人物は、二日後にサウザンプトンを出航する、この会社の新しい船、バス・ロック号を任されることになっている。シドナムに住んでいるが、ここで待っていれば、指示を受けにけさ顔を出すかもしれないということだった。

その必要はなかった。ホームズは、べつに会うつもりではないが、その男についてもっとくわしく教えてほしいと言った。

輝かしい経歴の持ち主だった。この会社のどの商船にも、クローカーと肩を並べる高級船員はいない。仕事では頼りがいのある男。しかし、船を離れたところでは乱暴者で破天荒、血の気が多くて激しやすい反面、誠実で正直、親切な人柄ということだった。情報を手に入れて、わたしたちは船会社の事務所をあとにした。それから、馬車でスコットランド・ヤードに向かった。ところが、中には入っていかず、ホームズは馬車の中に座ったまま眉を寄せてもの思いにどっぷりと沈んでいるのだった。やがて、チャリング・クロス電報局へ馬車を向かわせ、電報を一本打ってから、ようやくなつかしいベイカー街へ帰ってきた。

部屋に入るなり、ホームズが言った。「そう、ぼくにはできなかったよ、ワトスン。いったん令状が出てしまったら、その人間を救うことはどうしてもできない。犯人を見つけたために、犯した罪よりもひどい痛手をその人間に負わせる結果になったことが、過去に一、二回あったような気がするんだ。いまでは用心することを覚えたし、自分の良心をごまかすくらいなら英国の法律をごまかすほうがましなくらいに思っている。行動に移す前に、もう少し知っておきたい」

まだ夕方にならないころ、スタンリー・ホプキンズ警部が訪ねてきた。警部のほうは、捜査結果がはかばかしくなかった。

「ホームズさん、あなたには魔法が使えるんじゃありませんか。ときどき、不思議な力をおもちだと思えてなりませんよ。盗まれた銀器があの池に沈んでいるって、どうしておわかりになったんです？」

「わかってはいませんでしたよ」

「でも、調べてみろとおっしゃったではありませんか」

「すると、あったんですね」

「ええ、ありました」

「それは、お役に立てて何より」

「いいえ、役に立ってはいませんよ。おかげで、ますます難しくなってきたじゃありませんか。せっかく盗んだ銀器を手近な池に投げ込んでしまうとは、いったいどんな泥棒ですか」

「たしかに、かなり風変わりだ。ほんとうはそんなものをほしいと思っていない人たちが、いわば目くらましのためだけに奪っていったのだとしたら、早く捨ててしまいたいと考えても不思議はない。ぼくは、まあ、そんなふうに考えたわけです」

「また、どうしてそんな考えが？」

「いや、そんなこともあるかもしれないという程度のことです。フランス窓から外へ出たところに氷のはった池があって、目と鼻の先におあつらえむきの穴があいている。それ以上いい隠し場所がありますか？」

「ふうん。隠し場所——それだ！」とスタンリー・ホプキンズ。「そうか、そうだ、わかってきましたよ！　時間も早いし、道には人目がある。銀器を持っているところを見られてはまずい。折りをみて取りに戻るつもりで、ひとまず池に沈めておく、と。いいですね、ホームズさん――目くらましというよりは、納得できます」

「そのとおり。おみごとです。ぼくの考えは的はずれだったようだが、ともかく、銀器発見には結びついたと認めていただけますね」

「もちろんですとも。あなたのお力です。しかし、いやな壁につきあたってしまいましてね」

「壁？」

「ええ、ホームズさん。けさ、ランダル一家がニューヨークで捕まったんですよ」

「それは、それは。すると、あの一家がゆうべケント州で人を殺したというあなたの説は、たしかに行き詰まる」

「決定的です、ホームズさん、まったく。まあ、ランダル一家のほかにも、三人組はいくらでもいます。警察がまだ知らない、新手の一味のしわざかもしれませんしね」

「なるほど。大いにありうるでしょう。あれ、もうお帰りですか？」

「ええ、ホームズさん、解決の手ごたえが得られないうちは、休む暇なんかありませんよ。何かヒントをいただけないでしょうかね？」

「ひとつさしあげたでしょう」

「え？」

「目をくらますってやつですよ」

「だって、ホームズさん、何のためにそんなことを！」

「もちろん、それが問題だ。しかし、この見方をしてみるようにお勧めしますよ。たぶん、何かわかってくるはず。夕食をごいっしょにどうです？　だめか。では、また。進捗状況を知らせてくださいよ」

夕食が終わってあとかたづけもすむと、ホームズがふたたび事件の話題をもちだした。パイプに火をつけ、スリッパを履いた両足を燃えさかる暖炉の火にかざす。ふと、時計に目をやった。

「進展があるぞ、ワトスン」

「いつ？」

「これからだ――ほんの二、三分以内に。たぶん、きみ、さっきはぼくが、スタンリー・ホプキンズにずいぶんそっけなかったと思っているだろうね」

「きみの考えを信じているよ」

「おお、すばらしい答えだ、ワトスン。そう、こんなふうに見てもらわないことにはね。つまり、ぼくの知るところとなっても公にはならないが、警部の知るところとなったらもう公のことなんだ。知ったからには、警部はすべてをはっきりさせなければならない。さもなければ、職務に背くことになる。なんともはっきりしない事件で、そういう辛い立場に立たせるのはしのびない。ぼくが自分ですっきりするまで、情報を流すことは控えるつもりなんだよ」

「いつまで?」

「いまやそのときだ。このささやかな驚くべきドラマのラストシーンに、きみは立ち会うところなんだよ」

階段に足音がして、ドアが開いた。入ってきたのは、これまでにそこを通ったなかではとびぬけて立派な男前だった。大した長身で、金色の口髭をたくわえた青年だ。深い青色の目に、南国の太陽にこんがり焼けた肌。しなやかな歩き方から、この大男が頑丈で力が強いだけでなく身のこなしも軽いことがうかがえる。青年はドアを閉めると、拳を硬く握って胸を波打たせ、はやる心を抑えようとしていた。

「おかけください、クローカー船長。電報を見ていただけましたね?」

客は肘掛け椅子に深く身体を沈め、疑わしそうにわたしたちをかわるがわる見つめた。

「電報を拝見して、ご指定の時刻にまいりました。会社のほうへいらっしゃったとうかがいました。あなたからは逃げられない。最悪の場合はどうなるのでしょう。どうなさるおつもりですか。ぼくは逮捕されるんですか。はっきりお聞かせください! そこにかけたままネコがネズミをいたぶるようなまねをなさるのは、やめてください」

「葉巻をさしあげてくれ、ワトスン」とホームズ。「クローカー船長、そいつでも噛んで、気をお鎮めください。あなたのことをそこいらにざらにいる犯罪者と同じに考えていたら、ここでいっしょに煙草なんか吸っていやしませんよ。そうでしょう？　腹を割って話していただきたい。そうすれば、ぼくらもあなたの力になれるかもしれません、もしぼくをだまそうとなさるのでしたら、あなたはおしまいですよ」

「どうしろとおっしゃるんですか？」

「ゆうべアビィ屋敷であったことを、残らず正直に話していただきたいのです。正直に、ですよ。よけいなことを付け足したり、隠しごとをされたりしては困ります。ぼくにはすでにかなりのことがわかっている。ほんとうの話からほんのちょっとでもそれたりしたら、窓から呼び子を鳴らします。それで、すべては永久にぼくの手を離れてしまう」

船長は、しばらく考えていた。そして、日に焼けた大きな手で自分の足をたたくのだった。

「いちかばちか、やってみましょう」大きな声が出た。「あなたを、約束を固く守ってくださる立派なかたと見込んで、何もかもお話しします。その前に、ひとつだけ言わせてください。ぼく自身のことでしたら、後悔することなど何もありません。恐れてもいないし、もう一度だってやるでしょうし、やったことを誇りにさえ思うでしょう。あのけだものめ、地獄に落ちろ――もしもネコみたいに九回生き返るとしても、そのたびに殺してやってもいい！　しかし、問題はあの人です。メアリ、メアリ・フレイザー。だれがあのけがらわしい名前で呼ぶものか。あの人を困らせることになったかと思うと、それだけで心がくじけてしまいそうだ。あの美しい顔に浮かぶ微笑を見られるなら、死んだっていいこのぼくなのに。だが——だからといって——ああせずにいられたでしょうか。洗いざらいお話しします。そのうえで、ぼくはあれ以外にどうしたらよかったのか、男どうしとしておうかがいしたい。

少し前のことに遡ります。ぼくがロック・オブ・ジブラルタル号の一等航海士だったときに乗船客だったあの人と出会ったことも、あなたはご存じですね。出会ったその日から、あの人はぼくにとってかけがえのないただひとりの女性となったのです。航海が進むにつれて思いは募るばかり。あの人の足が踏んだ場所だといっては、当直の夜の闇にまぎれてデッキに跪き、唇を寄せたことが何度あったことでしょう。結婚の約束をしてもらったわけではありません。ひとりの女性がひとりの男性に対する最上の態度で接してもらっていたにすぎない。しかたありません。ぼくが一方的に恋焦がれ、あの人にとってぼくはいい友だちだった。別れるとき、あの人のほうは自由で、ぼくのほうはもはや自由をなくしていました。

次に航海から戻ってきて、あの人が結婚したと聞かされました。ええ、好きな相手と結婚していけないわけなどどこにあるでしょう。身分と財産——あの人ほどそれにふさわしい人間はいない。あらゆる美しいもの、上品なもののために生まれてきたような人なのですから。結婚したことが不満だったのではありません。そんな、自分のことしか考えない卑怯者ではありません。むしろ、貧乏な船乗りふぜいの妻とならなかったのは、幸運の女神が微笑みかけたのだと喜びさえしました。それが、ぼくの、メアリ・フレイザーへの愛でした。

さて、あの人にまた会うことができるとは思ってもいませんでした。前の航海で船長に昇格したのに、新しい船がまだ進水していないというので、シドナムの自宅で二、三カ月待たなくてはなりません。ある日、田舎道でばったり、あの人の古くからのメイド、テリーサ・ライトとばったり会いました。メアリのこと、その夫のこと、その他もろもろをテリーサから聞きました。ぼくは、怒りにわれを忘れそうになりました。酔っぱらいのイヌめ、あの人の靴をなめる値打ちもないくせに、あの人に手をあげるとは！　ぼくは、テリーサとまた会いました。そして、メアリ本人とも――さらにもう一度会いました。それから、あの人は会ってくれようとはしませんでした。

　でも、先日、一週間以内に出航だという知らせをもらって、それまでにどうしてももう一度会おうと心に決めたのです。テリーサはメアリを慈しみ、ぼくに負けないくらいあの悪党を憎んでいました。テリーサはいつも、ぼくの味方でした。あの家の暮らしも教えてくれました。メアリは階下にある小さな自室で、遅くまで読書する習慣でした。ゆうべ、ぼくは忍んでいって、その部屋の窓をひっかいてみたんです。初め、あの人は窓を開けようとはしませんでした。でも、心の中ではいまやぼくに気持ちが傾いてきている。凍てつく寒さにぼくを放っておけるはずがありません。あの人がささやいてくれたことばを頼りに、正面の大きな窓のほうへ回ってみますと、開いていました。ぼくは、そこから食堂に入りました。そこであの人の話を聞いて、ぼくの血は煮えくり返ったのです。あの男は、ぼくが愛する人を虐待しているけだものです。許せません。

ぼくは、誓って言いますが、やましい気持ちなどこれっぽっちもなく、あの人といっしょに窓のそばに立っていただけでした。ところが、猛り狂ったあの男が部屋に飛び込んできて、女性に向けるには最低のことばであの人をなじったうえに、手にしたステッキであの人の顔を横ざまに殴りつけたではありませんか。ぼくは、とっさに火かき棒をつかんだ。勝負は五分五分でした。最初にやられた腕のこの傷を見てください。次はこちらの番でした。腐ったカボチャみたいにぐちゃぐちゃにしてやった。後悔？　とんでもない。あいつが生きるかぼくが生きるか、いや、それよりも、あいつが生きるかあの人が生きるか、だったんですから。だって、あんなけだもののそばにあの人を置いておけるもんですか。そういういきさつで、ぼくはあの男を殺しました。まちがっていたのでしょうか？　もしまちがいだとして、お二人がぼくの立場だったらどうなさっていたとおっしゃいますか？

あの男に殴られてあの人が悲鳴をあげたので、テリーサが下りてきました。食器棚にワインがあったので、ぼくがそれを開け、ショックで死んだようにぐったりしていたメアリの口に少し注ぎました。ぼくもひと口飲みました。テリーサは氷のように冷静でした。ぼくが頭を絞り、テリーサも負けずに頭を絞った。泥棒のしわざに見せかけなくては、ということになりました。ぼくたちのつくり話を、テリーサが何度も繰り返しあの人に教え込みました。ぼくのほうは、炉棚によじ上って呼び鈴の紐を切り取りました。そして、メアリを椅子に縛りつけ、ちぎれたと見えるように紐の一方の端をほぐしました。でないと、泥棒があんなところにどうやって登ったのか、怪しまれるでしょう。

それから、銀の食器をかき集め、ぼくが出ていって十五分したらみんなを起こすように言い置いて、二人と別れました。銀器は池の中に放り込んで、今夜は一世一代の大手柄をたてたと思いながらシドナムに帰っていったのです。ホームズさん、ぼくの首は飛ぶことになるかもしれませんが、これで、何ひとつ包み隠さず洗いざらいお話ししました」

ホームズは、しばらく黙ってパイプをふかしていた。それから、部屋を横ぎっていくと、客の手を握った。

「考えていたとおりでした。ひとことひとこと、みんなほんとうのことだとわかります。ぼくの知らないことはまったく出てきませんでしたから。張り出し棚から呼び鈴に手が届くとしたら曲芸師か船乗りくらいしかいないでしょうし、あの椅子にあった紐の結び目をつくれるとなると船乗りだけでしょう。夫人が船乗りと関わりがあったのは、一度だけ。旅をしたときのことです。しかも、あの人がこうまでしてかばおうとし、そこに愛情が表われているところを見ると、どうやらあの人と同じ階級の人間らしい。いったん正しい道筋を走りだしたら、あなたに目星をつけるのはいともかんたんでしたよ」

「警察には見破られないだろうと思っていたのですが」

「実際に、警察は見破っていませんよ。これからも見破ることはできないでしょう。さて、クローカー船長。だれだって我慢ならないような状態だったことは、喜んで認めます。しかし、ことは重大です。自分の身を守るための行動として合法とされるものかどうか、何とも言えません。いずれにせよ、決めるのは陪審員たちだ。ところで、ぼくはあなたに同情せずにはいられない。だから、二十四時間以内に姿をくらますということなら、だれにも邪魔されることのないようにしてさしあげますが」

「そして、姿をくらましたあとに表沙汰になる？」

「なります」

船長が、怒りに顔を赤らめた。

「よくもそんな申し出ができるものですね。メアリが共犯者にさせられるじゃありませんか。それぐらい、ぼくの法律知識でもわかります。あの人を置いて自分だけ姿をくらます？　あの人ひとりを苦しませておくような男だと、見くびられたんでしょうか？　冗談じゃない。悪い目は、みんなぼくが引き受ける。でも、ホームズさん、お願いですから、メアリだけはそっとしておいていただけるよう、なんとか手を打ってください」

ホームズが、ふたたび船長に手を差し出した。

「あなたを試させていただいただけです。おっしゃることひとつひとつに、心が感じられます。さて、かくなるうえは、ぼくの責任が重大だ。ぼくとしては、ホプキンズ警部にはすばらしいヒントだってさしあげたことだし、あちらでそれを活用できないからって、それ以上してあげられることもない。

では、クローカー船長、ひとつ、法廷の形式でことを運ぶことにしましょう。あなたは被告。ワトスン、きみは陪審員だ。陪審員にこれほどぴったりの人物はいないね。ぼくが裁判長です。さて、陪審員のみなさん、証言はいまお聞きになったとおりです。この被告は有罪でしょうか、それとも無罪でしょうか?」

「無罪とします、裁判長どの」

「『民の声は神の声なり』クローカー船長、汝を無罪とする。法がほかの犠牲者を見いだすことのないかぎり、汝は晴れて自由の身である。一年ののち、かの女性のもとへ戻り、ここにわれらが下した判決が正しかったことを、二人の未来で証明してみせるように」

第二のしみ

The Adventure of the Second Stain

友人シャーロック・ホームズの功績を世間に発表するのは、《アビィ屋敷》で終わりにするつもりだった。もちろん、話の種が尽きたからでは決してない。わたしの手もとにあるノートには、未発表の事件がまだ何百と記録されている。また、ホームズという人物の強い個性や独自のやり方に対する、読者の興味が薄らいできたからでもない。

ほんとうの理由は、自分の経験が次々に発表されることをホームズが嫌悪するようになったからなのである。現役で探偵活動をしているのであれば成果の記録もなんらかの実用的価値をもつところ、ロンドンをきれいさっぱりひきはらって、サセックスの丘で探偵学の研究と養蜂に専念する生活を送るようになったいまのホームズにとって、名声はただ厭《いと》わしいだけとなった。わたしは彼から、静かな生活を乱さないでほしいときっぱり申し渡された。

とはいえ、これからお話しする事件はいずれ時が来たら発表するという約束がしてあったことだし、長きにわたって紹介してきた物語の最後を、ホームズが捜査を依頼されたうちでももっとも重要な国際的事件で盛り上げるのは、しめくくりとしてじつにふさわしいではないか。そういうわたしの説得に、記述には慎重を期すという条件つきで、ようやく彼から公表する承諾を得た。曖昧な点がいろいろあるとしても、はっきり書かないのは特別な理由があってのことだ、読者はきっと快く了解してくださることだろう。

というわけで、年代についても、一の位はもちろん十の位まで伏せておかざるをえないのだが、とにかくある年の秋、火曜日の朝のこと、ベイカー街のわたしたちの質素な部屋に、ヨーロッパじゅうに名を知られた二人の人物が訪ねてきた。ひとりは、鼻が高く、目がワシのように鋭い、相手を圧倒するような威厳たっぷりの人物、大英帝国の首相を二度まで務めたベリンジャー卿である。[*1] もうひとりは、色の浅黒い端正な顔だちで、心身ともに健全な、まだ中年と言うには早い年代の上品な紳士。こちらは、いまの英国でもっとも将来を嘱望される若手政治家、ヨーロッパ問題担当大臣のトリローニー・ホープ氏だった。

二人は、新聞の散らかった長椅子に並んで腰をおろした。心労にやつれた顔つきからして、きわめて差し迫った重要な用件で訪ねてきたらしい。首相は、青筋の浮いた細い両手で傘の象牙の柄をしっかりと握り、やせこけた苦行僧のような顔で陰鬱に、ホームズとわたしをかわるがわる見つめている。大臣のほうは、落ち着かなげに口髭をひっぱったり、時計の鎖につけた印章をいじくったりしている。

「ホームズさん、わたしが書類の紛失に気づいたのはけさ八時でした。ただちに総理に報告しました。こうしておうかがいしたのは、総理のご提案によってです」

「警察にはお知らせになりましたか?」

「いや」きっぱりした態度をとる人物として知られる首相が、断固として言い切る。「知らせていないし、知らせることはできない。警察に知らせれば、結局、公になってしまう。われわれとしては、とりわけその事態だけは避けたいのだ」

「なぜなのですか？」

「問題の書簡はきわめて重要なものだ。内容が漏れれば、おそらく、いや、絶対に、ヨーロッパの国際関係がひどく紛糾する。この問題が、平和かそれとも戦争かを左右すると申しても過言ではない。極秘のうちに取り戻すことができないなら、取り戻せなくても同じと言える。なぜなら、書簡を盗んだ目的は、その内容を公表することにあるのだから」

「わかりました。では、トリローニー・ホープさん、書簡がなくなったときのことを正確にお聞かせ願えませんでしょうか」

「それはお安いご用です、ホームズさん。書簡を――ある外国の君主からの親書なのですが――受けとったのは、六日前の朝のことでした。きわめて重要なものでしたので、金庫には入れずに、毎晩、むかいのホワイトホール・テラスの自宅へ持ち帰り、わたしの寝室の文書箱に鍵をかけて入れておいたのです。ゆうべはそこにありました。それは確かです。ディナーのために着替えをしたとき、箱を開けて確かめました。ところが、けさになるとなくなっていたのです。文書箱は、ゆうべずっと化粧台の鏡のそばにありました。わたしも妻も眠りの浅いほうですから、夜中に寝室に入ってきた者はなかったと二人とも断言できます。それなのに、書簡はなくなってしまったのです」

「ディナーは何時でしたか？」

「七時半です」

「そのあと、どのくらいたってから寝室に入られました？」

「妻が劇場に出かけ、わたしはその帰りを待っていました。わたしたちが部屋にさがったのは、十一時半です」

「すると、その四時間のあいだ、文書箱には監視がついていなかったわけですね」

「寝室にはだれも出入りが許されていません。ただ、メイドが朝の掃除に入るのと、昼間にわたしの執事か妻付きのメイドが出入りするだけでして。この三人とも、かなり長く勤めている、信頼のおける使用人たちです。しかも、文書箱にいつもの公文書よりも重要なものが入っているということは、だれにもわかるはずがありません」

「書簡があることを知っていたのは？」

「家にはだれもおりません」

「奥さまはご存じなのでは？」

「いいえ。けさ書簡がなくなるまでは、妻には何も話していませんでした」

首相は満足そうにうなずいた。

「公務に対してきみの責任感がいかに強いかは、かねてわかっていたよ。このような重大機密の場合には、もっとも親密な家族の絆よりも公務のほうが優先されるものだと確信している」

大臣は頭をさげた。

「ご信頼に応えられるよう努めております。この件については、けさまで妻にもひとことも漏らしてはおりません」

「推測できたということは？」

「いや、ホームズさん、妻に推測できるはずが――いいえ、だれにも推測できるはずはありません」

「これまでに書類をなくされたことがおありですか？」

「ありません」

「その書簡の存在を、国内で知っていたのはどなたですか？」

「閣僚には全員、きのう報告しました。ただし、閣議の内容についてはつねに秘密厳守というのが原則ですし、総理からも厳重な注意がありました。それなのに、なんということでしょう、その後数時間のうちに、このわたし自身が紛失してしまうとは！」

大臣は整った顔を絶望にひきつらせ、両手で髪をかきむしった。衝動的で熱い思いをもった、感受性の鋭い、飾らない生《なま》の姿が、ほんの一瞬かいま見えた。しかし次の瞬間にはもう、貴族的な顔つきと穏やかな声を取り戻していた。「閣僚のほかに、省内の役人に二人、あるいは三人、この書簡のことを知っている者がいます。国内にはそれだけです、ホームズさん」

「国外には?」

「書簡を書いたご本人以外に、国外でそれを見た人間はいないと思います。その国の大臣さえ、見ていないでしょう——公式の外交ルート経由ではありませんから」

ホームズはちょっと考え込んでから、また口を開いた。

「もう少し、立ち入ったことをお尋ねします。その書簡はどういうもので、それがなくなったことでどのような重大結果を招くのでしょうか?」

政治家二人がさっと視線をかわしあう。首相は太い眉をひそめ、顔をしかめた。

「空色の、細長い薄い封筒に入っている。赤い封蠟に、うずくまるライオンの印章が押してある。大きな太い字で宛て名が——」

そこでホームズがことばをはさんだ。「そういう細かい点にも興味はありますし、もちろんそれも重要ではあります。ですが、いまうかがっているのは、それ以前の問題についてです。どういった内容なのですか?」

「それは、きわめて重大な、国家の最高機密に属することだ。お話しするわけにはいかないし、また、お話しする必要もないと思う。きみに備わっているというすぐれた能力で、いま説明した封筒を中身ごと見つけてもらえるなら、それは国家への功労にほかならない。政府としてできるかぎりの報酬をさしあげましょう」

　ホームズはかすかに笑いながら立ち上がった。

「お二人ともわが国でもっともお忙しいおかたですし、ぼくとしても、ささやかながら非常に多くの依頼に追われる身です。まことに残念ではありますが、この問題についてはお手伝いいたしかねます。これ以上お話を続けるのは時間の無駄ではないかと存じます」

　首相がいきなり立ち上がり、くぼんだ目をぎらりと光らせた。どんな閣僚もちぢみあがるという鋭い眼光だ。「こんなことは初めて――」言いかけたところで、首相は怒りを抑えて椅子に座り直した。しばらく、だれも口をきく者がなかった。やがて、老政治家が肩をすくめて口を開いた。

「きみの条件をのまざるをえないようだな、ホームズ君。たしかにおっしゃるとおり、全面的に信頼を置かずして協力だけを期待するとは、道理に適わぬことだ」

「わたしも同感です」と、若手政治家も言う。

「ではホームズ君、きみと、ご友人のワトスン博士に全幅の信頼を置いて、お話ししよう。この一件が外部に漏れたとしたら、国家にとってこれ以上の不幸はないのだ。あなたがたの愛国心にも訴えたい」

「信頼してくださって大丈夫です」

「その書簡は、最近のわが国の植民地の発展ぶりに苛立った、ある外国の君主からのものなのです。深く考えもせず、まったくの独断で書かれたものだった。調べてみたところ、その国の大臣たちですら何も知らされていませんでした。しかも、はなはだ不適切な文面なのです。文中にいくつか非常に過激な表現があって、公表されればわが国の国民感情を逆なですることはまちがいない。国をあげての大騒ぎになります。一週間とたたないうちに、わが国は戦争に巻き込まれてしまうでしょう」

ホームズが紙きれにある名前を書きつけて、首相に渡した。

「そうです。この人物です。そして、この人物からの書簡が——十億の出費と十万の人命にも匹敵する書簡が——まったく不可解な状況で消えてしまった」

「書簡の送り主には知らせましたか？」

「ええ、暗号電報を発信しました」

「先方は書簡の公表を望んでいるのでしょう」

「いいえ、無分別に先走ったことをしてしまったと反省しているらしい確かな理由があります。書簡が公になれば、わが国よりもあちらとその国家のほうがもっと大きな打撃をこうむることになるでしょうから」

「では、その書簡を公表することは、だれの利益になるのでしょう？　なぜ、盗んでまで公表したいのでしょうか？」

「その点になると、ホームズさん、たいへんこみいった国際政治の領域になってきます。し

かし、いまのヨーロッパの状態を考えてみれば、動機を理解することはかんたんでしょう。いまヨーロッパ全体は、いわばひとつの武装陣地と言えます。二つの同盟があって軍事力はほぼ均衡し、大英帝国は中立を守っています。もし英国がどちらかの同盟に対して開戦を余儀なくされれば、もうひとつの同盟は、参戦するかどうかにかかわらず確実に優位に立てることになる。おわかりでしょうか？」

「よくわかります。すると、この書簡を手に入れて公表すれば、送り手の君主の国とわが国とのあいだがまずいことになって、その君主の敵国側の利益となるわけですね？」

「そういうことです」

「その書簡が敵の手に渡ったとすると、だれのところへ送られるのでしょう？」

「ヨーロッパの主要国のどこかの、首相のもとへでしょう。おそらく、いまこのときにも、もっとも早い輸送手段で運ばれていることでしょう」

それを聞くとトリローニー・ホープ氏が頭を垂れて、大きなうめき声をあげた。首相は、穏やかにその肩に手をやった。

「運が悪かったのだ。だれにもきみを咎《とが》めることはできない。きみは万全の用心をしていたんだから。ところで、ホームズ君、これで事実をすべてお話ししました。どういう方針をとればいいものでしょうな？」

ホームズは、沈痛な様子で首を振った。

「その書簡を取り戻すことができなければ戦争になると、総理はお考えですか？」

「その可能性が非常に大きいと思う」

「では、戦争の準備をなさることです」

「なんとも無情な言い方ではないか、ホームズ君」

「事実をよくお考えになってください。書簡が盗まれたのは、夜の十一時半よりあとだとは思えません。なぜなら、その時刻から、朝になって紛失に気づくまで、ホープご夫妻がお部屋にいらっしゃったのですから。だとすると、盗まれたのはゆうべの七時半から十一時半のあいだです。おそらくは、その早めの時刻ではないでしょうか。犯人がだれであれ、書簡がその部屋にあることを知っていて盗んだことは明らかですから、一刻も早く手に入れようとするのが当然です。

　さて、このように重要な書簡がその時刻に盗まれたとすると、いまごろはどこにあるでしょう？　そのまま手もとに置いておくようなことはありません。それをほしがる人物のところへ、すぐにでも渡されるはず。もはや、取り戻すことはおろか、行方をつきとめる見込みもありません。われわれの力の及ばないところなのです」

　首相は、長椅子から立ち上がった。

「たしかにもっともだ、ホームズ君。事態は、われわれの手がはるかに及ばないところまで進んでいると思う」

「議論を進めるために、メイドか執事が書簡を盗んだと仮定しますと――」

「二人とも、古くからうちにいる、信用のおける使用人です」

「お話によりますと、あなたのお部屋は三階で、外から出入りはできず、中から部屋に向かうとすれば必ずだれかの目につくということでした。だとすれば、盗んだのは内部の者にちがいありません。犯人は、書簡をだれにわたすのか？　おそらく、国際的なスパイや探偵のたぐいのひとりでしょう。そういう連中の名前は、ぼくもかなりよく知っています。なかでも、ボスらしき者が三人います。ぼくがまずこの三人の周辺を探って、だれかが任務についているかどうか調べてみましょう。もし、姿を消している者がいれば――特に、ゆうべから行方がわからない者がいれば――書簡の行き先についても、何らかの情報は得られるでしょう」

そこで大臣が質問をはさんだ。「なぜ、姿を消さなくてはならないのですか？　おそらく、ロンドンにある大使館へ書簡を持ち込むのでは？」

「そうは思いませんね。スパイというのは、それぞれ独自の立場で活動するものです。大使館とは緊張関係にあることも少なくありません」

首相がうなずく。

「おっしゃるとおりでしょうな、ホームズ君。こんなすごい獲物を手に入れたら、自分の手で本部へ持っていくことだろう。きみの捜査方針はすばらしいと思う。ところで、ホープ君、われわれとしては、この災難ひとつにかまけてほかの仕事をおろそかにするわけにはいかない。ホームズ君、連絡します。昼間のうちに何か進展があれば、そちらの捜査の結果も必ずお知らせいただきたい」

二人の政治家は一礼して、重々しい足どりで出ていった。

著名な客たちがいなくなると、ホームズは黙ってパイプに火をつけ、しばらくのあいだ深く考え込んでいた。わたしは朝刊を開いて、いま大騒ぎになっている、ゆうべのロンドンで起こったある犯罪の記事を読みふけっていた。ホームズが不意に大きな声をあげて立ち上がり、パイプを暖炉の上に置いた。

「そうだ。これ以上の手はない。ほぼ絶望的という状況だが、望みがまるっきりないわけじゃないぞ。盗んだのがあのうちのだれだかいまからでもわかれば、まだその手もとにある可能性だってなくはない。結局、ああいう連中にとっては金の問題なんだし、こっちには英国大蔵省がついている。売りに出されていれば、買い戻そう——そのために所得税が一ペニー増えることになろうとも。先方に打診するのはこちらがどれだけの金を払うか確かめてからにしようと思って、犯人がまだ書簡を手もとに置いているということもありうる。そういう大胆なまねができるのは、あの三人しかいないだろう。オーバーシュタイン、ラ・ロティエール、エドアルド・ルーカスだ。ひとりずつ調べてみよう」

わたしは、手にした朝刊にちらりと目をやった。

「ルーカスって、ゴドルフィン街のエドアルド・ルーカスのことかい?」

「そうだよ。よく知ってるね」

「そいつには会えないな」

「なぜだい?」

「ゆうべ、自宅で殺されたからだよ」

これまでホームズに捜査の途中でさんざん驚かされてきたわたしは、今度は彼のほうが驚愕しているのを見て大喜びだった。驚きに目をみはっていたホームズが、すぐにわたしの手から新聞をひったくった。彼が椅子から立ち上がったときわたしが読みふけっていたのは、次のような記事だ。

ウェストミンスターで殺人

昨夜ゴドルフィン街十六番地で、奇怪な殺人事件が発生した。現場はテムズ川とウェストミンスター寺院の中間、ほぼ議事堂の高い塔の陰になる部分。十八世紀ふうの家が並ぶ、古風で人通りの少ない住宅街にある。こぢんまりした高級な邸宅に数年前から住むエドアルド・ルーカス氏は、魅力的な人柄と、わが国最高のアマチュアのテナー歌手としての名声とで、社交界にも広く知られている。三十四歳、独身。中年の家政婦プリングル夫人と執事のミトンとの三人暮らし。プリングル夫人は最上階の自室に、いつも早めにひきさがってやすむ。執事のほうは、昨夜はハマースミスの友人宅を訪問して不在だった。十時以降はルーカス氏がひとりで起きていたらしい。

十二時十五分前、巡回中にゴドルフィン街を通りかかったバレット巡査が、十六番地の玄関ドアが半開きになっているのを発見。ノックしたが返事がなかった。通りに面した部屋に明かりがついていたので、入り口から入って部屋のドアをノックしたが、やはり答えがなかった。そこで、バレット巡査がドアを押し開けて入ったところ、室内は乱雑をきわめ、家具がすべて片側に寄せてあった。中央に椅子がひとつ、仰向けに転がっていた。そのそばに、椅子の脚のひとつをつかんだまま、この家の主人が倒れていたのである。心臓をひと突きされて即死したものとみられる。犯行に使われたのは、壁を飾る東洋の武器の中にあった、刃が反りかえったインド製の短剣。貴重品を物色したような跡はなく、盗みが目的ではなかったと思われる。エドアルド・ルーカス氏を慕う人は多く、この不可解な非業《ひごう》の死は友人知人たちのあいだに広く、深い哀惜の念を呼び起こすことだろう。

「ふむ。ワトスン、きみはこれをどう思う？」

「驚くべき偶然の一致だなあ」

「偶然だって？　今回のできごとを芝居にたとえれば、演じられる役者としてぼくが名前を挙げた三人のうちのひとりが、まだ芝居の上演中だっていうのにいきなり死んだんだよ。偶然の一致なんかじゃない可能性のほうが大きい。はるかに大きいね。いいかい、ワトスン、この二つの事件には、つながりがある――いや、なければならない。そのつながりを見つけるのがぼくらの仕事さ」

「でも、警察がもう、すっかり調べてしまってるだろう」

「そんなことはないさ。ゴドルフィン街であったことについては、警察がすべて知っているかもしれない。だが、ホワイトホール・テラスのことは何も知らないはずだ。知らせるわけにもいかないんだがね。二つの事件のことを両方とも知っていて、そのつながりをつきとめることができるのは、ぼくらだけだ。それに、いずれにせよぼくはルーカスを怪しいとにらんでいた。

理由ははっきりしてる。ウェストミンスターのゴドルフィン街といえば、ホワイトホール・テラスから歩いて二、三分しかかからないところじゃないか。さっき名前を挙げたあとの二人は、ウェスト・エンドのずっとはずれに住んでいる。だから、大臣の家の者と知り合うにしても情報をつかむにしても、ほかの二人よりもルーカスのほうがかんたんだと言えるんだ。これは些細なことだがね、二つの事件が数時間のうちに相次いで起きていることを考えると、重要な意味をもってくる。おや、だれだろう？」

ハドスン夫人が、盆に女性の名刺を載せて現われた。ホームズはその名刺をちらりと見ると、眉を吊り上げてこちらに渡した。それから、ハドスン夫人に向かって言う。

「ヒルダ・トリローニー・ホープ令夫人に、おあがりくださるよう伝えてください」

まもなく、その朝すでに著名人たちの訪問を受けていたわたしたちの部屋は、ロンドンでもっとも魅力的な女性を迎えるというさらなる光栄に浴することとなった。ベルミンスター公爵の末の令嬢の美しさについては、これまでにも噂をたびたび耳にしてきたとはいえ、優雅な顔の精彩や肌の色あいなどの微妙で繊細な魅力は、どんなにことばに尽くそうとも写真で見せようとも伝えきれないものだ。

ところが、その秋の朝に生身の彼女を見て、わたしたちの目がまずとらえたのは、その美しさではなかった。愛らしい頬は興奮して青ざめているし、目の輝きは熱を帯びている。はかなげな口もとは、何かを必死にこらえているためか、固く結ばれてひきつっていた。ドアが開いて美しい訪問客が戸口に立ったとき、とっさにわたしたちの目がとらえたのは、美よりも恐怖のほうだったのだ。

「夫がこちらにうかがいましたでしょうか、ホームズさま？」

「ええ、おみえになりました」

「お願いです、わたくしがここへうかがったことは、夫にはお知らせにならないで」ホームズは無表情に頭を下げて、夫人に手ぶりで椅子を勧めた。

「それでは、ぼくの立場が難しいものになってしまいますね。とにかく、おかけになって、ご希望をお聞かせいただきましょう。ただ、無条件で何かをお約束することはできませんが」

夫人は部屋を横切り、窓に背を向けた椅子に腰をおろした。背がすらりと高く、優雅でしとやかなことこのうえなく、女王のような気品がある。

「ホームズさま」白い手袋をつけた手を握り締めたり開いたりしながら、夫人が話し始めた。「率直にお話しいたします。そうすれば、あなたからも率直なお返事をいただけることでしょうから。夫とわたくしとのあいだに秘密と言えるものは、ただひとつのことを除いて何ひとつございません。そのただひとつのことというのが、政治です。政治についてあの人の口は固く、わたくしには何も話してくれません。

ですが、ゆうべ、屋敷でたいへんなことが起こったのを、わたくしは存じております。ある書簡がなくなったのです。ところが、それが政治に関するものであるばかりに、夫は何も打ち明けてくれません。わたくしとしては、そのことをくわしく知っておく必要があります。知っておかなければならないのです。政治家のかたたち以外で真相をご存じなのは、あなただけです。ですから、ホームズさま、どんなことが起こったのか、そして、これからどんなことになってゆくのかを、お願いですからはっきりとお教えください。どうか、すべてをお聞かせくださいませ。依頼人の利益のためにということでしたら、お気になさる必要はございません。夫にもわかってもらえると思います。わたくしがすべてを知ることがあの人のためになるのは、確かなのですから。盗まれた書簡と申しますのは、何だったのでしょう？」

「奥さま、そのご希望に沿うことはとうてい不可能です」

　夫人は悲しみのうめきを漏らし、両手に顔を埋めた。

「ぜひともご理解をいただかねばなりません。この事件について奥さまが何も知らされずにいたほうがよいとご主人がお考えである以上、職業上の秘密を守る誓いを立てて真相を知ったぼくが、ご主人が奥さまに話されないことを勝手にお教えできるものでしょうか？　それを要求なさることは、正しいこととは言えません。ご主人にお尋ねになるべきでしょう」

「夫には尋ねてみました。最後の頼みの綱が、あなたにうかがうことだったのですわ。でも、ホームズさま、くわしいことはお教えいただけないまでも、ひとつだけうかがうことができれば、わたくしにとって大きな助けになるのですが」

「何でしょう？」

「このできごとのために、政治家としての夫の経歴に傷がつくようなことがあるでしょうか？」

「そうですね、うまく解決できない場合は、おそらく非常に不幸な結果をまねくことになるでしょう」

「ああ！」心配していたことが現実になったというように、夫人は息を激しく吸い込んだ。

「もうひとつお尋ねしたいことがございます、ホームズさま。この災難を知った直後、ショックのあまり夫が漏らしたことばから想像するに、この書類がなくなったために、社会的にも恐ろしいことが起こるのではないかと思えるのですが」

「ご主人がそうおっしゃったのでしたら、否定はいたしません」

「どんなことが起こるのでしょうか？」

「ああ、またしても答えることのできないご質問です」

「では、もうこれ以上お邪魔はいたしません。ホームズさま、率直にお話をしていただけなかったことはいたしかたありません。ただ、わたくしも、夫の意にさからってまで、ともに心配を分かち合いたいと願っているのです。どうか悪くお思いにならないでください。それから、くどいようですけれども、わたくしがこちらにまいりましたことは夫には黙っておいてください」

夫人は、戸口で振り返ってから出ていった。悩みに曇る美しい顔。怯えきって固く結ばれた口もとが、もう一度わたしの心に刻まれた。

ドアがバタンと閉まって、スカートのさらさらいう衣擦れの音が消えていくと、ホームズが微笑みを浮かべながら口を開いた。「ところでワトスン、女性のことならきみの専門分野だ。あのレディはどういうつもりなんだろうね。ここへ来たほんとうの目的は何なのだろう？」

「話ははっきりしているじゃないか。あの人の心配もごくあたりまえのことだろう」

「ふむ！　だけど、あの様子はどうだい、ワトスン。あの落ち着きのない態度、動揺を必死で抑えつける様子、あの食い下がり方。感情をむやみに表に出さないはずの階級の出身だということを忘れてはいけない」

「たしかに、かなり動揺していたな」

「自分がすべてを知ることが夫のためになるのは確かだと言ったときの、あの異常なまでの熱心さも忘れてはならないな。どういうつもりであんなことを言ったんだろう？　それに、きみも気づいただろうが、あの人が光を背にする位置に座ったのは意図的にだよ。ぼくらに表情を読まれたくなかったんだ」

「そうだった。座る椅子を選んだね」

「それにしても、女性の動機というのはじつに不可解なものだよ。マーゲイトの女のことを覚えているだろう？　同じような、鼻の頭におしろいがついていなかったという理由でぼくが疑いをもった――それが結局、事件解決の決め手になった。流砂の上に家は建てられないというわけだね。女性たちのほんのちょっとした行動のなかに、大きな意味がこめられていることもある。かと思うと、とんでもない異常なふるまいが、たんに一本のヘアピンやカールごてのためだったりすることもあるんだからね。じゃあ、ワトスン、またあとで」

「出かけるのかい？」

「ああ。午前中に、ゴドルフィン街でスコットランド・ヤードの連中と会ってくる。この問題は、エドアルド・ルーカスに関係しているんだ。どんな関係かまるでわからないってことは認めざるをえないがね。事実に先立って理論を立てようとするのは、大きなまちがいというものさ。留守を頼むよ、ワトスン。またたれか客が来たら、会っておいてくれたまえ。うまくすれば、昼食には戻ってこられる」

その日ずっと、そして翌日とまた次の日もずっと、ホームズは寡黙《かもく》とも不機嫌とも言えるような状態だった。慌しく部屋を出たり入ったりしては、たて続けに煙草をふかし、ヴァイオリンをかき鳴らす、長々と瞑想していたかと思うと、へんな時刻にサンドイッチをむさぼる、といった具合で、わたしが何か話しかけたところで、ろくに返事もしないのだった。ホームズの推理も、また捜査のほうも、どうやらうまくいっていないようだ。何も話してもらえないわたしは、ルーカスの検死の詳細や、執事のジョン・ミトンが逮捕されてすぐ釈放になったことなどを、新聞で読んで知った。

検死陪審員団は明らかな「計画的殺人」という評決を下したが、犯人は依然不明のままだった。動機にも見当がついていない。部屋にたくさんあった貴重品は何ひとつなくなっていないし、被害者の書類にも手がつけられていないのだ。書類が念入りに調べられると、ルーカスの素顔が垣間見えてきた。国際政治の熱心な研究家、大のゴシップ好き、語学の達人で、筆まめ。数カ国の主要な政治家たちと親しかったことも判明した。だが、引き出しいっぱいの書類のなかに、世間を騒がせるようなものは何も発見されなかった。女性関係は、浅く広かった。相手を選ばずたくさんの女性とのつきあいがあったものの、親密な間柄の者は少なく、愛していた女性はひとりもいなかったのだ。規則的な生活を送り、素行も穏便。ルーカスの死の謎はまったく解けず、事件は解決されないままになりそうだった。

ルーカスの執事が逮捕されたのは、打つ手のないことをごまかそうとした警察の苦しまぎれにすぎない。ジョン・ミトンに不利な事実は何もなかった。事件のあった夜、ミトンはハマースミスの友人宅を訪ねていて、アリバイはしっかりしていた。友人宅を出た時刻からすれば、犯行が発見された時刻より前にウェストミンスターに帰り着くことはたしかに可能といえる。だが、帰る途中は歩いたというミトン自身の証言も、天気のいい晩だったことを考え合わせれば、あながち嘘とは思えない。ミトンが実際に家に帰り着いたのは十二時で、主人の殺人という思いがけないできごとに気が動転してしまったらしい。主人とのあいだはいつもうまくいっていた。

ルーカスの持ち物が――剃刀《かみそり》の入った小箱などいくつか――執事のトランクの中に見つかったが、ミトンは主人からの贈り物だと説明し、家政婦の証言もそれを裏付けた。ミトンがルーカスに雇われてから、三年になる。そのあいだ、一度もヨーロッパ大陸に連れていかれることがなかったのは、注目すべき事実だった。ルーカスは、ときとして三カ月も続けてパリに滞在することもあったが、ミトンは残ってゴドルフィン街の家の留守を守っていたのだ。

家政婦のほうは、犯行のあった夜、何の物音も聞いていなかった。もし主人に客があったのだとすると、主人みずからが応対したのだろうと考えられた。

こんなふうに、わたしが新聞から知ることができたかぎり、三日間というもの、謎は解けないままだった。ホームズがそれ以上のことを知っていたとしても、胸ひとつに収めて何も話してくれなかった。ただ、漏らしたことばからわかったのだが、ホームズはレストレード警部から事件のいっさいを知らされていたらしい。そして、捜査の進展についても逐一報告を受けているはずだった。四日めになって、新聞にパリ発の長い電文が発表され、問題がすべて解決したかに見えた。『デイリー・テレグラフ』紙が、次のように報じたのだ。

さる月曜日の夜、ウェストミンスターのゴドルフィン街で惨殺されたエドアルド・ルーカス氏の事件を覆っていた悲運のベールが、パリ警察の発見によってはがされることとなった。読者もご記憶のとおり、この事件では、ルーカス氏が自室で刺殺されているのが発見され、執事に一度は嫌疑がかけられたのだが、アリバイがあって疑いが晴れている。昨日、パリのオーステルリッツ街で小さな住宅に住むアンリ・フールネイ夫人が異常な行動をとるようになったと、使用人からの届け出があった。診察の結果、躁病が重い段階まで進行した危険な状態であった。警察の調べにより、フールネイ夫人がさる火曜日にロンドン旅行から帰ったばかりだということがわかり、ウェストミンスターの事件とのつながりが明らかになった。写真照合により、アンリ・フールネイ氏とエドアルド・ルーカス氏が同一人物であることが判明したのだ。ルーカス氏は、何らかの理由により、ロンドンとパリで二重生活をしていたらしい。フールネイ夫人は西インド諸島の出身で、感情を爆発させやすいたちであり、嫉妬の発作のため暴れ出したことが以前にもあった。

ロンドンじゅうを騒がせたウェストミンスターの恐るべき犯行も、夫人のこうした発作によるものではないかと推測される。月曜日の夜の夫人の足どりはまだつかめていないが、火曜日の朝、チャリング・クロス駅で、夫人と人相の一致する女性が乱れた身なりで暴れているのを、大勢が目撃している。夫人が狂乱状態で罪を犯したのか、あるいは、犯行のショックによって病気が一気に進行したのか、いずれとも考えられる。現在、彼女はまともな話のできない状態にあり、正常な供述は望めない。医師は、回復の見込みはないと診断している。なお、月曜日の夜、ゴドルフィン街の事件現場となった家を、ひとりの女性が数時間にわたって眺めていたという証言もあり、これがフールネイ夫人だったのではないかと見られている。

ホームズが朝食をすますあいだに、わたしはこの記事を大きな声で読みあげてやった。

「どう思う、ホームズ？」

「いいかい、ワトスン」ホームズは椅子から立ち上がって、部屋のなかをあちこち歩きながら言うのだった。「きみはいたって辛抱強いが、ぼくがこの三日間というもの何も話さなかったのは、話すことが何もなかったからなんだ。いまのパリからの報告にしたって、たいして役に立ちゃしないんだよ」

「だけど、あの男の死については、これで決定的になったわけだろう?」

「ぼくらの本来の使命、つまり、あの書簡のゆくえを追ってヨーロッパを破滅から救うという大きな仕事に比べたら、あの男の死もたんなるひとつのできごと——ささやかなひとつのエピソードにすぎない。この三日間でただひとつ重要なことは、つまり、何ごとも起こらなかったということなんだよ。ぼくはほぼ一時間刻みに政府から報告を受けているが、ヨーロッパのどこにも紛争の兆しがないことは確かだ。

ところで、あの書簡がどこかに消えたのだとすると——いや、消えてしまうなんてことはありえない——しかし、消えていないのなら、いったいどこにある? だれが持っている? なぜ手放さないんだ? ぼくの頭の中でハンマーでたたくようにガンガン鳴り響いているのは、この問題なんだ。書簡のなくなった晩にルーカスが殺されたのは、はたして偶然の一致なのだろうか? 書簡はルーカスの手に渡ったのだろうか? もし渡ったのだとしたら、なぜ彼の書類のなかに見つからないのか? 頭のおかしくなったあの妻が、書簡を持ち去ったのか? それともパリのあの家にあるのか? どうやったら、フランスの警察に怪しまれずにその家を調べることができるだろうか？

ワトスン、今回の事件じゃ、法律が、犯罪者にとってと同じくらいぼくらにとっても厄介なものとなる。まわりじゅうがみんな、ぼくらにとっては邪魔になるんだ。それでも、この事件解決にかかっているものは計り知れないほど大きい。もしこの事件がうまく解決できたら、ぼくにとっては無上の栄光となるにちがいないよ。おや、前線からの最新情報が入ったらしいな」

ホームズは、届いていた手紙に急いで目を通した。「へえ！　レストレードが何かおもしろいことを発見したらしい。帽子をかぶりたまえ、ワトスン、ウェストミンスターへいっしょに行こう」

わたしが今回の事件で犯行現場に行くのは、これが初めてだった。背が高くて黒ずんだ、間口の狭い家。建てられた世紀にふさわしく、形式ばって堅苦しい、頑丈な家だ。表の窓から、レストレードがブルドッグのような顔をのぞかせていた。大柄な警官がドアを開けてくれ、中へ入ると、警部が快く迎えてくれた。わたしたちが通されたのは、殺人があった部屋だったが、いまはただ絨毯の上に気味悪い血の跡が点々と残るくらいで、むごたらしい犯罪の名残りはほとんどとどめていない。

部屋の真ん中に、インド産の粗い毛織りの小ぶりな四角い絨毯が敷いてあり、そのまわりに、正方形のつやのあるブロックをはめこんだ古風な美しい床が広がっている。暖炉の上に飾ってあるのは、記念品らしいりっぱな武器の数々。そのひとつがあの晩の凶器になった。窓辺には、値のはりそうな書き物机がある。絵画や敷物、壁掛けといったその部屋にあるあらゆる品物が、嫌味に近いくらい贅沢な趣味だった。

「パリからのニュースをご覧になりましたか？」

レストレードの問いかけに、ホームズはうなずいた。

「今回は、フランスの連中にしてやられたようです。たしかに、連中の言うとおりですよ。あの気性の激しい女がドアをノックする——思いがけないことだったでしょう。ルーカスは完全な隠れ住まいをしていたんですからね。そして、女を中へ入れる——通りに立たせておくわけにもいきませんからね。女が、とうとうつきとめたと言ってやつを責めたてる。まくしたてているうちに、手近に短剣があったものだから、あっさり刺してしまった。ですが、一瞬のうちにけりがついたわけじゃあない。この椅子は全部むこうに寄せてありましたが、そのひとつをつかんで女から身を守ろうとしたんでしょう。まるでこの目で見たように、はっきりとわかりますよ」

ホームズは眉を上げた。

「わかっているのに、ぼくを呼んだのかね？」

「そうです、別のことで——たいしたことじゃありませんが、あなたが興味をひかれるんじゃないかと思いまして。ちょっとおかしいんですよ。あなたなら怪しいとおっしゃるかもしれない。事件の本筋とは関係ありません――見たところ、関係ありっこないんですよ」

「何だね、それは？」

「ええ、つまりですね、こういった犯罪のあとでは、現場をそのままに残しておくよう、われわれは十分注意します。今回も何ひとつ動かしていません。昼夜、見張りを置いています。けさ、死体の埋葬も終わって調査もすんだので、この部屋だけですが、少しかたづけてもいいと思いました。ところが、この絨毯ですよ。ほら、鋲でとめてなくって、ただ敷いてあるだけなんです。わたしは、こいつを持ち上げてみました。すると――」

「すると？」

　ホームズの顔が期待にひきしまる。

「まあ、百年考えたところでわからないようなことです。絨毯には、こんなふうに血のしみがついていますよね？　血がたっぷりしみ込んだにちがいない。そうでしょう？」

「たしかにね」

「ところがですよ、絨毯の下の白い床板にはしみがついていないとお聞きになったら、びっくりでしょう」

「しみがついていない！　そんなはずは――」

「そうおっしゃるでしょうね。ところが、実際にないのです」

　レストレードが、絨毯の隅をつかんでめくってみせた。たしかに、しみがない。

「しかし、絨毯の裏まで、表と同じくらい血がしみ込んでいるんだ。床にも跡がつくはずだが」

名高い専門家を悩ませたのがうれしいらしく、レストレードがくすりと笑った。

「それでは、ご説明しましょう。第二のしみがあるんですよ。ただし、絨毯のしみの位置とは一致していない。ご自分で確かめてください」

レストレードはそう言いながら、絨毯の別の隅をめくってみせた。たしかに、古風な床の四角い白い板に、大きくて真っ赤な血の跡がある。「どうお思いですか？ ホームズさん」

「なあに、かんたんじゃないか。二つの血のしみは一致していて、絨毯の向きが変えられただけだ。絨毯の形は正方形だし、鋲でとめられていないから、そうなりやすい」

「絨毯の向きが変わったってことだったら、あなたに教えていただくまでもありませんよ、ホームズさん。警察だって、それくらいはわかります、血の跡は重なり合うんですから——こう動かせば、ね。わたしの知りたいのは、だれが、何のために、絨毯を動かしたのかということです」

ホームズの顔がこわばっている。内心、興奮して身震いしているのだ。

「ねえ、レストレード君！ 廊下にいるあの警官だがね、ずっとここで見張りをしていたのかね？」

「そうですが」

「では、忠告しよう。あの警官をよく取り調べてみたまえ。ぼくらの前じゃだめだよ。ここで待っているから、奥の部屋へ連れていきたまえ。ひとりにしたほうが、口を割らせやすいだろうから。なぜ、この部屋に人を入れ、しかもひとりにしておいたのか、と訊くんだ。人を入れたんじゃないか、なんていう訊き方じゃだめだ。頭から決めつけてかかるんだ。この部屋にだれかが入ったのはお見通しだって、強引にね。洗いざらい白状するよりほかに許される道はないと言ってやりたまえ。ぼくの言うとおりにするんだ！」

「驚いたな。あいつが何か知っているんだったら、必ず白状させてやる！」レストレードはそう叫んで、ホールへ飛び出していった。しばらくすると、奥のほうからどなりちらす声が聞こえてきた。

「さあ、ワトスン、いまだ！」勢い込んでホームズが言った。ものうげなふるまいの裏にひそんでいたホームズの不思議な力が、激しいエネルギーになってはじけたのだ。床から絨毯をはぎとると、あっと言う間に床に這いつくばって、正方形の床板一枚一枚に爪をひっかけていった。すると、なかに一枚、端に爪をひっかけると横に曲がる床板があって、蝶番付きの蓋のように開くのだった。その下に小さな暗い穴が現われた。ホームズはすばやくその穴に手をつっこんだが、怒りと失望のこもったうなり声をあげて手をひっこめた。中はからっぽだったのだ。

「早く、ワトスン、早く！　もとへ戻すんだ！」床板の蓋を閉めて、絨毯をもとどおりに伸ばし終えたちょうどそのとき、廊下にレストレードの声がした。警部が入ってきたときには、ホームズはマントルピースにけだるそうに寄りかかり、諦めきって我慢しているとでもいうように生あくびを嚙み殺しているのだった。

「お待たせしてすみませんでした、ホームズさん。すっかりご退屈のようですな。ところで、洗いざらい白状させましたよ。入ってこい、マクファースン。このかたたちに、おまえのした許しがたい行為を話してさしあげろ」

大男の警官が、顔を真っ赤に染め、後悔の表情でおずおずと入ってきた。

「悪気はなかったんです、ほんとに。ゆうべ、若い女が玄関に現われまして――家をまちがえたということでした。それで、つい話をしちまったんです。一日じゅうここで番をしてると、寂しいもんで」

「それで？」

「相手が、現場を見たいって言いだしまして。新聞で事件の記事を読んだって。すごく上品な感じで、ことばづかいも丁寧な人だったんで、ちょっとのぞかせるくらいかまわないだろうと思ったんです。ところが、この絨毯の血を見たとたんばったり倒れて、死んだように伸びちまった。奥に飛んでって水をとってきましたが、それでも正気に戻らないんです。そこで、角を曲がったところの〈アイビー・プラント〉ってパブまで行って、ブランデーをもらってきました。そのあいだに元気になったらしく、戻ったときにはもう女はいませんでし

SIDNEY PAGET
1904

た――きっと、恥ずかしくなって、わたしと顔をあわせたくなかったんだと思いました」

「絨毯が動いていたのは？」

「ええ、戻ってきたとき、たしかに、ちょっとばかりしわがよってました。でも、女が絨毯の上に倒れたんだし、床はつるつるに磨きがかかってて押さえるものがないんですから、無理もないですよ。あとでぴちっと、伸ばしときました」

レストレードがここで威厳を見せる。「わしの目はごまかせんってことが、よくわかっただろう、マクファースン。ちょっとくらいわかるまいと思ったんだろうが、絨毯をちらっと見ただけでも、だれかこの部屋に入った者があるとちゃんとわかるんだ。何もなくなったものがないからまだいいようなものの、そうでなきゃ、おまえは困ったことになるところだったんだぞ。ホームズさん、つまらないことでお呼びたてして申し訳ありませんでした。最初のものと一致しない第二のしみが、あなたには興味がおありだろうと思っただけでして」

「たしかに、じつにおもしろい。それで、マクファースン君、その女性が来たのは一度きりかね？」

「ええ、一度だけでした」

「何という人だね？」

「名前はわかりません。タイピストの募集広告に応募してきて、番地をまちがえたんだそうで――感じのいい、上品な若い女性でした」

「背の高さは？　美人だった？」

「ええ。かなり発育のいい女性でした。美人と言っていいと思います。とびきりきれいだって言う人もいるんじゃないでしょうか。『ねえ、おまわりさん、ちょっと見せていただけないかしら？』って、何というか、かわいい、甘ったるい言い方をされちまって、ついつい、戸口からのぞかせてやるくらいかまわないか、なんて思ってしまいました」

「服装は？」

「地味な格好でした――足もとまで隠れるくらい長い外套で」

「何時ごろのことだね？」

「ちょうど日が暮れるころでした。ブランデーを持って戻る途中、あちこちで明かりがつき始めましたから」

「けっこうだ」とホームズ。「さあ、ワトスン、別のところに、もっと重要な仕事が待っているようだよ」

　しゅんとした顔の巡査にドアを開けてもらってわたしたちはその家を出たが、レストレードは表に面した部屋にそのまま残った。ホームズが石段の上で振り返り、手にしたものを掲げてみせると、巡査が目を丸くした。

「あれ、それは！」と驚きの声。ホームズはすぐに、指を口にあてるしぐさで警官を黙らせた。手をチョッキのポケットに戻し、通りへ出ると大声で笑いだした。「上出来だ！　さあ、ワトスン、いよいよ大詰めの幕があがるぞ。戦争にはならないだろうし、トリローニー・ホープ氏もその輝かしい経歴に傷をつけずにすむし、分別を忘れた君主が、軽はずみな行動によって罰を受けることもなく、総理大臣も、ヨーロッパのもめごとにかかずらう必要がなくなるんだ。ぼくらがちょっとした機転をきかせて処理さえすれば、不快きわまりない事態に発展しかねなかったこのできごとが、だれも傷つけずに収まる。そう聞けば、きみもほっとするだろう」

わたしは、ホームズの非凡な才能に感心して、思わず大声をあげた。

「解決したんだね！」

「すべてじゃないよ、ワトスン。まだ解明できていないこともある。だが、かなりのところまでわかっているんだから、残りもつきとめられなかったら、こちらの失態というものだ。さあ、まっすぐホワイトホール・テラスに行って、かたをつけるとしよう」

ヨーロッパ問題担当大臣の邸宅に着いて、ホームズが面会を求めたのは、ヒルダ・トリローニー・ホープ夫人のほうだった。われわれは居間に通された。

現われた夫人は怒りに顔を火照《ほて》らせていた。「ホームズさま！　あんまりですわ、こんなむごいしうちをなさるとは。あのとき、申しあげたではありませんか。出すぎたまねをしていると夫に思われないよう、あなたをお訪ねしたことは内緒にしておきたいと。なのに、こうしてあなたがおいでになっては、お目にかかったことがあると知れて、わたくしの立場がなくなってしまうではありませんか」

「奥さま、残念ながら、こうするほかないのです。ぼくは、あのきわめて重要な書簡を取り戻すよう依頼を受けています。ですから、それをお渡しくださるよう、奥さまにお願いしなければなりません」

夫人は身体をびくっとさせると、いきなり立ち上がった。美しい顔からさっと血の気が失《う》せる。目が据わって、足がよろめいた――倒れるのではないかと思えた。だが、ショックを必死にこらえるようにして立ち直ると、驚愕と憤慨を顔じゅうにみなぎらせて言った。

「ひどい――ひどい侮辱です、ホームズさま」

「まあまあ、そんなことをおっしゃっても無駄です。諦めて、書簡をお渡しください」

夫人は、呼び鈴のところへ飛んでいった。

「執事に、あなたがたをお見送りさせます」

「呼んではなりません、ヒルダ夫人。呼び鈴を鳴らされてしまっては、スキャンダルを避けようというぼくのせいいっぱいの努力が、水の泡になってしまう。書簡をお渡しくだされば、すべてが丸く収まるのです。ぼくが申しあげるとおりになさってくだされば、何もかもうまく処理することができます。お聞き入れいただけないのなら、あなたの秘密を明かさなくてはならないのですよ」

女王のような威厳をもち、挑戦的な姿勢で立ち尽くす夫人が、ホームズの心の中を読もうとでもいうように両目を見据えている。手を呼び鈴の上においたまま、鳴らそうとはしなかった。

「わたくしを脅迫していらっしゃるのですね。こんなところまで来て女性を脅すなど、紳士のなさることではありませんわ。何かご存じのようなお口ぶり。どんなことを?」

「どうかおかけください。そこでは、倒れたときにおけがをなさいますよ。お話しするのは、おかけになってからにいたしましょう。そう、それでけっこう」

「では、五分間だけさしあげましょう、ホームズさま」

「一分もあれば十分です、ヒルダ夫人。あなたがエドアルド・ルーカスを訪ねていかれたことも、ルーカスに書簡を渡されたことも、ゆうべ巧妙な手段であの部屋へ入って絨毯の下の隠し場所から手紙を取り戻されたことも、すべて存じあげています」

夫人は灰色の顔でホームズを見つめると、二度ばかり唾をのみこんでからやっと口を開いた。

「正気でおっしゃってるとは思えません――ホームズさま――頭がおかしくなられたのですわ!」

最後は叫び声だった。

ホームズは、ポケットから小さな厚手の紙きれを取り出した。女性の肖像の、顔だけ切りとったものだ。

「役に立つかもしれないと思って持っていたんです。警官はこの女性だと認めましたよ」

夫人は息をのみ、頭を椅子の背にもたせかけた。

「さあ、ヒルダ夫人。書簡をお持ちですね。まだ間に合います。あなたを苦しめようとは思いません。なくなった書簡をご主人の手に戻せば、ぼくの任務は終わりです。ぼくの忠告を素直にお聞き入れください。これが、あなたにとって最後のチャンスなんですよ」

たいした勇気だった。夫人は、この期《ご》に及んでも敗北を認めない。

「ホームズさま、もう一度申しあげます。あなたは、何か思いちがいをなさっていらっしゃいます」

ホームズが椅子から立ち上がった。

「残念です、ヒルダ夫人。ぼくはあなたのために最善を尽くしました。まったくの無駄だったのですね」

ホームズが呼び鈴を鳴らした。執事が入ってくる。

「トリローニー・ホープ氏はご在宅でしょうか？」

「一時四十五分にお帰りの予定でございます」

ホームズは懐中時計を見た。

「あと十五分。けっこうです、待たせていただきましょう」

執事がドアを閉めて出ていったとたん、ヒルダ夫人がホームズの足もとにひざまずいた。

両手を伸ばし、美しい顔を涙で濡らして、ホームズを見上げている。

「ああ、お許しください、ホームズさま！　お許しください！」気も狂わんばかりの哀願だった。「どうかお願いですから、夫には黙っていてください！　わたくしは心からあの人を愛しています。あの人の人生に影ひとつ落としたくないのです。このことが知れれば、あの人の気高い心が傷ついてしまいます」

ホームズは、夫人を助け起こした。「ぎりぎりになってしまったとはいえ、最後に分別を取り戻していただけたことをありがたく思います。一刻たりとも無駄にはできません。書簡はどこです？」

夫人は、書き物机に駆け寄り、鍵を開けて、水色の細長い封筒を取り出した。

「これです、ホームズさま。こんなもの、見なければよかった！」

「どうやって戻そうか」ホームズがつぶやく。「早く、急いで方法を考えなくては！　文書箱はどこにあります？」

「まだ寝室に」

「それは好都合！　奥さま、すぐにここへおもちください」

夫人はすぐに、赤色の平たい箱を持って現われた。

「前回はどうやって開けたのです？　合鍵をお持ちですか？　そのはずですね。さあ、開けてください！」

夫人は、服の胸のあたりから小さな鍵を取り出した。箱はすぐに開いた。書類がぎっしり詰まっている。ホームズは、水色の封筒を、書類の束の奥深く、紙と紙のあいだにつっこんだ。蓋を閉じて鍵をかけ、箱は寝室へ戻された。

「さあ、これでご主人の帰りを待てる。まだ十分間あります。ヒルダ夫人、ぼくはあなたをかばうために、かなり無理なことをしています。その代わり、いまのうちに、この異常な事件の真相を打ち明けてください」

「何もかもお話しいたします。ああ、ホームズさま、夫にほんのひとときでも悲しい思いをさせるくらいなら、わたくし、この右手を切り落としてもいいとすら考えております。わたくしほど夫を愛している女は、このロンドンじゅう探してもおりません。それなのに、あの人がわたくしのしたことを知ったら――しかたなくにせよ、こんなことをしたと知ったら――絶対に許してもらえないでしょう。名誉を重んじるあまり、他人の過ちを大目に見たり忘れたりはできない人なのです。どうかお助けください、ホームズさま！　わたくしの幸せ、夫の幸せ、わたくしたちの生活そのものに、危機が迫っているのです」

「早く、奥さま。時間が差し迫っています」

「もとはといえば、わたくしの手紙が原因なのです。結婚前に、恋を夢見る少女が軽はずみに書いた、他愛のない手紙でした。わたくしには、それほどのつもりはなかったのですが、夫の目から見たら許せないものだと思います。あの人があれを読むことにでもなれば、わたくしはもう永久に信じてもらえなくなるでしょう。書いたのは、ずっと昔のことです。もうすっかり忘れ去られているものとばかり思っておりました。

ところが、いまごろになって、あの手紙を手に入れた、夫に見せるつもりだと、ルーカスという男が言ってきたのです。わたくしは、そんなことはやめてほしいとすがるようにしてお願いしました。すると、夫の文書箱の書簡と引き換えに手紙を返すと、あの男が申します。役所にスパイを潜入させていて、あの書簡のことを知っていたのです。夫に絶対迷惑はかけないとも言いました。ホームズさま、わたくしの立場になってみてください。わたくしはどうすればよかったのでしょう？」

「ご主人に、何もかも打ち明けるべきでしたね」

「できませんでした、ホームズさま！　それはできなかったのです。昔の手紙を夫に見られたら、もうわたくしはおしまい。もう一方の書簡の持ち出しは、恐ろしいことではありましたが、政治の問題となるとわたくしにはどういう結果になるのかよくわかりませんでした。愛情と信頼の問題のほうなら、結果がはっきりとわかるのです。わたくしは心を決めました。わたくしが夫の鍵の型をとると、ルーカスがそれで合鍵をつくりました。わたくしは文書箱を開けて書簡を取り出し、ゴドルフィン街へもってゆきました」

「それから？」

「打ち合わせどおりドアをノックすると、ルーカスが開けてくれました。あとについて入りましたが、ホールのドアは少し開けたままにしておきました。二人きりになるのが怖かったのです。入るとき、外に女性がひとり立っていたのを覚えています。取引はすぐにすみました。わたくしの手紙は机の上に置いてありました。書簡を渡すと、ルーカスはそれを返してくれました。そのとき、玄関で物音がしたかと思うと、続いて廊下に足音が聞こえました。ルーカスがさっと絨毯をめくり、その下の隠し場所に書類をつっこんで、また絨毯をかぶせました。

そのあとのことは、まるで悪夢のようでした。色の黒い取り乱した顔。フランス語でわめきたてる声。『待っていたのは無駄じゃなかった、とうとう女といるところを見つけた！』ということばが、いまでもはっきり頭に残っています。激しいもみ合いになりました。ルーカスは椅子をつかんで身構え、女性の手にはナイフが光りました。わたくしは、その凄まじい場面から飛び出して、大急ぎで逃げ帰りました。新聞を読んで初めて、忌まわしい結果を知ったのです。ですが、その晩わたくしは、晴ればれとした気持ちでした。手紙は取り戻しましたし、その先にどんなことが待っているかをまだ知らなかったからです。

わたくしのしたことは、ひとつの災難を別の災難に転じただけでした。それを知ったのは、次の朝になってからです。書簡の紛失に気づいた夫の苦しみが、わたくしの胸に突き刺さりました。その場ですぐに、あの人の足もとにひざまずいて、自分のしたことを打ち明けたい。そういう気持ちを、やっとのことで抑えました。それを打ち明ければ、つまりまた、自分の過去を打ち明けることを意味します。あの朝お訪ねしていったのは、自分の犯した罪がどれほどのものか知りたかったからです。

罪の深さがわかった瞬間からは、書簡を取り戻すことで頭がいっぱいでした。ルーカスは、あの女性が入ってくる前に書簡を隠したのですから、まだそこにあるはずです。女性が現われなかったら、わたくしには隠し場所がわからなかったでしょうけれど。どうすればあの部屋に入れるでしょう？　二日間、あの家を見張っていましたが、ドアが開いたままになることは一度もありませんでした。そこで、ゆうべ、最後の試みに及んだのです。それについては、もうご存じですね。書簡を持ち帰りはしたものの、夫に罪を告白せずに戻す方法を考えつきません。焼き捨ててしまおうかと思っておりました。あら、階段に足音がいたしますわ！」

ヨーロッパ問題担当大臣が、興奮しきった顔で飛び込んできた。

「何かわかったんですか、ホームズさん？」と、叫ぶようにして言う。

「わずかな希望はあります」

大臣の顔が、ぱっと晴れやかになる。「ああ、ありがたい！　総理と昼食をごいっしょすることになっているんです。あのかたにもお知らせしてよろしいですね？　鉄の神経をおもちの総理もさすがに、この恐ろしい事件以来、ろくろくお眠りになれないようなのです。ジェイコブズ、こちらへおいでくださるよう、総理にお伝えしてくれ。それから、ヒルダ、ちょっと政治の話になるから、遠慮してもらえないだろうか。少ししたら、食堂に行くから」

首相の態度は平静なものだったが、目が輝き、骨ばった手がひくついていた。若い閣僚と同じように、心痛はかなりのものらしい。

「何か報告することがあるとか？　ホームズ君」

「これまでのところ、まったく消極的なものです」というのが友人の答えだった。「書簡のありそうなところは、すべて調査し尽くしました。憂慮すべき危険がまったくないことは確かになりました」

「しかし、それだけでは十分ではないのだ、ホームズ君。こんなふうに噴火口にいつまでも座っているわけにはいかん。はっきりさせなくては」

「はっきりさせられる希望があって、こうしておうかがいしたのです。考えれば考えるほど、書簡はこの家を出ていないと思えます」

「ホームズ君！」

「もし外に出ていれば、とっくに公表されているはずです」

「だが、しまっておくために盗むなどということが、あるだろうか？」

「盗んだ者はいないと確信します」

「では、なぜ文書箱からなくなったのだ？」

「なくなったのではないと確信しているのです」

「ホームズさん、時をわきまえない悪い冗談はやめてください。わたしははっきり申しあげましたよ、文書箱から紛失したのだと」

「火曜日の朝からあと、箱をお調べになったことは？」

「いや、その必要がなかったので」

「見落としていらっしゃったということも、ありえます」

「ありえない」

「しかし、ぼくは納得できません。そういった例を見てきているんです。おそらく、文書箱の中にはほかの書類もあることでしょう。紛れ込んでしまっているのかもしれません」

「いちばん上に置いてあったんですよ」

「だれかが箱を動かして、位置が変わってしまったのかもしれない」

「そんな。わたしは全部箱から出して、目を通したんですよ」

首相が口をはさむ。「それは、かんたんに確かめられることじゃないか、ホープ君。文書箱を持ってこさせてみよう」

大臣は、呼び鈴をならした。

「ジェイコブズ、文書箱を持ってきてくれないか。ばかばかしい時間の無駄ですよ。でも、そうでもしなければ納得できないというなら、調べざるをえません。ありがとう、ジェイコブズ。ここへ置いてくれ。鍵は、こうしていつも時計の鎖につけてあります。さあ、開きました。メロウ卿からの書簡、サー・チャールズ・ハーディの報告書、ベオグラードからの覚え書き、ロシア・ドイツ穀物税に関する報告書、マドリッドからの書簡、フラワーズ卿からの書簡——おや！　これは？　ベリンジャー卿！　総理！」

首相は、大臣の手から水色の封筒をひったくった。

「そうだ、これだ——中身もそのままだ。ホープ君、よかった！」

「ありがとうございます！　感謝します！　これで、心の重荷がなくなった。しかし、信じられません——ありえないことだ。ホームズさん、あなたは魔法使いだ、魔術師だ！　どうしてここにあるとわかったのです？」

「ほかの場所にはないことがわかったからです」

「自分の目が信じられない！」大臣はドアのところへとんでいった。「家内はどこにいる？　もう安心だと知らせてやらなければ。ヒルダ！　ヒルダ！」階段で叫ぶ大臣の声がする。

首相は、きらめく目でホームズを見やった。

「ねえ、きみ。表に現われていない事情があるんだな。書簡はどうやって文書箱に戻ったのです？」

ホームズは薄く笑いながら、驚きながらも探りを入れる首相の目から顔をそらした。

「ぼくたちにも外交上の秘密というものはありましてね」そう言うと、ホームズは帽子をとって、ドアのほうへ向かった。

注　釈

●空き家の冒険

＊1「ホイストの三番勝負（ラバー）をしていたことが判明した」

ホイストは二人ひと組の四人で行うトランプ・ゲームで、現代のコントラクト・ブリッジの前身。十八世紀に入って人気を得たが、一九〇〇年代になるとクラブにおける代表的なゲームはブリッジになった。

＊2「ぼくには日本の格闘技、バリツの心得があったから――これまでにも何度か役に立ったことがあるんだが――相手の腕をさっとすり抜けた」

バリツという格闘技は存在しないが、一八九九年にE・W・バートン＝ライトが〝バーティツ〟として英国に紹介した日本の護身術（つまり柔術）が、〝バリツ〟と誤記されたというのが定説。

＊3「ユダヤ・ハープの名手で首締め強盗のパーカーという男だ」

ユダヤ・ハープは梨の形をした小さな打楽器で、鉄の枠内に柔らかな舌のような金属がついている。枠の部分を上下の歯ではさみ、金属の舌を弾いて音を出す。

首締め強盗は、相手の背後から紐などで首を絞め、金品を奪う。複数で襲い、締めているあいだに仲間が強盗を行う場合もある。

＊4「『旅路の果ては、恋する者のめぐりあい』とかいう昔の芝居のせりふじゃないが、お久しぶり」

シェイクスピアの『十二夜』第二幕第三場からの引用。

＊5「床から強力な空気銃を拾い上げて構造を調べていた」

空気銃は「最後の事件」（『シャーロック・ホームズの回想』所収）にも出てくるが、注釈は本書にのみ載せた。圧縮した空気の膨張力によって弾丸を発射するもので、金属製の薬室に空気を注入する。この場合は細身のステッキ状に作られている。発明されたのは十六世紀だが、一般に販売されるような製品になったのは十九世紀の後半から。ただし、戦争には十八世紀から使われていた。

●ノーウッドの建築業者

＊1「ロンドン東・中央地区（イースト・セントラル）グレシャム・ビル四二六号」

　東・中央地区は、ロンドンに八つある郵便集配区域のひとつ。

＊2「ぼくはブラックヒースのトリントン・ロッジに両親と一緒に住んでいますが」

　ブラックヒースはロンドン南東部にある広さ七十エーカーの共有地で、ローマ時代の道路が横切っている。かつては追いはぎ（ハイウェイマン）が出没することで知られ、またイングランドで最初にゴルフが行われた場所でもある。

●踊る人形

＊1「去年、女王即位記念式（ジュビリー）のためにロンドンに来たとき」

　ヴィクトリア女王によるグレイト・ブリテン及びアイルランド連合王国の統治は、一八三七年から。即位記念式は、一八八七年に「在位五十年記念式」が、一八九七年に「在位六十年記念式」が行われた。ここでキュービットは、そのどちらであるかを区別していない。もし両方の式典が済んだあとだったら区別したはずだから、ここでは五十年記念のほうなのだ、とする説もあるが、彼がたんに「去年のジュビリーのとき」と言えばどちらなのかわかるだろうと考えていたのなら、区別はあえてしないだろう。

＊2「リヴォルヴァーに薬莢排出装置（イジェクター）がついていたんだ」

　通常、薬莢排出装置のついたリヴォルヴァーは、六個の薬莢すべてを同時に排出するが、アメリカのコルトなどは一発ずつ薬莢を排出する装置がついていた。

＊3「英語のアルファベットのなかでいちばんよく使われるのがEで、ひときわ目立つ存在だから、どんな短い文にだろうと何度も出てくるものなんだ」

　この事実は、エドガー・アラン・ポーの有名な作品『黄金虫』（一八四三年）で作中人物のウィリアム・ルグランが語っている。なお、当時の『ブリタニカ百科事典』では、使われる頻度の高いアルファベットは、Eのあと T、A、O、N、I、R、S、H、D、L、C、W、U、M、F、Y、G、P、B、V、K、X、Q、J、Zとなっている。

●美しき自転車乗り

＊1「元の帝国劇場オーケストラの指揮者でした」

帝国劇場、インペリアル・シアターは、ウエストミンスターのトットヒル街にあった。一八七六年に開館し、一八九九年に閉館、その後建て直しをされて一九〇一年にふたたび開館したが、一九〇七年に取り壊された。

＊2「自転車でファーナム駅まで行くことにしています」

自転車は次の「プライアリ・スクール」でも重要な役割を果たすが、当時、女性にとっての画期的な乗り物だった。

チェーンで後輪を回す自転車が発明され、後輪に比べて異常に大きかった前輪が小さくなりはじめたのが、一八七九年。一八八二年には、この作品の原題にも使われている「サイクリスト」ということばが生まれ、自転車による遠乗りが流行しだした。それまで、淑女が外出するときは〝シャペロン〟と呼ぶ付き添いの婦人と一緒だったが、自転車による遠出により、その伝統が崩れていった。いわゆる〝新しい女性〟や〝解放された女性〟の出現があったわけだが、その一方で、女性がひとりだけ、あるいは男友達と二人だけで遠乗りをすることの危険性も指摘された。本作品の原題である「ひとりきりの自転車乗り」は、特に女性の場合、危険を伴ったわけである。

また、〝解放された女性〟の一部は、丈の長いスカートとペチコートに帽子という従来の服装をやめ、ブルマーやニッカーボッカーなど、〝天に呪われたドレス〟を着て自転車に乗るようになったのだった。その点、この作品のスミス嬢は、挿絵でもわかるように伝統的な服装規範を守っている。

＊3「家庭教師には世間の相場の倍も給料を出しているというのに」

女性家庭教師（ガヴァネス）については、「ぶな屋敷」（『シャーロック・ホームズの冒険』所収）の注釈を参照されたい。百ポンドというスミス嬢の給料をホームズが「世間の相場の倍」と言っていることから、ガヴァネスの平均年収は五十ポンド程度と考えられる。

●プライアリ・スクール

＊1「ホールダネス、六代目公爵。K・G、P・C」

K・G、つまりガーター勲爵士は、イングランドに七つある騎士の位階のうち、最も古く有名なもの。十四世紀なかばにエドワード三世によって設けられた。

P・Cすなわち枢密顧問官は、国王に助言を与える私的な会議である、枢密院の顧問。かつては権力があったが、国王が政治的決断に責任を負わなくなってから活動をやめ、十七世紀半ばから機能停止している。

＊2「陸地測量部製のこの近辺の地図を手に入れていた」

英国政府が定期的に測量して作製される国内各地の地図。地図の縮尺は一マイルを六インチとするものから、二千五百分の一の郡地図や五百分の一の町地図までであった。

＊3「これはダンロップ製で、しかもタイヤにつぎがあたっている」

空気入りタイヤ（ゴムチューブを使ったもの）は馬車用が一八四五年に英国のトムソンによって発明されていたが、硬質ゴムタイヤのほうが広まってしまったため、忘れられていた。それを自分の息子の三輪車のために復活させたのがアイルランド人ダンロップで、一八八八年に自転車用空気タイヤの特許を取り、一八九〇年に生産を開始した。

自転車のタイヤについては、「オレンジの種五つ」（『シャーロック・ホームズの冒険』所収）の注釈も参照されたい。

＊4「ぼくの見たところ、ドッグカートにはひとりしか乗っていなかった」

馬車については、主に『シャーロック・ホームズの冒険』の注釈および本文で説明したが、〝トラップ〟は一般的に一頭立て二輪で屋根なしの娯楽用馬車を指し、座席が背中合わせになっているものは特に〝ドッグカート〟と呼ぶ。したがって、ここでは同じ馬車をトラップと呼んだりドッグカートと呼んだりしている。なお、同じような一頭立て軽装無蓋二輪馬車に、〝ギグ〟というものもある（『バスカヴィル家の犬』参照）。

●ブラック・ピーター

＊1「ロンドンのイースト・エンドにある悪の巣をひとつ取り除くことになった悪名高きカナリア調教師ウィルスンの逮捕に至るまで」

カナリアの調教師がなぜ悪名高いのか、これだけではぴんとこないが、イースト・エンドの犯罪社会では、夜盗をはたらくあいだ通りで見張りに立ち、まずいことが起きると叫ぶ女性のことを、〝カナリア〟と呼んでいたという。ほかにもカナリア＝歌手など、さまざまな解釈がされている。

●恐喝王ミルヴァートン

＊1「あのピクウィック氏を思わせる、いかにも人のよさそうな顔つきだ」

チャールズ・ディケンズ『ピクウィック・クラブ』の登場人物。はげ上がった額に偉大なる頭脳、丸い眼鏡の奥にきらきら輝く目をもつ。

＊2「こっちはダーク・ランタンだ」

シャッター付きの、光を遮断できるランタン。「赤毛組合」（『シャーロック・ホームズの冒険』所収）の注釈参照。

＊3「たとえ安全だったにせよ、わざわざ電灯をつけるまでもない」

ロンドンのハムステッド地区に公共の電力が供給されたのは、一八九四年だった。だが、ミルヴァートンのことなので、自家発電用のシステムを導入していた可能性がないとは言えない。

●六つのナポレオン像

＊1「ならず者たち（フーリガン）のしわざだろうということで、巡回の警官にもそういう報告が入りました」

〝フーリガン〟は暴力的なサッカーファンなどのこととして日本でも知られることばとなったが、野蛮な行為を行う者という意味では、一八九八年から使われていた。語源はギャングの首領の名前〝フーリー〟とも、ロンドンに住んでいた無頼のアイルランド系家族〝フーリハン一家〟とも言われる。

＊2「セントラル・プレス通信のホレス・ハーカー氏だ」
　セントラル・ニューズ社のことと考えられる。加入する新聞社にニュースを配信する会社で、この手の企業は一八八八年時点で十社はあった。セントラル・ニューズ社は、有名な切り裂きジャック事件（一八八八年）で犯人が手紙を二度にわたって送りつけた通信社としても、知られる。

＊3「至急便のメッセンジャーを呼んでくれないか」
　郵便局は一八九一年から、特別料金の前払いで直接の集配または集配所経由にする、至急便を始めていた。だが、『バスカヴィル家の犬』などでホームズは民間のメッセンジャー会社も使っている。

●三人の学生
＊1「数週間をわが英国の有名な大学町で過ごした」
　この大学はオックスフォードないしケンブリッジと考えられるが、どちらかだとする決め手はない。当時オックスフォードには大聖堂があったが、ケンブリッジにはなかった。あればシティ、なければタウンで、この場合〝大学町（タウン）〟と言っているのでケンブリッジかと考えられる。しかしホームズが中ほどで中庭のことを〝クワドラングル〟と呼んでいて、これはオックスフォードの呼び方。結局、どちらにもとれる。

＊2「セント・ルーク・カレッジで個人指導教師（テューター）と講師を兼務している、ヒルトン・ソームズ氏だ」
　英国の古い大学はカレッジ、つまり全寮制の学寮単位で構成され、学生と個人指導教師が同じ建物で生活していた。カレッジの特別研究員（フェロー）の仕事は大学によって違いがあり、オックスフォードでは特別研究員は個人指導教員でもあった。ケンブリッジでは個人指導教員は教育にたずさわらなくてよかったが、担当した学生の経済状態や生活状態の面倒をみた。

＊3「ローデシア警察からの招聘に応じ、ただちに南アフリカへ出発するつもりです」
　当時英国領だった南ローデシアの軍隊は、英領南アフリカ警察と呼ばれ、将校が約四十

人、下士官が約四百人、現地人警察官が約五百五十人いた（ローデシアは現在、ザンビアとジンバブエの二国に独立している）。

●金縁の鼻眼鏡

＊1「アルコールランプでいれたコーヒーをごちそうするよ」

現代の喫茶店におけるようなシーンを想像するかもしれないが、「海軍条約文書」（『シャーロック・ホームズの回想』所収）にあるように、湯を沸かすのにアルコールランプを使うのは珍しくなかった。特に、ガスの引かれていないところではそうだったが、ホームズの場合、ベイカー街の化学実験台にはガスを引いてあったはず。

＊2「アンダマン島の未開人を追跡したときのことが思い出されてならなかった」

『四つの署名』事件における、テムズ川での追跡劇のことを指している。

＊3「二人とも、改革派でした――革命家、虚無主義者です」

ロシアの革命というと一九一七年の共産主義革命を思い出すが、この事件の起きた一八九四年は日露戦争の十年前であり、ロマノフ王朝はまだ健在だった。ここで言うニヒリスト（虚無主義者）、あるいはアナーキスト（無政府主義者）の活動は、一八七八年から八一年にかけて絶頂期を迎え、爆弾やダイナマイト、放火などによるテロ行為が盛んになった。

なお、セルギウスはセルゲイの、アレクシスはアレキセイの、英語流の呼び方。

●スリー・クォーターの失踪

＊1「パントもドロップもできないスリー・クォーターじゃ、足がどんなに速くったって何にもなりませんよ」

スリー・クォーター（スリー・クォーター・バック）は、ラグビーでフルバックとハーフバックの中間に位置する選手で、ボールを追って自チームの選手にキックまたはパスする。フルとハーフのあいだなので、スリー・クォーター（四分の三）と呼ばれた。

●アビィ屋敷

＊1「さあ、ワトスン、獲物が飛び出した

ぞ！」

　これはホームズのせりふとして非常に有名なもののひとつ。ホームズはほかの作品で使っていないが、ワトスンが「ウィステリア荘」（『シャーロック・ホームズ最後の挨拶』所収）で使っている。「獲物」の原文 game は、「ゲーム」という意味で使われている部分もほかの作品では存在するが、ここはシェイクスピアの『ヘンリー五世』第三幕第一場（および『ヘンリー四世』第一部第一幕第三場）の引用であることから、「獲物」とするのが妥当だろう。

　シャーロッキアンと呼ばれる人たちの中でも、時としてこれを「ゲームの始まり」の意味と混同しているケースが見受けられるが、キプリングが十九世紀末のヨーロッパにおけるスパイ合戦を指して「ザ・グレイト・ゲーム」と呼んだことなどを考えると、まったくの間違いではないと言えるかもしれない。

●第二のしみ
＊1「大英帝国の首相を二度まで務めたベリンジャー卿である」
卿のモデルは当時首相を二度務めた保守党のソールズベリ侯爵とされるが、シドニー・パジットの挿絵は自由党のグラッドストーンだったと言われる。
　なお、本文中では金額を円換算して訳注にするのはごく一部にとどめたので、全集をこの巻から読まれる読者のためにも、当時の貨幣価値に関する注を再掲しておく。
一ポンド＝二十シリング＝二万四千円
一シリング＝十二ペンス＝千二百円
一ペニー＝百円（ペンスは単数のとき「ペニー」）
一ギニー＝二十一シリング＝二万五千二百円
一クラウン＝五シリング
一ソヴリン＝一ポンド
　また、当時（十九世紀末から二十世紀初頭）の換算率で、一米ドルは約〇・二ポンドだった。

解説

「最後の事件」(『シャーロック・ホームズの回想』所収)でホームズがライヘンバッハの滝に姿を消したのは、月刊誌『ストランド』の一八九三年十二月号でした。そのために著者ドイルがごうごうたる非難にさらされたことは『シャーロック・ホームズの回想』の解説で述べましたが、それから十年たった一九〇三年(明治三十六年)十月の号で、ホームズはロンドンに「生還」したのです。

実はその少し前、一九〇一年から一九〇二年にかけて、ドイルは読者や出版社の熱意に押されるようなかたちで、ホームズもの長編『バスカヴィル家の犬』を同誌に連載しています。しかし、この事件はホームズの「死」以前に起きた過去のものですから(ワトスンは一八八九年と書いています)、読者にとって真の「復活」ではありませんでした。復活第一作「空き家の冒険」が英国の月刊誌『ストランド』と米国の週刊誌『コリアーズ』に載ったとき、当時の読者がいかに熱狂したかは、現代のわれわれにも容易に想像がつくところです。

ドイルがホームズものを再開した背景には、もちろん読者や世間一般の熱望もありましたが、直接のきっかけとなったのは、やはり出版社からの強い要望でした。金のためと言ってしまうのは抵抗がありますが、アメリカの出版社コリアーズの提示した「長さにかかわらず一作につき四千ドルの原稿料（一説によると五千ドルとも九千ドルとも言われる）で、とりあえず六編か八編を執筆」という条件をドイルがのんだことにより、ホームズの復活が実現したのです。

シリーズとして愛されていた名探偵を作家みずからが殺してしまう例は、その後もありました。クリスティしかり、デクスターしかり。しかし、いったん死なせた主人公をふたたび生き返らせるのは珍しく、しかも以前と変わりない魅力の作品を発表し続けるには、かなりの困難が伴います。この点、「最後の事件」でホームズの遺体が発見されなかったこと、あるいは滝壺へ落ちるホームズをワトスンが目撃しなかったことは、ドイルにとって有利にはたらきました。「自分だけ落ちなかったんだ」と主人公に言わせれば、すんでしまうからです（ドイルはのちに、「ホームズの死体が発見されたと書かなかったのは、たんなる偶然だ」と書いています）。それに、ホームズの活躍する作品が読めるだけでうれしいという愛読者たちは（筆者もそうですが）、ホームズが助かった理由に多少無理があっても、気にならないでしょう。

一方、「失踪」以前の作品よりも劣らないものにしなくてはならないという点については、ドイル自身、ある程度の自信をもっていたようです。すでに世紀が変わり、馬車とガス灯と電報の時代から自動車と電灯と電話の時代に移っていたものの、ドイルはそうした「現代」にホームズを置かず、これまでと同じ十九世紀末の世界で活躍させました。読者にとっては、たんなるノスタルジアを感じるだけでなく、「今も変わらぬホームズとワトスンの世界」に愉しむことができる——そんなやり方が、うまく成功したのでした。

ただ、初期の短編にあったホームズの分析的推理の面白さが影をひそめ、劇的な要素が中心になってきたことにより、読者が違和感をおぼえ始めたことも、確かでした。「不注意な人物になった」「ぞんざいな方法をとるようになった」という批判が出たのも、しかたのないところでしょう。

ともあれ、この偉大なるシリーズの人気がすぐに衰えることなど、ありえませんでした。コリアーズ社との契約は当初、八編でしたが、それが十二編になり、さらに十三編目の「第二のしみ」が、若干の間をおいて書かれることになります。ところが、またもや……またもやドイルは、この作品でホームズものを打ち止めにしようとしたのでした。本書をお読みになった方はすでにご存じのように、「ドイルの手になる最後のホームズ物語」と銘打たれたこの「第二のしみ」の冒頭で、ドイルはホームズが隠退し、サセックス丘陵で養蜂生活を送っていることを説明しています。しかし、今回はホームズの死ほどに読者の関心を引きませんでした。その後もドイルがホームズものを書き続けたことは、周知の事実です（しかも、隠退後の事件として設定した作品はごくごく一部でした）。

恒例により、本書におさめられた十三編の発表時期を記しておきましょう。本書もこれまでの短編集と同様、『ストランド』誌での発表順に収録してあります。また、短編集『シャーロック・ホームズの生還』として刊行されたのは、一九〇五年でした。

The Empty House「空き家の冒険」『ストランド』一九〇三年十月号、『コリアーズ』一九〇三年九月二十六日号

The Norwood Builder「ノーウッドの建築業者」同一九〇三年十一月号、同一九〇三年十月三十一日号

The Dancing Men「踊る人形」同一九〇三年十二月号、同一九〇三年十二月五日号

The Solitary Cyclist「美しき自転車乗り」同一九〇四年一月号、同一九〇三年十二月二十六日号

The Priory School「プライアリ・スクール」同一九〇四年二月号、同一九〇四年一月三〇日号

Black Peter「ブラック・ピーター」同一九〇四年三月号、同一九〇四年二月二十七日号

Charles Augustus Milverton「恐喝王ミルヴァートン」同一九〇四年四月号、同一九〇四年三月二十六日号

The Six Napoleons「六つのナポレオン像」同一九〇四年五月号、同一九〇四年四月三〇日号

The Three Students「三人の学生」同一九〇四年六月号、同一九〇四年九月二十四日号
The Golden Pince-Nez「金縁の鼻眼鏡」同一九〇四年七月号、同一九〇四年十月二十九日号
The Missing Three-Quarter「スリー・クォーターの失踪」同一九〇四年八月号、同一九〇四年十一月二十六日号
The Abbey Grange「アビィ屋敷」同一九〇四年九月号、同一九〇四年十二月三十一日号
The Second Stain「第二のしみ」同一九〇四年十二月号、『ハーパーズ』一九〇五年一月二十八日号

今回も邦題について、補足説明しておきます。

「美しき自転車乗り」……ドイルの元原稿では、原題がThe Adventure of the Solitary Man（孤独な男の事件）であり、冒頭の「チャーリントンの孤独な自転車乗り、ヴァイオレット・スミス嬢……」という部分は「チャーリントン・コモンの孤独な男」となっていました。つまり、タイトルの「孤独なサイクリスト」はヴァイオレットでなくボブ・カラザーズのことを示していたわけです。いずれにせよ、この部分をそのまま使うなら邦題は「孤独な自転車乗り」あるいは「ひとりぼっちの自転車乗り」なのですが、内容から言って、ヴァイオレットもカラザーズも「孤独」ではないため、あえて延原謙さんの訳と同じ、このタイトルにしました。

「アビィ屋敷」……原題のAbbeyは修道院ですが、英国では宗教改革の際に多くの修道院が取り壊され、貴族の屋敷として払い下げられたケースが多く（伊村元道氏『Sherlockianaへの招待』参照）、この場合も修道院とは言えないので、「アビィ」としました。またgrangeは英国の場合、農場というより「豪農の邸宅」を意味しますので、このタイトルとなりました。

この巻でもまた、『ストランド』の誌面を飾ったシドニー・パジットのイラストを、各作品につき二点ずつ選んで掲載しました。お楽しみいただければ幸いです。

二〇〇六年九月

日暮雅通

私のホームズ

ホームズとドラキュラ

手塚《てづか》　眞《まこと》
（ヴィジュアリスト）

名探偵ホームズと吸血鬼ドラキュラ。

ぼくにとってはこのふたりが、子供の頃のヒーローでした。

ドラキュラはテレビの洋画劇場で観たのがきっかけで、原作はずっと後に読みましたが、ホームズは最初から小説で接していました。小学生の時、エドガー・アラン・ポーの『黒猫』や『黄金虫』などの推理短編と合わせた文学全集で読んだのが最初です。実は目当てはポーの短編だったのですが、読んでみるとホームズの方が気に入ってしまって、そちらばかり繰り返し読みました。もちろんポーの小説に登場する探偵デュパンはホームズのモデルといいますか、原点になる部分が多くあって興味深いのですが。

そしてホームズから理性と計算を、ドラキュラからはスタイルとロマンを学びました。

ホームズとドラキュラ。一見、正反対に思える存在ですが、どうしてなかなか似ているところも多いのです。どちらも十九世紀末期のイギリスが舞台。古風な様式と新時代の感性や技術が混ざり合ったヴィクトリア朝です。霧深いロンドンを背景に描かれる奇怪な事件。それは日本の子供が未だ知らぬ世界の裏側を垣間見せてくれました。

ホームズの最初の長編が発表されたのが一八八七年。ドラキュラが世に出たのはその十年後の一八九七年。すると、その十年の間にイギリスから、歴史的なヒーローがふたりも誕生したことになります。

このふたりのヒーローに共通するものはなんでしょう。共に常人離れした特別な存在であることはもちろん、ふたりとも明確なスタイルを持っています。ホームズといえばコート姿に独特のパイプ。ドラキュラは黒いマントに長い牙。類い稀な才能と力を抱く一方、どちらも弱点や奇癖を多く持っています。ホームズは偏屈でアヘン中毒、ドラキュラなら十字架や太陽の光に弱いといったことでしょうか。ホームズは世界中の犯罪の知識が豊富なことを自慢し、ドラキュラは自国の歴史を熟知していて一席ぶつ。またパートナーもしくはライバルがそれぞれ魅力的で、友人ワトスンと宿敵ヴァン・ヘルシングは共に医者だという点でも一致しています。

余談になりますが、ぼくが一目惚れした映画のドラキュラは、クリストファ・リーというイギリスの俳優（近年は『スター・ウォーズ』や『ロード・オブ・ザ・リング』という新時代の名作に出演している）が魅力的に演じていましたが、彼はホームズも演じたことがあるのです。『シャーロック・ホームズの冒険』という映画では、ホームズの兄マイクロフトを演じました。ドラキュラの映画でヴァン・ヘルシングを演じていたピーター・カッシングという俳優も、『バスカヴィル家の犬』という映画でホームズを演じて人気がありました。恐らく本国においても、このふたつの物語やキャラクターには、どこか似た香りが漂っているのでしょう。

ぼくはこのふたつの偉大な物語は、どちらも十分に神秘主義的だと想っていました。ドラキュラはともかくホームズはオカルトではない、と窘《たしな》められるかもしれません。しかしぼくにとっては合理的であろうとなかろうと、ミステリアスなその描写が十分にそのような匂いを放っているのです。バスカヴィルの魔犬しかり、まだらの紐しかり。まだらの紐は、それが毒蛇であったという謎が解けた後こそ、本当に背筋をぞくっとさせます。ポーの『モルグ街の殺人事件』の殺人猿を思い起こさせます。蛇を操る殺人は、確かに人為的な犯罪ではありますが、その行為にこめられた意味は象徴的で、神話的ですらあり、理性を超えているように思えます。そこがぼくの魅かれた理由なのかもしれません。

後に、作者のコナン・ドイルは晩年にオカルトの研究に没頭し、通俗小説を地でゆくようなオカルト事件にも首を突っ込んでいたと知りました。〝妖精の写真〟を本物だと信じて発表したり、数々の降霊術に参加したり。ですから作者の趣向の中に、オカルトに対する興味が強くあって、それが自然に作品に反映していても不思議はなかったでしょう。

ただ、ホームズとドラキュラの小説の表現の方法は正反対。ホームズは論理的な物語をあえて情緒的に、つまり怪奇小説のように表現されている。ドラキュラの方は超自然的な物語を、日記や記録のスタイルという、極めて現実感《リアリティ》の濃い手法で見せている。アプローチがまったく反対なのが面白いですね。

こうして並べてみると、意外と両者は同じカードの表と裏、東洋的にいえば陽と陰という対を成す関係にあるように思えてきます。たまたま正義の方に振れているのがホームズで、悪の代名詞となったのがドラキュラ。しかし両者の性質は実は同じなのかもしれません。ワトスンのこんな台詞があります。「これだけの知力と精神力を犯罪捜査のために使うのではなくて、もし犯罪をおかす方に向けられたら、どんなことになるだろうと恐ろしく思った」(『四つの署名』)。

ホームズは何を目的として、身を捧げてまで事件を解決していたのでしょう。生活のためか、それとも社会的な正義のためか。あるいは自分のプライドのためか。どれも少なからずイエスですが、それだけでは十分な答えにはなりません。ホームズは難事件を解決させることそのものが自分の生きる意味だと自覚しています。名探偵として存在することが彼の人生の至上の目的なのです。なんとシンプルで、また切ない定めなのでしょう。

彼が生きるためには、難事件こそが必要なのです。ホームズはそこでしか生きていけません。謎と怪奇に満ちた事件の真っ直中でなければ。

ドラキュラの場合は？　人の生き血を吸うことは、自らを存続させるための必要悪ですが、なにより悪として存在することに意味があるのではないかと思うのです。人を襲いその血を吸うという手段そのものが、ドラキュラの存在理由です。しかもそれは決して世に認められる善ではない。憎まれ、滅ぼされる運命を待ちながら存在している。

それゆえホームズもドラキュラも、その存在に悲しさを秘めています。悪を必要とすること、そして自分が必要悪となること。この悲しさがあるからこそ、これらのキャラクターと物語は、単なる娯楽の枠を超えて、人々に長く記憶されているのだと想います。

だからぼくは、ホームズの意地悪なくらいの冷酷さが好きです。ワトスンにも冷たく、自身にも冷たい。いくら観察好きで理論家だとしても、こんなに冷たくドライである必要はないではありませんか。ひとつ間違えば、大いに嫌われる性格です。しかし、それが逆にホームズの魅力になっているのは、その冷たさの裏に計り知れない存在の孤独、悲しさを感じてしまうからです。

光文社文庫

新訳シャーロック・ホームズ全集

シャーロック・ホームズの生還《せいかん》

著　者　アーサー・コナン・ドイル
訳　者　日《ひ》暮《ぐらし》雅《まさ》通《みち》

2006年10月20日　初版1刷発行
2016年 8 月10日　5刷発行

発行者　鈴木広和
印　刷　堀内印刷
製　本　フォーネット社

発行所　株式会社　光文社
〒112-8011 東京都文京区音羽1-16-6
電話 (03)5395-8149 編集部
8116 書籍販売部
8125 業務部

ISBN978-4-334-76174-5 Printed in Japan

お願い　光文社文庫をお読みになって、いかがでございましたか。「読後の感想」を編集部あてに、ぜひお送りください。

このほか光文社文庫では、どんな本をお読みになりましたか。これから、どういう本をご希望ですか。

どの本も、誤植がないようつとめていますが、もしお気づきの点がございましたら、お教えください。ご職業、ご年齢などもお書きそえいただければ幸いです。当社の規定により本来の目的以外に使用せず、大切に扱わせていただきます。

光文社文庫編集部

不滅の名探偵、完全新訳で甦る！

新訳 アーサー・コナン・ドイル

シャーロック・ホームズ全集〈全9巻〉

THE COMPLETE SHERLOCK HOLMES
Sir Arthur Conan Doyle

シャーロック・ホームズの冒険

シャーロック・ホームズの回想

緋色の研究

シャーロック・ホームズの生還

四つの署名

シャーロック・ホームズ最後の挨拶

バスカヴィル家の犬

シャーロック・ホームズの事件簿

恐怖の谷

*

日暮雅通＝訳

光文社文庫